Doctrine Brûlante

Plume Ludivine

Doctrine Brûlante

© 2022 Plume Ludivine

Édition : BoD – Books on Demand, info@bod.fr
Impression : BoD – Books on Demand, In de Tarpen 42, Norderstedt (Allemagne)

Impression à la demande
Prix de vente : 13 €
ISBN : 978-2-3224-6219-3
Dépôt légal : Décembre 2022

Merci aux tous premiers lecteurs et à leurs encouragements. Ainsi qu'à toutes celles et ceux qui ont su encourager à finir avant même d'avoir lu un seul mot, vous avez été adorables. Merci spécialement à Franck, un soutien dès le début.

SOMMAIRE

Avant-propos   p. 9

Chapitre 1 :	Autodafé	p. 11
Chapitre 2 :	Le Festival du Ciel	p. 22
Chapitre 3 :	L'échange	p.37
Chapitre 4 :	Le Cercle des Huit	p.50
Chapitre 5 :	Une affaire de superstitions	p.64
Chapitre 6 :	La Clé de l'indépendance	p.77
Chapitre 7 :	Le Rite	p.89
Chapitre 8 :	Le point de rupture	p.100
Chapitre 9 :	Confrontation	p.110
Chapitre 10 :	Renouveau	p.121
Chapitre 11 :	Le temple Jīng shén	p.132
Chapitre 12 :	L'Ordre du Ciel	p.144
Chapitre 13 :	Sa volonté	p.157
Chapitre 14 :	Enlèvement	p.67
Chapitre 15 :	Affaire politique	p.178
Chapitre 16 :	Retour aux sources	p.190
Chapitre 17 :	La Flamme de l'Est	p.202
Chapitre 18 :	La plaie	p.214
Chapitre 19 :	Les crochets de la vipère	p.226
Chapitre 20 :	L'instrument du ciel	p.237
Chapitre 21 :	Avidité	p.247
Chapitre 22 :	Confrontation	p.256
Chapitre 23 :	Nouvelle Alliance	p.265
Chapitre 24 :	Une affaire de droits	p.275
Chapitre 25 :	L'ordre établi	p.285
Chapitre 26 :	La Mort Noire	p.294
Chapitre 27 :	Justice Divine	p.304
Chapitre 28 :	La cage dorée	p.313

Épilogue   p.323
À propos de l'auteure   p.327

AVANT-PROPOS

L'histoire de ce roman se place dans un monde fictif, à l'époque médiévale. Bien que des thèmes du monde réel soient retranscrits, elle reste une fiction et à ce titre, n'a pas pour vocation à mettre en lumière un pays, une communauté ou un événement en particulier.

Les thèmes abordés ont été choisis par sensibilité personnelle, parce qu'ils représentent un sujet important. Cette histoire a pour but de faire relever aux personnages des défis en rapport avec ces thèmes contemporains, en les plaçant dans un contexte très particulier et spécifique à l'époque médiévale.

Vous lirez ainsi une fiction, centrée sur les convictions profondes des personnages, narrant leur aventure pour faire évoluer leurs idéaux.

CHAPITRE 1 : AUTODAFÉ

Le cœur du jeune Haji battait presque aussi vite que les flammes dévoraient les parchemins et les livres reliés jetés dans le feu comme on le ferait avec des déchets. Ses yeux, d'un noir profond, étaient comme agrippés aux flammes, incapables de s'en détacher, si ardentes qu'elles apportaient la crainte de se blesser, alors qu'il se trouvait pourtant à plusieurs mètres du brasier déchaîné. Assis sur le muret d'un abreuvoir, derrière la foule, il pouvait néanmoins bien voir le feu. Il pouvait voir les Gardiens y jeter des pleines poignées de livres, parfaitement entendre le crépitement exalté des flammes, sentir la lourde odeur de cendre et de parchemins brûlés. Sa gorge en était prise, au point de quasiment suffoquer. Presque recroquevillé sur lui-même, il observait, hypnotisé, les livres être carbonisés par paquets entiers. De l'autre côté de la place, deux Gardiens maintenaient un homme à genoux. Sur le côté, le Prieur était installé sur un large siège, face à ce spectacle, observant et jugeant en silence. Face à une foule parfaitement silencieuse, aussi immobile qu'une grande volée de statues. Haji ne pouvait voir leurs visages, tous lui tournaient le dos. En revanche, il voyait celle de l'homme à genoux, même à cette distance. Son expression était une torsion malaisante entre la peur, la colère et le désespoir. Son regard, surtout, était difficilement soutenable, au point qu'Haji dû baisser le sien, quand bien même ce n'était pas lui qui était visé.

Ses bras étaient fortement serrés autour de lui, les doigts agrippés contre des vêtements rugueux et une tunique trop grande pour lui, avec moins le mérite d'être chaude. Le souffle court, si penché en avant que ses longs cheveux noirs finissent par retomber comme une cascade emmêlée de part et d'autre de sa tête, cachant un peu plus son expression. De l'autre côté de la place, le Prieur se leva alors, le geste provoquant de longs chuchotements, poussant Haji à relever la tête. Il écouta le maître du pays, avec une très désagréable sensation de déjà-vu, cette scène était trop familière pour qu'il puisse l'observer ainsi sans avoir peur. L'accusation d'hérésie tomba comme un lourd couperet, résonna dans la tête du jeune homme de dix-neuf ans, le ramenant avec une certaine brutalité plus de dix ans en arrière. Cloué sur place, il écoutait et regardait, encore incapable de bouger. Puis il vit le geste, presque sacré, se lever. La foule, et lui-même, se mit aussitôt à genoux, en signe de soumission. Le Gardien garda un instant son épée levée en l'air, menaçante, alors que le Prieur déclamait les textes anciens, le jugement final. Désormais, seul le feu violent brisait le silence imposé sur cette place, où seul le Maître de tout le pays avait droit de parole. Haji ne put s'empêcher de relever les yeux, plutôt que de regarder au sol. Tremblant, les mains appuyées contre les pavés, les genoux crispés contre la pierre et la poussière. Son regard fut de nouveau happé.

Le condamné, toujours à genoux, tenait le regard levé et droit sur les flammes. Il ignorait le Prieur, il ignorait les Gardiens, il ignorait même celui qui s'apprêtait à abattre son épée sur lui. Ce n'était même plus de la colère qui semblait l'habiter, c'était, c'était, c'était… De l'attendrissement ? De l'amour… ? Il regardait les livres dans le brasier et les derniers d'entre eux qui continuaient d'y être jetés comme s'il regardait la plus belle création de ce monde. Un petit sourire d'émerveillement se dessinait même sur son visage. Choqué, Haji ne put détacher le regard, à la fois fasciné et effrayé. Mais lorsque l'épée s'abattit, le retour à la réalité fut on ne peut plus brutal. Le contraste si enragé entre le coup mortel et le regard si doux lancé vers les livres le saisit avec une agressivité immense. Il laissa retomber la tête vers le sol et se mit à vomir tout ce qu'il avait avalé dans la journée. La foule s'était déjà remise debout, face au prieur, tandis qu'il restait là, prostré à genoux, en essayant désespérément de calmer la folle cavalcade de son cœur. Les mots du Prieur, lancés vers la foule, glissaient sur lui comme de l'eau, il ne pouvait plus écouter. Lentement, il parvint à se redresser et s'écarter, avant de finalement partir dans les rues adjacentes de la place, s'enfoncer dans la nuit noire.

Même en pleine nuit, les rues fourmillaient toujours autant d'activité. Le quartier du Centre, qu'il devait bien traverser pour rejoindre le quartier Est, était malgré tout le moins animé de la ville toute entière, la nuit. La grande majorité des commerces étaient fermés, seules les auberges luxueuses brillaient encore de tous leurs feux, aucun marché n'occupait la place à pareille heure. Des Gardiens patrouillaient avec régularité, les rues et avenues étaient droites, bien entretenues, même décorées. Le quartier des riches, le quartier du pouvoir, le quartier des privilégiés et de la vie facile... Haji n'y venait que lorsqu'il devait rendre visite à ses clients, ou comme cette nuit pour un bref passage avant de rejoindre une autre zone de la ville. Il n'était pas de ce monde-là, toute son apparence le criait, bien qu'il soit souvent forcé de jouer avec les codes pour ne pas paraître comme un simple pouilleux. Pour ses clients, il devait jouer la carte des bonnes apparences, être parfaitement bien coiffé, bien habillé, porter des tenues plus sophistiquées que celle de cette nuit. Il passa à bonne vitesse, presque en courant, dans ces rues tranquilles, évitant au maximum les avenues de pouvoir, comme il disait, préférant encore prendre de petits détours, pour gagner l'Est. Après de longues minutes de course, il atteint peu à peu des rues de moins en moins entretenues, de moins en moins droites et larges, de moins en moins calmes.

Le quartier Est, son quartier, sa vie, et surtout, sa bouffée d'air frais, là où il se sentait le plus en sécurité morale, alors même qu'il était en très grande insécurité physique. Les rues, ici, n'avaient plus rien d'attirant, les bâtiments étaient moins bien conservés, faute de moyens alloués, et surtout, les services de nettoyage de la ville ne voulaient plus venir ici, pointant du doigt l'insécurité. Les autorités avaient laissé faire, laissant le quartier s'enfoncer dans une spirale malsaine entre violence et insalubrité. Pourtant, paradoxalement, la puanteur des rues était ce qui aidait le jeune homme à mieux respirer et à reprendre ses esprits. Doucement, il cessa de courir, plus calme, rassuré maintenant qu'il était de retour ici. Il entra bien vite dans le marché nocturne, les bruits et les odeurs encore plus exacerbées. Bien vite, il s'arrêta à un des étals pour acheter un verre d'alcool, le plus fort qui soit, pour le boire cul sec. La boisson lui arracha un peu la gorge au passage, exactement ce qu'il cherchait. La rue était bourrée de monde, les tavernes et les tripots de jeux semblaient littéralement vomir de clients. Des dizaines de petits commerçants vendaient différentes herbes à fumer et des plantes hallucinogènes, en plus de l'alcool.d'autres revendaient des produits parfois volés. Des petites échoppes de nourriture parsemaient les rues, où les hommes et femmes travaillant dans les ateliers du coin venaient manger rapidement avant de revenir à leurs postes. Les ateliers et fabriques du quartier tournaient sans trêve ni repos, pour des boulots très difficiles, souvent dangereux, dont personne, sinon la population locale de l'Est, ne voulait.

Haji s'assit sur un muret, après avoir acheté une pinte, plus grande, d'une bière brassée juste à côté. Dégoûtante, certes, mais forte ! L'argent qu'il gagnait avec son travail lui permettait de se payer des vêtements et accessoires adaptés pour rencontrer la plupart de ses clients fortunés, à manger et plus que tout, de l'alcool. Il ne buvait pas par plaisir ou dépit, il buvait car l'alcool l'aidait à rentrer dans un état second, un état où il arrivait à se détacher du monde qui l'entourait et à en supporter tous les vices. Il buvait pour supporter le monde, supporter son travail et sa vie. Fumer de temps en temps aidait aussi, lorsque l'occasion s'offrait à lui. Une fois sa pinte terminée, il se remit en route. La panique et la tension étaient parties avec la boisson. Il ne se crispa même pas quand il aperçut plus loin, dans le marché, une patrouille d'une dizaine de Gardiens. On ne les voyait pas tant que ça, dans le quartier Est, les gens du coin aimaient dire qu'ils ne venaient plus que pour la décoration, alors qu'en réalité, ils avaient déjà abandonné toute cette zone de la ville à la violence et aux trafics. Forcément, les enquêtes coûtaient cher, un pauvre ne possédait pas les ressources pour demander ça, encore moins espérer que son voleur ou agresseur soit retrouvé un jour.

Sa maison, comme il disait, se trouvait quelques rues plus loin. Le Havre Rouge, une des plus grandes maisons closes du quartier Est. Il passa par les portes de derrière, réservées aux employés, adressa un bref salut au vieux concierge et alla d'abord se débarbouiller le visage. Au second étage, sa petite chambre, semblable à toutes les autres de la maisonnée, comportait un lit, un coin pour la toilette, un miroir, quelques lampes à huile et une armoire pour ranger ses affaires. Toutes les chambres étaient identiques. Le Havre Rouge n'était initialement pas le vrai nom de la maison close, c'était les gens du coin qui l'avaient appelé comme ça. D'une part pour sa décoration, tout était de la couleur de la passion, depuis les murs couverts de voilure rouge sombre, au sol couvert de tapis épais de la même teinte. Les meubles étaient eux aussi d'un rouge vif, ou bien d'un bois sombre. Les lampes, les verres, les assiettes, la décoration, les canapés, les rideaux, rien n'échappait à la riche couleur du sang. D'autre part, le nom Havre venait, lui, du fait que cet endroit attirait des clients de tous horizons, des moins fortunés aux plus riches. Le patron des lieux avait fini par décréter ce surnom comme officiel, il y a plusieurs années. Il se targuait d'avoir une maison close « de luxe », même si les lieux se trouvaient dans le quartier Est, avec des employés, femmes comme hommes, qui étaient capables de produire des prestations de haute qualité pour tous les clients.

Le luxe apparent n'effaçait pourtant pas la réalité d'une putain de vie. Haji prit un moment pour se laver et coiffer ses longs cheveux noirs, face au miroir de la chambre. Le rendez-vous qui avait précédé l'horreur de cette scène sur la place lui avait laissé quelques marques sur le corps. Si ses clients étaient surtout des hommes à la maison close, les rendez-vous à domicile, eux, étaient très souvent pris par des femmes. Elles ne se déplaçaient pas dans ce genre de lieux, ce serait bien trop dérangeant et indiscret, alors que leurs compagnons, qu'importe leur milieu d'origine, ne souffraient d'aucune mauvaise image en venant ici. Haji se pencha vers le miroir, une fois prêt, si on peut dire, et se fixa. Fais le vide… Oublie… Il… Il devait boire encore, ça ira mieux. Oui, voilà, juste un autre verre, ou deux, et il arrivera à oublier. A ne plus penser à cet individu au regard si doux, à ne plus penser non plus au passé. Ce passé qui remontait à la surface en grattant comme un animal, grincer qu'il était toujours là, couiner dans sa tête, que tout l'alcool au monde ne suffirait pas à le faire disparaître. Le jeune homme quitta sa chambre pour rejoindre le salon principal et s'obligea à adopter les bons gestes, le bon sourire, pour se glisser dans cette salle bondée, se faire remarquer par des clients potentiels, que ce soit des hommes ou des femmes. Ce n'était qu'une pièce de théâtre, où chacun détenait son rôle. Le sien était d'inciter les clients à boire en buvant avec eux. Et ainsi, rentrer à tout prix dans l'état second qu'il recherchait.

Assez vite, il fut approché par un de ses clients habituels, un fonctionnaire fortuné de la ville, du double de son âge, au visage de faucon. Haji lui adressa son plus beau sourire, alors que le bras de l'homme venait fermement s'enrouler autour de sa taille. En une seconde, il se retrouva collé contre son client, enlacé à l'en étouffer, face à ce visage qu'il jugeait répugnant mais qu'il devait bien accepter, car il était un de ceux qui payaient le mieux. Vivien de Mun, un homme influent, dans la cité, car il travaillait au service des impôts et venait d'une famille de forte influence. Malgré son statut d'homme marié, son goût pour les jeunes filles, vraiment très jeunes, et les hommes comme lui, tout juste adultes, étaient très connus. Quand il était dans les bras de cet homme, quand il sentait ses grandes mains rugueuses et dures se poser sur lui et le toucher, Haji ne pouvait pas s'empêcher de penser à Dame de Mun. A ce qu'elle penserait en voyant, sur le visage de son mari, cette expression salace de convoitise. A quoi pourrait-elle bien penser, lorsque son mari prenait sur ses genoux des filles de treize ou quatorze ans, pour se servir d'elles comme de jouets. De telles pensées ne bénéficiaient pourtant d'aucune place, ici. Pas plus que l'enfance. Ses propres débuts dans la prostitution dataient de ses douze ans, par besoin de manger et d'une relative protection. Son corps était devenu la dernière de ses possessions.

Le fonctionnaire, de son côté, semblait très loin de toutes ces préoccupations. Et seul le désir de l'instant le motivait. Bien vite, ils montèrent dans la chambre du jeune homme. Fermer la porte, s'effondrer sur le lit, se laisser faire, peu importe le rejet physique éprouvé, se contenter de serrer les dents et fermer sa gueule. La douleur était une compagne habituelle… La plupart de ses clients étaient de véritables animaux une fois nus dans son lit, les hommes comme les femmes. Lui-même devait parfois se comporter comme un animal. Avec ce client-là, il devait rester soumis, se laisser aller à tous ses caprices, se laisser mener, même si ça devait être douloureux. Ses habits finirent au sol, comme ceux du client. Haji, porté par l'alcool, laissa son esprit dériver au loin. Il se plaisait à imaginer une autre vie…. Sans peine, sans misère… Sous les ruades de son client, à peine conscient grâce à l'alcool avalé, son esprit dérivait vers des contrées moins éprouvantes, quoi que floues. Des lieux où la faim et la soif n'existaient plus... Il se plaisait à penser au confort possible, dans une de ces splendides demeures de la capitale, comme celle que devait posséder Vivien de Mun...

Imaginer... Imaginer la vie que devait posséder son riche client. La maison somptueuse où il devait loger. Ce que ça faisait d'avoir des personnes à votre service pour ranger, nettoyer et laver. De l'eau toujours chaude pour se laver, avec l'un de ces savons parfumés vendus dans les beaux quartiers. Haji pensait avant tout à l'argent qu'il gagnait et espérait qu'un jour, cet argent lui permette de quitter ce trou. Pour aller... Il ignorait où... Aller à... Ou... Peut-être... Des pensées confuses, rompues brutalement par un violent coup de rein de son client, qui lui arracha un gémissement de douleur. Ses mains se crispèrent en attrapant les draps, tandis que le fonctionnaire laissait échapper un bref râle de plaisir. Haji tourna juste un peu la tête pour le regarder, en sueur, tout comme lui, tremblant mais toujours stoïque. Il le payait. C'était tout ce qu'il devait garder en tête, il le payait. C'était juste une prestation, il vendait son corps comme d'autres vendaient des légumes ou du blé dans la rue.

La nuit fut une succession de clients, d'alcool et d'un peu de sommeil entre chaque passe. La dernière personne qui avait quitté sa chambre, peu après l'aube, était une femme du quartier. Une des rares femmes à venir dans l'établissement. Une des rares qu'il savait apprécier, car elle était comme lui, venue des bas-fonds, une pauvresse venant dépenser ses maigres sous durement gagnés, pour une heure de plaisir, avant de repartir à sa vie d'ouvrière. Une fois seul, Haji put quitter sa chambre, descendre dans les sous-sols, remplir un des bacs d'eau froide pour se laver complètement. Ils étaient une dizaine dans la pièce pour cette tâche, à cette heure, d'autres dormaient ou étaient avec des clients. L'établissement ne stoppait jamais. Installé dans l'eau froide, le jeune homme laissa échapper un long soupir et posa sa tête contre ses bras, sur le rebord du baquet. Chaque journée était semblable à la précédente, toutes les nuits se ressemblaient. Il se sentait sale et abîmé. Avec la douloureuse l'impression, depuis des années, de voir sa vie défiler sous ses yeux et être incapable de la saisir entre ses mains, la modeler comme lui le voudrait. Plongé dans des pensées bien sombres, il sursauta assez brusquement quand une voix de femme l'interpella.

- Ça ne va pas, mon chou ?

Il releva mollement la tête pour croiser le regard de Hana, nue, elle aussi et enveloppée dans une très longue serviette. Elle lui souriait. Un sourire qu'il serait bien incapable de lui rendre, en ce moment. Elle s'assit près de lui et lui demanda à nouveau si ça allait. Que pourrait-il lui répondre ? Qu'il voudrait à la fois hurler et vomir ? Que sa vie l'exténuait, depuis sa petite enfance ? Qu'il souffrait de ne rien accomplir d'autre ? Qu'il ignorait où aller ? Car c'était ça, la réalité. Même s'il gagnait beaucoup d'argent, dans la maison close, que fera-t-il après ? Il y en a plein qui devaient arrêter le bordel après trente ans, qui devenaient ouvriers ou on ne sait quoi. Peu restaient plus longtemps, comme Hana. Peu gardaient assez de forces physiques et mentales pour continuer. Il tendit une main vers Hana, pour prendre la sienne, gagner un peu de réconfort, même si ce n'était que cela. Il l'aimait bien... Beaucoup, même. C'était elle qui s'était occupée de lui, quand il était arrivé dans le bordel, juste après que le patron du Havre l'ait ramassé dans la rue, lui promettant de gagner de l'argent et de dormir au chaud tous les jours, le ventre plein, en travaillant ici. Elle lui avait enseigné les codes de la maison, expliqué que le patron prenait une partie de ce qu'il allait gagner et que l'autre partie serait pour lui, de quelle manière la dépenser. Plus important, elle lui avait montré comment satisfaire les clients et faire l'amour.

- Tu as eu un client désagréable ?
- Non... J'ai... Enfin, hier soir, la place de l'étoile... Tu as entendu ce qui s'est passé ?
- Oh. Oui... Mais que faisais-tu là-bas ?
- Je sortais d'un rendez-vous avec un client, dans le Centre. Après, je ne sais pas, je me suis arrêté, j'étais...

Il ne trouvait pas ses mots. L'angoisse commençait à remonter... Hana dû le sentir car elle serra plus fort la main qu'elle lui tenait, avec un petit sourire de compassion. Ce n'est qu'à ce moment-là qu'il réalisa qu'elle était finalement la seule personne à qui il avait parlé de sa petite enfance. De sa mère... Sa tutrice demeurait la seule ayant entendu le récit de cette terrible nuit. Il ne s'était confié qu'à elle. Sa discrétion et sa douceur avaient fait d'elle l'unique personne en qui il avait eu assez confiance pour tout déballer. Lors de son arrivée au Havre, elle s'était occupée de lui comme de son propre fils. En le nourrissant, le lavant, lui trouvant de nouveaux vêtements... Affamé et très affaibli, Haji s'était effondré, fondant en larmes dans ses bras. C'était à ce moment précis que le récit s'était échappé de ses lèvres. Sa maman, cette nuit-là, les Gardiens, la fuite, la solitude, le froid, la faim, la peur... Ces quelques années, seul... Il était resté en vie, par un miracle improbable. C'est lorsque Hana lui toucha la joue de son autre main qu'il se rendit compte qu'il pleurait doucement, sans bruit, sans même trembler. Le contact le secoua assez pour qu'il se redresse, sorte de l'eau froide du baquet et s'enroule à son tour dans une serviette. Il ne voulait plus pleurer... Plus maintenant... Déjà trop de pleurs s'étaient déversés, lorsqu'il n'était qu'un petit garçon. De toutes façons, ça faisait si longtemps, maintenant ! À quoi bon pleurer encore ? Il sortit de la salle avec Hana et tous deux allèrent s'habiller, parler un peu dans le même temps.

- Hana... hésita-t-il assez lentement, en sortant ensuite dans la courette derrière le Havre, avec elle. Tu as déjà eu envie d'ouvrir un livre ?
- Quoi ? Bien sûr que non, quelle idée ! Tu sais très bien qu'ils sont dangereux, sans la bénédiction des Gardiens. Je n'ai pas envie de me brûler les doigts ou les yeux.
- On dit que dans le marché noir, certains vendent des livres et que ça ne brûle pas les mains.
- Alors ce sont des faux livres, trancha Hana d'un ton soudainement plus vif. Ne commence pas à t'approcher de ce genre de charlatans ! De toutes façons, quel intérêt de toucher ça ? Nous n'en avons pas besoin, dans notre vie.

- Mais à quoi ils servent, dans la vie des riches ? Il y a d'autres trucs que les livres sacrés. Qu'est-ce qu'il peut y avoir dedans ?
- Écrire combien ils gagnent d'argent, peut-être. Ou d'autres fantaisies. Je ne sais pas et je m'en moque assez. Il est trop dangereux de toucher à ces choses, c'est comme si tu mettais volontairement ta main dans le feu. Il y a des malheureux qui sont devenus aveugles, les yeux brûlés, après avoir ouvert des livres sans en avoir le droit ! Les Gardiens nous les ont montrés, dans la rue, je m'en souviendrai toute ma vie...
- Brûlés... Complètement ? Je croyais qu'ils étaient juste blessés un peu.
- Non ! Mon pauvre chéri, tu n'as jamais fait attention ? Ils portent des bandeaux pour cacher ça, mais c'est affreux à voir. Les Gardiens nous ont dit qu'ils avaient osé braver l'interdit et défier le ciel, ils avaient voulu toucher et voir ces choses alors qu'ils n'en étaient pas dignes... Les voilà aveugles, maintenant.

Haji sentit sa gorge se nouer douloureusement. Il avait toujours pensé que toucher un livre sans en avoir le droit pouvait vous blesser un peu les mains mais c'est tout... Alors les livres étaient vraiment maudits, pour ceux n'ayant aucune bénédiction ? Il posa doucement la question à Hana, qui confirma vivement, puis conclut en lançant que ça ne lui servirait de toute façon à rien, de pouvoir toucher un livre. Suite à ça, elle rentra à nouveau, le laissant seul ici avec ses pensées. Le jeune homme serra un peu le châle enroulé autour de lui, pour se protéger du froid, et s'assit sur la petite marche de pierre. L'homme exécuté n'était pas devenu aveugle... Peut-être avait-il reçu la bénédiction autrefois ? C'était la seule explication possible. Pour avoir été accusé d'hérésie, qui sait ce que ces livres détruits avaient bien pu contenir... Il repensa ensuite à sa mère... À nouveau, les larmes coulèrent silencieusement, mais cette fois il ne parvenait pas à les stopper. Certains ici lui avaient dit que c'était ridicule et qu'il pouvait oublier, tout cela appartenait au passé. Des orphelins, on en trouvait des paquets entiers, dans la rue, ils ne pleuraient pas tous les jours, eux ! Pire encore, il pleurait une hérétique, c'était incompréhensible ! Il devrait être heureux que les Gardiens l'aient débarrassé d'elle et de ses idées dangereuses. Même son patron pérorait sur son sauvetage par les Gardiens, protégé d'une mère indigne. À quoi bon désespérer sur le sujet ?

Il devrait être heureux et soulagé, *"il devrait"*. Oui, les Gardiens avaient accompli leur Devoir en exécutant sa mère pour hérésie. Oui, ils l'avaient protégé, en empêchant que ça soit elle qui l'élève. Oui, ils l'avaient protégé, même si cela avait eu pour conséquence de le jeter au milieu de ces gamins des rues, livrés à eux-mêmes. Pourtant, il n'arrivait pas à être heureux. Il ne supportait pas que sa mère n'ait pas eu de sépulture ni aucune cérémonie, pas même le droit à la fosse commune. Il ne supportait pas l'idée que son corps ait été détruit sur le champ, condamnant son âme à errer éternellement sur cette terre, sans jamais trouver le repos. Il ne parvenait pas à accepter sa mort. Il ne tolérait pas de garder si peu de souvenirs précis d'elle, de son visage, de son sourire, de sa voix. Maintenant plié en deux, il pleurait plus fort, le visage tordu dans une expression de souffrance. Treize ans plus tard, la perte restait aussi cruelle qu'au premier jour. Il pleura longtemps, très longtemps, jusqu'à avoir le corps complètement vidé, à la fois de larmes et de forces. Il se releva avec lenteur, avant de rentrer. Seul objectif, désormais, se reposer. Poursuivre le cours de sa vie. Puisqu'aucun autre choix ne se présentait…

CHAPITRE 2 : LE FESTIVAL DU CIEL

Le soleil était levé depuis un peu moins d'une heure, laissant lentement les derniers effluves de la nuit disparaître. Le patron du Havre chantonnait dans les couloirs en allant de chambre en chambre, pour donner ses instructions. Une bonne humeur presque inquiétante, pour Haji, ça le rendait un peu méfiant. Il le vit passer dans le couloir, la porte de sa chambre grande ouverte, alors que lui-même était occupé à se coiffer et s'habiller. Un instant, il écouta les pas du chef s'éloigner, pour être sûr qu'il ne revenait pas le voir, avant de se concentrer sur sa préparation. Cette fois avec une des tenues des grands jours, autrement dit, une tenue qui ne faisait pas tâche lorsqu'il devait se mêler à une foule issue d'une plus haute classe sociale que la sienne. Un chignon haut, avec des tresses tombantes dans le dos, ses très longs cheveux d'un noir corbeau, des vêtements longs, une robe lourde, une tunique plus courte par-dessus, des manches larges, elles aussi longues et épaisses. Puis un pardessus encore, quelques colifichets accrochés à la taille, des chaussures souples. Des habits confortables, peut-être, mais peu pratiques. Tout particulièrement chaud. Beaucoup trop. Une fois prêt, il sortit assez tranquillement, dans les rues encore calmes de l'Est. Il ne croisa que quelques-uns des oiseaux de nuit habituels, au sortir des tripots, quelques femmes de sa connaissance terminant leur travail, dans la rue, ainsi que les premiers commerçants qui ouvraient boutique. L'astre de vie n'avait pas encore achevé sa montée dans le ciel. Pour l'Est, une journée classique, en revanche, pour d''autres quartiers, une journée chargée de ferveur religieuse.

Dès le quartier Centre, les choses changeaient. Les statues, en l'honneur du Dieu Seykyou, arboraient des guirlandes de fleurs multicolores et parfois ces larges voiles, très légers, aux multiples couleurs, signe de noblesse. Il en était de même dans tous les lieux de passage, présentant ces longs voilages et ces parures naturelles. Des bardes envahissaient déjà les rues pour déclamer chants et poèmes à la gloire du Dieu Éternel et à la gloire du Prieur, son représentant et son envoyé sur cette terre, pour y guider les Hommes, les protéger du péché et des tentations des démons. Le jeune homme fit de son mieux pour conserver un air neutre, durant le trajet. Cet étalage de richesse et de décorations pesait sur son moral, il y voyait un argent gaspillé en pures futilités. On pourrait lui rétorquer que les hommes devaient s'amuser. Soit ! Mais s'amuser de cette façon alors que ces fleurs ne tiendront que quelques jours ? S'amuser alors que cet argent pourrait éviter aux rues voisines de mourir de faim ?

Partout où il regardait, autour de lui, Haji voyait les commerçants ouvrir en hâte leurs échoppes, préparer des pâtisseries spéciales pour le festival ou mettre en place des statuettes à l'effigie de leur Dieu à tous. L'effervescence était déjà immense, c'était étonnant... D'ordinaire, l'Est était le quartier le plus animé de tous, mais pas aujourd'hui. Non, non, aujourd'hui, le reste de la capitale s'animait et l'Est s'éteignait, retiré dans sa propre misère. Les quartiers « normaux » leur reprochaient ça, ils ne comprenaient pas pourquoi les miséreux de l'Est ne partageaient pas cette ferveur et cette même joie de célébrer leur Foi, le jour du Festival du Ciel. Ils ne comprenaient pas que Seykyou leur inspirait plus de terreur que de joie, qu'ils peinaient souvent à croire en étant si plongés dans la misère, que la Foi n'était pas suffisante à combler la faim, la peine, la peur et le désespoir.

Le jeune homme traversa ces rues, places et avenues sans mot dire, tête un peu baissée. S'il conservait la Foi en Seykyou, il en avait également peur. Le défier en se comportant d'une manière malsaine ou dérangeante en pleine rue - surtout aujourd'hui - ne faisait pas partie de ses projets. Il ne désirait pas connaître le même châtiment que sa mère, en défiant l'Éternel. Ou en défiant ceux qui imposaient sa Loi sur cette terre. Son trajet le mena finalement à la place des magnolias, ainsi nommée non pas pour sa production mais parce qu'il s'agissait de la fleur favorite du Prieur, les riches habitants vivant autour de cette place avaient voulu lui rendre un hommage de cette façon. Cette esplanade avait beau être immense, seuls cinq manoirs avaient été construits autour d'elle. Un nombre pouvant sembler faible, au regard étranger, pourtant, leur démesure compensait amplement leur faible nombre. Par leur taille, leur richesse affichée et les hautes statues de pierres s'imposant à la vue de tous, nul ne pouvait demeurer indifférent. Dès qu'il venait sur cette esplanade, Haji se sentait complètement insignifiant. Face à cette richesse étalée sans complexe au grand jour, le contraste avec sa propre vie était on ne peut plus cruel... La jalousie chuchotait à ses oreilles, évidemment, mais aussi... Comment le dire... Une forme de peur, quelque part. D'oppression, dans ces bâtiments immenses, où la vie était régie par des milliers de règles et de cérémonials. Il inspira un grand coup avant de franchir le pas, entrer sur cette place, et se diriger vers le lieu de son rendez-vous.

Il n'était bien sûr pas question de pénétrer dans le Manoir des Qian par la grande porte. Il se présenta à l'une des entrées de service, comme à son habitude, et fut reçu par les mêmes serviteurs que les six fois précédentes. Sans un mot, il fut conduit à destination. Tout d'abord une longue succession de couloirs nus, une multitude de portes menant vers des petits ateliers, des buanderies, des celliers, des caves parfois, des réserves... De nombreuses petites mains s'activaient, toutes vêtues du même uniforme, une tunique noire frappée des insignes des Qian, un pantalon de toile et des sandales de travail. Haji ignorait combien de personnes étaient employées par le clan, le tout donnait simplement le sentiment qu'une véritable armée œuvrait à la bonne marche du manoir titanesque. Une fois passé ces sections utilitaires, ils passèrent des salles et embranchements bien plus riches et chargés. Haji marchait la tête baissée, une fois de plus, en suivant son guide. Il lui sembla s'écouler une éternité avant de finalement parvenir aux appartements de jade, la place privative de Dame Sae Qian, l'épouse du patriarche du clan. Le serviteur le fit entrer sans un mot, lui prit son pardessus pour aller l'accrocher à une patère un peu plus loin, et referma ensuite sur lui la porte des appartements, le laissant seul.

Il s'agissait de sa septième visite, en revanche, c'était la première où il arrivait avant que Dame Qian ne soit présente. Peut-être qu'une cérémonie la retardait... Il marcha un peu dans la première pièce, un grand salon, sans réel but, simplement pour s'occuper et faire baisser la pression qu'il éprouvait dès lors qu'il était dans ce manoir. Écrasé sous le poids de toute cette richesse, étouffé par l'inégalité si criante qui s'offrait à lui. Lentement, son regard passait sur les tableaux accrochés aux murs, représentant des membres du clan et Dame Qian elle-même, en suivant de riches rideaux brodés et épais habillant la pierre, avant de glisser sur les meubles finalement ciselés, les tapis moelleux au sol, tant et si bien qu'ils étouffaient tous les bruits de pas. Il passa près d'une jolie commode, sur laquelle reposait de délicats bijoux. Des broches bordées de saphirs précieux, des colliers de perles et là, une bague d'argent, brillante sous un doux rayon de soleil. En avançant, il remarqua alors une petite porte entrouverte, recouverte en bonne partie par un grand rideau, pendu au plafond. Une pièce encore inconnue, pensa-t-il. Sur le pas de la porte, il vit d'abord divers paquets bien enveloppés avec, non loin d'eux, un grand berceau d'enfant, en bois. Il fut d'abord surpris, ayant entendu dire que Madame Qian n'avait pas encore donné le moindre héritier à son époux. Que ferait un berceau dans les appartements de l'épouse officielle, sans enfants ?

Poussé par la curiosité, il pénétra franchement dans la pièce et s'approcha du berceau. Ce dernier était placé au centre exact de la pièce, comme l'étaient toujours les lits de bébés dans les familles riches, car c'était ainsi que les petits, dès la naissance, étaient placés sous le regard bienveillant et protecteur du Seigneur Seykyou. Le berceau était surmonté d'un haut baldaquin, couvert au fond d'un matelas doux. Dans le fond, une couverture repliée, accompagnée d'une petite poupée. Il la prit doucement, la retourna entre ses doigts. Elle semblait neuve... Après l'avoir reposée, il regarda un peu mieux autour de lui. Un des paquets entreposés, mal fermé, contenait des vêtements de bébé. À l'autre bout de la pièce, sous la fenêtre, une caisse en bois était remplie de ces petits jouets pour nourrissons. Eux aussi étaient neufs, sans un éclat mais surtout, couverts de poussière. Comme ces paquets. Comme le berceau lui-même. Sans vraiment comprendre pourquoi, le jeune homme sentait le malaise monter. Contrairement aux appartements justes à côté, où de multiples signes montraient que quelqu'un y vivait chaque jour, cette pièce-là était... Elle... C'était trop calme, à la fois neuf et ancien. En fait, c'était une pièce qui puait la mort. Il ressortit à toute vitesse, dans un brusque sursaut, en s'assurant n'avoir rien dérangé.

Au malaise provoqué par les lieux était venu s'ajouter le malaise provoqué par cette pièce. Il se traita d'imbécile trop curieux en boucle encore trois bonnes minutes, avant de se calmer un peu. Ne plus y penser, allez ! Il n'était pas chez lui... De longues minutes s'écoulèrent avant que la porte ne s'ouvre sur Dame Qian. Haji se retourna vers elle, joignit ses mains contre lui, l'une dans l'autre, et s'inclina profondément pour la saluer avec tout le respect qu'il lui devait. Elle était l'une de ses plus récentes clientes et aussi l'une des plus jeunes, du haut de ses vingt-deux ans. On pouvait dire qu'elle était belle, sa peau avait été autant épargnée par le soleil lors des durs travaux des champs que par les tourments des maladies, la faim et les infections attrapées dans la misère des rues. Ses cheveux étaient retenus par des broches et des perles, sa tenue témoignait de sa richesse, et son maintien prouvait à lui seul qu'une éducation très soignée s'était vue dispensée. Voilà tout juste un an qu'elle était la nouvelle épouse de Lan Qian, âgé de quarante ans de plus qu'elle. Après deux autres précédentes épouses, toutes deux décédées, il avait choisi Sae comme nouvelle compagne officielle. Le chef de clan était réputé pour avoir un caractère difficile, de très nombreuses concubines et de mener ses affaires d'une main ferme, pour ne pas dire souvent cruelle. Haji connaissait les rumeurs, les vautours habituels qu'on trouvait dans tous les clans aussi riches et influents commençaient à s'ébrouer, sachant que le patriarche ne jouissait d'aucun héritier.

Dame Qian lui ordonna de se redresser, de son ton habituel, aussi dur que la voix, elle, était douce. Elle passa devant, il la suivit, à cinq pas derrière elle. Jusqu'à une chambre somptueuse. Le lit en baldaquin était si large que cinq personnes auraient pu y dormir sans se gêner. Toujours en silence, il commença par se déchausser, tandis qu'elle attendait, debout près du lit. Il s'agenouilla devant elle et baissa la tête, parlant enfin pour dire qu'il n'était qu'à son service. Ce fut toujours à genoux qu'il fit chuter au sol les vêtements qu'il portait, veillant à conserver une attitude servile, comme il se devait. Une fois nu, il attendit qu'elle donne ses ordres et exprime ses désirs. Un silence s'installa, elle ne bougeait pas et il ne pouvait relever la tête pour la regarder, comprendre pourquoi. Lorsque cette voix dure et douce s'éleva de nouveau.

- Que penses-tu de moi ?

La question le déstabilisa complètement et il resta un instant coi. Jamais la jeune Dame ne lui avait posé la moindre question. Il venait à sa demeure lorsqu'elle demandait, il assouvissait les désirs l'assaillant et repartait. Aucun mot n'était jamais échangé, en dehors des ordres. Était-ce un test ? À quel châtiment devait-il s'attendre s'il échouait... ? Tétanisé, il dû accomplir un effort monumental pour ouvrir la bouche et répondre.

- Vous êtes une Dame respectable de la Haute Société, placée sous la bénédiction de notre Dieu. Vous accomplissez votre devoir dans la plus haute dignité.
- Quel est le devoir de l'épouse d'un chef de clan ?
- De... D'assister son époux dans ses tâches et dans son dévouement envers Dieu.

À quoi tout cela rimait ?! Il ne pouvait la regarder, essayer de déceler dans son attitude ou sur son visage s'il répondait bien ou non. Le silence retomba à nouveau, on ne peut plus gênant. Il s'attendait presque à se faire frapper brutalement... Cela arrivait régulièrement... Ni le temps, ni l'habitude n'effaçaient la crainte de souffrir. Parmi ses clients, les femmes pouvaient être aussi brutales que les hommes.

- Tu es un gamin des rues, reprit-elle soudainement, d'une voix bien plus acerbe. Un simple crève-la-faim, qui vend son corps, car il n'a que ça. Il y en a des centaines comme toi, dans le quartier Est. Les gens racontent que tous les déchets se retrouvent là-bas. Que même Dieu a détourné le regard de vous tous, tant vous ne valez rien. Vous êtes les mauvaises herbes de la capitale, à vous terrer dans des maisons minables et délabrées, à ne rien faire d'autre que voler ou mendier, à vous entre-déchirer, vous mordre entre vous, comme des rats. Toute la ville en souffre ensuite ! Votre quartier est si miséreux que même les chiens ne veulent pas y vivre.

Haji serra les dents, sentant le rouge lui monter un peu aux joues. Là encore, l'habitude des insultes restait présente, l'habitude d'être pointé du doigt comme un moins que rien et traité comme un déchet. Mais ce n'était pas le mépris ordinaire qu'il sentait dans la voix de Dame Qian. Plutôt de la colère, beaucoup de colère, une envie furieuse de jeter contre quelqu'un une haine qu'elle ne contrôlait plus. Il le ressentait, dans la modulation de sa voix, même dans les petits mouvements qu'il voyait, grâce à ses pieds. A l'écoute de sa respiration, qui s'était faite tout à coup plus rapide et sifflante.

- Tu n'as même pas de nom ! Même pas de père ! Sais-tu au moins qui a engrossé ta pute de mère ?
- Ma mère n'était pas une pute !

Il releva brusquement la tête, plantant son regard droit dans celui de Dame Qian. Un regard où brillait effectivement la colère, mais surtout, d'où coulaient des larmes. Elle n'avait pas dû s'attendre non plus à ce qu'il relève la tête ou lui réponde, car elle resta tout aussi choquée que lui de cette vue. L'un comme l'autre restèrent dans cet état un moment, pétrifiés. Ce fut lui qui rompit la glace le premier, entre leurs deux regards, pour le rabaisser au sol. Elle allait vraiment le frapper, maintenant, il n'en doutait plus. Le dos rond, il attendait le premier coup, les dents serrées. Lorsqu'elle bougea, elle se crispa, mais ce fut finalement pour aller s'asseoir au bord du lit. Le jeune homme redressa plus lentement encore la tête, pour regarder ce qu'elle faisait. Son visage était de nouveau un bloc de marbre blanc, fermé et dur, ne laissant que peu de traces des larmes qui venaient de couler. Il eut l'impression d'avoir face à lui une statue… Une statue qui s'était brièvement animée, le temps de la colère et de cette insulte odieuse, avant de se figer une nouvelle fois. Il préférait la colère à bien y penser, car au moins, elle ne donnait pas ce sentiment glacial d'être morte. Lorsqu'elle se trouvait si… droite et rigide, son attitude renvoyait le même sentiment que dans cette chambre de bébé poussiéreuse.

- Qui est ton père ?
- Je ne sais pas, admit-il d'un ton moins respectueux qu'il n'aurait dû. Nous, les mauvaises herbes, n'avons pas toujours la chance de savoir d'où nous venons.
- Le père est très important dans la Haute Société. Il donne un nom, transmet une influence et une fortune, une histoire familiale, des responsabilités. Un enfant n'a besoin que de cela. La mère ne doit être là que pour porter l'enfant et l'éduquer les cinq premières années de sa vie. Au sein de notre classe sociale, un père ne pouvant rien transmettre ne vaut rien, une mère ne pouvant remplir son devoir de procréation ne vaut rien non plus. Toi, qui viens des bas-fonds, es-tu capable de comprendre cela ?

Haji brûlait d'envie de lui répondre que toutes ces considérations étaient des problèmes nobles, déconnectés de la réalité, sans la moindre valeur. Que pouvait-il bien avoir à faire qu'une personne de haute stature se plaigne de ses responsabilités ou que son épouse souligne ô combien il était délicat de remplir son devoir de procréation ? Que pouvaient bien représenter de tels soucis, si insignifiants ? En comparaison de ce que le peuple vivait au quotidien... La vie dans le Quartier Est était bien loin d'être tendre. Ils avaient eu bien des problèmes et des peines, Ils devaient gérer beaucoup de soucis chaque jour durant, la vie était fragile... Alors qu'un noble vienne se plaindre car il possédait moins de fortune que son voisin à léguer à son rejeton, franchement, ça lui passait au-dessus la tête ! Cependant, il ne pouvait se permettre de hurler tout cela... Prenant sur lui, il s'inclina à nouveau, avec respect, et déclara simplement qu'il comprenait. Un rire froid fut la seule réponse qu'il obtint.

- Tu ne peux pas savoir ce qu'est la vie ici.
- Vous ne pouvez savoir ce qu'est la mienne dans le quartier Est, marmonna-t-il d'une voix étouffée.
- Sinon gagner de l'argent pour manger, de quoi pourrais-tu avoir besoin de te soucier ? Quelles responsabilités as-tu ? Tu vas vivre comme un rien, personne n'attend rien de toi.

Haji gardait la tête baissée, se retenant si fort de répondre à nouveau, au point de s'en faire mal aux lèvres et à la gorge. Ce qui le ravageait d'autant plus, c'est que c'était vrai. Il ne bénéficiait d'aucun but précis, sur cette terre, leur Seigneur Seykyou ne l'avait gratifié d'aucun devoir en particulier. Il allait juste vivre comme ça, sans aucun but, jusqu'au soir de sa mort, c'était une certitude. Dame Qian se releva soudainement, sans que lui ne bouge d'un pouce, et se mit à faire les cents pas dans toute la chambre, tout en marmonnant un flot de paroles dont il ne comprenait pas un seul mot. Le jeune homme ne savait plus ce qu'il devait faire… Se rhabiller et sortir de là, rentrer, tirer un trait sur cette cliente qu'il ne reverra sûrement jamais ? Attendre comme ça que madame dise quelque chose, qu'elle surmonte ses humeurs ? Lui demander franchement ce qu'elle voulait, si elle désirait qu'il reste ou qu'il parte ? D'autant plus que l'envie de la frapper tout à l'heure était bien présente, lorsqu'elle s'était permise d'insulter sa mère… Mais il ne céderait pas à cette pulsion. D'une part, il était inconcevable à ses yeux de lever la main sur une femme, ou un enfant, d'autre part, le faire le condamnerait aussitôt. Les Lois du Prieur étaient très claires, quiconque osait lever la main sur un supérieur était puni de mort. Comme la Dame, trop plongée dans ses paroles incohérentes, ne lui prêtait plus aucune attention, il commença à s'habiller. Des gestes rapides, saccadés plutôt, qui eurent tôt fait de lui rendre une apparence plus présentable.

Il s'apprêtait malgré tout à lui demander l'autorisation de quitter le manoir quand une voix assez sèche se fit entendre, les faisant sursauter tous les deux. Dame Qian lui lança comme un regard d'avertissement et quitta brutalement la pièce, claquant les double-portes derrière elle. Haji, une fois de plus, resta complètement coi. Le temps nécessaire pour que la lassitude vienne remplacer le choc. Et maintenant… ? Il était complètement dépassé… Il finit par faire le tour du lit avant d'aller s'y asseoir, du côté gauche, dans un très gros soupir. Quitte à ensuite se faire jeter dehors violemment, au moins pouvait-il se permettre de ne pas rester assis par terre. Il s'installait plus confortablement, contre l'immense lit, quand sa main toucha un petit objet de cuir, de forme rectangulaire, dans les creux des couvertures. Machinalement, se demandant ce que c'était et ce que ça faisait ici, il le prit plus fermement pour le ramener devant lui. Puis le jeta tout aussi vite, très brutalement, comme s'il tenait un serpent agressif. L'objet alla s'écraser sur le mur d'en face. Haji ramena sa main contre lui et l'observa sous toutes les coutures, le nez quasiment collé contre elle. La peur et la panique soudaines enflammaient son cœur, par une envolée soudaine, il tremblait si violemment que même le lit semblait bouger. Les yeux rivés sur sa main, ce fut un nouveau choc qui s'ajouta lorsqu'il réalisa qu'elle était parfaitement intacte.

Pas une seule petite trace de brûlure, même infime : rien du tout. Sa paume n'était marquée que par de vieilles blessures. Il se laissa alors glisser par terre, se sentant soudain très amorphe. Son regard se porta sur le petit livre, à la couverture de cuir, jeté contre le mur et retombé au sol. Pourquoi ne l'avait-il pas brûlé aussitôt... À quatre pattes par terre, Haji prit alors le premier objet qu'il trouva sur la table de chevet, un bâton d'encens éteint, et tapota le livre avec, avec prudence. Il le poussa un peu contre le mur, sur le côté et enfin vers lui. Très lentement, toujours tremblant, il effleura la couverture du bout des doigts, les dents crispées, prêt à recevoir la brûlure promise. Là encore, rien ne se produisit. Mais... Il toucha avec deux doigts, plus franchement, poussé par un élan de courage et de curiosité, posa la main toute entière dessus. Suivi de son autre main. Le livre resta froid et complètement inerte. Inoffensif. Grand comme sa main et semblant un peu usé, écorné. Sa couverture était couverte de quelques signes, qu'il ne pouvait déchiffrer. Haji s'assit un peu mieux et le prit entre ses mains, le tournant et le retournant. Toujours rien... La gorge serrée, il lança un regard vers la porte. Une discussion, apparemment assez houleuse se faisait entendre, bien qu'étouffée par l'épaisseur des murs. Il reporta ensuite les yeux sur le livre, partagé entre une curiosité dévorante, beaucoup d'interrogations et une peur panique de ce qui pourrait se produire. Si le livre ne lui avait infligé aucune blessure, était-il possible que... Qu'il...

L'avertissement d'Hana résonna vigoureusement dans sa mémoire, comme si elle se trouvait juste à côté de lui. Aussi fort qu'une petite voix lui soufflant que tout cela était bien idiot. Il hésita, serra le livre entre ses doigts, puis il se décida. Grimaçant, les yeux à demi-fermés et tournés sur le côté, il ouvrit le livre avec une lenteur incroyable. Puis risqua un tout premier regard, très rapide. Un second ensuite, à peine plus long. Et enfin, tourna doucement la tête vers le livre ouvert. Là encore, rien du tout… Les mêmes signes indéchiffrables, écrits sur du papier parchemin lui aussi piqué par le temps. Toujours aucune brûlure d'aucune sorte. Le petit livre se laissa feuilleter, sans aucuns heurts. Haji ne comprenait absolument plus rien… Il le touchait, le regardait, le feuilletait, le tournait en tous sens. Il l'approcha même pleinement de son visage pour en respirer l'odeur. Et rien. Ça restait un simple objet. Impossible, alors qu'aucune bénédiction ne le gratifiait. Ce livre devrait le brûler immédiatement ! Alors pourquoi… ? Toute colère ou peine issues de la discussion, plus tôt, avaient disparu, remplacées par une confusion pure. Il observa ces signes si étranges, pour lui… Serrés, sur de longues colonnes. On aurait dit des dessins. D'autres signes s'étalaient ici et là, différents de tous, dans les bordures, régulièrement. Haji finit par réaliser qu'il s'agissait de chiffres, c'était la même chose qu'il voyait chez les commerçants, dans tous les quartiers. Des signes identiques également sur les pièces de monnaie.

À côté, quelques cris s'élevaient mais il n'y prêtait plus aucune attention. Fasciné par toutes ces marques étalées sur le papier. Il y en avait tellement ! En y regardant bien, il en trouvait des identiques. D'autres similaires, quoique… Qu'est-ce que ça pouvait bien vouloir dire ? Il glissait les doigts sur eux comme si ça allait l'aider à comprendre. Les minutes défilaient, le monde extérieur était oublié, ses yeux n'accrochaient plus que pour ça. Tant et si bien qu'il ne put remarquer immédiatement le retour de Dame Qian. Lorsqu'elle arriva au-dessus de lui. Surpris, il fit un petit bond en arrière, en lâchant le livre de peur. La terreur revint l'habiter d'un seul bloc. Cette fois, elle allait sûrement le faire tuer…

- Ma Dame…
- Que fabriquais-tu ?
- Je… Je…
- Tu regardais ce livre comme si tu regardais ton propre enfant.

- Pardonnez-moi, Dame Qian.

Incliné face à elle, front contre le sol, il était prêt à en pleurer. De peur, de sa propre bêtise, de ce qu'il risquait pour avoir bravé un interdit aussi important. Tout son corps était sous pression, il imaginait déjà les multiples horreurs que les Gardiens allaient lui faire subir pour son hérésie. Il entendit un soupir, avant que la Dame ne lui dise de s'en aller. Simplement ça. Haji n'en croyait pas sa chance… Il ne se fit pas prier un seul instant pour la saluer, se relever, et partir de là. Il quitta les appartements, attrapa son pardessus, et se mit à courir dans les corridors pour s'enfuir de là au plus vite, comme si toute une tribu de démons le pourchassait en ville. Si vite qu'il ne vit même pas les regards étonnés ou suspicieux sur son chemin. Dès qu'il fut dehors, il se mit à courir encore plus vite, sans avoir la moindre idée d'où il allait. Il courut juste au hasard, à en perdre le souffle, lâchant au passage tout le stress, la peur, la panique et la confusion le saisissant aux tripes. Il en bouscula beaucoup et continua sa ruée folle, jusqu'à atteindre le quartier Est. Là encore, il continua, encore et encore, jusqu'à arriver au port de l'Est, sur des quais encore plus sales que tout le quartier, couverts d'immondices. Sa course folle stoppa lorsqu'il fut définitivement incapable de reprendre correctement son souffle. Perdu dans les districts des pêcheurs et la crasse. L'air d'un cinglé. Il stoppa et se laissa tomber sur le tronc renversé d'un vieil arbre mort. Perdu. Seul. Plus perturbé que jamais…

Bien loin de là, dans les appartements de Jade du manoir Qian, la jeune Sae n'avait que peu bougé de position. Installée dans un fauteuil, elle tournait à son tour le petit livre entre ses mains, silencieuse, de nouveau très calme. Du moins, en apparence. Sous les riches vêtements et bijoux de grande valeur brillaient toujours la colère et la peine. Deux brasiers ne cessant de consumer son âme, nuit et jour, sans répit. Deux sinistres qu'elle n'aurait pu laisser échapper devant une personne de la même condition qu'elle ni même devant un des serviteurs du clan. Ce… prostitué des rues… n'avait même pas réussi à être l'exutoire qu'il aurait dû ! Son exigence d'obtenir un défouloir, bafouée ! Pire encore, il lui avait répondu, tenu tête, il avait osé la fixer bien en face et lui cracher ses réponses ! Il s'était comporté comme s'il possédait plus de valeur qu'elle ! Comme s'il était en droit d'éprouver de la fierté ! Alors qu'il n'était rien et ne le sera jamais ! Son regard transperçant... Comme si c'était elle, le moins que rien, comme si c'était elle, qui ne valait vraiment rien. Exactement comme son propre époux, alors que ce rat devrait la craindre, la respecter et l'admirer ! Il avait osé répondre et la déconsidérer, comme s'il disposait les mêmes droits que Lan Qian, comme s'il pouvait se le permettre, alors qu'il n'était strictement rien.

Ce n'était qu'un pauvre type incapable de saisir ce qui arrivait vraiment derrière les murs épais des immenses domaines fortunés. Tout ce qui lui importait, c'était de se vendre lui-même pour pouvoir manger et peu importe le lendemain. Tous ces gens... Tous ces miséreux de l'Est... Ils n'avaient aucune responsabilité, *rien*. Ils vivaient au jour le jour. Ils ne savaient rien de la Foi ni des responsabilités qu'elle imposait. Ils fêtaient aujourd'hui le Jour de Seykyou, le Festival du Ciel, et pas un de ces rats des rues était capable de prendre conscience des véritables enjeux de cette journée. Pas plus que des luttes de pouvoir. Sae posa la main contre son visage, tenta de retenir les larmes. Elle ne pouvait se permettre de pleurer encore... Peu importe ce qui s'était dit aujourd'hui, pleurer ne pouvait pas l'aider. Personne ne pouvait l'aider. Ses appels au Seigneur Seykyou étaient restés sans réponse, son ancien clan n'était pas assez influent pour la soutenir. Son nouveau clan, les Qian, était une menace. Un terrible sentiment de solitude lui prenait la gorge à chaque seconde, la peur lui tordant le ventre. Pour se distraire un peu, retenir les larmes à tout prix, elle se concentra alors sur ce petit livre. Ce n'était qu'un simple ouvrage des règles de bienséances pour les femmes de la Cour, un rappel des cérémonials et de la conduite à tenir lors des grands banquets. Un livre petit, mince, très ennuyeux bien qu'essentiel. Tout à fait banal.

Et pourtant. Le regard de ce garçon... On aurait dit qu'il découvrait l'un des plus beaux cadeaux de cet univers. Pour un livre. Un simple et pauvre petit livre qui ne contenait rien de spécial... Sae le reposa sur le guéridon, en un petit geste sec. Ce type ne savait même pas lire ! Il savait juste faire l'amour, rien de plus. Au moment de prendre un engagement avec lui, la première fois, c'était autant par dépit que par besoin de se défouler. Elle n'aurait pensé qu'il puisse toucher un livre avec bien plus d'amour et de soin qu'il ne touchait une femme. Enfin, « amour », que connaissait-elle de l'amour, après tout ? C'était bon pour la petite populace, celle pouvant perdre du temps avec ces fantaisies. Sae ne disposait guère d'énergie pour ça, trop obnubilée par ses responsabilités. Par son échec... Les deux mains posées contre son ventre, désespérément vide, elle pria Seykyou de lui accorder une nouvelle chance. Par pitié... Était-elle si indigne de lui qu'il lui refusait cela ? Que devait-elle faire de plus ? Comment devait-elle s'y prendre ? Un Gardien lui avait expliqué, la veille de son mariage arrangé, qu'une nouvelle vie ne pouvait être conçue sans offrir du plaisir à l'époux. Si c'était le cas, cette vie ne s'accrochait pas, dans le ventre de la mère et qu'il était inutile d'aller contre la volonté du Ciel. C'était pour cela que les femmes ne donnant pas de plaisir à leur conjoint au lit n'étaient pas capables de mener une grossesse à terme. Elles étaient punies par le ciel.

Offrir du plaisir lors de l'accouplement, telle était la règle de leur Dieu. Pourtant... Pourtant... Lan Qian lui inspirait un dégoût particulièrement odieux, dès lors qu'elle posait les yeux sur lui. Yeux fermés, Sae inspira très profondément, lentement, se refusant encore et encore de se laisser aller. Comment s'autoriser à sombrer ? Elle portait les espoirs de tout son clan ! Son mariage était une occasion unique de leur apporter un prestige considérable, leur offrir une chance, elle pouvait réussir, là où ses parents avaient lamentablement échoué. Pour les siens, pour leur Honneur, elle se devait d'accomplir son devoir. Elle se leva d'un bond et regarda son reflet, dans le haut miroir sur pieds proche de la fenêtre. Redresse la tête, sèche tes larmes. Inspire profondément et tiens-toi à droite. Dévoile un visage confiant. Dans un tel lieu, rempli de serpents, elle ne pouvait se permettre d'échouer. Encore moins faire un faux pas. Elle *devait trouver une solution*. Peu importe de quelle nature, tant que cela lui garantissait à la fois une sécurité personnelle et enfin la dignité pour tous les membres de son clan de naissance. Elle devait apporter une solution. Peut-être que le problème ne venait pas d'elle mais de Lan Qian. Qui pourrait lui offrir le moindre plaisir sexuel ? Hélas, pour lui donner les héritiers voulus, elle n'avait guère le choix. Il lui fallait une solution. Elle devait mener une nouvelle grossesse, à terme cette fois. Il lui fallait trois enfants, forts physiquement, en bonne santé. C'était son devoir.

Son mari ne pouvait sans doute pas les lui donner. Malgré cela, ce sera elle qui sera accusée. Elle connaîtra le même sort que les deux précédentes épouses du patriarche. Il n'en était pas question. En se retournant, son regard se posa de nouveau sur le petit livre. Pensivement, elle le toucha de nouveau… L'idée de prendre un autre homme que le patriarche pour avoir ces trois rejetons n'était pas une nouveauté. Depuis sa première fausse couche, à plusieurs reprises, ses tentatives d'engager une autre personne pour lui donner des enfants étaient restées lettres mortes. Aucun des hommes approchés n'avaient accepté de prendre un tel risque. Pas en connaissant les risques encourus en s'en prenant au clan Qian, pas en sachant les travers politiques se déroulant dans la cité. Des hommes, que la proposition de richesses offertes n'attirait guère, eux qui étaient déjà si riches. Cependant, que dirait un homme ayant un don précieux à gagner ? Un don devant être travaillé si longuement qu'il était forcé de rester proche, le temps de lui donner les héritiers dont elle aurait besoin, pour accomplir son devoir. Elle fit alors appeler sa suivante personnelle, une femme venue avec elle de leur clan natal, pour lui confier une mission. Le temps des pleurs était terminé. Elle reprenait les choses en main.

CHAPITRE 3 : L'ÉCHANGE

Pas de client ce soir... Le calme... Le repos... L'alcool... Une douzaine de jarres vides jonchaient déjà le parquet grinçant de sa chambre. Une autre se trouvait entre les mains d'Haji. Il s'était installé sur son lit, pieds nus, adossé contre deux gros oreillers perdant leurs plumes. À ce stade, l'alcoolisation avancée chassait les pensées négatives loin de son esprit et en prime, elle le rendait inapte à réfléchir. Enfin, pas autant qu'à l'accoutumée. Un petit rot lui échappa et il s'essuya la bouche, avec un soupir de contentement. Là, il était bien. Après s'être échappé du manoir, il avait passé toute la journée du festival et la nuit suivante dehors, dans le district des pêcheurs, à se noyer de questions et se rendre malade. Dès ce matin, une succession aussi rapide que possible de passes et de clients prit le relais. Pour oublier, pour se replonger dans le bain noir qui était le sien depuis des années. Et enfin, il s'était mis à boire. Ça faisait tellement de bien ! L'alcool était son unique ami, le seul qui ne l'ait jamais trahi, même pas une seule fois, de sa vie toute entière. C'était assez fort pour lui embrouiller les idées. Faire perdre la mémoire de ces signes. Effacer ce qu'il ressentait, sur le moment. Son argent de la journée était rangé dans sa bourse, une partie de ses vêtements empilés sur un tabouret, ses chaussures balancées dans un coin de la pièce, ses cheveux détachés et en vrac autour de lui. Une soirée comme il les aimait.

Voilà un long moment que la nuit était tombée lorsqu'on frappa à sa porte. À moitié endormi, Haji marmonna un « Entrez » peu convaincu. Ce fut une toute jeune femme, voilée, qui entra et referma aussitôt. Le jeune homme lui balança d'entrée de jeu qu'il ne prenait plus de clientes cette nuit. La fille ôta son voile avec un lourd reniflement de mépris et jeta un regard dédaigneux aux jarres d'alcool vides au sol. Quoi ? Il ne prit pas la peine de se lever et lui répéta juste de foutre le camp. Il avait eu sa dose de problèmes pour toute une année ! Cette fille n'était pas capable de comprendre qu'il ne prenait plus personne, cette nuit ?

- Vous êtes bien Haji ?
- Mmh.

- Je me nomme Liwu.
- Et alors ?
- Je suis la première servante personnelle de Dame Qian.

Cette annonce suffit à elle seule à le faire dégriser. Haji se redressa brusquement, en renversant sur lui une part de l'alcool restant dans la jarre. Ignorant l'air de dégoût envahissant le visage de la jeune fille. Qu'est-ce qu'elle venait de dire ?! Il le lui fit répéter, d'abord certain d'avoir mal compris à cause de l'alcool, mais non, elle réitéra ses propos. Il en oublia même la boisson renversée sur lui, tout autant que sur la couverture. L'odeur, déjà forte dans la pièce, augmenta d'un bloc. Liwu affichait toujours cet air écœuré, cependant, elle s'approcha d'un pas ferme et déclara, d'une voix plus basse, qu'elle était venue ici sur ordre de sa maîtresse. Qu'elle avait déjà tenté de venir la veille au soir, sans le trouver, et qu'elle tentait encore depuis ce matin de lui parler seul à seule. À cette petite tirade, Haji se dit qu'il aurait mieux fait de rester dehors et de s'occuper de ses passes dans la rue. Bon, au moins, ce n'étaient pas les Gardiens qui avaient débarqué dans cette chambre pour l'arrêter et l'envoyer dans leur lointaine Tour de Veille. Plutôt se suicider sur le champ que terminer là-bas…

- Je suis venue vous faire part de la demande de Dame Qian de venir à un rendez-vous. Elle souhaite vous recevoir le plus tôt possible.
- Ça arrive souvent qu'une servante soit envoyée spécialement pour un simple rendez-vous ? Une demande au Havre ne suffit plus ?
- Cet… établissement n'a pas à s'intéresser aux affaires privées de madame. Vous devriez déjà être honoré que Dame Qian vous fasse la grâce de s'intéresser à vous.
- Ah oui ?

Il s'agaçait déjà considérablement. Aidé par la quantité d'alcool non négligeable déjà avalée ce soir et surtout par la colère restante de leur dernier « rendez-vous », Haji n'était plus vraiment maître de lui-même. Trop bu. Trop sous pression. Trop tourmenté. Il se leva alors souplement et enfila ses chaussures d'un petit geste, alors que la servante le fixait, en reculant.

- Très bien, je vous suis, alors ! Le plus tôt possible, vous avez dit ? Comment faire attendre une Dame de si haut lignage une seconde de plus ? Un tel honneur ne saurait être pris à la légère !
- Vous... N'avez-vous pas d'eau, ici ?
- Pour quoi faire ? Si cette Dame est tant empressée de me recevoir, qui se soucie que je m'y présente comme ça ?

Il passa littéralement sous le nez de la domestique et sortit de la chambre dans une belle envolée, en ne prenant avec lui que sa bourse personnelle, soit le seul et unique objet de valeur qu'il possédait. Liwu ne s'était pas attendue à ça et courut derrière lui avec un temps de retard. Haji se trouvait déjà quelques mètres plus loin, il dévala les escaliers et fonça hors de l'établissement par la porte de derrière. Il ne portait que des sandales de lin, un pantalon sale et une vieille tunique, le tout imbibé d'alcool. En plus des odeurs mêlées de ses nombreux clients de la journée, on pouvait dire qu'il empestait. Le temps passé dans le district des pêcheurs l'avait laissé encrassé et il ne s'était même pas lavé en rentrant au Havre Rouge, ce matin. Liwu le rattrapa tout à coup en lui enjoignant d'au moins se passer de l'eau sur le visage, quitte à se plonger la tête dans une fontaine de passage. Il ne pouvait pas aller comme ça au manoir. Il l'ignora complètement, décidant par pur esprit de contradiction d'arracher l'élastique qui retenait déjà peu ses cheveux et le jeter dans la rue. La minute suivante, il s'arrêta un bref instant pour acheter une nouvelle jarre d'alcool fort et la boire quasiment cul sec sur le trajet. Liwu, totalement outrée, ne cessa de l'invectiver. Le souffle un peu court tant elle dut presser le pas pour rester à sa hauteur. Imbibé d'alcool, Haji lui rétorqua que si sa patronne tenait à voir un rat des rues aussi vite, elle allait en voir un dans toute sa splendeur, cette fois-ci. Il espéra même, intérieurement, vomir sur le tapis de l'entrée.

Une belle assurance qui s'effrita un peu en revenant sur la place de l'étoile... Même soûl, il ne put qu'être une fois de plus frappé par la majesté écrasante des lieux. Liwu en profita pour repasser devant et l'attraper par le poignet, pour lui faire emprunter une entrée discrète, dans le manoir. Oh, là, il s'empêcha réellement de vomir. Il se laissa traîner sans tenter de résister, marmonnant sur le chemin que tous les riches n'étaient même pas capables de voir les rats de l'Est bien en face. La soif le tenaillait de nouveau ! Le trajet fut très embrouillé, il ne savait même plus se repérer, là-dedans. Il se retrouva poussé dans ces appartements luxueux sans comprendre pourquoi ni comment, face à Dame Qian. Haji la salua maladroitement, plus très sûr des bons gestes à effectuer. Voilà, il était là, qu'est-ce qu'elle voulait, maintenant ? Avec un homme à peine plus jeune qu'elle, mal habillé, sale, décoiffé et puant la mort, debout dans l'entrée de ses appartements privés ? Il la détailla sans même se gêner. Il dut sans doute lui paraître complètement demeuré, à la fixer comme ça, la bouche à moitié ouverte. Les vêtements qu'elle portait apporteraient sans doute assez d'argent pour nourrir un village tout entier durant un mois. La vie était un monstre. C'est terrible ce que la soif le tiraillait, bon sang... Et qu'est-ce qu'il faisait là, déjà ? Ah, ah oui, si, rencontre immédiate, voilà. Il réalisa alors que la Dame lui adressa la parole et qu'aucune d'entre elles ne perça les brumes de son esprit.

- Pardon ?
- Le purin dans lequel tu es tombé t'as donc également rendu sourd ?!

Pourquoi lui criait-elle dessus ? C'était elle qui ordonnait cette rencontre ! Haji marmonna que son couchage de la nuit dernière se situait dans une flaque de vase. Elle alla tout à coup tirer un petit cordon, sur le côté, avec un soupir très agacé. Quoi encore ? Liwu revint soudainement dans la pièce, accompagnée par un autre gars. Après quelques échanges à voix basse, tous deux vinrent le prendre chacun par un bras et l'entraînèrent avec eux. Mais quoi ?! Il se débattait et se mit à les insulter, tous les deux, sans que ça ne les perturbe plus que ça. Le gars, deux fois plus grand que lui, se contenta de lui dire de se calmer un peu et qu'ils devaient se charger de lui avant que Dame Qian ne lui parle.

- Vous êtes incommodant, dans un pareil état. Nous allons d'abord vous nettoyer un peu. Je me nomme Nintai, au passage.

Haji allait lui répondre qu'il s'en moquait bien mais n'eut pas le temps. Il stoppa d'un bloc et se mit à vomir, dans le couloir nu, tout le contenu de son estomac. Les deux serviteurs s'étaient écartés d'un bloc avec un petit cri de dégoût, pendant que lui tombait à genoux et continuait de vomir. Sa tête résonnait comme un tambour... Il en avait fichu partout sur lui, les mains dedans, au sol. Dans un soubresaut, il vomit encore, sans remarquer l'agitation des deux autres et sans comprendre non plus ce qu'ils se disaient. Durant de longues minutes, il resta prostré et à genoux dans le couloir, à cracher ou vomir. Juste avant qu'il ne s'effondre dedans, Nintai le tira vers le haut avec une force qu'il ne lui aurait pas soupçonné. D'autres types étaient venus, avec beaucoup d'eau, des serviettes et même une bouteille de parfum. Le serviteur l'emmena avec lui en le portant à moitié, loin de la scène. Soif. Mal à la tête. Il ne comprenait plus rien. Ni à sa vie, ni à ce qu'il faisait là, ni à comment il s'était retrouvé là. Il fut traîné jusqu'à une grande pièce, où dans un coin, derrière des paravents, Liwu était occupée à remplir un baquet d'eau chaude. Son confrère domestique commença alors à déshabiller Haji sans lui laisser le choix, avant de jeter le peu de vêtements qu'il possédait dans un sac sur le côté. Sitôt après, il le poussa sans ménagement à entrer dans l'eau.

Liwu s'empara d'un savon dur et d'un gant en crin, avant de se mettre à le frotter vigoureusement avec. Nintai, de son côté, remplit un autre seau d'eau chaude et lui versa sur la tête, avant de se mettre à lui frotter les cheveux. Pris sous l'assaut des deux, le jeune homme ne sut même pas comment réagir. Il se laissa faire comme un bébé, très perturbé. Vomir lui avait fait retrouver une petite part de ses esprits, malgré cela, il se sentait encore très décalé avec tout ce qui l'entourait. Vidé, épuisé, la gorge sèche, avec beaucoup de nausées. Il ne remarqua pas que les regards des deux compères s'adoucirent quelque peu. Ils le lavèrent complètement, exactement comme s'ils s'occupaient d'un petit enfant. A un moment, ils lui signifièrent qu'ils allaient aussi lui prêter des vêtements et qu'il verrait Dame Qian au matin. Sous l'effet de l'agitation et de l'eau chaude, il parvint lentement à retrouver ses esprits, suffisamment pour réaliser qu'il était plongé dans un bain - chaud celui-ci - dans le manoir des Qian, en pleine nuit. Soudain, un seau d'eau lui fut de nouveau versé sur la tête et il sursauta assez fort. Des odeurs du bain et du savon lui remontèrent dans le nez, chassant en partie les brumes de l'alcool, imprégnées jusque-là. Co... Comment était-il arrivé là, au juste ? Il lui fallut une bonne minute pour rassembler suffisamment ses esprits et poser cette question. Liwu soupira, tout en lui frottant le dos avec le gant.

- J'ignore combien de litres d'alcool vous avez bien pu avaler... Je me demande comment vous avez réussi à marcher jusqu'ici. Dame Qian vous recevra demain matin, nous vous l'avons déjà dit.
- Mais pourquoi ? Qu'est-ce qu'elle me veut ?

Ni l'un ni l'autre ne voulurent lui répondre. Ou ne purent le faire. A la place, ils s'activèrent un peu plus vite, avant de le laisser enfin sortir du bain. Il se sécha aussi rapidement que possible, Nintai se chargea ensuite de l'habiller. Il lui arracha d'abord les vêtements que Haji voulut récupérer dans le sac, en lui disant qu'il ne pouvait pas remettre ça. Mais... Le domestique lui fit d'abord enfiler une tunique longue et aux manches très larges, sauf aux poignets où ça lui serrait un peu, d'une couleur de terre. Suivi d'une jupe étroite qui lui descendit aux chevilles, et un autre grand pan de tissu arrivant aux genoux. Eux aussi de couleur sombre. Le tout fut complété par une ceinture à la taille. Tous les deux portaient la même tenue, de la même couleur, mais possédaient en plus l'insigne des Qian, finement brodé sur le torse. Nintai lui donna aussi des chaussures et conclut en disant qu'ils allaient lui montrer un coin où dormir, dans le quartier des serviteurs, et qu'ils le conduiront demain, à l'heure convenue par Dame Qian, dans ses appartements. Il suivit, cette fois en silence et doucement. De toute façon, il se sentait trop confus et épuisé pour comprendre quoi que ce soit, ça ira sans doute mieux demain matin... Non ? Le serviteur l'emmena dans un dortoir, assez vaste, en sous-sol, et lui indiqua un petit lit où s'allonger, pour quelques heures. A peine allongé, sans même se déshabiller pour la nuit, il s'endormit comme une masse.

Au matin, il fut réveillé par l'agitation autour de lui, alors que les serviteurs se levaient peu avant l'aube. Il lui fallut un bon moment pour se rappeler où il dormait et pourquoi, il se sentait encore assez nauséeux... Le temps qu'il émerge et comprenne enfin ce qui lui arrive, presque tout le monde avait déjà quitté le dortoir. Mais... Nintai apparut soudainement dans son champ de vision, coiffé et habillé. Il le tira par l'épaule pour qu'il s'assoit et entreprit de lui attacher les cheveux, en un chignon haut, avec des gestes rendus très rapides par l'habitude.

- Qui vous a demandé de vous occuper de moi ? bredouilla-t-il une fois la tâche achevée.

- Nous avons eu pour ordre de vous remettre dans un état convenable, car vous n'auriez pu assurer convenablement votre rencontre avec notre maîtresse hier soir.

- Mais... ce matin...

- Ce matin, je dois vous aider à vous préparer, nous ne vous voulons aucun mal, si c'est ce qui vous inquiète. Liwu a été agacée, hier soir, c'est vrai. Cependant, elle tient elle aussi à mener son travail dans les formes. Vous pouvez avoir confiance.

- Ah... C'est votre femme ?

- Ma sœur.

Haji fit une drôle de moue, il se demandait si ces deux-là étaient entrés volontairement au service de ce clan ou s'ils avaient été vendus... Il avait entendu dire que ça se faisait. Que dans les villages, quand des familles avaient trop d'enfants, elles en vendaient quelques-uns à des clans très riches, pour en faire des domestiques. Pour la famille, ça rapportait une certaine somme d'argent et des bouches de moins à nourrir, pour les enfants, ça leur apprenait un métier et ça leur donnait autant un toit où dormir que toujours quelque chose à manger. Il le suivit ensuite dans une grande pièce où chacun avalait un repas très rapide, avant de rejoindre son poste. Uniquement des hommes. Nintai, qui lui servait toujours de guide, lui expliqua que les femmes étaient dans une autre partie du bâtiment, où elles dormaient, mangeaient et se lavaient, ils ne se mêlaient pas lors de ces moments simples de vie, en dehors du travail. Haji l'écoutait par politesse, mais bon, ce n'est pas comme si ça l'intéressait, les règles de vie chez les serviteurs des Qian. Tout ce qu'il désirait, maintenant, c'était enfin savoir ce que lui voulait la Dame... Sauf qu'il devait bien attendre. Durant l'heure qui suivit, il resta dans un coin, alors que Nintai s'attelait à une tâche de broderie et de couture, avec Liwu venue les rejoindre. Il resta comme ça, très silencieux et de plus en plus nerveux, jusqu'au moment où ce fut l'heure.

Même s'il n'était toujours pas très frais, la peur revenue en bloc et le stress étaient finalement de meilleurs remèdes contre les effets de l'alcool que tout ce qu'il avait déjà pu essayer avant. Son cœur battait beaucoup plus vite, il transpirait un peu, les mains moites, tout son corps était vrillé par une pression importante, au point d'en trembler. Il eut l'idée de s'enfuir, avant de se rappeler que, d'une part, il n'avait plus aucune chance de se cacher, et d'autre part, on parlait du clan Qian. Un des Huit clans du Cercle. Leurs patriarches faisaient partie du Conseil du Prieur, tous disposaient donc de moyens considérables s'ils voulaient mettre la main sur une personne, peu importe qui, ou s'ils voulaient nuire à une autre. Pouvoir, argent, politique, ce n'est que maintenant, autrement dit beaucoup trop tard, que Haji réalisait enfin dans quel guêpier il était fourré. Pourtant, Dame Qian, quand il la regardait, ne semblait pas dangereuse... Enfin... Disons plutôt qu'elle ne semblait pas être prête à se débarrasser d'une personne lui déplaisant, ça ne voulait pas dire pour autant qu'elle n'était pas capable du pire. Il s'attendait à ce qu'elle revienne sur le petit épisode de cette nuit, mais là encore, elle n'en fit rien. Elle commença tout d'abord par le faire asseoir face à elle, dans un petit coin du salon, près de la chambre à coucher. C'est alors qu'il remarqua la présence, sur un guéridon près d'eux, du fameux petit livre à la couverture de cuir... Il releva la tête vers Dame Qian, qui lui adressa un sourire étrange.

- Le Code Impérial a toujours été assez clair. Les personnes bravant les limites de leur place sociale doivent en payer le prix.

Son cœur, jusque-là soumis à un rythme si rapide, s'arrêta alors brusquement, avant de repartir plus lourdement encore. Il ne répondit pas. Voilà donc ce qu'elle voulait, une douce manière de se venger pour avoir osé lui répondre. Toute cette mise en scène ne servait qu'à ça ? Des Gardiens attendaient déjà son signal derrière cette porte ? Ses souvenirs dansaient devant ses yeux, aussi forts que la réalité. Il entendait de nouveau les cris de sa mère, il revoyait son dernier regard, le tout dernier qu'il avait pu recevoir d'elle, avant que la vie ne la quitte. Ses supplications pour qu'il soit épargné, cette terrible nuit. Toutes ces années de survie pour en arriver là ? N'obtenir qu'un bref sursis ?

- Était-ce le premier livre que tu touchais ?
- Oui, Dame Qian.

A quoi bon mentir ou tenter de minimiser, maintenant ? Au-delà de la peur, son seul et unique espoir, c'était de pouvoir retrouver sa mère. Aller, comme elle, dans les abysses où les esprits impurs étaient bannis à jamais, là où tous ceux, interdits du monde sacré, étaient chassés. C'était tout ce qu'il voulait... S'il devait mourir, il désespérait d'au moins pouvoir la retrouver. Se blottir dans ses bras et y rester pour l'éternité. Elle emplissait maintenant toutes ses pensées, passant au-dessus de la peur qui le tenait, la terreur d'être torturé. Il avait envie de l'appeler, d'être avec elle, de crier jusqu'à elle soit là. Hurler comme ces enfants, dans les rues, qui gémissaient « Maman ! », même si personne ne leur répondait.

- Les punitions, pour les gens comme toi, sont bien lourdes, vois-tu. Même si tu restes en vie, ton existence vaudrait encore moins la peine de se poursuivre. Tu pourrais aussi être envoyé quelques années dans la Tour de Veille, pour y être rééduqué.
- Je doute que les Gardiens prennent la peine de rééduquer une personne comme moi. Je n'ai pas eu d'éducation tout court.
- Mais tu en souhaiterais une.

Haji appréciait de moins en moins la tournure que prenait cette conversation... Ça lui donnait le sentiment d'un... D'un piège, en fait.

Exactement comme ces moments où, près des quais lorsqu'il allait faire des achats, il tombait sur un de ces serpents d'eau, qu'il devait esquiver avant d'être mordu. C'était la même sensation très désagréable, la sensation d'un danger imminent. Dame Qian se redressa et se pencha en avant vers lui. Le jeune homme se recula aussitôt mais le dossier du haut siège l'empêcha d'aller très loin. Il ne se cachait même pas d'être terrifié. Le sourire qu'elle lui adressa ensuite ne suffit pas à le soulager.

- Tu as envie de savoir lire. D'écrire. Ne cherche pas à mentir. La manière dont tu observais ce petit livre était suffisamment parlante. Tu as envie de savoir ce que disent ces signes.
- Dame Qian...
- Tu n'es pas assez soumis à tes supérieurs. Tu oses répondre. Tu oses te comporter comme certains de ces rebelles, dans l'Empire. Tu n'as pas simplement peur, face aux puissants, tu éprouves de la fierté et de la colère. Tu es rentré dans le rôle qu'on attendait de toi mais pas entièrement, il y a cette petite fierté qui te retient toujours. Est-ce là un héritage que t'a laissé ta pute de mère ?
- Vous pouvez m'insulter tant que vous voulez, répliqua-t-il, le regard brûlant, mais ne l'insultez pas, *elle*. Ma mère a eu cent fois plus d'honneur durant sa vie que vous n'en aurez jamais !

Il s'était levé d'un bond, criant presque cette dernière phrase, juste avant de prendre conscience qu'il venait de commettre une terrible erreur. De planter le dernier clou de son cercueil. Dame Qian s'était levée elle aussi, tout aussi rapidement, avec un sourire encore plus large. Elle prit tout à coup le visage de Haji entre ses deux mains et le rapprocha brusquement d'elle, au point qu'il faillit en perdre l'équilibre. Yeux dans les yeux, à moins de cinq centimètres l'un de l'autre.

- Tu vois, murmura-t-elle. Tu n'as pas assez peur. Tu n'es pas capable de rester écrasé au sol, là où est ta véritable place.

Elle lui serrait tant le visage qu'il était sûr qu'elle allait y laisser une marque de ses doigts. Il ne pouvait que la regarder. Partagé entre l'envie de la repousser, de la frapper et l'envie de s'enfuir. De tenter de s'enfuir.

- Je te propose un marché, siffla-t-elle d'un ton plus bas encore. Tu as tes désirs et j'ai les miens. Faisons un échange. Je peux t'offrir l'éducation, je peux t'apprendre à lire et à écrire, je peux te donner accès à tout le savoir et toutes les connaissances dont tu as été privé dès le début de ton existence. Je peux être celle qui t'offrira l'éducation qui te libérera d'une vie de misère. De toi, je veux que tu me donnes ce que mon époux ne réussit pas à m'accorder. Je veux trois enfants et héritiers pour le clan Qian. Je veux que tu me les donnes.

Q... Quoi... ? Il, il, il... Quoi ?! Englué dans un puissant maelström d'émotions, Haji perdait complètement pied. Il peinait à croire ce qu'il venait d'entendre et encore plus à s'en remettre. Mais Dame Qian ne le lâchait pas. Pire, elle se rapprocha encore plus. Pris de panique, il ferma les yeux en grimaçant. Si proche que leurs fronts s'effleuraient, il sentait parfaitement bien son souffle chaud contre ses lèvres.

- Tout l'alcool du monde ne te fera pas oublier ces signes, susurra-t-elle. Je t'offre une occasion unique, saisis-la sans hésiter. Quel autre choix as-tu ? Refuser et terminer ta vie entre les griffes des Gardiens pour hérésie ? Ou accepter et obtenir le plus grand des privilèges, le savoir ? Je pourrais simplement me contenter de me servir de toi, à mon bon gré, avant de te dénoncer. Mais tu as une chance, saisis-la.

- Pourquoi... souffla-t-il, toujours les yeux fermement clos. Pourquoi ne pas vous contenter de ça ?

- Je n'aime pas gâcher.

Un serpent. Il venait de tomber entre les crocs d'un serpent. Tel un parfait abruti d'ivrogne, il avait foncé tout droit entre ses crocs hier soir. S'il se sortait de là vivant, il jurait de ne plus jamais boire une seule petite goutte d'alcool ! Tout à coup, avec une force qu'il ne lui aurait jamais soupçonnée, la dame le fit chuter au sol d'un coup de pied. Très surpris, il tomba dos à terre, le tapis amortissant très bien la chute. Ce fut alors une scène irréelle, lui allongé par terre et cette dame, de la haute société, se mettant à califourchon au-dessus de lui, comme jamais une femme de sa condition ne pourrait seulement penser le faire. Il referma les yeux quand elle se pencha, la tête tournée vers le côté, les poings ramenés contre lui, tel un petit enfant durant un cauchemar. Il sentit une fois de plus le souffle de la dame glisser contre sa joue, puis dans son oreille, avant de descendre dans son cou.

- Goûter au savoir ou accepter la mort... Choisis.
- Ma Dame...
- Choisis.

Il rouvrit les yeux et tourna la tête, déglutissant en la voyant si proche. Ils avaient déjà eu des rendez-vous, lorsqu'elle n'était qu'une cliente parmi d'autres, mais jamais il ne s'était senti autant en danger en sa présence qu'aujourd'hui. Cette peur était-elle plus forte que celle qu'il éprouvait vis à vis des Gardiens ? La simple idée de se retrouver prisonnier à la Tour de Veille lui serrait le ventre au point de lui faire mal.

- Je ne veux pas mourir, bredouilla-t-il faiblement.

Elle lui empoigna encore le visage et cette fois, l'embrassa avec une passion inconnue jusque-là. Les yeux grands ouverts, plaqués contre le tapis, le choc prenant l'ascendant sur tout le reste. *Jamais* il n'embrassait ses clients, jamais ! Son corps était à vendre, ses baisers ne l'étaient pas. Pourtant, elle l'embrassait, comme elle ne l'aurait sans doute jamais osé si passionnément avec son propre mari. Si goulûment qu'il n'arrivait même pas à reprendre son souffle. Un lourd sentiment d'humiliation vint lui grignoter l'estomac, remontant dans son torse, venant lui serrer douloureusement la gorge. Sans cesser de l'embrasser, elle libéra une de ses mains et vint la glisser entre ses jambes. Haji sursauta un peu, en sentant le contact. Il ne voulait plus qu'elle le touche. Plus maintenant. Des larmes de dégoût et mortification commencèrent à rouler sur ses joues, autant pour le baiser que pour cette main qui lui malaxait sans vergogne la partie la plus intime de son corps. Elle cessa alors de l'embrasser, mais pas de le toucher, accentuant même le contact.

- Nous avons un accord.

Il ne sut quoi répondre. Elle fondit sur lui, à même le sol. Il dû l'accepter. Ramené soudainement dans les mêmes sensations que lors de ses toutes premières passes, quand il n'était qu'un enfant. La peur, le dégoût, la terrible honte et enfin, la résignation. Il se sentit si sale, quand elle le fit pénétrer en elle. Durant tout l'acte, il resta ainsi, allongé, elle dirigea absolument tout, bougea sans qu'il ne puisse tant le faire. La plupart du temps, il garda les yeux fermés et ce jusqu'à la délivrance. Ce fut encore elle qui se leva la première, s'essuya un peu et se rhabilla comme si de rien n'était. Lui resta prostré sur le tapis. Avant qu'elle ne quitte les appartements, elle se pencha, lui mit le petit livre de cuir entre les mains, et lui dit qu'ils se reverront ce soir pour la première leçon. Dès que la porte fut fermée, Haji se roula en position fœtale et serra le livre contre lui, tremblant. Qu'avait-il fait…

CHAPITRE 4 : LE CERCLE DES HUITS

Le patron du Havre Rouge ne sut plus quoi dire. Haji haussa un peu les épaules, comprenant parfaitement bien ce qu'il devait penser en ce moment, mais il ne pouvait pas lui dire la vérité. C'était comme ça, il quittait l'établissement. Officiellement pour devenir serviteur dans le manoir Qian. Hana, la première à entendre la nouvelle, était-elle aussi tombée des nues. Mais qui allait prendre la nouvelle sans halluciner ? Lorsqu'un employé d'une maison close changeait de boulot, c'était soit pour devenir ouvrier, soit pour se lancer dans un de ces nombreux boulots dangereux et mal payés du quartier Est. Ce n'était pas ici que les grands clans venaient recruter leurs serviteurs. Généralement, ils les prenaient dans les campagnes ou dans d'autres petites villes, car ils ne voulaient pas de personnes déjà « contaminées » par la mentalité du quartier Est. Surtout ce clan-là ! La discussion avec son ex-patron fut courte, le jeune homme ne pouvait pas s'attarder sur les détails, sans oublier la peur de trop en dévoiler par accident. Il n'était venu que pour récupérer ses maigres affaires et partir. C'était la fin, dans cette maison. Quand il sortit du bureau, il retrouva Hana, elle l'attendait là, toujours très bouleversée. Elle le suivit jusqu'à la petite chambre où il avait passé tant d'années et le regarda emballer ses quelques possessions.

- Je comprends que tu ne veuilles plus de la vie ici, mais tout de même, pourquoi ne pas avoir cherché du travail dans les tanneries ou ailleurs ?
- J'ai eu une occasion là-bas, par une connaissance, c'est tout. Ça ne peut être plus dur que dans les ateliers de l'Est.
- Ce n'est pas une bonne idée. Les clans sont... des... On entend des tas d'histoires, tu sais. C'est dangereux.

Tu ne sais pas à quel point... songea-t-il amèrement en pliant ses vêtements. Avant de se dire que lui non plus, pas encore en tout cas, qu'il n'avait sans doute encore rien vu. Il termina de plier ses affaires, les fourra toutes dans un sac, se tourna ensuite vers Hana. La vieille femme s'approcha et vint le serrer tendrement dans ses bras, en lui caressant un peu les cheveux. Il aurait tellement aimé tout lui dire... Lui parler... Lui confier ce qui s'était réellement passé et ce qui lui pesait sur le cœur... Il la mettrait en danger profond, s'il se laissait aller... Car après tout, si ce que les Gardiens clamaient sur les livres était faux, qui sait ce qui l'était aussi, parmi tout le reste...? Haji ignorait en quoi il pouvait croire ou non, par contre, ce dont il était plus que certain, c'est qu'il ne voulait attirer aucun ennui à Hana. Elle était sa seconde mère, la figure maternelle retrouvée, après son arrivée ici, la seule personne en ce bas monde qu'il aimait sincèrement et profondément. S'il fallait la laisser dans l'ignorance pour lui permettre de vivre encore de longues années sans souffrance, ce n'était pas un prix déraisonnable. Elle le serra très longuement dans ses bras et s'écarta ensuite, avec un sourire un peu forcé.

- Eh bien... Fais attention à toi. Ne va pas te mêler de ce qui ne te regarde pas, surtout ! Reste loin de toutes les histoires louches. Ne t'approche pas non plus des gens de pouvoir, on ne sait jamais. Ne te fais pas remarquer. Prends garde à la Loi. Vis en louant le seigneur Seykyou et sa parole. Ne trahis jamais les lois des Gardiens et du Prieur.

Il le promit, avec un faible sourire. Un mensonge fait pour la préserver. Elle l'accompagna jusqu'à la sortie de la maison close et le serra encore dans ses bras pour lui dire au revoir, les larmes aux yeux. Sur le point de pleurer lui aussi, Haji prit le parti de s'éloigner à bon pas, sans se retourner, son sac sur le dos. Il traversa le quartier Est le regard baissé, perdu dans ses pensées. Durant sa vie entière, songer à fuir cet endroit hantait son esprit constamment. Maintenant que ça arrivait pour de bon, il regrettait d'avoir formulé ce vœu. Sur le chemin, il voulut s'arrêter pour acheter quelque chose à boire. Mais au moment de s'approcher du stand, il stoppa net, rattrapé par le souvenir brutal de la nuit horrible, du couloir, de cette discussion... Sans l'alcool et l'état catastrophique provoqué par une nuit de beuverie, il ne se serait pas précipité là-bas ! Non, en fait, mieux encore, s'il n'était pas revenu au Havre après son rendez-vous désastreux, le jour du festival, s'il avait attrapé ses affaires et fui la ville, il n'en serait pas là. Pourquoi n'y pensait-il que maintenant ?! Il gémit en pleine rue, en s'invectivant lui-même de tous les noms. Quel abruti ! Planté au milieu de la rue, il ne reprit ses esprits qu'après s'être fait lourdement bousculer. Même s'il allait tout déballer aux Gardiens - en supposant qu'il en trouve le courage - personne ne le croirait. Quand bien même il accusait Dame Qian... Il ne ferait que signer son propre arrêt de mort, cette fois-ci pour de bon.

Nintai l'attendait à la sortie du quartier Est, comme convenu. À compter de ce jour, il sera son guide, pour lui apprendre son nouveau travail, lui enseigner les règles et usages de la maison, indiquer les chemins, apprendre les protocoles et comment gérer sa vie au sein du manoir. Il l'accompagna en commençant déjà à lui parler de ce qui l'attendait, sur le trajet. Haji suait en pensant qu'il aura tout à cela à gérer en plus des rencontres secrètes avec Dame Qian et son apprentissage, déjà débuté par une leçon, la veille au soir. Un homme pouvait-il vraiment gérer tant de problèmes en même temps dans une seule vie ? Finalement, il aurait dû boire un peu quand même, pour se rassurer... Mmh... À leur arrivée dans le manoir, Nintai lui montra officiellement où déposer ses affaires, dormir, lui donna trois exemplaires de son nouvel uniforme, frappé de l'insigne des Qian et l'entraîna aussitôt avec lui. Cette entrée en matière fut suivie d'une présentation des divers endroits où les serviteurs travaillaient dans l'ombre, les couloirs de service, les cuisines ou encore les salles souterraines de stockage et de travail. Entre les allées de pur service, très sobres, et celles d'apparat, de réception, de vie et de travail, où le luxe flamboyait, le contraste était toujours un petit choc. Surtout, c'était... immense. Bien plus que ce que la vue depuis la place le laissait supposer. Il était vraiment censé se repérer là-dedans tout seul un jour... ? Dans un des longs et riches couloirs, il stoppa tout à coup net, le nez levé vers le mur. Surpris, Nintai fit demi-tour et revint à sa hauteur.

- Qu'est-ce que c'est que ça ? souffla Haji avec ébahissement.
- Une carte... Ne me dites pas que vous n'en avez jamais vu ?
- Si, une fois, mais ça, c'est si grand ! C'est une carte qui représente quoi ?
- Yakou. La capitale. Nous sommes juste ici.

Il tendit le doigt vers le centre de la carte. Haji se sentait... Idiot... C'était la première fois de sa vie, à dix-neuf ans, qu'il voyait une carte de la ville où il était né et avait grandi. Il réalisait à quel point elle était grande. Une grande ville formant un cercle parfait, avec cinq quartiers, l'Ouest, le Nord, le Sud, l'Est et bien sûr le Centre. Pour lui qui ne s'était jamais rendu plus loin que les faubourgs Est de la ville et le district des pêcheurs, c'était un envoûtement de découvrir la capitale dans son ensemble. Nintai finit quand même par interrompre ses rêveries et le tirer avec lui. Pas question de traîner ainsi dans les couloirs s'ils n'avaient rien à y faire. D'autant plus que c'était une journée très spéciale, le Cercle des Huit se rassemblait aujourd'hui au Manoir Qian. Entendre ça fut un brusque rappel à la réalité. Son nouveau comparse termina de lui faire faire le tour de ce qu'il devait, juste à temps, ils devaient très vite se fondre dans le décor ambiant, pour ne surtout pas importuner les hôtes arrivants peu à peu. Du travail attendait Nintai et étant donné que le nouveau venu n'était chargé d'aucune tâche officielle, il lui demanda de rester dans le dortoir ou une salle commune des serviteurs, pour la journée. Il tombait mal, ce matin, car personne n'était disponible pour lui enseigner ses premiers devoirs. Il l'accompagna le plus rapidement possible, lui dit à ce soir et s'empressa de partir accomplir son travail.

Même d'ici, il pouvait entendre l'agitation grandissante, dans le manoir. Haji demeura tranquille pendant un moment, avant de se relever, pour d'abord aller doucement jeter un œil à l'extérieur du dortoir. Personne en vue. Aussi discrètement que possible, il s'avança dans les couloirs, furetant un peu pour déjà commencer à se repérer sans aide. Plus vite il sera autonome et mieux ça sera, après tout, s'il devait honorer les rendez-vous secrets, intimes ou non, avec la dame, demander son chemin aux autres serviteurs ne sera pas la manière la plus discrète qui soit. Tant qu'il n'y avait personne... Prudent mais surtout curieux, il s'aventura plus loin, prenant des sentiers découverts ce matin, se dirigeant un peu au hasard ensuite. Un peu d'exploration personnelle ne pouvait tout de même pas produire de mal...

Bien plus loin dans le manoir, la plus grande salle de réception, la plus fastueuse également, venait de se remplir. Le Prieur occupait bien sûr la place proéminente, en tête de la salle dans un somptueux fauteuil, sur une estrade surélevée. Les huit patriarches, quant à eux, étaient placés en rangées parallèles, de quatre chacun, face à face, laissant entre eux une rangée centrale large, face au Prieur. Tous étaient installés sur des coussins confortables, assis en tailleur, avec face à eux une table de travail. En tant qu'hôte du Cercle, le patriarche Lan Qian se tenait sur le côté droit du Prieur. Leurs conseillers et ministres étaient assis en retrait, derrière leurs chefs de clans, à leurs propres tables de travail. Les domestiques se tenaient en retrait, silencieux et prêts à servir nourriture et boissons tout au long de la rencontre. Enfin, contre les murs de chaque côté de la salle, les huit épouses étaient installées en tailleur sur des coussins, sans table, derrière les ministres. Cinq d'entre elles étaient d'un âge mûr, au même titre que leur époux, des femmes de poigne, comme le disait le bas peuple, parfaitement à l'aise dans de tels milieux, où elles avaient passé toute leur existence. Deux autres se trouvaient dans la quarantaine, elles aussi dans l'âge de leurs époux, elles se tenaient de manière aussi distinguée que possible, le regard très droit.

La huitième et la plus jeune de toutes, Sae Qian, conservait un visage très fermé, froid et digne. En tant que maîtresse du manoir, aucune erreur ne serait tolérée. La pression était considérable... Voilà un an tout juste qu'elle était devenue l'épouse officielle du patriarche Qian, son expérience accumulée était très loin de celle des autres épouses. Or, un seul faux pas commis en ce jour lui vaudrait extrêmement cher. Non seulement de la part de son propre époux mais en plus, au sein de la société, elle perdait toute estime des autres clans. Elle serait raillée, moquée, tournée en ridicule, perdrait en influence, comme elle en ferait perdre à son mari. Il était homme à se venger de manière particulièrement cruelle, les expériences passées restaient brûlantes dans sa mémoire. La pression était d'autant plus forte qu'elle ne disposait pas encore d'un statut bien établi. Sans enfants, sans avoir donné d'héritiers aux siens, elle n'était encore considérée que comme une passade. Avoir déjà perdu un enfant ne signifiait rien, pour toutes ces personnes, Sae en avait conscience. Tout comme elle était au fait que ces femmes la méprisaient déjà pour cela, pour avoir échoué à mener une grossesse à terme, pour n'être toujours pas retombée enceinte. Une faute en ces lieux restait inimaginable. D'autant plus face au Prieur. Dans cet immense nid de vipères, elle ne disposait pas d'autre choix que de mordre à son tour ou être mordue.

Un autre regard était venu, très discrètement, se poser sur cette grande réunion politique, par l'entrebâillement très léger d'une porte coulissante, d'un de ces couloirs discrets de service. Un regard autant apeuré que fasciné. Un regard interdit. Bien qu'il ne puisse apercevoir grand-chose et qu'il sache pertinemment que rien ne l'autorise à être ici, Haji resta figé dans une posture accroupie, à regarder et écouter. Voilà sa première observation des patriarches des clans d'aussi près... Il fut d'abord frappé, du peu qu'il aperçut, par la beauté et la richesse de leurs tenues. Des hautes coiffes. Des fils d'or et d'argent. Des tissus qu'il devina chauds et précieux. De quoi donner envie de les toucher... De là où il était, il n'arrivait pas à voir le Prieur, par contre, il l'entendait clairement. Il était question d'un projet de mur, apparemment, et d'une menace venue du Nord. Lorsque les mots « menace de guerre » furent prononcés, Haji sentit un lourd frisson parcourir son dos jusqu'à sa nuque. La guerre. Un concept encore abstrait pour lui car il ne l'avait jamais connu, pourtant, ce seul mot suffisait à effrayer. Mais une guerre contre qui ? Quel autre peuple vivait au Nord, au-delà de l'Empire ? Pourquoi entrerait-il en guerre contre eux ? En quoi un simple mur suffirait à tout stopper ?

Un drôle de sentiment, nouveau lui aussi, commençait à le ronger. Un mélange entre le dégoût, la colère, la peine, l'impuissance... Les quelques heures passées ici suffisaient à lui faire réaliser à quel point il ignorait absolument tout du monde l'entourant. Toute sa vie s'était limitée au quartier Est, il méconnaissait ce qui se situait au-delà, se méprenant sur la capitale elle-même. Quant à l'Empire, dans son ensemble, inutile d'en parler. La preuve étant son ignorance concernant ces fameux ennemis ou simplement les peuples voisins. Il avait toujours cru que les livres étaient vraiment dangereux, qu'une intervention divine était obligatoire avant de recevoir la moindre instruction. En les écoutant, il comprenait qu'il était également ignare des lois de son propre pays, autre que du peu que les Gardiens avaient toujours imposé dans l'Est, de même en ce qui concernait les coutumes dans les classes sociales supérieures. Il ne savait pas vraiment qui dirigeait avec le Prieur, qui jouissait du plus d'influence, pourquoi il devait y avoir huit clans représentés, pas plus, pas moins. Le sentiment d'injustice prenait peu à peu le dessus sur tous les autres. Pourquoi eux, les gens les plus pauvres, n'avaient pas le même droit d'accès au savoir que les autres ? Qu'est-ce que tous ces gens avaient à cacher ? Pourquoi les livres avaient-ils été tous mis hors de leur portée ?

Désormais et grâce à la première leçon, il était au courant que le système d'écriture était basé sur des signes, symboles et sons. Chaque symbole formait un mot. Il fallait connaître par cœur ces signes avant d'envisager quoi que ce soit. C'était la base, le secret au cœur de tout le système, ces signes noirs si fascinants, dans ce premier petit livre. Ce qu'il ne parvenait toujours pas à comprendre, en revanche, c'est pourquoi ces signes étaient dangereux. Pourquoi ils devaient être mis hors de portée de tant de personnes. Il baissa la tête, dans son petit coin, le souffle un peu court. Peut-être n'était-ce pas… Un marché si mauvais… Peut-être ne réalisait-il pas encore entièrement l'importance de ce savoir. C'était… Comme une bougie allumée par accident, en touchant ce petit livre, qui se transformait peu à peu en un brasier ardent. Nourri par l'envie d'en savoir plus. Gonflé à mesure qu'il réalisait l'étendue infinie de ses méconnaissances. Une voix emplie de colère lui soufflait que c'était injuste. Il ne devrait pas tolérer ça. Les mots lancés dans cette salle venaient le frapper telles des vagues hurlantes. Des mots qu'il ne comprenait pas tous. Ces menaces extérieures… Il cherchait à en découvrir plus, écoutant la conversation avec une avidité grandissante.

Il se pencha encore un peu plus et le plus lentement possible, fit glisser la porte coulissante d'un centimètre de plus, en priant pour que ça ne produise aucun bruit. Par bonheur, le Seigneur Seykyou était avec lui, aucun son inopportun ne vint s'ajouter. Parfait. Plus lentement encore, assis par terre cette fois par peur d'être vu, il se faufila le plus près possible de l'entrebâillement et jeta à nouveau un coup d'œil. Cette fois, il distinguait mieux le Prieur. Et sur sa droite directe, un homme de haute stature, âgé, et derrière... Derrière, après d'autres hommes assis, il repéra Dame Qian. Haji n'était plus vraiment certain de ce qu'il ressentait, vis à vis d'elle. D'un côté, elle représentait l'opportunité d'obtenir plus que ce que lui autorisait sa classe sociale, un plus dont il percevait seulement aujourd'hui la véritable valeur, d'un autre côté, elle lui inspirait un dégoût physique profond. Depuis qu'elle l'avait... touché de cette façon... Ils n'avaient pourtant rien fait de plus que lors de leurs précédents rendez-vous, pourtant, hier soir, pour la première fois de son existence, il s'était réellement senti violé. Y repenser lui donnait envie de vomir. Plus encore en sachant qu'il devra y passer d'autres fois. Comment était-il censé lui faire des enfants alors que sentir son corps contre le sien le rendait malade ?

En plus, qu'est-ce que ça faisait de lui ? Son jouet ? Son amant ? Son esclave ? Elle le traitait comme un objet, elle se servait de lui... Tout ce qu'il pouvait espérer, c'était obtenir ce savoir, peut-être que ça lui servirait à... partir ensuite loin d'ici, loin de la capitale, voire de l'Empire et ne plus jamais y remettre les pieds ! Peut-être pourrait-il s'en servir pour exercer un métier où il n'aurait pas besoin d'écarter les jambes. Soudainement, tandis qu'il la regardait, le regard de la Dame accrocha le sien. Avec la brutalité d'une flèche. Si son visage n'exprima rien, il comprit instantanément malgré tout qu'elle en fût tout aussi surprise que lui. Cette fois fut différente, cependant. Son dégoût surpassa sa peur. Sa fierté surpassa son dégoût. C'était complètement insensé, il aurait déjà dû fuir de là, ou mieux, ne pas y venir tout court. Ah, ma Dame, oui, il était un adepte des décisions stupides, c'était un fait avéré, elle avait voulu qu'il devienne son petit objet personnel dans ses plans, alors maintenant... Le jeune homme se sentit empli d'une nouvelle puissance, en sachant qu'il pouvait lui aussi lui causer des ennuis. De toutes façons, il était déjà fichu. Mais ce matin... Lui aussi pouvait, finalement, avoir un semblant de pouvoir sur elle. Lui aussi pouvait être un danger et pas seulement une carpette qu'on frappait aux seuls bons grés de madame.

Il se redressa, sans la lâcher du regard. Sans se cacher du fait qu'il écoutait toute la conversation et ce sans la moindre petite once de honte. Il désirait qu'elle comprenne enfin que même s'il se trouvait piégé entre ses griffes malsaines, il n'était pour autant pas pieds et poings liés. Il voulait qu'elle aussi doute, il voulait que la peur soit partagée dans leurs deux camps. Leurs deux regards ne se lâchaient plus. Ignorants de leur duel visuel et silencieux, le Prieur et les patriarches de clans poursuivaient activement leur réunion. Le sujet se poursuivait sur une peuplade nomade venue du Nord, menaçant la stabilité du pays et risquant d'apporter la guerre avec elle. Une conversation que le jeune homme n'écoutait plus vraiment, il était maintenant occupé à sourire à Dame Qian, avec une certaine ironie. Et ce alors que la réalité tentait bien vainement de se rappeler à lui, rappeler le danger colossal qui l'entourait, rappeler que c'était bel et bien lui qui avait le plus à perdre. Les coups étaient récents et nombreux, en trois jours, avec assez de décisions idiotes pour tout le reste de son existence. Une petite voix de la raison, se démenant avec énergie. Du coin de l'œil, Haji vit alors un Gardien avancer en rasant le mur, dans sa direction. Il recula très brusquement, comme un chien qu'on jetterait d'un coup de pied vers sa niche.

Le regard de Dame Qian suivit le Gardien, avant qu'il ne passe par la porte coulissante et la referme derrière lui, coupant tout accès à la scène. Un mouvement que personne d'autre ne nota, malgré le petit bruit sec provoqué. Sae était parvenue à demeurer de marbre, bien qu'elle se soit demandé tout du long si ce petit imbécile n'allait pas interrompre la réunion… Il venait de prouver, une fois de plus, qu'elle ne s'était pas trompée dans son choix, qu'il pouvait effectivement se révéler le rouage utile dont elle avait besoin. Lui donner ce qu'elle désirait était la première étape à franchir, lorsqu'elle aura passé cela et ainsi assuré sa position, il lui sera possible de mener plus loin ses objectifs. En attendant, ce petit rat des rues devra apprendre à mieux se contenir, malgré toute sa colère et sa fierté. Il devait rester en vie, au moins le temps qu'il lui soit utile. Plongée dans ses pensées, elle reporta une attention d'apparence sur la réunion en cours. La guerre à l'horizon n'était pas le seul de leurs soucis, bien d'autres sujets devaient être évoqués. Tant à penser… En plus de guider le petit rat sur la voie où il deviendra plus tard l'arme de poing désirée… Il sera finalement plus aisé de préparer l'avenir en ayant cet enfant des égouts entre ses mains plutôt qu'un homme noble et éduqué. La colère et le sentiment d'injustice étaient deux motivations si fortes…

La journée s'écoula sans le moindre heurt, du moins, pour la classe dirigeante ou la plupart des serviteurs du Manoir. Haji, pour sa part, s'acharnait à retenir un gémissement de douleur au moindre geste. Le Gardien s'était chargé lui-même de le frapper, pour avoir écouté aux portes, l'avait prévenu que la prochaine erreur lui vaudrait une sanction bien plus lourde, avant de le renvoyer sèchement à son poste. Tout en précisant qu'il devait s'estimer heureux que cet affront ne soit pas immédiatement rapporté à ses maîtres. Couvert de bleus dans le dos, s'asseoir était devenu une torture. Le regard clairement moqueur de Dame Qian, assise face à lui, ne l'aidait pas non plus à se sentir bien. Il était très tard, maintenant, tous les deux étaient installés dans une petite pièce d'étude, dans les appartements de Jade, une annexe à la bibliothèque privée de la Dame. C'était bien la seule consolation du jeune homme : être dans une pièce emplie de livres, près d'une autre encore plus grande et encore plus remplie, à suivre cette nouvelle leçon. Bien qu'aucune remarque sur la petite scène durant le conseil ne fut lâchée par Sae, il savait très bien qu'elle en riait intérieurement. Les dents serrées, il se concentrait du mieux qu'il pouvait sur les premières syllabes et sons qu'elle lui enseignait cette nuit. Les retenir passait aussi par l'apprentissage de leur écriture. Le pinceau utilisé était excessivement léger, tel une plume.

En dehors de la douleur physique due à la correction reçue et malgré le fait qu'il tenait à réussir ce qu'il commençait à apprendre, d'autres problèmes venaient s'ajouter. C'était, littéralement, la première journée passée, depuis des années, sans avoir avalé une seule petite goutte d'alcool. L'envie, en ce jour, s'était pourtant révélée particulièrement subjugante, surtout après avoir été frappé. Voilà une heure ou deux que le mal de ventre le tiraillait, des nausées allant et venant, avec force, sans pour autant arriver à vomir. Il en tremblait et ça se ressentait sur ses premières tentatives d'écriture. Un état incompréhensible, pour lui, car il avait eu la chance de ne jamais tomber malade. Malgré une existence étalée dans tous les vices, jusqu'à s'en mettre dans des états impossibles... Le tout sans jamais ressentir de lourds effets secondaires, grâce à la force de l'habitude... Pourquoi, aujourd'hui, après une journée entière à ne boire que de l'eau et manger sainement avec les autres serviteurs, se sentait-il malade ? Ce ne pouvait être la seule faute de la brutalité des Gardiens. Les nausées ne voulaient définitivement pas se calmer.

- Veux-tu bien *cesser* de trembler ainsi ? finit par soupirer Dame Qian, d'un ton exaspéré.
- Je ne le fais pas exprès...

Même les hématomes qui recouvraient son dos étaient moins gênant que cette sensation, très désagréable, l'habitant et qu'il n'arrivait pas à identifier clairement. Les coups, c'était habituel... Il s'était déjà retrouvé dans des bagarres de rue, sans oublier la plupart de ses clients, enfin anciens clients, qui trouvaient leur plaisir dans la violence exprimée.

- La notion d'accomplir des efforts pour progresser est-elle aussi étrangère pour toi que celle de réfléchir avant d'agir ?
- *Je ne le fais pas exprès*, répéta-t-il en serrant les dents, les yeux résolument baissés sur l'exercice d'écriture.
- Pourquoi trembler ainsi ? Ne me dis pas que tu n'as pas l'habitude d'être frappé. J'ai pu entendre les Gardiens confier qu'ils devaient régulièrement corriger les rats des rues comme toi pour les remettre dans le rang. C'est d'ailleurs navrant que les miséreux ne sachent pas obéir aux lois sans la peur d'un châtiment. Les Gardes ont pourtant bien autre chose à faire que de passer leur temps à corriger les moins que rien.

Chaque phrase qu'elle pouvait commencer, si condescendante, gonflait la colère du jeune homme. Être méprisé et rabaissé ne constituait pas un souci en soi, étant donné que la vie menée forçait à encaisser sans rien dire. Cependant, ça ne signifiait pas qu'il s'y était fait.

Toutes ces insultes venaient agresser sa fierté. Qu'importe de quoi était faite son existence, ce qu'on pouvait l'obliger à subir, jamais il ne pourrait véritablement accepter d'être traité comme un déchet sous le seul prétexte qu'il était né dans la mauvaise classe sociale. Il en connaissait beaucoup qui eux avaient rejeté leur propre fierté, pour mieux vivre ensuite... Quelque part, ils avaient raison, la vie devenait plus simple, la colère s'en allait avec la fierté. Tout comme le sentiment d'injustice et de révolte, si dangereux. Haji s'était sincèrement démené pour y parvenir aussi, avec l'espoir d'obtenir une route plus simple à supporter. Las, rien à faire, ces sentiments étaient plus forts que lui.

- Les nobles n'ont-ils aucune crainte des châtiments ?
- Nous sommes capables de marcher sur la juste voie sans avoir besoin de rappels à l'ordre.

Une réponse qui ne parvint pas à le convaincre. Il était persuadé qu'une forme de violence s'exerçait également dans les hautes sphères du pouvoir, sans doute différente de celle connue personnellement, mais une violence tout de même. Le Prieur lui-même répétait régulièrement dans ses discours que les punitions physiques étaient une part essentielle de l'apprentissage des enfants, puis un instrument tout aussi essentiel contre les adultes ne se soumettant pas à la Loi Divine. C'était comme ça, ancré dans la culture. Un outil parfaitement banal, pouvant s'exercer aussi bien en pleine rue par les Gardiens que derrière les murs des maisons et des ateliers. Haji n'était pas plus capable d'abandonner sa fierté qu'il n'était capable d'accepter qu'on frappe un enfant devant lui. Ça lui avait valu pas mal de problèmes. Et qu'importe.

- Le Patriarche Lan Qian vous bat.

Il releva les yeux pour la regarder, voulant juger, par cette affirmation, s'il touchait juste ou non. Difficile, cependant, de lire quoi que ce soit sur le visage de Dame Qian. Elle lui rendit son regard sans sourciller un seul instant, toujours confortablement installée dans son siège, l'attitude impériale.

- Le châtiment corporel est un acte permettant de s'élever vers notre Dieu, déclara-t-elle d'un ton très lisse. C'est une manière de se surpasser, de dépasser notre condition de simple mortel, en sachant l'accepter. Il permet aussi d'intégrer une discipline personnelle.

- Curieuse manière de penser, marmonna Haji, tout en reprenant avec application son exercice, même si ses mains tremblaient. Je vois ça comme une simple humiliation.

- Il est naturel d'accepter de souffrir pour rendre hommage au Seigneur Seykyou.

- En quoi subir des coups peut bien être un hommage ?

- Ne pas pleurer et se détacher des douleurs bassement physiques est la force mentale permettant de s'élever spirituellement. Un rat incapable de ça restera un simple miséreux, subissant des coups en pleurant car il ne sait rien faire d'autre.

- Même un enfant ?

- Surtout un enfant. Les enfants doivent être gardés dès le plus jeune âge dans le droit chemin. Les laisser sans éducation ni autorité revient à les laisser devenir des misérables comme toi et tes pairs. La Loi instaurée par le Prieur est très claire, il est le garant de la parole de Dieu. Si cette parole est trahie par une personne, elle doit être châtiée.

- Les enfants sont trop petits pour le comprendre.

- Dans les égouts, peut-être. Au sein des hautes sphères, ils sont aptes à le comprendre.

- Si tous les enfants avaient la même éducation…

- Ne sois pas ridicule, l'interrompit-elle avec un soupir. L'éducation doit être faite par le père. En revanche, si l'enfant naît d'une mère indigne et misérable, pire, d'une hérétique, il sera tâché par elle dès la naissance. L'enfant doit naître d'une mère digne devant le ciel et être éduqué par un père tout aussi digne, pour ensuite devenir une personne droite. Tous les rats des rues nés de mères alcooliques, sans éducation, droguées ou miséreuses ne vaudront jamais rien. Ils ont déjà tous été parasités par le moins que rien les ayant mis au monde. L'enseignement du Prieur est très clair. Une mère ne valant rien condamne tout ce qui sortira de son ventre impie.

Haji avait encore plus mal au ventre, maintenant. Sans qu'il sache vraiment si ce n'était que la suite des nausées de tout à l'heure ou un autre mal, en réaction à ce qu'il venait d'entendre. Cela dit, pour une fois, il parvint à ne rien répliquer. Les yeux rivés sur ces premiers signes, il se concentra sur eux comme si sa vie en dépendait. Pour le moment, se focaliser que sur ça. Uniquement sur ça.

CHAPITRE 5 : UNE AFFAIRE DE SUPERSTITIONS

Ces dernières semaines ont été très douloureuses. Plus particulièrement durant les dix ou quinze premiers jours. Haji se sentait malade comme un chien... Entre les tremblements, les nausées, les douleurs au ventre et les crises d'angoisse soudaines, sans oublier les insomnies dont il souffrait depuis plus longtemps encore, ses journées avaient été incroyablement compliquées. La fièvre ne cessait de le harceler, il vomissait ce qu'il arrivait à manger, peinait à se concentrer. Même son cœur battait plus vite sans raison apparente. L'un des serviteurs du manoir, voyant son état se dégrader, prit du temps pour l'interroger, possédant quelques connaissances en soins et médecine. Après un long entretien, tandis que tous les deux travaillaient dans la buanderie, il en avait conclu que c'était probablement les effets du sevrage brutal de l'alcool. S'en était suivi un très long monologue sur l'importance de ne pas tant consommer, que l'ivresse était un vice grave et une offense envers le Seigneur. Enfin, après lui avoir très bien pris la tête, il lui conseilla de boire des tisanes à la valériane, censées l'aider au sevrage. Rendu à ce stade, Haji brûlait surtout d'envie de jeter ladite tisane au visage de ce type. Se contenir exigea un effort monumental. Heureusement, passé le premier mois, certains symptômes avaient complètement disparu et d'autres étaient moins présents. Au cours du second mois, la fatigue et l'anxiété disparurent à leur tour.

Durant tout ce temps, ses journées avaient chacune été une longue course frénétique, sans trêve ni repos. La vie d'un serviteur était une longue succession de tâches difficiles, souvent ingrates. Coudre les vêtements, les laver et les trier, nettoyer les différentes pièces, polir les objets précieux, cuisiner, servir lors des réunions et fêtes, s'occuper des extérieurs, récurer les sols de pierre, faire les courses et la vaisselle, battre les tapis... Chaque nuit, ou presque, il retrouvait Dame Qian dans la pièce annexe de sa bibliothèque privée, pour y suivre des leçons. Une fois le cours achevé, il devait coucher avec elle. Une fois ce devoir accompli, retrouver le dortoir et une courte nuit de sommeil, avant d'enchaîner sur une nouvelle journée de travail. S'il avait eu du mal à prendre le rythme, une meilleure forme physique et mentale, curieusement, lui était venue, ces derniers temps. Une fois dépassés les ennuis de santé causés par le sevrage de l'alcool et une fois l'habitude prise, de sa vie en ces lieux. Il se sentait… comment le décrire… Pas en confiance, bien évidemment, mais plus sûr de lui. Même si les serviteurs du manoir se doutaient bien évidemment de ce qu'il faisait, en partant ainsi presque tous les soirs, il n'était encore vu que comme un concubin non officiel. Un jouet, finalement, au service des grands de ce monde. Et ils n'avaient pas tort.

Le temps défilait à une vitesse presque affolante. Les beaux jours s'étaient terminés, laissant la place à un temps plus froid et pluvieux. Le vent du nord se répandait dans toute la capitale, les feuilles jaunissaient et chutaient de leurs branches, les habitants de la ville se couvraient d'habits plus chauds. Un vent glacial s'était levé sur la cité, ce matin-là, lorsque Haji sortit sous le porche, enveloppé dans un long châle serré autour de lui. Une fois n'est pas coutume, la leçon d'écriture et de lecture débuta dès le matin, peu avant l'aube. Voilà désormais… Trois mois qu'il se trouvait ici ? Un peu plus ? Frissonnant, il revint vite à l'intérieur et ferma les lourdes portes coulissantes. Dame Qian semblait de très belle humeur, depuis quelques jours, sans qu'il ne sache pourquoi. Ils avaient déjà travaillé une bonne heure, avant le lever du soleil, sans qu'elle ne s'agace une seule fois lorsqu'il n'arrivait pas à déchiffrer un mot ou qu'il était lent dans son écriture. Pourtant, il avait accompli des progrès ! Il se trouvait à un niveau… débutant, disons. Capable de déchiffrer sans peine des phrases très simples, voire même de courts textes si on lui en donnait le temps. Sa calligraphie, quant à elle, n'était toujours pas très lisible. Maîtriser le délicat outil qu'était le pinceau représentait un exercice plus périlleux que prévu. Son écriture demeurait encore grossière… « Tel un petit enfant », comme aimait à le dire Dame Qian.

- Viens là, ordonna-t-elle en tapotant la place à côté d'elle sur la causeuse.

Il s'exécuta en silence, après avoir reposé le châle sur une chaise. Sitôt approché et assis, elle le prit par l'épaule et le poussa à poser sa tête contre ses cuisses, allongé sur la causeuse. Il se retint simplement de soupirer, tandis qu'elle se mettait à lui passer lentement la main dans les cheveux. De temps en temps, elle se comportait ainsi, sans qu'il ne sache vraiment pourquoi. Ça lui donnait juste le sentiment qu'elle cherchait à imiter un lien normal, entre eux deux, comme s'ils étaient des amants. Des gestes tendres... mais tout ça ne restait que des apparences. Il n'était encore qu'une marionnette entre ses mains et elle en était parfaitement avisée, alors à quoi bon mettre ce petit théâtre en scène lorsqu'ils n'étaient que tous les deux ? Elle le manipulait pour reproduire des scènes sans la moindre réalité, pendant qu'il rêvait de couper un jour tous ces fils à jamais. Faire semblant d'être des amants était ridicule.

- C'est à cette même saison, confia-t-elle tout à coup, que j'ai été offerte en mariage à Lan Qian. Il y a une année et un jour.
- Offerte... Et moi qui croyais naïvement qu'un homme et une femme devaient tous deux être au minimum d'accord, avant de conclure un mariage.
- Les gens comme toi ne demandent pas même l'accord du père d'une femme, avant de l'épouser ?
- Si la fille n'a pas de père...

Il crut entendre un reniflement de mépris mais ne prit pas la peine de redresser la tête pour vérifier. Ils avaient très souvent ce type de court échange, sur une coutume ou une autre, surtout sur les différences très nettes selon la richesse des uns ou des autres. La vie familiale, la manière d'honorer les morts, les amours... Haji était persuadé qu'ils vivaient tous dans des sociétés complètement différentes, où les règles changeaient en fonction de la richesse et du rang, même les lois n'étaient pas les même pour tous ! Il maugréa intérieurement cette idée, pendant que la pression des doigts de la Dame s'était accentuée, contre sa tête.

- Il faut aussi des autorisations avant de prendre des concubins ?
- Le patriarche d'un clan peut évidemment disposer de toutes les concubines qu'il le souhaite. Les épouses doivent effectivement demander la permission.
- Vous allez lui faire une demande écrite à chaque fois ?
- Je n'ai pas de concubin.

Haji, déjà tout prêt à lui dire après ça qu'elle pourrait aller simuler cette mascarade d'amour avec un de ses concubins plutôt qu'avec lui, ferma instantanément la bouche. Il était fixé, au moins...

- Alors, lorsque je travaillais encore au Havre, vous deviez aussi demander la permission avant de me voir ?
- Penses-tu vraiment que ce genre de sujet est hurlé sous les toits ? Tu es si stupide...
- Oh, que ma Dame me pardonne, je ne suis qu'un rat des rues, grinça-t-il. J'essaye de comprendre ce qui se passe dans cette haute société, rien de plus. J'avais déjà compris que les hommes décidaient de la manière de vivre, de l'éducation et du nombre de femmes à mettre dans leur lit. Et je croyais que les femmes comme vous avaient plus de pouvoir que ça.
- Une femme digne ne recherche pas le pouvoir. Son rôle est de représenter la pureté et l'honneur de son clan. Quel besoin as-tu de chercher à comprendre de tels concepts ? Tout cela t'échappe. Tu n'appartiens pas à ce monde, inutile de chercher à le cerner.
- Vous passez votre temps à me répéter de comprendre ce que je vois et écoute, dans vos leçons de lecture et d'écriture.
- Certes, mais entre cela et comprendre sincèrement tes supérieurs... Il existe un gouffre.

Ses supérieurs... Ses supérieurs qu'il pouvait observer de très près, depuis maintenant trois mois. Ses supérieurs à qui il servait thé, boissons, nourriture et alcool. Ses supérieurs pour qui il préparait le bain et des tenues faramineuses. Ses supérieurs qui n'étaient finalement rien d'autres que des hommes. Des personnes ordinaires, avec les mêmes besoins, désirs et attentes. Il se redressa assez brusquement, rompant le contact, pour la regarder droit dans les yeux, assis près d'elle.

- Puisque vous êtes si *supérieure*, vous auriez pu demander à un homme de votre rang de vous donner ce que vous désirez, dans le dos de votre époux. Pourquoi me le demander à moi ? Vous n'avez jamais répondu à ça... Vous auriez pu prendre n'importe quel homme de la noblesse, grâce à votre place dans ce clan.
- Tu n'es pas en droit de m'interroger. Reste à ta place !
- Vous la brisez vous-même, ma place. À me demander de jouer les petits amants éperdus comme tout à l'heure, alors que vous ne m'aimez pas et que vous me dégoûtez. C'est juste un rôle de plus... Je dois coucher avec vous mais pas faire semblant de vous aimer.

Le claquement sourd de la gifle qu'elle lui infligea la seconde suivante résonna très lourdement dans toute la pièce. Suivie aussitôt d'une douleur cuisante. Haji porta aussitôt la main contre sa joue en reculant. Les larmes lui étaient montées aux yeux sous la douleur subite mais il ne les laissa pas couler. Elle se leva, il demeura assis, en la regardant.

- Tu n'as pas à discuter la moindre de mes décisions ou de mes ordres.
- Je ne sais même pas ce que je dois faire ! Vous êtes là à m'apprendre à lire et écrire, à me dire sans cesse de réfléchir et en même temps, vous me dites de ne pas chercher à comprendre ce monde ou de raisonner. Je dois coucher avec vous pour que vous tombiez enceinte, pourtant, vous me faites aussi jouer cette comédie de deux amants, sans aucun sentiment. Savez-vous ce que vous voulez vous-même, au moins ? Et ce que je dois faire, moi ? Comprendre et réfléchir ou non ?
- Tu n'es pas encore prêt à comprendre ce monde. Tu restes comme un simple enfant, naïf et incapable de discerner toutes les subtilités de l'Empire. Il te reste tout à apprendre.
- Mais pourquoi *moi* ? Vous l'aviez dit vous-même, je n'arriverai jamais à rester simplement à ma place... Vous n'avez pas dit pourquoi moi malgré tout. C'est ça que vous avez voulu, en me gardant, un rat

des rues qui ne sait pas se taire. Alors que vous pourriez simplement claquer des doigts pour prendre n'importe quel homme.
- Tu ne sais pas te taire, sourit-elle alors, doucement. Je le sais depuis le début, en effet. Il n'en demeure pas moins que tu es encore naïf et sous-éduqué. Tu ne réfléchis pas vite et tu raisonnes comme un enfant. Pour le moment, tu restes inutile. Contente-toi alors de suivre les ordres, pour ton propre bien. Va-t'en, maintenant. Du travail t'attends.

Profondément dégoûté et ulcéré, il se leva pourtant et quitta les appartements, toujours une main contre la joue. Travaillé par de multiples questions sans réponse, il resta une bonne heure plongé dans un mutisme fort, durant son travail. Même en rejoignant Liwu dans un des celliers, il eut du mal à communiquer un peu. La trace de gifle sur sa joue était toujours visible et tournait légèrement au violet. Heureusement, elle n'exprima rien sur le sujet. Du moins, pas face à lui, car dès qu'il lui tourna le dos, il ne put voir la grimace mêlant désespoir et agacement, accompagné d'un soupir de lassitude. Elle lui remit des parchemins entre les mains, frappés du signe du manoir, suivi de quelques chiffres. Probablement écrit par ce vieil intendant bizarre et qui sentait mauvais. Un type qu'il n'aimait guère, était-il besoin de le préciser ? Liwu lui lista toutes les boutiques et ateliers où il devait se rendre, présenter ces documents, qui représentaient des ordres de commande, surtout ne pas traîner sur le chemin du retour. Les artisans et commerçants viendront plus tard les livrer, comme d'ordinaire. Elle ne pouvait pas y aller elle-même, sérieusement… ? Il faisait un froid terrible, il n'était pas d'humeur à aller courir les rues de la capitale le nez au vent et sa seule envie était de retrouver une jarre entière de bière pour se l'enfiler cul sec. Quitte à en être malade une semaine entière par la suite.

- Tu vas réussir à te souvenir des noms de toutes les boutiques ?
- Je ne réfléchis pas vite mais j'ai encore de la mémoire.
- Pardon ?
- Non, rien, laisse tomber. Comment les retrouver, par contre ? Je n'ai jamais fait ça.

- Prends la carte de l'aîné Wen, elle t'aidera à t'y retrouver. Dans le petit bureau avant de sortir, par la troisième entrée de service.

D'accord, d'accord… Pas comme s'il avait le choix de toute façon… Il quitta le cellier, fila récupérer son châle et la fameuse carte, avant de quitter le manoir. À bien y réfléchir, prendre l'air et s'éloigner un temps de cet enfer n'était pas plus mal. Un souffle froid l'accueillit dès sa sortie et il serra le châle contre lui, sentant les feuilles contre son cœur, dans une poche interne. Direction le quartier Nord. Pas un district où il s'était souvent rendu par le passé, se souvenant vaguement d'y avoir travaillé une fois ou deux. Ça remontait à sa première année au Havre, il était encore un enfant à ce moment-là. Le Nord était à peine moins misérable que le quartier Est, néanmoins, ce qui était tout de même là une différence de taille, il était bien mieux protégé et surveillé par les Gardiens. Tout simplement car il s'ouvrait sur les larges steppes de Shinju. Outre des routes commerciales importantes partant du Nord de la capitale, en plus des caravanes marchandes, on y voyait aussi des troupes militaires, des patrouilles et bien sûr, les Gardiens. Haji eut un frisson en se rappelant les quelques paroles surprises à la réunion des patriarches et du Prieur, c'est par le Nord que venaient les invasions barbares et les guerres contre les tribus nomades. Pourtant, quand on arrivait dans les parages, aucune impression danger imminent ne vous sautait dessus… Les Gardiens patrouillaient en groupe, toujours habillés de ces grandes tenues blanches, agressives à l'œil. Sans oublier les nombreux soldats. C'était le seul coin de la capitale où les habitants pouvaient les voir, car d'ordinaire, ils opéraient loin des villes et villages, aux frontières.

Grâce à la carte, il n'eut pas une très grande difficulté à trouver les boutiques en question et y déposer les bons de commande. La plupart des commerçants ne prirent pas la peine de dire bonjour à un simple serviteur mais deux ou trois lui adressèrent tout de même un sourire et un salut poli. Haji s'efforça de faire vite, n'aimant guère s'attarder dans ce quartier, trop de Gardiens à son goût. Après la dernière échoppe, il s'apprêta à repartir quand, en pleine rue, un petit bruit l'alerta. Comme un sanglot. Poussé par la curiosité, il s'aventura alors dans les petites rues, longeant la grande avenue principale où il se trouvait, à la recherche de l'origine du bruit. Au bout de quelques minutes, il tomba finalement sur une toute petite enfant, une fillette qui ne devait pas avoir plus de quatre ou cinq ans. Tremblante, les cheveux sales, en larme, vêtue d'une vieille tunique abîmée et bien trop grande pour elle, pieds nus. Une enfant des rues, forcément. Il vint doucement s'accroupir auprès d'elle et lui demanda pourquoi elle pleurait, en essayant de ne pas lui faire peur. Lui aussi s'était retrouvé réduit à un tel stade de misère... Fermer les yeux et passer son chemin n'était pas possible. La petite renifla encore plus fort et balbutia qu'elle avait mal au ventre et à la tête. Elle eut un net mouvement de recul, contre le mur, quand Haji lui posa une main sur le front. Elle était brûlante de fièvre.

- Comment t'appelles-tu ?
- Je... sais pas... Les gens disent Hoki.

Il eut un lourd pincement au cœur en entendant ça... Un sentiment accentué par ses propres souvenirs. Lui-même ignorait si Haji était son véritable nom ou si ce n'était qu'un de ces très nombreux sobriquets que la population utilisait pour affubler les enfants des rues. Surtout pour désigner les enfants trop petits, qui n'étaient encore sûrs de rien. À force d'entendre ça, lorsqu'on était dans un certain état de faiblesse, la moquerie devenait un nom. Le jeune homme se défit de son châle puis entoura la petite pour mieux la couvrir. Qu'était-il censé faire, maintenant ?! Il ne connaissait pas de médecins et de toute façon, sans argent, aucun d'entre eux n'accepterait de prodiguer des soins. S'il la ramenait au manoir, on lui cracherait aussitôt d'aller la remettre dehors et d'arrêter de perdre son temps comme ça. Rien n'était prévu, pour s'occuper des gamins abandonnés... Trop nombreux... Des bouches inutiles à nourrir... Les jeunes enfants mourraient souvent de maladies ou de faim... Ceux qui survivaient étaient ceux exploités dans les fabriques ou prostitués. Or, il n'était pas question qu'il emmène cette gamine dans une maison close. Il ne pouvait pas juste la laisser là ! Elle était malade, avec le temps qui se refroidissait de plus en plus, elle risquait de mourir. L'emmener à Hana ? Ce serait comme la jeter dans n'importe quel bordel de la ville, elle y serait au chaud et soignée, peut-être, mais aussitôt considérée comme une nouvelle propriété de la maison. Certains clients payaient très cher pour obtenir des enfants aussi jeunes.

- Tu as un papa ou une maman ? demanda-t-il avec hésitation, quand bien même il se doutait déjà de la réponse.

Elle secoua la tête pour dire non. Bien évidemment. Qui pouvait savoir ce qui avait bien pu arriver aux parents... Sur une impulsion, il s'approcha et souleva la petite dans ses bras, en lui répétant de ne pas avoir peur, qu'il ne lui ferait aucun mal. Elle était légère... Plus légère qu'un enfant de cet âge, habituellement. Haji l'enveloppa un peu mieux dans le long châle, pour que ses pieds soient couverts aussi, la serrant contre lui tandis qu'il quittait la ruelle. Très bien et maintenant... ? Il prit lentement le chemin du manoir, bien qu'il n'ait aucun droit de l'emmener là-bas, tout en réfléchissant à toute allure. La petite tremblait fort, dans le creux de ses bras... Quelques instants plus tard, elle l'agrippa de sa petite main, les yeux fermés. En marchant, Haji finit par voir un temple, en contrebas de l'avenue. Peut-être qu'il tenait là un moyen de... Bon. Il s'y dirigea en inspirant assez fort. Allez ! Il devait surmonter sa terreur des Gardiens, cette fois-ci... Ce n'était pas pour lui mais pour l'enfant. Calme-toi. Avance. Marche. Plus vite. Ne t'arrête pas. Respire. *Avance sur ce fichu chemin.* Ballotté entre les passants et entre ceux qui entraient et sortaient du temple, Haji eut d'abord du mal à se frayer un petit chemin. Une fois à l'intérieur, où l'atmosphère ambiante était au moins plus chaude, il repéra très vite un Gardien un peu isolé. Bon. La gorge incroyablement serrée, Haji s'approcha de lui et le salua, commençant par bafouiller une phrase incompréhensible en tremblant lui-même très fort. À laquelle le Gardien lui renvoya un regard un peu interloqué.

- Que dis-tu, jeune homme ?
- Je... Monsieur, cette petite est malade. Je cherche de l'aide.
- Il s'agit de ta fille ?
- Non, elle ne... C'est une petite des rues. Elle a beaucoup de fièvre.
- Depuis combien de temps n'a-t-elle pas prié ?

Quel... rapport... ? Haji resta sidéré, en regardant le Gardien impassible. Elle souffrait de la fièvre, c'est tout ! Que venait faire la prière là-dedans ?

- Je ne sais pas mais... Quel est le rapport avec...
- Allons, mon enfant. Tu ne dois sans doute pas le savoir, les serviteurs comme toi sont habitués tout petits à prier tous les jours, dans les bonnes maisons. Une personne ne priant pas assez notre seigneur est punie par le ciel par la fièvre. Cette petite n'a sûrement aucun parent capable de l'éduquer, voilà tout. Tu devrais aller la reposer là où tu l'as trouvée.
- Mais n'y a-t-il rien pour la soigner ?!
- Nous pouvons soigner les honnêtes gens, les personnes ayant fait de brefs écarts de conduite et capables de se repentir par la suite. Mais soigner ça, c'est inutile, ces choses sont déjà perdues pour le ciel.

Ô miracle venu sans doute de ce temple, Haji parvint à ne pas hurler. Ni même à montrer son indignation. Ni à trahir que les tremblements plus violents encore qu'il éprouvait étaient cette fois dû à la colère plutôt qu'à l'angoisse. Il s'inclina vivement et remercia le Gardien de l'avoir éclairé sur ce sujet. Suite à ça, il sortit du temple, avec la petite dans les bras, chercha avant à contourner le bâtiment pour dénicher un autre accès. Là encore, une myriade de petites rues, plus calmes, ainsi qu'un cimetière, derrière le temple lui-même. Le jeune homme commença par chercher un coin à l'abri du vent, pour y déposer l'enfant. Il s'assura qu'elle soit le plus emmitouflée possible et lui dit de l'attendre ici. Il reviendra le plus vite possible avec de quoi la soigner. Affaiblie et nauséeuse, la petite laissa juste porter un regard vitreux sur lui, plus pâle encore que les tombes blanches non loin de là. Haji repartit en arrière, vers le temple, cette fois en scrutant attentivement les environs. Une fois sûr que personne ne l'observait, il grimpa prestement par-dessus un mur, bénissant par la même occasion sa propre vie dans les rues pour lui avoir appris à faire ça. Un bon souple le fit atterrir dans un jardin, de l'autre côté, à l'abri derrière de hautes statues. Personne en vue pour le moment. Accroupi derrière cette statue, il prit une minute pour respirer lentement et calmer un peu le rythme affolé de son cœur.

L'indignation étant encore plus forte que la peur, il se releva et s'élança jusqu'à la prochaine cachette, surveilla encore les alentours, continua une étape de plus, jusqu'à atteindre les bâtiments. Là, il testa quelques petites portes, avant d'en trouver une ouverte et se faufiler à l'intérieur.

Le bruit était bien moindre, ici, étouffé... Il faisait sombre, les murs et les planchers étaient faits de bois, les portes coulissantes dans le couloir face à lui étaient toutes fermées, faites elles aussi de bois et de papier. Étant donné que la peur et la raison avec elle commençaient à revenir, il se focalisa plus encore sur les paroles si naturelles du Gardien, pour raviver la colère et le sentiment d'injustice. Il ignorait peut-être ce qu'étaient les maladies exactement et pourquoi elles venaient, par contre, il était persuadé que ce n'était pas lié à la prière. Plein de gens, dans le Quartier Est, priaient tous les jours avec ferveur et tombaient malades malgré tout ! Il avança lentement, guettant le moindre petit bruit. La première porte glissa en lui laissant découvrir un simple bureau. La seconde également. La troisième devait être une sorte de réserve, remplie de meubles. Laissant ce couloir, il tourna à gauche dans un autre, là encore très lentement. Le sol de bois était grinçant par endroits et il ignorait qui pouvait travailler dans une de ces pièces. Il devait surveiller chaque mouvement, écouter chaque souffle, coller son oreille le plus discrètement possible contre tous les battants pour épier le moindre signe suspect.

Bizarrement, c'était la première fois de toute son existence qu'il se sentait aussi bien réveillé. Aussi *vivant*. Son cœur battait toujours très vite, il percevait mieux que d'ordinaire les petits détails, il entendait chaque son. Comme si tout son corps s'était soudainement mis dans un état d'éveil particulièrement accentué, augmentant la finesse de ses sens. Tout en lui faisant subir une pression douloureuse dans chacun de ses membres. Cette bouffée intense de tension gardait la peur à distance. Du moins pour le moment. Au bout de dix bonnes minutes d'une progression à la vitesse d'un escargot, il trouva une salle plus intéressante. Une autre réserve, mais cette fois, remplie de pots, de plantes en vrac dans des paniers, de fioles et d'instruments. Il referma la porte derrière lui et s'approcha des hautes étagères. Aucune de ces plantes ne lui était familière… En se penchant contre les fioles, son cœur bondit d'autant plus quand en voyant les petits signes écrits sur chacune d'elles. Les yeux plissés, il déchiffra lentement ce qui était écrit sur la première. Jiaogulan, fatigue intense. Juste à côté, l'étiquette indiquait qu'il s'agissait de wu yao, pour traiter l'asthme. Haji plaqua de justesse une main contre sa bouche pour étouffer un petit cri d'excitation. Même sans connaître les plantes, il pouvait lire ! Il passa en revue les autres étiquettes, s'arrêtant souvent pour surveiller la moindre personne en approche.

Sans pouvoir lire plus vite, il y passa encore un moment qui parut interminable. Enfin, il tomba sur un flacon contenant une solution liquide, appelée armoise, accompagnée du mot tisane. Un mot appris très récemment, celui-ci, dont il eut d'abord du mal à se souvenir. Très bien… Haji rangea le flacon dans une poche intérieure et ressortit doucement de la salle. Le trajet du retour fut encore plus long, tant le moindre petit bruit le stressa. Il quitta le bâtiment avec une lenteur des plus abominables et repassa par les jardins. Atteignit le mur, l'escalada, sauta. Une fois dans la rue, il s'obligea à garder une allure normale, au moins un temps, avant de courir. La petite n'avait pas bougé d'un pouce et semblait encore plus faible que tout à l'heure. Il la reprit aussitôt dans ses bras et la frotta pour la réchauffer.

- Hoki ? Hoki, c'est moi, je suis revenu, tout va bien, j'ai de quoi te soigner.

Il la cala contre lui et repartit aussi sec avec elle. De retour dans la grande avenue, il chercha un petit magasin, tournant en rond un moment avant de finir par trouver une échoppe en retrait, tenue par un vieil homme, vendant des amulettes. Haji lui demanda l'aumône d'une tasse d'eau chaude, mentant, cette fois, en disant que c'était pour sa fille. Le grand-père ne lui fit pas trop de difficultés et leur prépara ça. Assis dans un coin, la petite sur les genoux, le jeune homme vers avec soin le liquide dans l'eau chaude et le brassa avec le doigt.

- Bois doucement… ça devrait te faire du bien.

Il l'aida à tenir la tasse et la porter à ses lèvres. Elle but à toute petites gorgées, les yeux clos. Que ce soit grâce à l'effet de la plante ou celui de la chaleur, elle reprit quelques couleurs. Très bien. Il attendit qu'elle réussisse à tout boire et la berça longuement, jusqu'à ce qu'elle s'endorme. S'il lui donnait ça régulièrement, elle devrait avoir une meilleure chance de s'en sortir, non ? Il devait réfléchir à la suite... Comment s'occuper d'elle alors que personne n'en voudra dans le manoir ? Elle était encore un peu trop petite pour travailler. Il devait trouver une solution...

CHAPITRE 6 : LA CLÉ DE L'INDÉPENDANCE

Nintai semblait hésiter entre être simplement choqué ou se mettre en colère. Sa sœur, elle, gardait les bras croisés, ayant déjà clairement signifié à Haji qu'elle le prenait pour un gros dingue suicidaire. Le gros dingue en question se tenait bien campé sur ses deux jambes face aux deux autres, mains sur les hanches, après avoir bien exposé la situation et demandé un peu d'aide. Assise entre eux, la petite Hoki ne semblait pas trop comprendre ce qui se passait autour d'elle. Les yeux baissés, elle ne parlait pas et serrait contre elle une petite couverture lui servant depuis peu de peluche. Encore très fatiguée et malade, elle ne pouvait pas faire grand-chose. Ils se trouvaient tous les quatre dans un cellier secondaire du manoir Qian, où Haji avait « installé » aussi confortablement que possible l'enfant, au chaud, avant d'aller trouver le frère et la sœur. Tout leur raconter, dans les détails. C'est après ce récit qu'il demanda leur aide pour trouver à cette enfant un endroit sûr, où elle pourra se soigner et vivre. Il n'était pas question qu'il aille simplement la reposer dans la rue, qu'ils soient bien au clair là-dessus. Liwu soupira pour la dix-septième fois en vingt minutes et se gratta la tête, autant exaspérée que blasée.

- Où as-tu trouvé ce médicament, pour elle ?
- Tu… ne veux pas le savoir.

Le ton à lui seul suffit à la tendre encore plus qu'elle ne l'était déjà. Nintai soupira à son tour, leva une main en faisant signe de laisser tomber ce sujet-là et émit une petite grimace. Bien qu'il était également très tendu, son côté plus raisonnable gagnait aisément le dessus.

- S'il te plaît, détends-toi, grande sœur. Quant à vous, Haji, je comprends qu'il vous soit très dur de ne pas apporter votre aide à un enfant des rues, néanmoins, vous n'avez pas plus le droit que nous d'en faire venir au manoir. Elle est trop petite encore pour y travailler et même si elle était en âge, encore faudrait-il qu'elle soit sélectionnée par l'intendant. Nous ne pouvons pas la garder ici. Peut-être certains ateliers

en voudraient, malgré son âge, certaines tâches peuvent être accomplies par les tout-petits. Ou sinon, dans les maisons clo...
  - Non, le coupa net Haji, les dents serrées.
  - Soit. Ne nous énervons pas. Je disais donc les ateliers, en dehors de ça, peut-être dans une ferme. Le travail y sera plus dur mais même des petits de cet âge peuvent servir à quelque chose.
  - Il y a des orphelinats, en ville, glissa Liwu, d'un ton plus conciliant.
  - Ils ne prennent plus d'enfants des rues depuis longtemps, réfuta son frère en secouant la tête...
  - Pourquoi ? bougonna Haji, en avançant d'un petit pas.
  - Il y en a trop. De plus, comme on ne sait pas où ils ont traîné, les orphelinats craignent que ça n'amène des maladies. Ils préfèrent prendre les enfants issus des classes laborieuses de la population, c'est plus facile ensuite de les placer dans différents postes, qu'ils puissent travailler.

L'air indigné de Haji fit écho à celui de Liwu, tout aussi outrée que lui de constater que, même parmi les orphelins, un tri s'organise d'une telle façon. Nintai semblait plutôt blasé. Il regarda la petite, marmonnant à voix basse des phrases incompréhensibles.

  - Les seules options, pour résumer, sont soit une ferme, soit un atelier. On peut demander discrètement aux fermiers qui vendent des produits au manoir.
  - Elle risque de finir complètement exploitée, grogna Haji. Nourrie, oui, mais pas payée, à cause de son âge.
  - Que proposez-vous d'autre ? La remettre dans la rue ? Elle y mourrait de faim ou de maladie. Dans une maison close, elle serait mieux traitée qu'ailleurs mais vous ne voulez pas. Dans une fabrique ou dans une ferme, elle y sera sans doute exploitée mais au moins, elle ne mourra pas de faim. À part la ramener ici, qu'avez-vous eu, comme idée brillante, pour la protéger ?

Le jeune homme ne répondit pas. À la place, il s'agenouilla près de la fillette et lui caressa la joue pour attirer son attention. Il attendit qu'elle le regarde, se rassure un peu, pour expliquer patiemment la situation.

En essayant de choisir des mots qui n'allaient pas l'effrayer et qu'elle était capable de comprendre. Hoki l'écoutait mais il sentait bien que la compréhension était difficile. Le frère et la sœur écoutaient aussi, juste à côté, en se lançant parfois des petits regards. Haji ne leur prêtait, pour le moment, plus aucune attention, tout concentré qu'il était sur la petite. La mettre dans un bordel, non, il s'y refusait de toute son âme... Même si elle serait bien nourrie, même si elle aurait toujours un endroit au chaud pour dormir, même si le patron de l'établissement devrait la garder un maximum en bonne santé pour qu'elle puisse lui être utile, il ne voulait pas qu'elle subisse la même tourmente que lui. La perte de contrôle sur son propre corps, la douleur, les humiliations profondes, le dégoût de soi-même, l'abandon d'une part, ou toute fierté, les rôles cruels imposés avec certains clients... Tout ce qu'il avait dû encaisser et qu'il ne voulait pas imposer à une enfant, surtout aussi jeune. Il ne pouvait rien proposer qui soit simple ou facile, comme vie, à cette petite, mais il existait des voies pires encore que d'autres.

Devoir, littéralement, demander à une enfant de quatre ou cinq ans de décider si elle voulait partir travailler dans un des ateliers de la ville, ou si elle préférait aller travailler dans une ferme, lui brisait le cœur. Elle était bien trop jeune pour mesurer toutes les conséquences de son choix ou savoir ce qui l'attendait. Même arrachée à la rue, rien de mieux ne pouvait être proposé d'autre qu'une vie de misère, que ce soit dans la capitale même ou dans la campagne. De par sa seule naissance, elle était déjà condamnée à ça. Comment réussit-il à ne pas pleurer devant elle, ça... Finalement, après de longues minutes, elle finit par dire qu'elle aimait bien les animaux et surtout les oiseaux. Une réponse faite d'une petite voix fluette, innocente, qui lui fit encore plus mal. Liwu s'accroupit à son tour et dit à la petite que si elle aimait bien les animaux, vivre dans une ferme serait mieux pour elle que dans un atelier ou une mine. Lorsqu'elle se releva et lança qu'ils devaient rester le plus discret possible, pour trouver un endroit voulant bien d'elle. Haji se dressa très vite à son tour et lança qu'il pourrait peut-être la cacher ici le temps de complètement la soigner.

- L'espoir fait vivre, soit, mais comment voulez-vous la cacher dans un cellier… ?
- Mais…
- Non, stop, ça suffit. Elle a ce médicament que vous avez trouvé pour elle, ça fera l'affaire. On ne peut pas se permettre de la garder longtemps. Dès que l'on trouve un endroit où l'adresser, elle devra partir.

Il aurait pu continuer à argumenter, mais juste avant cela, un choc sourd non loin les fit violemment sursauter tous les trois. Quelqu'un venait de casser quelque chose, visiblement. Sans même se concerter, ils prirent la petite avec eux, la couverture et de quoi manger. L'emmener plus loin, dans un placard qui ne servait plus, fut leur première priorité. Elle pourra rester cachée le temps de lui trouver un endroit pour vivre. Haji demeura le plus longtemps qu'il put avec elle, lui fit boire de la tisane avec le médicament, tenta tout son possible pour l'apaiser. Malheureusement, il vint le temps où il dû se résoudre à la laisser. Il ne pouvait se permettre de manquer encore des heures et des heures… Il lui fit promettre de rester très sage et silencieuse, l'enveloppa comme il faut dans la couverture, sur cette petite couchette de fortune installée pour elle, l'embrassa sur le front en lui répétant une fois de plus d'être bien sage. La laisser se fit à contrecœur. Hoki le suivit du regard jusqu'à ce qu'il referme la porte avec soin derrière lui. Le jeune homme eut bien du mal à se focaliser sur ses tâches après ça. Même un travail des plus harassant ne pouvait effacer l'image de la petite, blottie dans ce coin sombre. Si elle partait avant d'être complètement guérie, comment pourront-ils être sûr qu'elle sera convenablement soignée et suivie dans la ferme… ? Qui veillera sur elle ? Lui donnera-t-on bien son médicament ? Qui s'occupera d'elle ?

Bien qu'il subsistait énormément d'enfants des rues, tous n'atteignaient pas l'âge adulte, très loin de là. Impossible d'ignorer cette cruelle réalité… Lui-même avait failli mourir plus d'une fois, de ses six ans à ses douze ans, avant de rejoindre la maison close, que ce soit de faim, de froid ou de maladie. La vie d'un enfant était… comme une douce flamme, très fragile… Tout en travaillant à récurer le sol d'une des plus grandes salles, avec d'autres serviteurs, il vomissait intérieurement sur les orphelinats refusant tous ces enfants. Tout le monde s'en moquait ! Ils étaient là, parfois presque morts, par terre, tout le monde passait sans même les regarder. Ils n'existaient dans le regard de personne, c'était ça le plus terrible. Suite à cette tâche ingrate, ils passèrent dans la salle du ciel. Plus grande encore, où se déroulaient les offices et cérémonies religieuses. Les nobles pouvaient se permettre le luxe de faire procéder aux offices chez eux, entourés d'autres nobles, plutôt que de se rendre aux temples de la ville et risquer de se mélanger avec la basse population. Occupé à dépoussiérer les statues de la salle, Haji conserva un instant le regard sur l'une d'entre elles, représentant Seykyou, avec à ses pieds un très grand et long dragon. Un Dieu détournant le regard de bien des personnes... De ceux nés d'une mère jugée impure, de ceux ne priant pas assez, des hérétiques... De tous ceux n'ayant pas reçu sa bénédiction et donc interdit d'obtenir la connaissance...

Il reposa son chiffon un instant, fixé sur cette immense statue. Les Gardiens leur avaient toujours menti, au nom du Dieu Unique, sur les brûlures causées par les livres. Ils avaient menti sur cette bénédiction indispensable. Ils prétendaient vouloir le bien de toute la population, tout en les poignardant dans le dos. Ils refusaient des soins à une enfant. Ils avaient... tué sa mère... Ils lui avaient arraché sa mère... Parce qu'elle refusait plusieurs de leurs dogmes... Ils avaient exigé qu'il l'oublie et la renie... Si les Gardiens étaient capables de ça, au nom de Dieu et surtout du Prieur, de quoi étaient-ils capables encore ? Que pouvait-il faire, seul, contre ça ? Alors que tout le monde trouvait si *normal* leurs mensonges. *Normal* d'être mis à l'écart de la moindre éducation ! Il pourrait... Il pourrait au moins s'occuper de ça... Donner ce qu'il apprenait lui-même à d'autres... Répandre qu'il ne s'agissait que de mensonges... Un sifflement résonna tout à coup dans la salle et avant qu'il ne puisse se retourner, une douleur sourde l'irradia dans le dos, avec un coup sec et brutal. Il poussa un cri de surprise et s'effondra en avant contre le sol. En se retournant, toujours au sol, son cœur rata un brusque battement en reconnaissant le patriarche du clan, Lan Qian, qui le dominait de toute sa hauteur, un fouet à la main. Le visage rouge de colère mais aussi de traces d'alcool, si aisément repérables.

Il pensa immédiatement qu'il était au courant pour la petite Hoki. Mais l'homme lui rugit dessus, comme une bête, qu'il osait tirer au flanc au lieu de travailler dur et qu'il en avait assez des misérables. Haji leva brusquement les bras devant son visage par pur réflexe pour se protéger comme il le put du second coup mais en reçut un, cette fois dans le ventre, un violent coup de pied. Le souffle coupé, il retomba sur le dos, contre la statue, sous les invectives du patriarche du clan. Les yeux remplis de larmes, il vit aussi Dame Qian, non loin derrière son mari, les bras croisés et silencieuse. C'est à ce moment qu'une pensée le frappa plus brutalement encore que les coups reçus. C'est cet homme-là qui élèvera les enfants que Haji donnera à la noble dame. C'est lui qui élèvera *ses* enfants. Il releva la tête pour regarder le patriarche, qui hurlait toujours, s'agitant dans tous les tous sens. S'en prenant maintenant à tous les serviteurs présents dans la salle pour les insulter et leur ordonner de travailler plus vite et mieux. En leur rappelant à quelle vitesse il pourrait tous les remplacer, comment il pourrait tous les condamner à une vie de mendiant en s'arrangeant pour que personne ne puisse jamais les embaucher. *C'est lui qui élèvera *mes* enfants* pensa encore Haji, à genoux et tremblant, le cœur au bord des lèvres.

Le patriarche poursuivit sa route sur un dernier ordre hurlé dans la salle, suivi par sa femme. Resté là, à genoux, le jeune homme garda la tête baissée vers le sol. Tout à coup, une main vint se poser contre son épaule et saisir son bras, le poussant à se relever. Nintai… Il l'entraîna à l'écart, derrière la statue, en lui demandant si tout allait bien. Oh… Une simple envie de vomir, de hurler et de pleurer, les trois à la fois sans doute, accompagnée d'une soudaine envie de monter sur le toit du manoir pour hurler à ce monde à quel point il le détestait. Il ne prit pas la peine de répondre, haussant juste les épaules.

- J'ai au moins une bonne nouvelle, murmura Nintai. Le vieux Wen… Il a surpris la petite et…
- *Quoi ?!*

- Chut ! Il ne l'a pas dénoncée. Liwu lui a parlé. Il accepte de la prendre avec lui demain matin, quand il partira faire le marché, pour demander en même temps aux fermiers là-bas qui veut bien d'elle.

C'était censé le réconforter, ça ? Haji fit de son mieux pour marmonner que c'était très bien... Filant de là aussi vite qu'il le put. Tant pis pour le travail, ça attendra un peu... Il courut jusque dans les quartiers des serviteurs, les traversa en vitesse, arriva sans comprendre comment dans la partie dédiée aux cuisines. À cette heure, l'activité croissait pour la préparation du repas du soir. Lui ne savait plus trop où il en était, entre la petite scène de ce matin avec Dame Qian, la découverte de la petite, le vol au temple, le travail, l'agression gratuite de ce porc de patriarche et maintenant l'annonce du départ de la petite pour une destination inconnue... Il revint dans le placard où était cachée l'enfant et tomba quasiment à genoux auprès d'elle. Blottie sous la couverture, sur sa couchette de paille, elle réagit à peine en le voyant. Si pâle... Ce n'était pas possible, ils ne pouvaient pas déjà la laisser repartir dehors dans cet état ! Il passa une main dans les doux cheveux noirs de l'enfant, si emmêlés, en lui répétant que tout ira bien. Elle était toujours brûlante de fièvre. Près d'elle, une tasse vide et la fiole contenant le médicament, bien entamée. Il s'assit correctement à côté d'elle et lui prit la main, le plus doucement possible. Le jeune homme en oubliait ses propres douleurs, les coups reçus n'étaient rien, il était adulte.

Hoki lui sourit, alors, doucement. Ne pas pleurer devant elle... Ne sachant quoi faire d'autre pour la réconforter, il lui demanda alors si elle voulait qu'il lui raconte une histoire. Il en connaissait quelques-unes, que Hana lui avait racontées lorsqu'il était plus petit. Le sourire de la fillette s'agrandit, bien qu'elle ne bougeait pas. Il se lança alors dans un conte assez ancien, à voix basse, pour qu'elle seule l'entende.

- Heni le charpentier et sa fiancée Mina était un jeune couple très heureux. Ils s'aimaient d'un amour très fort et désiraient se marier. Mais pour cela, il leur fallait de l'argent. Un jour, Heni eut une proposition d'emploi, il pouvait partir construire un phare, pour le comte Grin, loin de la maison. Mina n'aimait pas cette idée, car construire un phare est une activité dangereuse, à cause de la mer et des vagues parfois très fortes. Il réussit à la convaincre car avec l'argent gagné, ils pourraient enfin se marier. Mina lui offrit alors un mouchoir avec un bel oiseau bleu et en garda un avec elle. Ainsi, si un malheur survenait, l'un comme l'autre serait aussitôt avertis.

- L'oiseau peut chanter ? souffla la petite.
- Oui. C'est un inséparable, un oiseau bleu qui peut chanter très juste et qui ne quitte jamais son partenaire, pour la vie. Heni partit pour son travail et Mina resta seule. Un matin, le comte Grin se rendit chez elle. Il voulait la demander en mariage mais elle refusa, car elle était fiancée et ne voulait pas rompre son serment. Alors le comte la fit enfermer dans son palais.
- Il est méchant...
- Un très grand méchant. Tous les jours, il allait voir Mina pour lui demander de l'épouser et elle refusa toujours. Elle lui dit qu'elle ne voulait pas de l'or ou des bijoux qu'il lui offrait car elle attendait le retour de son fiancé. Le comte Grin quitta son palais et se rendit au phare. Là-bas, il trouva Heni. Et il le poussa depuis le haut du phare en mer.

Hoki lâcha un petit gémissement, suivi d'une larme. Haji la lui essuya avec le plus de douceur possible, en gardant sa main dans la sienne.

- Perdu dans les flots, Heni leva son mouchoir hors de l'eau. L'oiseau bleu s'en détacha et s'envola, pendant qu'il disparaissait en mer. L'oiseau parcourut les terres, jusqu'au palais du comte. Mina le vit et brisa une fenêtre pour le laisser entrer. Elle comprit qu'il était arrivé malheur à son fiancé. Elle décida de sortir son mouchoir et se piqua le doigt avec une aiguille. La goutte de sang tomba sur son mouchoir. Mina disparut alors à son tour mais son âme rejoignit l'oiseau, tout comme l'âme de Heni. Les deux inséparables s'envolèrent ensemble, en liberté, dans le ciel. Ils restèrent ensemble pour toujours et vécurent heureux.

Un sourire étira ses lèvres en constatant que la petite avait retrouvé le sien. il enchaîna sur une autre histoire et encore une autre... Toutes celles dont il pouvait se rappeler, même si ce n'était que par brides, tant que cela lui changeait les idées. Il se moquait bien de savoir qu'une punition l'attendait sûrement pour avoir déserté son travail. Tout ce qui comptait, pour le moment, c'était de réconforter au maximum cette enfant. Elle finit par se rendormir, sur la paillasse. Il resta encore avec elle. Plus tard encore, Liwu vint le retrouver. Pour lui dire à voix basse que l'intendant s'était aperçu de son absence et lui promettait une punition salée. Ça, bon, il s'en doutait... Il ne pouvait pas faire autrement... Abandonner un enfant en revanche, il en était incapable, quoi que ça puisse lui en coûter. Il pouvait beaucoup supporter mais pas ça. Liwu s'agenouilla à son tour et lui tendit un petit paquet, en lui disant de manger au moins, surtout qu'il risquait d'en être privé un bon moment après un coup pareil. Oh... C'était... Gentil. Assis dans le placard étroit et sombre, près de l'enfant endormie, ils n'avaient qu'une petite lampe à l'huile pour s'éclairer. Liwu s'était chargée d'apporter du pain, des fruits et de l'eau.

- Tu dois apprendre à te tenir tranquille, soupira-t-elle. Toutes les infractions d'aujourd'hui... À quoi joues-tu ?
- Si c'était un jeu, je pourrais en choisir les règles.
- Ce n'est pas drôle, Haji. Tu vas déjà être sérieusement frappé dès que l'intendant t'aura mis la main dessus et crois-moi, il te faudra un moment pour t'en remettre. Il va sans doute aussi te priver de manger durant des jours. Tu connais pourtant les règles ! Écoute... Je ne sais pas pourquoi Dame Qian a voulu que tu viennes travailler ici et ça ne me regarde pas, mais s'il te plaît, ne cause pas tant d'ennuis, ça pourrait lui nuire à elle aussi. Si jamais quelqu'un apprend que c'est elle qui t'a fait entrer au manoir.
- Quel dévouement, chuchota-t-il en mangeant son pain. Tu n'es pourtant que sa servante, non ?
- Sa première servante personnelle, rétorqua Liwu, visiblement vexée. Ce qui signifie que je suis également sa suivante. Je n'étais qu'une toute jeune fille lorsque je suis entrée à son service, vois-tu, dès le jour même où mon frère et moi avons été vendus au manoir. Nous avons le même âge. Elle n'a pas eu une vie facile, je ne tiens pas à ce qu'il lui

arrive malheur aujourd'hui. Peu importe de qui viendront les problèmes.

C'était quoi, ça, une menace ? En plus, pas une vie facile, laissez-le rire ! Cette femme venait d'un clan sans doute moins riche mais un clan influent tout de même, il en était sûr, sinon jamais elle ne serait devenue la première épouse officielle du gros porc. Une origine garantissant à la fois une éducation, une chambre correctement chauffée en permanence et de la nourriture chaque jour ! Quelle était la définition de « vie facile » chez ces gens-là ? Dame Qian n'avait certainement pas vu sa mère être tuée sous ses yeux ! Et elle ne s'était jamais retrouvée dans la rue comme la petite Hoki, à dépérir lentement de faim et de maladie. Liwu poursuivait sur sa lancée, insistant sur le fait qu'il devait se calmer, ne causer des ennuis à personne, rentrer dans le rang. Pendant ce temps, il mangeait et regardait l'enfant dormir. Quand il termina, il se leva et dit à Liwu qu'il allait de suite trouver l'intendant. Inutile de retarder les choses. Au moins pourra-t-il, ainsi, être présent tôt demain matin pour dire au revoir à la petite fille. Ils refermèrent avec un grand soin le placard derrière eux et Liwu l'accompagna. En arrivant face à l'intendant, Haji s'obligea à se détendre un maximum. Plus il sera tendu, plus ce sera douloureux.

Liwu et son frère attendirent derrière la porte du bureau, que ce soit terminé. Comme au premier soir, ce furent eux qui vinrent le ramasser au sol et l'emmener. Nintai le porta ensuite jusqu'au dortoir et l'allongea à plat ventre contre son lit, en lui recommandant de ne pas bouger. Comme s'il le pouvait, de toute façon… Il ne put pas remuer d'un pouce tout le reste de la nuit et ne dormit qu'à peine. À l'aube, à peine capable de bouger, il s'appuya sur Nintai pour quitter le dortoir et tenter de marcher. Son dos hurlait torture. Le serviteur dû quasiment le porter pour l'emmener au petit placard, pestant sur le chemin que Haji aurait pu éviter d'en arriver là, tout de même. Oui, oui… Quand ils arrivèrent, le vieux Wen attendait près de la porte, le visage fermé. Son expression alerta aussitôt le jeune homme et le fit se redresser brusquement. Les larges hématomes noirs couvrant son dos le rappelèrent aussitôt à l'ordre, en lui arrachant un petit gémissement de douleur. Mais peu importe. Il tituba seul jusqu'au placard, ouvrit la porte, faillit s'étaler de tout son long à l'intérieur et se raccrocha aux murs. Hoki était toujours installée sous la couverture, les yeux clos, dans la même position que la veille. Il tomba à genoux et posa aussitôt une main sur son front pour vérifier la fièvre. À la place de la chaleur terrible, seul un froid glacial se fit ressentir.

La douleur de son dos devint vite une anecdote, en comparaison à celle qui lui irradia le cœur, autant que l'esprit. Il refusa d'abord d'accepter ce qu'il voyait. Un déni complet, qui ne put tenir bien longtemps face à la brutalité de la réalité. Les larmes fracassèrent la barrière mentale qu'il s'imposait, en se déversant sans retenue sur ses joues. Il hoqueta, peinant à reprendre son souffle et retomba front contre terre, devant le petit corps. Il pleura comme un bébé, longtemps. Cria de le laisser tranquille quand Nintai le tira en arrière. Il ne voulait rien entendre et surtout pas ces stupides mots de réconfort, surtout pas qu'on lui lâche que la petite avait rejoint le Seigneur Seykyou au ciel. *Il ne voulait pas d'elle* ! C'était bien ça le message, non ?! Nintai le laissa par terre, quand il commença à se débattre, lâcha un bref soupir et se contenta de s'asseoir à côté, en attendant qu'il se calme. En pleine crise d'angoisse et de nerfs, Haji pleurait non seulement sur la mort de la fillette mais aussi sur l'intégralité des horreurs vues et entendues au cours de sa vie, sur tous les mensonges, sur la cruauté de ce Dieu et l'injustice de ce monde. Il pleura toute la colère accumulée, les hontes et les humiliations, les douleurs et la brutalité de cette existence. Le vieux Wen s'accroupit à son tour et lui dit qu'il allait déposer l'enfant à la fosse commune du cimetière avant de débuter son travail. Son corps y sera enfoui avec d'autres enfants décédés dans les rues. Elle n'aura même pas de cérémonie…

Il vint un moment où il n'eut plus assez de larmes pour continuer à pleurer. Nintai soupira et lui lança qu'il dira aux autres que Haji travaillait dans les celliers, ce matin, avant de partir pour son propre travail. Resté seul, le jeune homme se tourna sur le côté et sortit de sa poche intérieure le petit livre à la couverture de cuir. Avec une meilleure aptitude en lecture, il aurait pu trouver d'autres médicaments plus efficaces pour la petite... Peut-être même aurait-il pu voler un traité de médecine simple, pour savoir comment la soigner lui-même et ne pas espérer simplement des résultats en lui faisant boire cette tisane... Il pouvait apprendre des choses utiles pour sa vie et celle des autres, mais pour ça, il devait d'abord être beaucoup plus à l'aise en écriture et en lecture. Il devait apprendre, déchiffrer, réfléchir au monde avant de déceler les mensonges. Il pourrait... Non, il devait... Il *devait* se servir de ça pour gagner sa liberté et celle des autres. Il lui restait tout à apprendre, comme disait Sae Qian. Ce serpent avait raison, finalement. Désormais, son objectif se précisait dans son esprit. Il était prêt.

CHAPITRE 7 : LE RITE

Une violente tempête de neige s'était abattue cette nuit sur l'Empire Huǒ Lóng, le jour même où le Prieur devait tenir la cérémonie religieuse la plus importante de cette nouvelle année, la consécration des esprits. Un sinistre présage. Sae observait, par une fenêtre, la capitale ensevelie sous la neige, inquiète. Les deux mains posées contre son ventre, enfin rond et maintenant si visible, malgré les longues et larges robes hivernales dont elle était parée. Quelle était l'intention du ciel, pour avoir recouvert la terre de cette vague blanche mortelle, un jour si solennel ? Que devaient-ils craindre ? Les présages n'étaient guère à prendre à la légère, un malheur s'annonçait peut-être. Se détournant de la fenêtre, elle retourna s'asseoir devant un large miroir et une table de bambou recouverte d'instruments de maquillage et de coiffure. Liwu se chargea de mettre les dernières touches à sa tenue, insérer de fins bijoux de jade dans ses cheveux attachés en un chignon sophistiqué et la parer d'un collier, lui aussi en jade. La dame des Qian était confiante malgré la tempête de neige si soudaine. Cette fois, aucun problème n'était survenu depuis le début de sa grossesse, l'enfant grossissait en elle et son époux ne pouvait plus se permettre de la battre. Bien que tout ne soit pas encore gagné, ce bébé devait naître quoi qu'il lui en coûte, elle avait tout de même retrouvé une part de sa fierté et de son assurance.

Le véritable père de son bébé était, en ce moment même, bouclé dans sa bibliothèque personnelle, à étudier les leçons vues très tôt ce matin. Afin de faciliter les choses, il se trouvait inscrit sur la liste de ses serviteurs personnels, à compter du début de la semaine. Ménage, service quotidien, préparation des bains et des tenues, service durant les repas, cela recouvrait tout un ensemble de petites tâches. Surtout, elle s'assurait ainsi qu'il ne puisse plus provoquer un quelconque problème au sein du manoir et se fasse trop remarquer. Voire jeté dehors ou tué, ce serait embêtant, car elle en avait encore besoin pour la suite de ses plans. Même s'il n'était pas irremplaçable, se fatiguer à trouver un autre homme qu'elle devrait à nouveau manipuler, ne l'enchantait guère. Il était déjà bien assez long de le mener dans la direction qu'elle désirait. Dommage, cela dit, que ce rat des rues soit si peu rapide d'esprit... Il s'était comporté étrangement, il y a quelques mois, pleurant parfois sans aucune raison. Par la suite, il s'était mis à dessiner très souvent des inséparables, cet oiseau venu de terres si lointaines et que des voyageurs avaient ramené de leurs périples. On ne devait plus en trouver un seul spécimen en vie dans leurs contrées, cependant, beaucoup de contes pour enfants parlaient de cet oiseau. Allez comprendre pourquoi ce jeune rat s'était pris d'une passion soudaine pour un simple oiseau.

Une fois les préparatifs exécutés, Liwu s'inclina et la laissa, quittant les appartements d'un petit pas mesuré. Sae se releva et vérifia qu'aucun détail ne dénotait dans sa tenue, souriante en voyant sa silhouette arrondie. Les femmes trop âgées ne pouvaient plus enfanter, c'était juste, mais elle estimait que les hommes trop âgés n'avaient plus assez de vigueur non plus pour libérer correctement la vie. Lan Qian avait l'âge d'être son grand-père, pas celui de partager ses draps, il la dégoûtait profondément. Elle éprouvait même une profonde satisfaction à ce que cet enfant à naître ne soit pas souillé par le sang de son époux, bien qu'il doive en porter le nom. Satisfaite, elle se rendit dans la bibliothèque, où Haji lisait toujours. Il y a quelque temps, il s'était plus intéressé aux livres sacrés et textes traitant de la Foi. Après avoir passé un long moment sur les rites funéraires, la vie après la mort et les traités sur les âmes. Difficile de comprendre ce qui pouvait bien passer par la tête de cette chose. Au moins parvenait-il enfin à comprendre et accepter qu'il lui appartenait, car il ne se révoltait plus lorsqu'elle servait de lui à son bon vouloir. Il n'osait plus la questionner impudemment non plus. Lorsqu'elle passa derrière lui et lui fit poser la tête contre son ventre gonflé, il n'opéra aucune résistance. Brave petite bête. C'était exactement ce qu'elle voulait, posséder le contrôle. Sur lui comme sur sa vie, ses choix et son destin.

- Le bébé bouge, désormais. Le sens-tu ? Il a reçu du seigneur Seykyou le souffle de la vie.

Le jeune rat répondit simplement qu'il le sentait, immobile sur son banc de bois, entre ses mains. Le sourire de Sae se fit plus large. Oui, les affaires progressaient bien. Cet enfant était la première étape, il lui sera très utile, une fois né. Déjà beaucoup trop de temps perdu ! Sa fausse couche et les ennuis s'en étant ensuivis lui avaient fait gâcher de trop longs mois et l'avaient placée dans une situation délicate. Il était plus que temps de reprendre le contrôle et de le conserver.

- Je pars pour trois jours, nous sommes conviés au Palais impérial. Le Prieur fait l'honneur aux patriarches des clans du Cercle et leurs épouses de les abriter sous son toit. C'est un immense privilège. Tâche cette fois de ne pas te faire remarquer en mon absence.

Elle le relâcha puis partit à son tour. Les palanquins attendaient déjà dans l'immense cour du manoir. Beaucoup de serviteurs, triés sur le volet, devaient les accompagner, ainsi, bien sûr, que les ministres de Lan Qian, ses conseillers et ses aides. Un cortège impressionnant s'apprêtait à quitter le manoir Qian, la cohue était tout aussi imposante. Parfaite pour Haji. Le sac qu'il avait préparé bien en amont sur les épaules, protégé du froid par une longue cape fourrée et par des bottes montantes, il put quitter les lieux sans se faire remarquer une seule fois. Tous les autres manoirs de la place étant dans le même état, il ne fut pas difficile non plus de s'éloigner sans qu'on ne lui prête la moindre attention. Trois jours, ce sera suffisant. Le pas résolu, presque indifférent au froid piquant et à la neige, il s'engagea dans les longues avenues du Centre, puis avança vers le Quartier Ouest. Parvenir aux faubourgs de l'Ouest allait lui prendre quelques heures de marche, la capitale était grande et il ne pouvait marcher très vite à cause de la neige. Viendront ensuite les champs, très peu exploités en cette période de l'année, il était assuré de n'y rencontrer que très peu de monde. Puis il atteindra les larges forêts de Fēng dù. Plus loin encore à l'Ouest se trouvait la Tour de Veille des Gardiens, ainsi que leur cité-forteresse.

Les faubourgs de l'Ouest... Une fois les dernières maisons de la capitale franchies, on retrouvait les champs, de petits hameaux, parfois assez grands pour être qualifiés de villages, seulement séparés de la capitale par les exploitations agricoles et les élevages. Haji, qui marchait maintenant sur un chemin de campagne étroit, vit au loin le petit village l'ayant vu naître. Cet endroit ne lui inspirait que de faibles souvenirs, à vrai dire... Quelques images lui étaient restées en mémoire, comme la petite maison de bois où il avait fait ses premiers pas, le chemin principal du village d'où les marchands et fermiers partaient vers la capitale pour aller vendre au marché, quelques visages flous et des voix. Il s'arrêta à la croisée des chemins, fatigué et affamé, pour manger un peu. Le soleil, haut dans le ciel bien que pâle et couvert par de longs nuages chargés, indiquait qu'il était midi. C'était la saison de ses vingt ans. C'était la saison de la mort de sa mère. Après avoir mangé, il se remit en route, filant sans s'arrêter jusqu'au-delà du hameau de sa prime enfance. Jusqu'à atteindre une clairière large et dégagée, après avoir marché à peine un kilomètre dans la forêt. Il vint s'agenouiller près d'un gros chêne et dégagea un peu la neige, pour poser son sac.

- Je suis là, maman.

Il dégagea un peu plus la neige, pour révéler la terre, aux pieds du chêne. Autour de lui, tous les bruits étaient étouffés par la neige. Il était complètement seul, pourtant, ce n'était pas la réalité qui défilait devant ses yeux mais les violents souvenirs de ces moments terribles. Marqué par la couleur sombre du sang, dans la neige. Les propos si durs et terrifiants... La terre creusée à la hâte, pour y jeter le corps de sa mère, comme on aurait jeté des déchets... Il tenta de gratter la neige et la terre, sans s'avouer son désespoir, alors qu'il ne voyait rien. Aucune trace. Victimes du temps écoulé, pas un stigmate de cette histoire ne persistait. Même le chêne semblait se moquer de lui, en cet instant. Haji s'obligea à ne pas s'effondrer en larme, malgré la douleur, puis sortit de son sac une planchette de bois, gravée avec soin du prénom de sa mère, Yan. Planchette qu'il cloua au tronc du chêne, délicatement. Ce n'était peut-être qu'une tombe de fortune, sachant qu'il ne restait sûrement rien du corps de sa mère depuis de longues années, mais c'était le mieux qu'il puisse lui offrir. Les Gardiens lui avaient refusé à la fois une tombe décente et une cérémonie, arraché l'immortalité de son âme, interdit que son souvenir soit évoqué, que son nom soit prononcé, mais jamais, au grand jamais, ils ne pourront le contraindre, lui, à l'oublier. Elle avait existé, possédé un nom, donné la vie, aimé comme aucune autre à un tel point. Ni le Prieur, ni les Gardiens ni même le ciel ne pourront jamais effacer cela.

Les études faites des rites funéraires, pratiqués en temps normal par les Gardiens, avaient été compliqués à assimiler. Plusieurs conditions devaient être réunies, à commencer par se trouver devant le corps ou la tombe, connaître les textes sacrés, bien sûr, manier l'encens... Malheureusement, ce rituel ne pouvait être offert également à Hoki... Faute de possibilités de le réaliser en cachette, à la fosse commune. Le forçant à se contenter de longuement prier pour son âme, en cachette, au manoir. Néanmoins, l'opportunité de réaliser le rite complet pour sa mère restait accessible. Personne ne pouvait le surprendre. Et qu'importe que ce soit un affront au ciel de pratiquer la cérémonie sans faire partie de l'Ordre des Gardiens. Agenouillé au sol, il commença par faire brûler de fins bâtons d'encens et les tint devant lui, les mains jointes. Il se racla légèrement la gorge et chanta doucement les premiers textes sacrés, les yeux fermés. Il chanta pour sa mère, pour son repos, pour la sécurité de son âme, pour l'amour inconditionnel offert dès sa naissance et rendu au centuple. Une fois les bâtons d'encens plantés dans le sol, il pria longuement pour elle. Il sortit par la suite des petits parchemins où étaient écrits avec soin des messages à son intention, qu'il brûla au-dessus de sa tombe. Quelques cendres s'envolèrent, sous l'effet du vent léger.

Assis en tailleurs près de la tombe, il lui raconta ce qu'avait été sa vie, depuis qu'il était loin d'elle. Il lui parla des années d'errance dans les rues du quartier Est, puis de son arrivée au Havre, sa rencontre avec Hana. Il lui conta les années de prostitution dans la maison close, des humiliations subies, des contraintes et des moments où il ne pouvait refuser quoi que ce soit au cient, y compris les pires travers. Il expliqua ensuite le changement à la fois radical et brutal subi, au manoir Qian, sa relation avec l'épouse du patriarche. De la petite Hoki, si fragile, abandonnée par tous, son incapacité à la sauver. De la nuit qui l'avait finalement emportée. Du cimetière et de la fosse commune, retenant son corps sans décence et son âme sans possibilité de repos, sans un simple au revoir. Il parla aussi de l'enfant à naître... La voix de plus en plus brisée, penché contre la tombe de sa mère, il lui avoua sa peur pour ce bébé, qui subira les foudres de son père proclamé, sa violence. Il murmura face à la terre sa peine et sa colère, en imaginant cet enfant grandir sans rien savoir de ses véritables origines, sous l'influence des Qian, sans qu'il ne puisse rien faire pour le préserver. Il chuchota à sa mère toutes ses angoisses mais aussi ses rêves... Son désir si brûlant d'agir et de tout faire pour briser le cycle infernal où les croyances les enfermaient tous. Il ne désirait pas combattre la religion elle-même mais il voulait combattre ses mensonges.

- Ce bébé sera le mien, maman, balbutia-t-il le front penché contre la terre gelée, les larmes coulant sur ses joues. Ce sera mon fils ou ma fille. Mon bébé, pas celui de ce... Cet homme immonde... Mon bébé. Il ne saura jamais rien de moi. Sa mère est venimeuse. Son père officiel ne contrôle pas ses accès de violence. Je ne suis pour ce serpent qu'un objet, elle se sert de moi pour je ne sais quel plan, même cet enfant est un futur objet utile à ses yeux. Maman... Veille sur moi, où que tu sois, je t'en prie, j'aurai besoin de toi pour le combat que je dois mener. Veille sur Hoki si elle peut venir auprès de toi. Veille sur mon fils ou ma fille.

Il resta incliné profondément contre la tombe durant un long moment. Pour un dernier au revoir à sa mère. Il ne pourra sans doute plus revenir ici avant longtemps, voire jamais, alors il prit le temps de se recueillir avant son départ. De tirer la force nécessaire avant d'enclencher ses propres projets. Il lui restait désormais moins de trois jours, en comptant le temps nécessaire au chemin du retour, il n'y avait guère de temps à perdre.

Loin de là, au cœur du Palais Impérial, les préoccupations n'étaient pas plus légères. Du moins, pour certaines personnes dans la salle. Cette dernière était la plus grande, la plus faste et la plus richement décorée du palais, chargée d'or et d'argent, de lourdes statues de pierre et de bronze, drapées de soie précieuse. Elle pouvait accueillir sans peine plusieurs centaines de convives, comme aujourd'hui, pour un immense banquet. La cérémonie religieuse avait duré toute la matinée et s'achevait à peine. Tous venaient de prendre place pour cet immense festin, l'orchestre jouait dans un coin de la salle, peinant à se faire entendre dans tout ce brouhaha. Les serviteurs couraient d'une table à l'autre pour apporter du vin, de la bière, des plats chauds et froids, des viandes et des poissons, des légumes et du riz, des sauces et des piments, chargés de lourds plateaux ou poussant de petits chariots dorés. Les discussions et les rires accentués par le flot de vin accentuaient encore le vacarme général. Une migraine menaçait Sae, tandis qu'elle s'obligeait à ne pas se laisser assourdir. Assise à la droite de son mari, elle le regardait en coin engloutir une quantité considérable de nourriture et surtout beaucoup de vin. La sauce et le gras dégoulinaient parfois sur son menton, avant qu'un serviteur ne s'approche pour essuyer rapidement et lui remplir de nouveau son verre. À leur table, six des plus proches ministres de son époux parlaient très fort, le visage rougi.

- L'armée impériale a chassé les barbares du Nord ! meugla l'un d'eux.
- Oui, oui ! Ils étaient toute une bande, plusieurs centaines, ils ont tous été vertement massacrés. L'armée a trouvé le village où leurs familles vivaient, à tous ces sauvages, elle y a mis le feu. Ces barbares ne sont pas près de s'approcher de nouveau des frontières.
- Ce ne sont que des païens, grogna Lan Qian. Ils méritent leur sort, notre Prieur est déjà trop de bon de tolérer qu'ils vivent dans le royaume voisin, mais qu'ils ne s'approchent pas plus. Ils ne savent rien de la vrai Foi ! Saviez-vous qu'ils honorent plusieurs dieux et esprits barbares, au lieu d'honorer le seigneur Seykyou ?
- Quels faux dieux pourraient-ils être loués ?
- De vrais barbares…
- Faire du commerce avec eux devrait être interdit ! N'accusons personne, bien sûr, mais certains clans font des échanges avec ces païens ! Il y en a même qui ont des échanges commerciaux avec les barbares du royaume de l'Est, on raconte que ce sont des sauvages encore plus brutaux que ceux du Nord.

Le « *n'accusons personne* » tomba visiblement à plat, car plusieurs noms furent aussitôt lancés sur des tons accusateurs, parfois contre de grands clans, appartenant au cercle. La jeune femme ne disait bien sûr pas un seul mot mais elle écoutait très attentivement la conversation. Le Nord et l'Est… Le peuple du Nord était principalement nomade, bien qu'une part des leurs se soit établie dans des petites villes ou villages fixes, il se disait qu'ils se déplaçaient dans les steppes au fil des saisons, pour que leurs immenses troupeaux aient toujours de quoi se nourrir. Les ragots avaient beau se multiplier, peu de faits avérés étaient connus sur eux, si ce n'est que l'Empire et le Prieur les combattaient pour imposer la véritable Foi sur leurs terres. Aucune véritable grande guerre n'avait jamais été lancée, à sa connaissance du moins. Les batailles se menaient principalement aux frontières, s'enfonçant peu dans les terres de chaque pays, d'un côté comme de l'autre. Une sorte de statu quo, qui sévissait depuis un bon nombre d'années, semblant impossible à achever. Sae ignorait même qui dirigeait les hommes du Nord… Ce genre d'informations restait très peu répandu, même au sein de la Haute Société. Un sujet ardu à élucider, tout comme il était ardu de trouver des informations fiables. Il fallait bien dire qu'en dehors de l'armée, peu présente dans la capitale et le Prieur qui en était bien sûr le chef direct, les occasions d'observer ces barbares étaient inexistantes. Certains clans faisaient-ils véritablement du commerce avec eux ?

C'était là une accusation on ne peut plus douteuse… Commercer avec des païens était un crime grave. Cependant, les plus riches clans avaient tout de même la possibilité de le faire en toute discrétion. Sae se garda bien d'émettre un jugement définitif mais nota cette petite interrogation dans un coin de son esprit. Ce genre de détails pouvait se révéler très utile, dans certaines circonstances. Quant à la menace du royaume Sēn, à l'Est, elle était encore plus floue. Au-delà du fleuve, le territoire était majoritairement composé de forêts, il fallait voyager plus loin encore avant de trouver une haute et longue chaîne de montages. C'était au-delà de cette chaîne que se trouvait le royaume de l'Est. Un pays montagneux, gorgé de vallées profondes et de forêts, des terrains accidentés et une population que l'on disait peu nombreuse. Beaucoup de légendes parlant de sorcellerie et de démons circulaient sur ce royaume, le tout saupoudré de nombreuses superstitions. Eux non plus ne croyaient pas en le Seigneur Seykyou, pourtant, on ignorait quelle était leur religion exacte. Les marchands et voyageurs ne se rendaient pas là-bas. Si les barbares du Nord étaient régulièrement combattus, ceux de l'Est restaient un plus grand mystère. Les montagnes, à elles seules, formaient une barrière naturelle puissante. Sae quitta ses réflexions quand la main grasse de son époux vint s'enrouler autour de sa taille pour la rapprocher plus vivement et la coller contre lui.

- Mon fils chassera tous ces païens, grogna-t-il avec fierté en levant son verre vers ses ministres. Il sera fort et solide, il poursuivra la gloire que j'ai apportée à notre clan !

Les six hommes applaudirent en chœur puis tous trinquèrent avec enthousiasme. Sae ne disait toujours rien, concentrée sur le fait de ne pas commettre de mouvement brusque. Pour ne pas attiser par erreur la violence habituelle de son époux, souvent accentuée par une trop forte quantité d'alcool. Il s'était mis à boire, après s'être débarrassé de sa seconde épouse, une femme autant incapable que la première de lui donner un enfant. Le plus curieux était même qu'aucune de ses nombreuses concubines n'avait jamais porté son héritier. Jamais. Sae était la première à être tombée enceinte de lui, bien que cette grossesse se soit stoppée précocement. Cette seconde grossesse sonnait comme un miracle, pour presque tous les membres du clan Qian, personne ne se doutait un instant que le patriarche n'était pas le véritable père de cet enfant. Un patriarche qui, saoulé et emporté qu'il était, commença à lui coller de gros baisers dégoulinant de bave sur les joues et le cou, tout en répétant qu'elle portait son héritier et qu'il serait le digne fils prêt à reprendre le clan. Et si elle engendrait une fille… ? La future mère n'en fit pas la remarque, bien qu'elle y songeait très fort, supportant avec dignité les assauts baveux de son mari et ses mains baladeuses contre son corps. Il la malaxait comme un boulanger le ferait avec du pain, sous les rires gras des ministres. Une humiliation enflammant de haine l'âme de la future mère, contrainte au silence.

- À la santé de mon futur fils ! brailla-t-il en levant sa coupe.

L'envie irrationnelle de glisser un peu de poison entre les lèvres de ce porc traversa l'esprit de la jeune femme une nouvelle fois. Bien qu'elle ne puisse pas le faire, en rêver était au moins une satisfaction secrète. Un rêve l'aidant à tenir alors que son mari n'hésitait pas à lui faire des attouchements au beau milieu d'une telle foule, sans se soucier le moins du monde du regard des autres et du qu'en dira-t-on. Patience, patience... Demeurer de marbre, à tout prix... Jusqu'au jour où elle sera prête et ne sera plus jamais obligée de s'approcher de lui.

Plusieurs jours après cette escapade impériale, dans les appartements de Jade, la pression était en partie retombée. Dans l'immense lit à baldaquins, Sae se détendit, complètement nue, seulement couverte par un fin drap de soie lui arrivant au milieu des cuisses. Elle caressait les courbes de son ventre, massant pour être sûre que cet enfant sente la vie et continue de respirer. À ses côtés, Haji restait immobile, lui aussi nu, allongé sur le ventre. Ses longs cheveux noirs formaient une petite rivière sombre autour de lui, accentuée par la blancheur frappante des draps. Très calme en apparence, bien lassé intérieurement. Le petit théâtre des amants, une fois de plus. Lors de l'annonce de cette grossesse, si naïvement, il se convainquit que ça serait la fin temporaire de leurs ébats, une parenthèse bienvenue. Un vœu pieu vite balayé. Il n'eut que temps de rentrer avant qu'elle ne revienne à son tour, le traînant sans tarder dans sa chambre comme on l'aurait fait avec un chien, avant de le plaquer contre le lit. Qui aurait cru qu'une femme enceinte pourrait toujours déchaîner une telle passion ? Il n'en revenait pas ! Les goûts peu communs de la dame, de moins en moins tolérables, rendaient cette situation insupportable. Seule l'expérience accumulée l'avait aidé à ne pas craquer et la supplier d'arrêter. Le visage fourré contre le matelas, il peinait à faire passer la douleur.

- Tu parviens à lire de manière plutôt fluide, maintenant, lança-t-elle tout à coup.

Oui... Il hocha juste la tête, puis retint une grimace lorsqu'elle lui ordonna de se retourner sur le dos. En lui obéissant, il ne put retenir un frisson quand elle vint se mettre à califourchon sur lui. Le contact entre leurs peaux nues le hérissait toujours autant. Surtout, voir ce ventre gonflé lui donnait mal au cœur. Il supportait si mal de savoir que ce bébé ne connaîtrait jamais la vérité et risquait d'être manipulé durant sa vie entière.

- La qualité de ton écriture laisse encore profondément à désirer. Au moins arrives-tu un minimum à être relu. Nous allons pouvoir ajouter quelques autres matières à ton éducation, mon garçon.

Quel plan avait-elle en tête... Pourquoi, encore pourquoi, toujours pourquoi tenait-elle à se servir de lui... Quels étaient ses desseins ? Il ne pouvait toujours rien deviner. Toutefois, plus question de reculer, il avait également un plan à suivre et pour ça, il devait se servir d'elle et de ce qu'elle pourrait lui enseigner. Ce n'était que grâce à ça qu'il pourrait grandir et utiliser ce qu'elle lui aura appris pour son avenir. Il devait en savoir le plus possible pour bâtir de véritables enseignements, dépourvus de mensonges. Faire le tri dans tout ce qu'elle lui enseignait et ce qu'il pouvait apprendre ailleurs pour en tirer le meilleur qui soit. Il comprenait maintenant... Tant pis s'il ne voyait pas en quoi il lui était utile, tant que cela lui servait. En attendant d'être prêt, il acceptait de se plier à tous les jeux qu'elle désirait. Il la laissa fondre une nouvelle fois sur lui en essayant tant bien que mal de dissimuler la souffrance qu'elle lui procurait. Patience, patience... Le moment de s'en aller n'était pas encore venu. Il ne pouvait qu'espérer qu'il serait en mesure de partir avant qu'elle n'ait eu le temps de l'entraîner dans il ne savait quelle histoire de mauvais augure.

CHAPITRE 8 : LE POINT DE RUPTURE

Depuis sa première visite dans son village natal cet hiver, Haji avait pu y retourner deux fois, discrètement, profitant de courses particulières à mener pour la maîtresse du manoir. Lors du premier passage, aucune réponse obtenue, ni oui, ni non et lors du second, ce fut un simple refus définitif. Le vieux chef de village lui déclara qu'il comprenait l'intérêt de son projet et qu'il considérait ça comme important, mais qu'il ne prendrait pas le risque, pour les siens comme pour lui, de l'aider. Il ne voulait pas provoquer la colère des Gardiens, même si cela pouvait améliorer le quotidien du village et faire en sorte que moins d'enfants meurent de maladies ou de faim. Il ne voulait pas accepter d'aide qui ne soit pas officielle et encore moins accepter un soutien venu de sources aussi troubles. L'homme comprenait évidemment que ce que Haji ressentait, pour autant, s'acharner à contourner les lois et les interdictions du Prieur, même pour aider des enfants, ne profitera à personne. Surtout en se servant de connaissances volées. Ce n'était juste pas possible. Il ignorait évidemment que ces connaissances n'étaient pas vraiment volées, mais cela, c'était une vérité que le jeune homme devait conserver pour lui seul. Ils s'étaient quittés ainsi, son aîné lui conseillant d'oublier tout ça. À ses yeux, il était inutile de défier Dieu et ses représentants dans de telles quêtes, ils ne pouvaient pas tenter d'améliorer leur quotidien s'ils devaient le faire hors de toutes les lois.

Haji réfléchissait souvent à comment améliorer ses plans... D'abord persuadé qu'il suffirait tout simplement de se mettre en relation avec différents chefs de village, en commençant par celui-ci, pour leur proposer de l'aide, la réalité remettait vertement les pendules à l'heure. Comme s'il suffisait d'en parler. De proposer de les aider à trouver les plantes utiles en médecine et à les cultiver, entre autres. Mettre en place de petits cours pour apprendre aux enfants comment se nourrir au cas où ils se trouvaient seuls, comment réaliser des soins simples, reconnaître les signes des maladies les plus courantes et comment les soigner. Il avait été convaincu que les villages aux alentours sauteraient sur l'occasion, d'améliorer peu à peu leurs vies et faire en sorte que la mortalité des enfants ne soit plus aussi élevée. Finalement, il s'était laissé emporter, en oubliant un point crucial, la peur inspirée par le Prieur, les Lois et les Gardiens. En sous estimant la crainte enracinée dans les cœurs des gens, tout comme le refus de se dérober à la Loi Divine, là encore à cause de la terreur des représailles ou celle de perdre son âme. Il se sentait si idiot d'avoir tant cru que ça pourrait être si facile... Sa propre naïveté lui donnait honte, la déception n'en devenait que plus délicate à avaler.

Le brouhaha incessant des conversations et des bruits d'ustensiles autour de lui ne brisaient pas sa réflexion. Il épluchait et coupait les légumes face à lui avec un parfait automatisme, assis avec bien d'autres autour d'une très longue table de bois, dans les cuisines. Il se sentait... Coincé, en réalité. D'un côté, il était conscient ne pas avoir encore à la fois le recul et les connaissances nécessaires pour être le mieux préparé possible, d'un autre côté, rester ici ne pouvait lui permettre d'enclencher efficacement quoi que ce soit. Pas tant qu'il était serviteur et devait en plus se plier aux commandes du parfait petit amant pour Dame Qian. Selon leur accord, il lui devait trois enfants. S'il disparaissait avant, nul doute qu'elle lui lâcherait les Gardiens sur le dos. Il deviendrait un fugitif, un simple errant et sera sans doute torturé, puis tué, avant de pouvoir entreprendre quoi que ce soit. Sans être encore assez formé. La preuve était de ce premier coup raté, il réalisait bien ne pas avoir une vision correcte du monde, empli de fausses espérances. Où les obtenir, si ce n'était ici ? Partir trop tôt le condamnerait. Mais rester ici l'emprisonnait dans une situation figée, où il finirait par devenir le jouet de plans qui le dépassait, au bon gré de Dame Qian. Sans oublier que même si l'idée d'en finir avec sa situation ici le hantait, il restait parfaitement terrifié en pensant à ce grand saut dans l'inconnu.

Ce ne serait pas juste une vie de criminel pourchassé. Ce serait aussi une vie où, pour la première fois, il serait loin de tous lieux et paysages familiers. Une vie où il ne pourrait s'en remettre à personne, ne faire confiance à personne, ne jamais pouvoir s'établir nulle part. Il devrait lutter seul, contre tout et tous. Compter uniquement sur lui-même, en tous points, sachant qu'il devrait en plus échapper autant aux Gardiens qu'aux éventuels membres de l'armée rencontrés en cours de route. Et de toute façon… Où aller ? Où poursuivre ses projets et surtout comment ? Simplement proposer de l'aide, ça ne fonctionnait pas. La vie ne marchait pas comme ça. Il devait d'abord vaincre les peurs, se montrer assez sûr de lui et de ce qu'il avait à proposer pour évincer les craintes. Haji commençait vraiment à penser que c'était complètement irréalisable… Il ne pouvait pas lutter seul contre tout un système et ne pouvait pas non plus changer les choses facilement. En particulier avec des compatriotes convaincus par leur Empire qu'aucun changement ne pouvait apporter quoi que ce soit. Si c'était eux qui avaient raison ? Que ça serait absurde et vain… ? Mais non… Non, non, non, il ne pouvait pas le croire.

- Haji ? Ouh ouh ? T'endors-tu ?

Il se secoua un peu et redressa la tête, face à un autre serviteur, assis juste en face de lui, qui le regardait avec un petit sourire. Il fit ensuite un effort pour participer lui aussi à la conversation et ne pas simplement laisser penser qu'il était endormi ou illuminé. Après ce travail aux cuisines, il retrouva Nintai pour une autre tâche. Ne plus se laisser happer par ses réflexions était difficile… Les jours défilaient, à bonne vitesse, le froid et la neige cédaient peu à peu la place au renouveau habituel de la cité. Et lui était toujours là… Complètement coincé ! Ou plutôt, il acceptait encore d'être pris dans les crocs de la Dame car la seule autre solution était tout aussi terrifiante que demeurer ici. C'est en allant chercher les draps et couvertures qu'ils devaient aller porter à la buanderie, avec Nintai, qu'ils tombèrent au détour d'un couloir sur une très forte agitation. Qu'est-ce que… Liwu surgit soudain derrière eux, presque affolée, en le faisant si violemment sursauter qu'il en lâcha tous les draps dans ses bras. Elle lui ordonna d'un ton sec d'aller chercher des linges propres et de courir ensuite aux appartements de Jade. Elle cria dans le couloir qu'elle allait chercher plus d'eau chaude avant de partir en courant. De… l'eau chaude et des linges… ? Pourquoi ? Il s'exécuta sans rien comprendre, courant à son tour à la buanderie.

Dans les appartements, une grande agitation régnait. Même le patriarche du clan, debout non loin du lit, les bras croisés, faisait montre d'une certaine nervosité. Deux médecins s'empressaient autour de Dame Qian, allongée dans le lit. Des serviteurs apportaient des bandages, de l'eau, des linges, des médicaments demandés par le médecin, des herbes pour faire des décoctions. Un Gardien était présent, récitant des prières et apposant sa main sur le front de la Dame, en récitant ses mantras. Haji arriva au milieu de cette agitation et son cœur se serra brusquement en comprenant la situation. Ce n'était pas possible... Pas maintenant... C'*était trop tôt*. Le bébé ne pouvait pas sortir maintenant ! Il apporta son fardeau et recula, sans savoir quoi faire et sans qu'on ne lui prête attention. Il ne voyait qu'à peine Dame Qian... Il l'entendait gémir, en revanche. Les médecins s'activaient. Haji ne pensait qu'au bébé. S'il sortait maintenant, il serait encore trop petit et fragile... Les bébés arrivant trop tôt avaient peu de chance de s'en sortir malgré tout. Voilà à peine plus de huit mois que cette grossesse filait... C'était trop tôt... Neuf mois restaient nécessaires, pas huit. C'était bien trop tôt, n'est-ce pas ?! Et si l'enfant ne survivait pas ?! S'il naissait... Déjà mort... Privé de souffle...

Une pensée horrible lui vint alors. Une simple pensée lui arrachant un long frisson. Lorsqu'il imagina que ce bébé survive mais que sa mère, elle, disparaisse. En l'entendant gémir faiblement, il se prit à espérer que ça y est, ce soit la fin pour elle. Qu'elle parte enfin... Qu'elle succombe... Qu'il n'entende jamais plus le son de sa voix, qu'il ne sente jamais plus ses mains contre lui, qu'elle meure et que tous les problèmes qu'elle lui avait amenés et pouvait encore lui apporter meurent avec elle. Il recula un peu, encore, tête baissée, attendant de recevoir des ordres. Cette pensée horrible, dérangeante, ne le quittait pas. Même la honte venue l'envahir suite à ça ne suffisait pas à la faire disparaître. Les morts en couche arrivaient si souvent... Pourquoi pas à elle...

Allongée dans son lit, le dos à peine redressé contre une pile d'oreillers, entourée par ses suivants et les médecins, Sae s'appliquait à contrôler sa respiration et les douleurs la parcourant. Les contractions ne cessaient pas, au contraire, elles s'amplifiaient. Une douleur nouvelle, terrible, inconnue. Un calvaire ignoré jusque-là, pire que ces moments où elle avait été lourdement battue par son époux, peu de temps après sa fausse couche, il y a plus d'un an. L'épreuve subie en ce temps-là, frappée au point de la laisser quasiment pour morte, ne représentait rien en comparaison. Ce n'était pas que les contractions, son bas-ventre la brûlait avec férocité et elle sentait le sang s'écouler. Sa vie lui échappait malgré elle. Elle souffrait. Affaiblie. Elle s'accrochait comme une folle à l'idée de mettre cet enfant au monde, à n'importe quel prix, car elle ne pouvait se permettre d'échouer une seconde fois. Pas question de perdre une nouvelle fois le contrôle de son propre corps. *Cet enfant devait naître en vie.* Si elle le perdait lui aussi, si elle accouchait d'un nourrisson mort-né, cette seconde défaite lui serait fatale. Elle perdrait non seulement la vie mais entraînerait aussi son clan natal dans sa chute. Par vengeance, son époux le ferait détruire, le pousserait à la dispersion et au suicide, comme il l'avait déjà fait avec les clans de ses premières épouses. Impossible d'échouer ou d'abandonner. L'obsession grimpa en bloc, la poussant à jeter ses dernières forces dans la lutte.

Elle s'accrochait à pousser avec l'énergie du désespoir, s'accrochait à sa volonté de donner la vie et conserver la sienne. La douleur était affreuse. Respirer, bloquer, pousser. Encore. Si affreuse. Une main se glissa tout à coup derrière sa tête pour la soutenir. Liwu. Sa petite suivante lui souriait et l'encourageait à voix basse. Sae ne répondit pas et referma les yeux, entièrement focalisée sur son objectif. Elle poussa encore deux longues fois avant qu'un des médecins ne s'écria que la tête était sortie. Le bébé fut doucement extirpé, poussant son premier cri, dans la cacophonie ambiante. Le médecin posa assez vivement l'enfant contre elle, l'autre le frottait avec un linge pour ôter le sang. Un garçon. Vivant, qui pleurait. Sae tira les pans, déjà tachés de liquide et de sang, de sa longue veste, pour en couvrir le bébé. Le médecin continuait de s'occuper d'elle, répétant qu'il fallait aussi attendre la délivrance, le second vint se charger du bébé, couper le cordon. Dans la cohue ne cessant pas, Sae était redevenue très calme et silencieuse, la tête maintenant reposée contre le plus gros oreiller placé derrière elle. C'était un garçon. En vie. Elle avait réussi… Réussi… Un premier grand pas avait été accompli… Le premier des enfants dû au clan Qian était né, en vie. Un garçon. Merci, Seigneur, il était né. Chétif, soit, mais vivant. Brisée physiquement, sa mère triomphait mentalement. Le patriarche s'approcha alors du lit, une fois le bébé bien enveloppé dans un linge propre et rapidement nettoyé. Il le lui prit des bras, pour le montrer à tous.

- Désormais, mon héritier portera le nom de Jin Qian.

Il le lui redonna aussitôt et déclara que son devoir d'épouse était de nourrir cet enfant et de s'en occuper jusqu'à l'âge de quatre ans, temps à compter duquel il se chargera de son éducation. Sae ne put répondre avant qu'il ne parte. Elle était épuisée... Il lui fallut toute l'aide des médecins pour parvenir à mettre le bébé au sein pour la première fois. L'agitation autour d'elle ne cessa pas, durant un long moment. En attendant que l'enfant dorme seul dans la chambre préparée pour lui, celle où aurait dû dormir son premier bébé, il fut installé un plus simple berceau à côté de son lit, pour les premiers jours. Après l'allaitement, son bébé fut emmené pour être lavé correctement et habillé. Elle-même reçut d'autres soins, un bain fut préparé. Tout cela en se laissant porter, bien trop fatiguée physiquement pour réagir. Moralement, en revanche, elle se sentait bien. Très bien. Ce bébé enfin né, apparemment en bonne santé, elle pouvait réfléchir bien plus sereinement à la suite de ses plans. Il lui sera utile, lui aussi, c'était certain. L'agitation autour d'elle ne s'estompa que plusieurs heures après l'accouchement, à la tombée de la nuit. Seuls ses serviteurs personnels devaient demeurer à proximité en cas de besoin, les autres quittèrent les lieux. Le calme revint doucement... Sae remonta les couvertures contre elle et jeta un œil au bébé, pour le moment endormi, dans le berceau attenant à son lit. Une étape franchie... Enfin... Elle tomba endormie presque aussitôt, harassée mais satisfaite. C'était parfait...

De longues minutes plus tard, une silhouette entra lentement et sans bruit, dans la pénombre de la chambre. Haji laissa la porte entrouverte derrière lui et regarda Sae dormir, au loin, seulement éclairée par le faible éclat des étoiles et de la lune, traversant les fenêtres. Il s'approcha sans faire de bruit, d'elle et du berceau. Tout aussi lentement et avec le plus de précaution possible, il prit le bébé dans ses bras et s'assit avec lui aux pieds du lit, sur le tapis. L'enfant avait déjà des cheveux noirs, légèrement ébouriffés, les yeux clos, ses deux minuscules poings serrés contre lui et sa bouche. Il était si petit... À l'observer ainsi, son père peinait à croire qu'il était bien réel... C'était son fils... Une première larme roula doucement sur la joue du jeune homme, tandis qu'il berçait lentement le bébé. En le tenant contre lui comme s'il s'agissait du plus précieux trésor de l'univers. Le bébé respirait correctement. Ses joues étaient bien potelées. Il ne pesait pas bien lourd et était si petit... Haji le prit d'une autre façon, en s'efforçant de ne pas le réveiller, pour le mettre couché contre lui, pas simplement allongé dans ses bras. Il voulait que son fils puisse sentir son odeur, dans son sommeil, que cela l'aide à avoir de beaux rêves, pour cette première nuit dans ce monde. Il ne pleurait plus, une main soutenant délicatement son fils, l'autre posée contre sa petite tête brune.

- Fais de beaux rêves, mon bébé...

Il n'avait qu'à pencher sa tête pour embrasser son enfant dans les cheveux. Son odeur était tout simplement merveilleuse. Jamais il n'aurait cru qu'une telle sensation puisse exister, dans ce monde... Il n'aurait jamais cru qu'il était possible de s'attacher aussi vite et aussi fort à un petit bébé, simplement en le tenant ainsi dans le creux de ses bras, contre son cœur. Comment envisager de le lâcher... Une idée folle fusa alors dans son esprit, il s'imagina fuir ce manoir en emmenant son fils avec lui, partir loin, le plus loin possible, pour le protéger à jamais de Lan Qian mais aussi de sa vipère de mère. Cette envie lui envahit l'esprit comme un ouragan, avant qu'une part de raison ne parvienne à reprendre le terrain. Là encore, fuir où ? Comment pourrait-il nourrir son bébé et le protéger du froid ? Lui donner un abri ? L'écarter de tout danger lors du voyage ? Ce n'était pas possible... Déchiré, il dû se résoudre à se relever et à reposer avec douceur l'enfant endormi dans le berceau. Il l'embrassa encore sur le front, plusieurs fois. Désolé, désolé, il était si désolé. Tout à coup, un petit bruit de draps froissés l'alerta. Par pur réflexe, il se plaqua au sol dans un mouvement très vif et se glissa sous le grand lit pour se cacher. Au-dessus de lui, une sorte de geignement se fit entendre. Ainsi que quelques bruits supplémentaires avant qu'une faible lumière, issue de quelques bougies, n'éclaire la chambre. À plat ventre sous le lit, Haji retint son souffle, priant pour ne pas être entendu. Il osait à peine respirer.

Le mouvement, ou la lumière, ou les deux, réveilla son bébé qui se mit à pleurer. Un soupir accompagna son cri. Haji serra les dents, combattant furieusement son envie de sortir de là pour reprendre son fils dans ses bras. Un moment s'écoula avant que les pleurs ne cessent. Sa mère avait sans doute dû le remettre à téter. Du moins, c'est ce qu'il supposait.

- Il est bien que tu sois enfin né.

Haji se crispa un peu plus. Il s'attendait à ce que Dame Qian parle à leur fils, par contre, il aurait cru que ce serait sur un ton... moins... Plus... Moins froid ? Ou moins neutre ? Voire une chanson pour l'apaiser et l'aider à se rendormir... Quelque chose...

- Bois plus que ça. Tu dois rester en vie et grandir, je ne peux pas recommencer à zéro une nouvelle fois. Ton grand frère n'a déjà pas su naître en vie. Bois, autant que tu le peux. Tu dois devenir un homme grand et fort, capable d'être utile dans ce clan. Je te guiderai. Je serai là, derrière toi, pour la manœuvre. Bois, mon fils.

Elle lui parlait comme à lui... Suis les ordres, suis ce qu'elle disait, pour un dessein non avoué... Ses dents devenaient douloureuses, tant il les serrait. S'obliger au silence devint une torture. Il posa une main contre son bras et mit son autre main contre sa bouche, les yeux clos. Sae continuait de parler à leur fils. De lui dire que le clan avait de grands projets pour lui et qu'il devait grandir au mieux. Qu'il était la première pierre d'un nouvel édifice. Qu'elle fera tout ce qui sera en son pouvoir pour qu'il puisse accomplir son destin. Haji sentait que cet enfant était juste un instrument de plus, pour elle... Un sentiment horrible... Elle ne lui adressait aucun mot d'amour ni d'affection, elle lui parlait comme on parlerait à un nouvel employé, en lui décrivant les tâches qu'il devra accomplir. Soudainement, un autre bruit se fit entendre et il entendit les doubles portes de la chambre s'ouvrir. Plus de lumière filtra. Et il entendit la voix dure et grave de Lan Qian, annoncer qu'il ne parvenait pas à trouver le sommeil et avait décidé de venir voir son fils. Soudainement terrifié, réalisant dans quelle situation il était fourré, Haji se recroquevilla en position fœtale, serrant encore plus sa main contre sa bouche, les yeux écarquillés. À quelques minutes près, il aurait pu se faire prendre...

- Je commençais à croire que vous n'arriveriez plus à mettre au monde un enfant, Sae. Je commençais à fortement m'impatienter... J'ose espérer que vous ne mettrez pas autant de mois avant de porter notre second enfant.
- Je ferai au mieux, mon seigneur.
- Le mieux ne suffit jamais. Notre devoir à tous est de nous surpasser pour l'Empire. Vous m'avez fortement déçu, en ratant votre première grossesse. D'autant plus en mettant tant de mois à enclencher la seconde. Alors même que les misérables des bas quartiers parviennent à pondre un rat de plus par an.

Un bref silence passa, il entendit un peu de mouvement, presque indiscernable. Le bébé pleura à nouveau, suivi du bruit sourd d'une claque et du patriarche criant « silence ! ». Les pleurs redoublèrent d'intensité et Haji faillit en faire une crise cardiaque. Il n'avait tout de même pas osé gifler un nourrisson âgé d'à peine quelques heures... ? Dame Qian lança d'un ton plus fort de le lui redonner, qu'elle allait le calmer, alors que les cris étaient de plus en plus perçants. Haji se mordait la lèvre jusqu'au sang, serrant une main contre le tapis, sous le lit, pour s'empêcher de surgir de là. Il ne parviendrait pas à supporter ça encore très longtemps. Sa colère contre cet homme se muait en une véritable haine. Un autre sentiment encore jamais ressenti, même contre Dame Qian. Cette dernière réussit plus ou moins à calmer l'enfant, sans qu'il ne sache comment, et dit d'un ton très neutre qu'elle se chargeait de lui jusqu'à l'âge voulu et qu'il ne dérangera nullement. Haji était perclus de douleurs tant il s'obligeait à ne pas bouger d'un pouce. Un gros mouvement s'ensuivit, il finit par comprendre que le patriarche s'était rué sur sa femme, quand il grogna, d'un ton encore plus dur, que son seul intérêt résidait dans le fait d'accomplir son devoir et suivre ses ordres. Des bruits de vêtements déchirés ou tirés brusquement se firent entendre avec les pleurs du petit garçon. Le lit se mit vite à trembler et bouger.

Haji ferma les yeux et mit cette fois ses deux mains plaquées contre ses oreilles pour ne plus rien entendre. Ni les pleurs de son fils qui continuaient, ni les gémissements de douleur de Dame Qian, ni les grognements et souffles saccadés de son mari. Encore plus recroquevillé sur lui-même, pleurant en silence, il priait pour devenir sourd ou juste s'évanouir. Il ne supportait plus rien. Chaque nouveau son lui produisait une douleur physique. Il souffrait autant que sii c'était lui-même qui subissait le viol. Il ne savait que trop bien ce qui se passait dans ce lit et trop bien ce qu'on ressentait dans ce cas. Pire que tout, son fils était témoin de cette scène. Même s'il était bien trop petit pour la comprendre, Haji était sûr qu'il pouvait ressentir toutes les émotions négatives qui s'en dégageaient. Combien de temps s'écoula avant qu'enfin, ça ne s'arrête ? Avant que le patriarche ne quitte la chambre ? Son fils ne cessait plus de pleurer. Peut-être que sa mère parvint à l'apaiser. Ou qu'il tomba endormi d'épuisement. Impossible de le savoir. Haji laissa sa tête retomber contre le tapis, pris d'une violente douleur. Des vertiges vinrent l'envahir et il finit par ne plus lutter, à son tour. Il se laissa emporter par les ténèbres et tomba évanoui...

CHAPITRE 9 : CONFRONTATION

Il existait une très nette différence entre simplement regarder une carte sans s'en préoccuper et être capable de lire ce qui était inscrit dessus, et donc, de se repérer. Assis dans la bibliothèque privée de la Dame, il passait avec soin le doigt sur chacun des signes noirs, concentré. Le nom des montagnes et celui du fleuve, ainsi que des rivières, les noms des forêts et des grandes vallées, ceux des villes, parfois des villages, des temples importants, de la capitale, de l'océan... Il se rendait compte à quel point tout - ou presque - portait un nom. Première étape importante, apprendre à se repérer par rapport au Sud, en frottant une aiguille métallique contre de la magnétite. Il suffisait alors de poser cette aiguille contre son ongle, pour qu'elle indique le Sud. Une technique dans le récit de voyage d'un membre du clan Qian, entreposé ici. Une information extrêmement précieuse qui, couplée à l'aide de cartes annotées, laissait envisager des voyages moins difficiles. En débutant ses recherches sur le sujet, il ne s'était pas du tout attendu à ça, l'excitation l'avait tenu longtemps, face à cet enchaînement de découvertes. Ça n'enlevait pas tous les dangers d'un voyage, évidemment, mais simplement savoir qu'on pouvait se déplacer sans trop de risques de se perdre était un atout hautement précieux.

Cette carte révélait les contours de l'Empire Huǒ Lóng, d'une manière inédite pour lui. La capitale était située en son plein centre. Le Nord et l'Ouest étaient majoritairement recouverts par de larges steppes, quelques lacs et rivières, plus rarement des forêts, avant de parvenir à de hautes chaînes de montagnes. Au Sud, là où se trouvait la majorité des terres agricoles, la population était plus nombreuse que partout ailleurs dans le pays, on y comptait bien plus de villages et de villes. L'océan se trouvait dans cette direction. Enfin, à l'Est, le voyageur trouvait vite des forêts profondes, réputées dangereuses, de rares routes, filant vers les montagnes. Haji observait la carte avec une certaine avidité, s'imprégnant de toutes les informations obtenues et réfléchissant à bonne vitesse. Le Nord traînait une mauvaise réputation et surtout, c'était là que l'armée était la plus active. Impossible de partir là-bas. Le Sud n'était pas non plus une bonne option, il pourrait y croiser bien trop de monde, sans compter qu'une fois arrivé aux bords de l'océan, où aller ensuite ? L'Ouest l'effrayait car c'était par là qu'était établie la Tour de Veille des Gardiens ainsi que leur cité-forteresse. On racontait que c'était dans la région de l'Ouest que vivait la population la plus fervente, qu'une foule de temples avaient été établis et qu'il existait même certains villages « spéciaux » où étaient rééduqués les hérétiques.

Il ne restait que l'Est. Lentement, il glissait et effleurait le doigt contre les dessins de forêts et de montagnes ou le long des rares routes sinueuses de cette région. Le long fleuve bordant le quartier Est de la capitale plongeait en douces courbes dans cette région, comme il passait dans le Nord mais aussi dans le Sud, jusqu'à l'océan. Haji avait passé la majorité de sa vie dans le quartier Est de la capitale, pourtant, il ne s'était jamais demandé à quoi ressemblaient ces contrées, au-delà du fleuve, vers l'horizon. Les fermes y étaient rares et proches de la capitale. Bien vite, on se retrouvait sur des terres très isolées, une campagne profonde où aucun hameau ne s'était établi. Une fois franchies les dernières terres cultivées et les rizières, seules les forêts inexplorées s'offraient aux voyageurs. Seules trois routes de faible importance se détachant sur la carte, filant vers les montagnes. Au-delà des monts dessinés, agrémentés du nom Kŏng bù, un seul autre nom figurait hors des contours de l'Empire. Royaume Sēn. Rien de plus. Son ventre se tordit d'appréhension quand il repensa aux multiples légendes de démons et de sorcellerie courant sur les provinces de l'Est, y compris sur celle appartenant bel et bien à l'Empire. Difficile de déterminer ce qui relevait de la fantaisie ou de la réalité... Le pouvoir de brûlure des livres n'était rien de plus qu'une crainte sans fondement, qu'en était-il de toutes les autres peurs, répétées encore et encore par les Gardiens ?

Haji se prit la tête entre les mains, en se frottant longuement les yeux et les tempes. En petits cercles appuyés, longuement, comme si cela allait l'aider à conserver un calme parfait. Du temps et un gros choc s'étaient montrés nécessaires, avant que le côté insupportable de cette situation ne passe au-dessus de la peur... Désormais, les craintes vis-à-vis de l'inconnu, ainsi que le manque d'indications précises sur ces horizons, pesaient moins face à l'idée de demeurer bloqué ici des années supplémentaires. Il rangea et plia la carte avec soin, avant de la glisser dans une poche intérieure. Peu à peu, il se préparait. Il avait discrètement volé de la corde, de la magnétite, une petite couverture et d'autres petits objets, tous maintenant rangés dans un sac dissimulé. En dernier ressort, il gardait dans un coin de la tête où voler des vivres. Un poignard, du fil de fer pour fabriquer des collets et des gourdes pour l'eau complétaient son paquetage. Il détenait cette carte, en plus d'une idée générale de la direction à prendre. En sortant, il se rendit dans cette chambre, découverte il y a des mois maintenant... Plus aucune trace de poussière, désormais, plus d'atmosphère si sombre et oppressante, plus de sensation écœurante d'être cerné par la mort. Les fenêtres étaient dégagées, la lumière entrait et le bébé dans son berceau s'agitait avec joie lorsqu'une personne s'approchait pour s'occuper de lui. Les serviteurs personnels de Dame Qian étaient chargés de donner les soins à cet enfant, de le changer, le coucher et s'assurer qu'il s'éveille bien à la vie. Une dernière tâche que le jeune homme jugeait faiblement soutenue.

- Tu as bien dormi, mon poussin ? sourit-il en se penchant sur le berceau.

Jin lui rendit un rire semblable au gazouillement d'un oiseau, battant ses petits pieds avec entrain. Son père le souleva avec soin et le posa contre lui, en le berçant un peu puis regarda s'il fallait changer sa couche. Il se faisait du mal, c'était sûr... S'attacher à cet enfant, alors qu'il se préparait à le quitter à jamais, était une terrible erreur. Il s'en mordra les doigts plus tard, se maudira de s'être laissé aller à se lier à ce bébé malgré les circonstances. Il s'en voudra d'avoir créé ces souvenirs avec lui, d'avoir tant mémorisé l'odeur et le sourire de ce tout-petit, que ça lui fera encore plus mal une fois le départ arrivé. Il ne devrait ni jouer avec lui, ni l'embrasser ni le bercer. Il le faisait tout de même car ni sa mère ni aucun des autres serviteurs n'avait de tendres gestes pour ce bébé. Chacun s'occupait de lui d'une manière très mécanique et détachée. C'était comme ça. Haji coucha son fils sur un petit matelas de plume le temps de l'habiller, après lui avoir fait sa toilette. Son petit fêtait quinze jours de vie, il passait la très grande majorité de son temps à dormir. Il bougeait les mains et les pieds, mais sans plus. Haji se sentait mal, en l'imaginant faire ses premiers pas, sachant qu'il ne le verrait jamais.

Cette journée était celle de son baptême. Une grande cérémonie se préparait en ce moment même dans la plus grande salle du manoir. C'est à cette occasion que les Gardiens donnaient leur bénédiction sur le nouveau-né. C'est ce qui leur donnait le droit de lire plus tard… Haji eut une grimace de pur dégoût et de mépris, à cette pensée, s'obligeant à se calmer pour que son fils ne ressente pas sa tension. Son bébé fin prêt, le jeune homme se pencha pour l'embrasser sur le front et en profita pour le chatouiller un peu, tenter de le faire rire. Cette image-là, au moins, ce son si beau, il désirait la graver à jamais dans sa mémoire. Même s'il devait échouer durant son voyage et mourir, il voulait plus que tout pouvoir se remémorer une dernière fois le rire si clair de son bébé. Quand il passa le bout du doigt contre les lèvres du petit Jin pour enlever un petit fil dépassant du col de son vêtement, le petit ouvrit la bouche pour essayer de téter. Son père fondit sur place tant il le trouvait mignon et rit, en lui disant que ça ne marchait pas avec ça, malheureusement. Jin bailla et étira un peu les pieds, déjà prêt à se rendormir. Ses vêtements de baptême étaient bien grands, pour lui, il devait avoir trop chaud, son pauvre petit ange.

- Ce n'est toujours pas prêt ?

La voix claqua dans l'air, Haji se redressa aussitôt dans un sursaut. Dame Qian venait d'entrer dans la chambre à grands pas et posa le regard sur le bébé, toujours couché dans son matelas. Haji se tint à côté, dans une position respectueuse, son cœur battant maintenant à une folle allure. Il n'avait pas peur pour lui-même, en revanche, il tremblait terriblement pour son enfant. Un autre sentiment venait se mêler à cette peur. La colère. « Ce » n'était pas prêt… « Il » n'était pas prêt, c'était bien cela sa véritable demande, n'est-ce pas ? Le temps qu'elle vérifie les détails de la tenue de leur fils, Haji s'efforça de contenir ces deux sentiments nocifs venus le mordre avec ardeur. Lorsqu'elle s'écarta du bébé et s'approcha de lui, un lourd frisson de dégoût le secoua, lui donnant au passage un goût très amer en bouche. Il recula de deux pas. Elle le fixa, un air étrange sur le visage. Avança à son tour. Il recula encore, jusqu'à se retrouver contre le mur derrière lui. Elle avança une nouvelle fois et arriva juste devant lui. Elle sourit alors en posant ses mains contre ses épaules, s'approchant encore de lui, leurs corps collés l'un contre l'autre. Son cœur s'emballa, tandis que son sang-froid se craquela nettement.

- Ne me touche pas, siffla-t-il.

Il vit nettement son regard brûler soudainement d'une colère noire et sentit ses mains se resserrer sur ses épaules, au point de lui faire mal. Son visage, habituellement si pâle, se colora de rouge, il suivit la courbe de ses lèvres se dessiner en une moue de pure rage, alors qu'elle murmurait que jamais plus il ne devait oser la tutoyer. Un avertissement dont il n'eut que faire. Sa seule préoccupation était de parvenir à ne pas hurler. Son fils devait se rendormir, à présent. Il n'était qu'à deux mètres d'eux, sur son petit matelas, il ne fallait pas le déranger. La colère du jeune homme enflait encore et encore, envahissant son esprit d'une envie très brusque d'en finir avec elle. *Il ne supportait plus qu'elle le touche.* Il ne supportait plus qu'elle soit si proche de lui. Il ne supportait plus de sentir son odeur. Comme un feu se diffusant dans ses veines, une violence toujours contenue, qui débordait maintenant.

- Tu es encore un moins que rien, grogna-t-elle, le regard brillant de colère. Qui n'a pas encore appris la patience. Qui n'est pas encore prêt.
- Pas encore prêt pour servir dans *tes* plans, répliqua-t-il tout aussi bas. Je ne sais pas ce que tu attends encore de moi et je m'en moque. Tu te sers de moi exactement de la même façon que ton porc de mari se sert de toi. Il t'utilise comme un objet, il te frappe, il te viole. Tu fais la même chose contre moi car c'est ton seul moyen de te prouver que tu as encore un peu de pouvoir. Tu es pathétique !

Cette fois, il vit arriver le coup avant qu'il ne tombe et arrêta de justesse la main volant vers lui en attrapant la dame par le poignet. Il serra à son tour et se dégagea brutalement d'un coup d'épaule. Avant qu'elle ne crie, il plaqua durement une main contre sa bouche et la fit chuter brutalement au sol. Tombé avec elle, il la maintint de tout son poids. Tous les deux faisaient environ la même taille, cependant, grâce à tous les durs travaux physiques liés à son travail de serviteur, il détenait bien plus de forces qu'elle. Toute raison s'était complètement envolée, cette fois, Haji ne réagissait plus que par pur instinct. Sa colère débordait complètement. Il s'appuyait sur elle en espérant lui faire mal, aux jambes et à la poitrine, en *voulant* lui faire mal. Il se pencha contre elle, gardant la main contre sa bouche, tremblant de tout son corps. Il n'avait pas du tout prévu d'en arriver là, de la repousser ainsi, ni songer que ça puisse arriver si soudainement... Mais quelle importance ?! Sa colère irrationnelle repoussait avec véhémence toute forme de raison.

- On a eu la même vie, tu sais ? chuchota-t-il contre son oreille. J'ai été prostitué au Havre à cause de la misère, quant à toi, c'est ta propre famille qui t'a vendue au porc qui te sert de mari. Tous les plans que tu pourras imaginer ne te serviront à rien, tu resteras une prostituée si tu restes ici. Notre accord est mort, ma belle. Tu ne me toucheras *plus jamais*.

Il se redressa et la frappa brutalement à la tête, contre la tempe, avec violence, bien plus fort qu'initialement escompté, emporté par la haine. Elle n'eut même pas le temps de crier. Un grand silence tomba sur la pièce... Haji resta un moment tétanisé, le souffle court, ramenant la main contre lui. Il la regardait, gisant au sol, en peinant à y croire. Trop de force utilisée, mais... C'était si... Un tel soulagement... Une satisfaction mêlée de culpabilité, pour avoir cédé à ses pulsions. Il la regarda un long moment, la voyant respirer encore, sa tempe déjà virait au noir. C'est en voyant ça que la raison revint enfin prendre en partie la place de colère et qu'il réalisa ce qu'il venait de se passer. La panique monta d'un bloc, qu'il jugula avec peine, en respirant à fond. Du calme, du calme, du calme ! Il devait partir de toute façon ! Personne ne s'était aperçu de quoi que ce soit. Le petit ne s'était pas réveillé. Elle respirait encore. Il se leva, faillit perdre l'équilibre et se rattrapa à un meuble en chêne. Tout son corps était dans un intense état d'alerte et de tension, tout comme le jour de la naissance de son fils. Filant jusqu'à l'endroit où était couché son bébé, profondément endormi, Haji l'embrassa sur les deux joues, cette fois rapidement.

- Je suis navré, mon bébé… Je ne peux pas t'emmener avec moi. Je ne pourrai pas te protéger ni te nourrir, en pleine nature… Je reviendrai un jour si je le peux. Je t'aime, cent fois, mille fois, je t'aime plus que ma vie. Au revoir.

Il l'embrassa de nouveau sur les joues, le front et passa une dernière fois la main contre ses doux cheveux noirs légèrement ondulés. Au revoir Jin… Haji se força à se détourner, s'écarter, s'enfuir. Il ne jeta pas un regard à la dame évanouie. Il s'enfuit, fermant avec soin les portes derrière lui, partant dans les longs couloirs du manoir. Fuir. Il ne pourra pas avoir beaucoup de temps devant lui avant que Sae ne soit découverte et que tout ne soit bloqué. En pleine course, il stoppa alors net et se mit à marcher, plus tranquillement. Bien joué, imbécile, courir était le meilleur moyen d'attirer l'attention ! Il lui fallut un effort on ne peut plus considérable pour conserver un air normal, faire comme si tout allait très bien et poursuivre sa route. Par chance, ces ailes des serviteurs étaient quasiment désertes, tous s'activaient durement pour le baptême du petit Jin. Le jeune homme parvint assez vite à l'endroit où il avait caché ses maigres préparatifs. Il jeta son sac contre lui en bandoulière, en prit un autre sur le dos qu'il remplit à la va-vite de vivres, jeta une capeline sur ses épaules. La peur au ventre, guettant le moindre cri ou alerte. Aucune chance que cette situation demeure cachée plus de quelques instants. Ses mains tremblaient avec une telle brutalité qu'il peina deux bonnes minutes à terminer de se préparer, pâle comme la mort, le cœur au bord des lèvres.

Ils ne savent pas que c'est toi, se répéta-t-il intérieurement en sortant dans le couloir. *Ils ne peuvent pas savoir, marche juste tranquillement, tout va bien se passer…* L'issue n'était pas très éloignée, il suffisait d'avancer et… Un cri très lointain et étouffé fendit soudainement l'air, le faisant violemment sursauter. Sans le vouloir, il accéléra brusquement le pas et se mit à courir. Croisa deux ou trois personnes qu'il bouscula un peu et les ignora, filant jusqu'à atteindre l'une des sorties de service du manoir. Une fois dehors, il courut encore plus vite. La peur et l'adrénaline agissaient comme un pur coup de fouet, jamais il n'avait foncé aussi vite de sa vie toute entière. D'abord au hasard, cherchant à prendre des rues moins fréquentées, plus excentrées. Ses repères furent vite retrouvés, poussant à prendre direction de l'Est. Le Quartier Est. Sa vie, son enfance. Là où il errait plusieurs années dans les rues avant d'intégrer le Havre. Là où il était plus facile de disparaître un temps. Là où les Gardiens étaient moins présents. Là où ceux devant disparaître trouvaient toujours un moyen. Poussé par la panique, il put atteindre les limites du quartier Est en presque moitié moins de temps qu'il n'en fallait d'ordinaire et s'y engouffra brusquement. Dans ces rues où il n'était pas si rare de voir des types soudainement surgir en courant avec des airs paniqués, personne ne lui prêta la moindre attention. À peine les commerçants s'écartèrent-ils un bref instant et reprirent ensuite leurs chemins, blasés. Haji ne regarda personne, courant sans reprendre son souffle.

Ce fut un point de côté devenu trop douloureux qui le força à ralentir le rythme et finalement s'arrêter un moment. Non loin des quais, dans une rue en partie prise par un petit marché, puant atrocement. Il s'appuya contre un tonneau fermé pour reprendre son souffle, voyant de petites lumières lui flotter devant ses yeux, les jambes tremblantes. À tel point qu'il finit par tomber à genoux dans la boue et la poussière. Il se traîna pour plutôt aller s'asseoir derrière les tonneaux et les caisses malodorantes, sur un tas de bois laissé là à pourrir. Comme si elle avait entendu cela pour se manifester de nouveau, sa raison revint pour lui souffler que personne n'aurait pu savoir que c'était lui le coupable mais qu'avec sa fuite si brusque, les doutes n'allaient pas tarder à lui tomber dessus. Haji grimaça en se frottant le front, complètement bouleversé. La colère et la peur, deux émotions très vives et de très mauvaises alliées. Dans quel merdier s'était-il fourré… De quelle façon s'en sortir… Oh bon sang… Après s'être insulté de tous les noms, il s'efforça de rester rationnel, pour une fois. Même si le manoir le désignait très tôt comme coupable, il n'en restait pas moins que la capitale était immense. Retrouver qui que ce soit dans le Quartier Est relevait du parcours du combattant. Les cachettes étaient nombreuses, il existait des souterrains et de nombreux lieux désaffectés. Les gens ici ne parlaient pas, beaucoup avaient des griefs contre les Gardiens et ne comptaient pas les aider. Il lui restait encore un peu de sursis.

Un instant, il pensa aller se réfugier un moment au Havre, chez Hana... Une idée presque aussitôt refoulée. Ce serait littéralement le premier endroit que les Gardiens viendraient fouler. Mais alors, où... ? En ville, il ne serait plus en sécurité nulle part ! En qui avoir confiance... ? Il se releva enfin, traversa la rue en évitant les petits marchands à la sauvette, vers les limites du quartier et le fleuve. Une fois longé les quais, la zone des pêcheurs, comme on l'appelait, se présentait à lui. Une très longue série de cabanes de pêcheurs dispersées le long du fleuve, sur un peu moins d'une lieue après avoir quitté les faubourgs de la ville. Haji marchait vite, sans courir, pour trouver soit un endroit où le fleuve était moins large pour traverser, soit un pont, soit une personne pouvant lui faire passer le fleuve en barque. Le temps était clair, le soleil très haut, rester ainsi trop exposé de ce côté du fleuve ne le rassurait pas. Les Gardiens avaient des chevaux, eux... Au bout d'un moment, il remarqua un homme assis sur le rebord du fleuve, avec une barque, en train de réparer un filet. S'il pouvait... Haji alla aussitôt le voir et le héla en arrivant à quelques mètres de lui. L'homme portait des tempes grisonnantes et un air épuisé par la vie. Il le regarda approcher sans mot dire et sans cesser son travail.

- Bonjour... Je cherche à traverser le fleuve. Vous pouvez m'aider ? Je peux vous donner une pièce en échange.
- Il n'y a rien de l'autre côté, petit. Les villages sont plus vers l'Ouest.
- Je veux atteindre la forêt, répondit-il en approchant d'un petit pas et en désignant les bois qu'on voyait au loin. Il y a des plantes que je ne peux trouver que là-bas.
- C'est dangereux. Il n'y a pas que des lapins dans cette forêt.
- Vous pourriez me faire traverser ?

Il fouilla dans sa poche et en sortit quelques pièces de bronze, qu'il tendit vers lui. Imperturbable, l'homme poursuivit son travail et lui répéta que c'était dangereux. Il ajouta ensuite que si les villages ne s'installaient pas dans ce coin mais bien plus proches de la capitale, c'est qu'il y avait une bonne raison. Haji connaissait déjà la plupart des légendes concernant cette rive du fleuve et la région, mais il était pressé, les entendre une nouvelle fois ne l'intéressait pas. Il insista donc à son tour, suppliant presque cet homme de l'aider à traverser ou au moins de lui indiquer où le fleuve devenait moins large. Le pêcheur dû le prendre pour un cinglé, sans doute, son air à la fois dépité et agacé parlait pour lui. Au bout de dix bonnes minutes, il finit par céder et lui demanda de le laisser en paix, c'est bon, il allait le faire traverser. Soulagé, Haji grimpa précautionneusement avec lui dans sa barque, le regardant entamer un vif mouvement avec les rames. C'était la première fois de sa vie qu'il se trouvait sur l'eau, ça ne rassurait pas du tout… Ce n'était pas un petit fleuve. La traversée prit de longues minutes de bataille contre le courant, dans un silence presque religieux. Arrivés de l'autre côté, il donna les pièces à l'homme et descendit aussitôt, pataugeant dans la vase avant d'arriver sur une berge plus ferme. Sentant le regard de l'homme dans sa nuque tandis qu'il s'éloignait. Haji ne se retourna pas, pas même pour tenter d'apercevoir une dernière fois la capitale à l'horizon. C'était bien trop tard.

La nature sauvage s'offrait devant lui. Pas de champs cultivés, de haies plus ou moins entretenues, pas de villages… Surtout, aucun des bruits habituels de la ville, pas de cris ni d'odeurs, pas de cohue, pas de courses… Il avança d'abord sur une étendue herbeuse plate, parsemée de buissons épais, de gros rochers et de sentiers sans doute tracés par des animaux. La forêt était toute proche… Son sang se glaça quand il observa les arbres, de plus en plus précisément alors qu'il marchait vers eux. Beaucoup de chênes, de sapins et de pins, immenses, énormes, tout comme des châtaigniers, des frênes… Serrés comme une armée, barrant la vue et l'horizon, hormis bien sûr les montagnes, bien plus hautes et lointaines, au-delà de ces bois sombres. Plus Haji progressait, plus il réalisait l'énorme bêtise commise. Il avait pu survivre seul dans la rue quelques années en fouillant les ordures pour trouver de quoi manger, en volant de la nourriture et en dormant serré contre d'autres enfants des rues pour se préserver au maximum du froid. Rien à voir avec devoir survivre complètement seul au beau milieu de la nature, même si la belle saison était de retour. Avec, en plus, les Gardiens à ses trousses ! En ville, mis à part les chiens errants et agressifs, les seuls êtres dont il fallait se méfier étaient les hommes. Ici... Ici, il ne connaissait rien des bêtes vivant dans les forêts. Il ignorait même si les légendes clamant cet endroit hanté étaient vraies.

À l'orée des bois, il stoppa, le nez d'abord levé pour observer les hautes cimes des arbres, en essayant de voir assez loin devant lui. Hésitant. Passer par là était le seul moyen d'accéder aux montagnes, et après elles... Le royaume voisin. S'il ne mourrait ni dans ces bois, ni dans ces monts. Cette fois seulement, il se retourna et contempla l'horizon, là d'où il venait. La capitale n'était plus qu'à peine visible, très vague forme dans le lointain. Son ventre se tordit douloureusement quand il pensa au rire joyeux de son bébé. Les larmes coulèrent à nouveau, tandis qu'il serrait les mains contre la bandoulière d'un de ses sacs. Voilà, il avait pourtant su immédiatement que s'attacher à lui n'était pas une bonne idée... Il ne reverra plus son fils, désormais. Il ne lui restait plus qu'à prier pour qu'il grandisse le plus heureux possible et ne soit pas maltraité par Lan Qian. Haji prit une très grande inspiration et se força à détourner le regard de cet horizon pour le retourner vers la forêt. Avancer. Il devait se frayer un chemin, parvenir aux montagnes, réussir à quitter l'Empire pour de bon. Il reviendra lorsqu'il le pourra... Et lorsqu'il sera finalement prêt.

CHAPITRE 10 : RENOUVEAU

Le soleil frappait durement les hommes et les champs, en ce début de journée. Une vingtaine de petites mains s'activaient dans le champ de théiers depuis le petit matin. Entourés par les montagnes, surplombés par le village non loin, ils travaillaient sans se préoccuper de grand-chose, armés de larges paniers, de chapeaux de paille prévus pour se préserver du soleil, de tenues amples et légères, conçues pour ne pas être trop vite écrasé par la chaleur. À cette période de l'année, le mois le plus chaud, la récolte battait son plein et les journées dans les champs étaient longues. Tout au bout du champ, le jeune Ning était déjà assez fatigué. Bien qu'il participe toujours activement aux récoltes, aux tailles de forme et toutes les autres manœuvres destinées au soin des cultures de sa famille, ce n'était pour autant pas son véritable métier. Il était le médecin du village et avait passé la nuit précédente, toute entière, à veiller un homme gravement blessé. Deux heures de sommeil seulement lui avaient été permises avant de partir travailler dans le champ. Il fallait bien le faire, néanmoins... En cette période, presque toutes les familles de vallée s'activaient dans les champs, les beaux jours étaient leur principale source de revenus, pour toute l'année. Courbé dans le champ à sélectionner les feuilles pouvant être cueillies, il n'entendit pas immédiatement qu'on l'appelait. Ce ne fut que lorsqu'un de ses amis vint lui tapoter le dos qu'il se redressa enfin.

- Qu'il y a-t-il ?
- On a besoin de toi, viens. Les chasseurs ont retrouvé un type évanoui et à moitié mort, dans les bois, pas très loin d'ici.
- Pardon ?
- Viens !

Ning récupéra son panier et alla le poser en vitesse avec les autres, près des chariots. Il prit au passage son petit sac de médecine, qu'il transportait toujours partout avec lui au cas où, avant de courir rejoindre son ami. Les deux hommes s'enfoncèrent dans un chemin de montagne, sinueux, pour rejoindre un baraquement appartenant aux chasseurs du village. Ils avaient installé, sous une maigre couverture, un homme à peine plus jeune que Ning. Les chasseurs lui expliquèrent qu'ils l'avaient trouvé à une lieue de là, dans les bois, évanoui, qu'ils avaient décidé de le ramener ici. Le médecin s'agenouilla près de l'inconnu, évaluant d'abord son état général. Il portait plusieurs marques de morsures, sur tout le corps, certaines serrées dans des morceaux arrachés de ses vêtements. Clairement à demi-mort de faim, sa maigreur était impressionnante, il semblait aussi souffrir de fièvre. À cause de son affaiblissement ou d'un empoisonnement dans la forêt, ça, on ne pouvait le savoir. Il respirait à peine. Ce n'était tout de même pas banal, de retrouver un type dans les bois comme ça. Vivant, surtout. Quelle chance infernale que les chasseurs l'aient trouvé avant qu'il ne serve de déjeuner à l'un des fauves de cette forêt.

Le médecin commença par lui administrer quelques premiers soins, sur place. Sa sacoche contenait de quoi faire des bandages, désinfecter des petites plaies, réaliser des points de suture en cas de besoin, ainsi que quelques petites infusions et médicaments de première urgence. Le minimum vital, somme toute. Pour agir au mieux, il devait conduire les patients à la maison. Il commença par évaluer l'état des diverses morsures de cet homme et le risque d'infection. Ce n'était pas beau à voir… Son ami, resté un moment, finit par lui dire qu'il rentrait travailler aux champs. Trois des chasseurs, eux, décidèrent de rester, pour l'aider ensuite à ramener le blessé au village sur une civière. En attendant que le médecin fasse son travail, ils s'occupèrent de leurs propres affaires. Ning était très concentré, malgré la fatigue. Tout en menant ces soins de base, il ne cessait de se demander qui était cet homme et comment il avait bien pu se retrouver ainsi dans la forêt, dans un tel état, complètement seul. N'importe quel idiot savait pourtant qu'il ne fallait au grand jamais s'aventurer seul dans ces bois ! Les montagnes étaient très dangereuses, la faune locale mortelle, même la plupart des plantes étaient nocives pour les hommes. Se perdre là-dedans était infiniment facile, tout comme se faire croquer par une des bestioles du coin. Un avis amplement partagé par les chasseurs, qui discutaient de ça tout en travaillant sur leurs outils.

- Vous pensez qu'il vient de l'Empire ?
- Seul, dans ces montagnes, c'est une telle folie...
- Il y a parfois eu d'autres voyageurs, les anciens racontent qu'on en voit de temps en temps, dans la vallée Tuyen.
- Toujours en groupes et bien armés. Le chemin vers Tuyen est aussi plus sûr, ils ne passent pas au cœur même des vallées sombres. Les Dieux ont dû bénir cet homme, pour lui permettre d'arriver en vie jusque-là.
- Mais va-t-il survivre...
- Si les Dieux le veulent.

Ning les interrompit en leur demandant de l'aider à ramener cet homme au village. Ils le firent passer sur un brancard de fortune, se mettant à eux quatre pour le soulever et l'emmener. Le type ne reprenait pas conscience, plus pâle que la neige. Sa paupière s'agitait faiblement, sans plus. Le chemin jusqu'au village fut plus lent, cette fois. La rumeur d'un étranger retrouvé presque mort dans les bois les avait précédés. Ning retint un long soupir, en voyant quelques curieux venir autour d'eux. Les ragots... Ils remontèrent la pente de la rue principale jusqu'au prochain croisement et tournèrent sur la gauche. Après avoir longé un haut mur, ils parvinrent à de hautes double-portes de bois, ouvertes, suivies d'une large cour assez encombrée. La maison familiale des Lài. Ning y vivait avec ses parents, ses grands-parents, ses frères et leurs épouses et sa plus jeune sœur, qui n'était pas encore mariée. Une famille nombreuse, vivant ensemble, comme il était de coutume dans le pays. Ses grands-parents étaient justement dans la cour, occupés à installer des feuilles de thé sur des toiles de lins, au soleil, pour les faire sécher. Sa jeune sœur était là elle aussi, pétrissant la pâte sur une planche de bois, sur la véranda longeant la maison, les mains pleines de farine. Tous les trois ne prêtaient que peu attention, ils avaient l'habitude de voir des blessés être ramenés de temps à autre.

Une fois passée l'entrée, il suffisait d'emprunter un couloir et de passer une autre porte, pour arriver au cabinet de Ning. Deux pièces, une aménagée pour recevoir les personnes, les soigner et les apaiser, l'autre préparée pour accueillir les blessés ou malades assez graves, dont le médecin préférait surveiller ici plutôt que les laisser chez eux. Même s'ils ne vivaient jamais seuls, il était plus rassuré d'avoir tout son matériel à portée de main en cas de problèmes. Dans certaines villes du royaume, il existait des centres créés spécialement pour les blessés graves, mais ils se trouvaient loin… Le seul de la région se situait à plus de trois jours de marche, en passant par les montagnes. Pour un homme lourdement atteint, mieux valait être soigné sur place qu'être transporté là-bas et mourir en chemin. Leur vallée n'était pas la plus enclavée du royaume, en revanche, les routes étaient ardues et peu praticables. Une fois l'étranger installé confortablement, Ning remercia chaleureusement les trois chasseurs de leur aide. Il partagea un thé avec eux, avant qu'ils ne prennent congé. Quant à son patient, ses yeux demeuraient clos. Ning ne le pensait pas trop profondément évanoui, non plus. Ses paupières étaient agitées de petits soubresauts, il respirait assez fortement et remuait un peu dans son sommeil. Sa fièvre ne baissait pas, cependant.

Le jeune médecin, ne pouvant rien faire de plus pour le moment, reprit sa sacoche et partit en visite chez les autres blessés et malades du village. Durant ce temps, allongé sous sa couverture, Haji nageait dans un univers étrange, frontière ténue entre la lourdeur d'un sommeil fiévreux et les échos de la réalité. Il ne cessait de se débattre dans un monde de songes, de voix, d'odeurs, de sensations physiques, même. Au cœur de ses cauchemars, il tentait vainement de rattraper la petite Hoki et l'emmener avec lui, loin d'ici, courant derrière elle et criant son nom, incapable de l'atteindre. Il entendait son fils, il l'entendait pleurer, sans savoir où il se trouvait. La dame arrivait sur lui, contre lui, il se débattait, il voulait la repousser. Hurlait. Tout devenait à nouveau sombre et angoissant, autour de lui, il était perdu. Lentement, ces songes le quittèrent, le laissant reprendre contact avec la réalité. Lorsqu'il ouvrit les yeux, ce fut sur une pièce sombre, dont les seules lumières provenaient de plusieurs petites lampes à huile et de bougies. Haji mit un moment avant de comprendre qu'il ne se trouvait plus dans la forêt mais dans la pièce d'une maison. Grâce au toit au-dessus de sa tête, principalement. Il comprit ensuite qu'il était allongé dans un lit, sous une couverture, il y avait même un oreiller sous sa tête.

- Oh, vous êtes réveillé.

Une voix inconnue... Une langue familière mais avec un accent très prononcé, jamais entendu auparavant. Haji tourna un peu la tête, comme il le put, pour voir un homme approcher de lui. Un teint buriné par le soleil, des cheveux noirs mais très courts, des vêtements étranges... C'était la première fois qu'il apercevait un homme portant les cheveux coupés au-dessus des oreilles. Manches courtes, comme la tunique elle-même, plus près du corps et cintrés. Un être qui lui ressemblait sans lui ressembler, en même temps... La couleur de peau, les yeux, les cheveux étaient identiques, mais ses vêtements, sa coupe, l'intonation de sa voix étaient différents. Il vint s'asseoir au bord du lit et lui posa une main sur le front. Haji tressaillit légèrement et l'étranger lui dit de ne pas s'inquiéter, il vérifiait simplement s'il avait toujours de la fièvre.

- Eh bien, jeune homme, je me nomme Ning, je suis le médecin du village. Vous êtes dans la maison Lài, ma famille. En parfaite sécurité, désormais. Des chasseurs vous ont trouvé évanoui dans la forêt, ce matin. Comment vous appelez-vous ?
- Ha... Haji...
- N'essayez pas de bouger, attention, vous êtes blessé. Vous avez soif ?

Le jeune homme hocha faiblement la tête. Le médecin prit une cuillère et un bol et lui fit glisser de l'eau dans la bouche peu à peu. Ce n'est qu'à ce moment, en l'écoutant parler, que Haji nota qu'il utilisait des mots inconnus, au fil de la conversation. C'était si étrange... Ils parlaient la même langue mais des mots complètement inconnus s'invitaient dans ce flot. Trop épuisé pour réfléchir, il se contenta de boire simplement.

- Vous venez de l'Empire voisin, je suppose ? demanda-t-il en reposant le bol et la cuillère sur une table basse à côté.
- Oui...

- J'ignore ce que vous avez bien pu fuir, mais tout de même, traverser ces forêts et vallées seul, même pas armé... Fallait-il être si désespéré ? Vous avez eu une chance incroyable d'arriver jusqu'ici en vie.
- J'avais un poignard, grommela Haji d'un ton faible, peu enclin à subir un sermon.
- Un simple poignard pour se défendre contre des fauves quatre fois plus gros que vous, je ne trouve pas ça particulièrement efficace. Enfin, vous êtes en vie, c'est le principal. Les chasseurs ont raison, vous devez être béni des Dieux.
- Les ?
- Dieux.
- Mais les ?
- Dieux. Vous comprenez le mot ? Ou vous avez un mot différent, c'est cela ?
- Mais...
- Ce n'est pas grave, vous venez à peine de vous réveiller. Je vais vous chercher de quoi manger, vous devez absolument commencer maintenant à reprendre des forces. Restez bien tranquille, je reviens dans quelques minutes.

Haji demeura dans la confusion la plus totale, quand le médecin partit. « Les Dieux » ? Mais... « Les » ? Comment pouvait-on parler de ça au pluriel ? Comment ? Il n'existait qu'un Dieu, un Dieu unique, le seigneur Seykyou ! Non ? Comment... Mais... Comment... La confusion n'eut pas le temps de baisser avant le retour de Ning, les mains chargées d'un petit plateau. Il le posa près du lit et commença à lui faire manger avec les baguettes du riz et des légumes, en veillant à ne rien faire tomber. De son côté, Haji mangeait mécaniquement ce qu'on lui donnait, toujours en état de choc. Il lui fallait un très long moment avant de recouvrer ses esprits, au moins un peu, et surmonter en partie le choc. À la fin du repas, alors que le médecin l'aidait à boire, le jeune homme se décida à poser la question qui le hantait. Se lançant alors que son sauveur empilait les petits bols les uns dans les autres, sur le plateau de bois.

- Vous... murmura-t-il faiblement, vous avez plusieurs dieux ?

- Quelle question ! Vous êtes encore très confus. Bien sûr qu'il y en a beaucoup.
- D'où... D'où je viens... On vénère un dieu unique.

Cette fois, ce fut chez le médecin que le choc frappa tel un coup de poing très violent en plein visage. Tous les deux se regardèrent fixement durant de longues secondes, avant que le docteur ne se ressaisisse à son tour. En un certain sens, ça rassurait Haji de constater qu'il n'était pas le seul à être déstabilisé par ce type de révélation.

- Un seul dieu ? souffla le médecin avec stupéfaction. Qui aurait créé seul cet univers, ce monde, toutes ces plantes, ces animaux et ce qui s'ensuit ? Allons ! C'est... Ce n'est juste pas croyable.
- Pourquoi plusieurs Dieux auraient pu naître dans cet univers et comment ? Pourquoi se seraient-ils entendus entre eux, sans conflit, pour créer tout cela ?
- Mais un seul Dieu pour tant de grandeur... Non...
- Je ne sais plus ce que je dois croire ou non.

Le jeune homme s'étrangla à moitié en lâchant cette dernière phrase. Une larme roula sur sa joue et s'écrasa contre le matelas d'un blanc immaculé. Il murmura qu'il n'arrivait plus à savoir ce qui était vrai, ce qui était faux, où s'arrêtait la manipulation et où démarrait la vérité. Même ce soir ! Il s'était réveillé vivant chez une personne amicale, soit... Et maintenant ? Que fera-t-il une fois guéri ? Que deviendra-t-il ? Reverra-t-il un jour son fils ou devait-il d'ores et déjà se faire à l'idée que c'était terminé ? Peut-être aurait-il dû mourir dans cette fichue forêt. Le médecin s'approcha tout à coup plus près, assis au bord du lit, et lui saisit les deux mains. Légèrement penché en avant, il les lui serra et lui demanda de se calmer.

- Chaque peuple possède ses propres croyances. Vous avez les vôtres, nous avons les nôtres. Sans doute étions-nous issus d'un seul et même peuple autrefois, mais... C'est ainsi. La Foi est importante mais elle ne peut pas pour autant guider entièrement nos vies. Les Dieux nous ont offert la liberté. Le choix de mener nos chemins par nous-mêmes. Croyez-en cela, si vous êtes perdu.

- Quelle liberté ? bredouilla Haji, la voix brisée. La liberté d'obéir aux ordres de Dieu et de risquer de perdre son âme en cas de refus de se soumettre ?

- De quoi parlez-vous ?

- De ce risque-là ! D'être... D'être détruit, à notre mort, de ne pas avoir le droit d'être enterré avec une vraie cérémonie religieuse, de voir son âme être chassée des cieux bénis et errer sur terre pour l'éternité, de, de...

Il fut forcé de s'interrompre, à cause d'une nausée montante. À la douleur physique venait s'ajouter une douleur morale. Il avait même peur que le médecin le lâche, soudainement, comme s'il risquait de chuter dans un puits sans fond. Arrivé à un point de non-retour, il ne supportait plus aucune pensée ni sentiment. Comme un animal en cage devenant fou à force d'enfermement et frappant frénétiquement contre les barreaux pour s'échapper.

- Vous avez peur pour votre âme ? chuchota Ning d'un ton plus doux.

- J'ai peur de... mourir seul. D'avoir vécu pour rien. Je n'ai jamais... Je n'ai pas ni aider ni protéger mes... La petite est morte... Mon fils ne saura jamais qui je suis...

Même les larmes ne pouvaient suffire à le calmer. Il se sentait très mal. Nauséeux, les oreilles bourdonnantes, très tendu. Un maelström d'émotions qui finit par obtenir le dessus et le renvoyer sèchement dans l'inconscience, moins d'une minute plus tard. Ning ne lui lâcha pas tout de suite les mains, lui aussi très confus et perturbé. Lorsqu'il le fit, il remonta aussi la couverture sur son cadet, silencieux. Tout le monde était au courant que l'Empire voisin présentait un système assez différent, autant socialement que militairement, en revanche, il ignorait qu'ils ne croyaient qu'en un seul et unique dieu. C'était... Très... Étrange, perturbant, dérangeant, même. Il ne comprenait pas non plus pourquoi ce dieu unique semblait inspirer une telle terreur à son patient.

Avoir la Foi n'était-il pas, pourtant, le plus sûr et le plus agréable moyen d'avoir confiance en la vie et ne pas craindre la mort ? Leurs âmes poursuivaient leurs chemins, une fois le corps disparu, pour habiter d'autres temps, d'autres vies, d'autres cieux. Entre ça et la donnée sur cet enfant... Il avait donc un fils perdu ? Enlevé par sa famille, peut-être ? Des histoires pareilles se contaient, de temps en temps. On parlait d'une famille ayant forcé leur fille, non mariée, à abandonner son bébé. La famille paternelle s'était emparée de l'enfant, sans que sa mère ne puisse le revoir. C'était particulièrement horrible.

Autant le laisser dormir, pour le moment... Ning quitta la pièce, après s'être assuré que son patient respirait comme il faut, en emmenant le plateau dans la cuisine. Laver tout ça, pour commencer. En arrivant, il trouva Feng assise à table, occupée à écrire une très longue lettre à la lueur des bougies, avec application. Il y jeta un rapide coup d'œil au passage, sans se préoccuper de la petite moue boudeuse de sa sœur. Elle détestait qu'on vienne lire dans son dos ce qu'elle écrivait.

- À qui écris-tu, à cette heure ? Il est tard pour se mettre au courrier.
- À Bao. Je n'ai pas encore eu le temps de répondre à son dernier courrier, je ne voudrais pas qu'il pense que je me lasse de lui.
- Ah, oui, c'est vrai, Bao... Je l'avais déjà oublié, celui-là...
- Tu ne l'apprécies pas ? Il deviendra probablement ton beau-frère, vois-tu.
- Il est fade. Je n'ai rien contre lui, par contre, je le trouve apathique. Tu es certaine qu'il saura travailler correctement et nourrir vos futurs enfants ?
- Ne te fais donc pas tant de soucis. Nos parents l'apprécient, il vient d'une bonne famille et nous avons de bonnes relations l'un envers l'autre. Même notre père le voit comme un parti intéressant et tu sais à quel point il se soucie de cela pour nous. D'ailleurs, tu...
- Je sais ce que tu vas me dire, grimaça Ning. Non, je n'ai pas encore rencontré de femme. Oui, je sais que c'est grave, à mon âge. Non, je ne veux pas déshonorer mes parents et notre famille. Oui, je m'y mets sérieusement.

- J'allais simplement te demander si tu accepterais de m'enseigner quelques petites bases de médecine, dans le cas où l'un de mes futurs enfants se blesserait en jouant. Mais si tu tiens à parler de tes problèmes à rencontrer une femme, je peux toujours voire si une de mes amies encore célibataires voudrait s'intéresser à toi.

Ning s'imagina un instant rencontrer les amies de sa petite sœur pour discuter d'affaires de couple et se sentit rougir jusqu'à la racine des cheveux. Pour faire passer la gêne, il s'activa à laver les bols, y mettant une énergie plus considérable que nécessaire. Déjà âgé de vingt-cinq ans, ses parents le pressaient de plus en plus d'enfin se fiancer. À son âge, ses deux frères plus âgés étaient tous deux déjà mariés et pères de famille. Leur sœur aînée s'était mariée à vingt ans, tout juste. Feng n'était plus très loin non plus du mariage. Des cinq enfants, il était le dernier à n'être ni marié, ni fiancé, c'était très gênant, les rumeurs allaient bon train dans le voisinage. S'il n'avait pas été le médecin du village, nul doute qu'il aurait été ouvertement critiqué et lourdement moqué.

- Ton nouveau patient va mieux ?
- Oui et non. Il est... dans un sale état, disons.

Le jeune homme n'osa pas dire à sa sœur qu'ils avaient un homme n'ayant Foi qu'un en seul Dieu dans la maison, pour ne pas l'horrifier. Ou qu'elle crie à l'hérésie. Peu de personnes savaient accepter ceux ayant une foi différente... Sa famille était très clairement conservatrice, Ning ne tenait pas à ce que tout le monde vienne le harceler pour que ce type soit jeté dehors, blessé ou non. Il termina sa vaisselle et rangea, le temps que sa sœur termine sa lettre et quitte la pièce pour aller dormir à son tour, après lui avoir souhaité une bonne nuit. Le médecin hésita un moment, avant de retourner voir son patient. Toujours bien pâle mais avec un souffle plus apaisé... En se couchant dans un lit non loin, histoire de pouvoir le surveiller cette nuit au cas où, Ning se demanda une nouvelle fois si cet homme était vraiment protégé du ciel. Et comment il pourrait l'être en suivant une religion aussi étrange. C'était... C'était si perturbant... Pourtant, une certaine curiosité s'installait malgré lui. L'envie d'en savoir plus, comprendre comment cette Foi était possible, d'où elle venait... Comprendre pourquoi cet homme était si angoissé face à ses croyances. Dès demain, il devra prendre le temps de lui parler et de le mettre en garde, qu'il n'évoque pas à d'autres ses croyances. Pour ne pas avoir d'ennuis. Il ne risquait pas d'être blessé volontairement ou tué, bien évidemment. En revanche, il pourrait être chassé du village, livré à lui-même de nouveau en pleine nature. Ils s'occuperont de ça demain...

CHAPITRE 11 : LE TEMPLE DE JING SHEN

Il avait fallu du temps avant que le jeune Haji ne soit de nouveau capable de tenir sur ses deux jambes et un peu plus de temps encore avant de pouvoir marcher plusieurs mètres sans être essoufflé. Les bandages couvraient une bonne partie de son corps mais ses blessures ne le tiraillaient plus autant. Cet après-midi-là, il parvenait même à marcher sans avoir besoin de trop s'appuyer sur le médecin. En tout cas, ce n'était utile que dans les montées ou pour emprunter des escaliers. Il faisait très chaud, malgré quelques nuages traversant le ciel de leurs voiles gris. Ning lui prêta son bras pour l'aider à s'engager dans un long escalier filant dans la nature et la montagne, à une centaine de mètres de la sortie nord du village. Un escalier de pierres particulièrement imposant et très raide, entrecoupé de plate-forme et d'arches, sur toute sa longueur. Un temple se dressait là-haut, les habitants locaux l'appelaient Jīng shén. Haji découvrait ce type de longs escaliers de pierre, précédant l'entrée d'un temple. La seule idée de monter là-haut dans son état l'effrayait, même accompagné. Heureusement que le médecin le soutenait bien et qu'ils grimpaient lentement. Le temps qu'il guérisse de toutes ses blessures et reprenne du poids… Là aussi, le chemin à suivre était encore bien long.

- Ne vous pressez pas, nous n'avons pas de rendez-vous à honorer. Si vous vous amusez à courir, vous risquez de tomber évanoui.
- Il n'y aucune chance que je sois capable de courir.

Ce n'était que la troisième fois qu'il pouvait quitter son lit. La première fois pour quelques pas dans le cabinet du médecin. La seconde fois, il était sorti avec lui dans la cour de la maison familiale, pour parcourir une dizaine de mètres dans la rue. Cette fois, le trajet était bien plus long. Les jours passés avaient été douloureux. Oscillant entre repos, discussions et longues heures à dormir. Tout n'était encore que découvertes, sur ce pays, ses coutumes, ses croyances, ses manières, ses habitudes… Pour le moment, il savait simplement quelques petites habitudes, sans plus. Son sauveur l'avait prévenu de ne jamais parler du

Seigneur Seykyou, dans ce village ou même le pays entier, encore moins de crier sous tous les toits qu'il croyait en un Dieu unique. Haji se sentait déprimé, en entendant ça… Même en ayant franchi la frontière de l'Empire, les soucis liés à la religion le poursuivaient. Pour une foi en plusieurs Dieux qu'il ne comprenait toujours pas… Le médecin non plus ne devait toujours pas comprendre la sienne, cependant, il insistait pour lui faire ressentir que ça ne lui importait pas. Il semblait accorder un… Comment le dire… Un détachement plus important, par rapport à Haji, à la religion. C'était si perturbant.

Après une longue et pénible ascension, ils parvinrent en haut des marches, face à une cour de pierre et au temple. Une fois encore, Haji vit des ressemblances très nettes avec les temples habituels de son pays et en même temps, des différences très marquées. Selon Ning, cet endroit était dédié à la déesse Lao, la mère de l'humanité. Un concept… délicat à accepter. Ils marchèrent lentement jusqu'à l'entrée. Il ne semblait y avoir personne, un très grand calme, là encore, c'était très déroutant, jamais le jeune homme n'était entré dans le moindre temple qui soit vide, au cours de sa vie. Cette balance constante entre des repères familiers et des paramètres complètement inconnus était épuisante. Dès qu'il repérait un élément rassurant, un autre étranger venait immédiatement tout remettre en question. Ils avaient d'abord une vaste pièce, cerclée de colonnes aux tons ocre et doux. Des tapis ronds au sol pour s'asseoir ou s'agenouiller, un autel de bois dans le fond, surmonté de quelques statuettes et d'encens. Une traverse courait le long des murs, protégée par les colonnes. En y marchant, on pouvait ainsi faire le tour de la salle et admirer peintures et gravures accrochées aux murs. Une odeur douce, diffusée par l'encens, ajoutait à l'atmosphère presque irréelle des lieux.

Ning l'aida à s'asseoir, non loin de l'entrée, en tailleur, avant de s'installer avec lui. Ils avaient bien le droit de se mettre ainsi où ils voulaient, comme s'ils étaient chez eux… ? Dans l'Empire Huǒ Lóng, il était même hors de question d'entrer dans un temple sans suivre un ensemble de rites précis… Pour sa part, lorsqu'il s'était précipité à l'intérieur de l'un d'eux en espérant trouver de l'aide pour la petite

Hoki, au minimum sept de ces rites s'étaient vus piétinés au passage. Le docteur partagea avec lui de l'eau emmenée dans une gourde, tout en lui expliquant qu'il aimait venir régulièrement ici pour y trouver du calme et se ressourcer. Qu'il s'agissait d'un temple très ancien, construit il y a de cela trois siècles, par leurs ancêtres, à la fondation même de leur village.

- Mais vous... Vous avez le droit de construire des temples vous-même ? Et d'y honorer le dieu que vous voulez dedans ?
- Bien entendu. Les Dieux sont nombreux. Une communauté ou un groupe peut être plus attaché envers l'un d'eux qu'envers un autre. Il existe de nombreux temples, certains, les plus importants, ont été bâtis par l'État. Mais la majorité a été faite par des villageois, des centaines de temples plus modestes, disséminés dans les montagnes et les vallées ou au cœur des forêts.
- Les Gardiens sont seuls maîtres de cela, dans l'Empire. Le Prieur est à la fois le maître politique et le maître religieux. Il... contrôle absolument tout. La Foi est partout. Enfin... elle est là sans qu'on y réfléchisse vraiment. Les seuls à pouvoir lire les textes sacrés sont ceux ayant reçu la bénédiction des Gardiens. Ils ont eux aussi un fort enseignement religieux. Il faut obéir, c'est tout. L'hérésie est un crime si grave qu'il est puni par la condamnation de l'âme à errer sur terre sans fin.
- Il existe un contrôle soutenu sur les esprits, ça... déclara Ning avec un soupir. Je vous ai dit que les personnes savent lire et écrire, ici, mais ce n'est pas tout à fait exact. Les moines peuvent éduquer les personnes, en revanche, il faut en avoir les moyens. Même si ce n'est pas si cher, ce n'est pourtant pas possible pour une bonne partie des familles paysannes ou ouvrières.
- Pourquoi ne pas instruire les enfants gratuitement à lire et écrire ?
- Oh là, rit le médecin, vous rêvez fort ! Obtenir des instruments et du papier n'est pas gratuit, il faut aussi payer les personnes chargées de former les enfants. Qui doit payer cela, si ce ne sont pas les familles elles-mêmes ?

Haji n'en savait encore rien... Il haussa un peu les épaules, en silence. Oui, il rêvait debout, ce n'était pas la première fois... Son regard glissa sur la cour de pierres, face à eux, l'entrée restant grande ouverte, défilant par la suite sur la vallée. Le village qu'on pouvait apercevoir, aussi. Sa sécurité était actée, si loin de l'Empire, pourtant, quelque chose continuait à le gêner, sans qu'il ne sache mettre le doigt dessus. Après un moment de silence, plongé dans ses pensées, il finit par comprendre. La culpabilité. Il était parti mais en abandonnant absolument tout. En abandonnant ses rêves d'améliorer un tant soit peu les choses. Parti alors que la situation dans son pays natal était toujours figée dans ce cycle de foi dure, de répression et de disparités écrasantes entre les classes sociales. Le médecin remarqua sa tristesse soudaine et lui demanda ce qui n'allait pas. S'il se sentait mal. Haji secoua un peu la tête, le regard baissé.

- J'ai fui l'endroit où je suis né. Sans rien changer.
- Changer quoi et comment ?
- Les Gardiens mentent. Je suis sûr qu'ils brûlent eux-mêmes les mains et les yeux des personnes qu'ils capturent avec des livres, si elles n'en ont pas le droit. Ensuite, ils racontent à tous que c'est bien le livre qui a blessé cette personne, la victime n'ose rien dire, quand elle a le droit de vivre, mutilée... J'ai cru... J'ai cru toute ma vie, moi aussi, que c'était dangereux. Et puis...

Les poings serrés, il se mit à déballer en vrac, sans réfléchir, la vie menée jusqu'alors. Il balança tout, absolument tout. Comme si un barrage venait de se briser tout net en lui. Il se mit à raconter à Ning son enfance, il lui parla de sa mère, de sa mort, de sa vie dans le bordel. Sans oublier sa première rencontre avec Dame Qian, alors simple cliente, la manière dont elle s'était servie de lui. Il se mit à pleurer sans s'en rendre compte en racontant comment elle avait manipulé son existence, tout en le menant dans un si long apprentissage. Il parla de Hoki et de Jin. Le tout sans même savoir si le médecin l'écoutait ou s'il patientait en rêvassant à autre chose. Le besoin d'en parlait passait au-dessus de toute autre considération. Porter ce poids seul était trop douloureux. De plus, contrairement à cette fois où il s'était confié sur la tombe de sa mère, quelqu'un pouvait lui répondre. Du moins, il l'espérait. Haji n'attendait pas grand-chose… Un mot lui suffirait, même un seul, de réconfort. Ou un geste, un regard. Quelque chose. N'importe quoi. Juste… Quelque chose pouvant lui assurer qu'il n'était pas seul dans ce monde. Quelqu'un peut lui tendre la main et il peut rêver qu'une personne compréhensive la saisisse et lui assure que tout ira bien.

Un mouvement se fit près de lui et soudainement, Ning se redressa et le prit dans ses bras. Haji faillit gémir quand il le serra contre lui, à cause de ses blessures, mais oublia vite la douleur. Les yeux fermés, tête posée contre les plis de la tunique du médecin, il se laissa aller sans plus dire un mot. Il s'abandonna littéralement comme le ferait un enfant dans les bras d'un parent. Soulagé et exténué à la fois. De son côté, Ning cherchait, avec une certaine frénésie inquiète quoi répondre à tout ça. Il serrait son patient contre lui tout en essayant de cacher l'effroi qui venait de l'envahir. Pour quelqu'un qui n'avait jamais été plus loin que la vallée voisine et n'ayant jamais réellement côtoyé une profonde misère, le choc était très brutal. Toutes les réponses lui filant en tête semblaient creuses ou vides de sens, si vaines ! Haji cessa vite de pleurer, cependant, comme complètement vidé de toutes forces. Il se laissa juste aller en silence contre le médecin, le souffle si faible que Ning crut un instant qu'il ne respirait plus.

- J'y retournerai, finit par murmurer doucement Haji. Je veux que les enfants aient droit à quelque chose de plus… Un foyer où vivre, une éducation. Ils ne doivent plus croire à des mensonges…
- Vous ne pourrez pas combattre une religion toute entière, vous savez… Des croyances ne peuvent pas se changer aussi facilement.

Le jeune homme blessé s'écarta d'un seul coup, surprenant le médecin qui se rassit correctement face à lui.

- Qui parle de combattre la Foi elle-même ? Je parle du mensonge… Des mensonges. De la manipulation. Je sais que je ne pourrais empêcher personne de croire ! Mais empêcher les Gardiens de répandre encore plus leurs tromperies…

- Haji. Le royaume Sēn est un pays très religieux, mais le roi n'est pas le chef spirituel du pays. Dans votre Empire, si. L'Empereur est aussi le Prieur de toute la contrée. Si vous décidez de combattre la doctrine imposée au pays, vous combattez aussi le système tout entier. Repousser des doctrines qui sont le fondement même de l'Empire, ça ne peut bien se passer. Et puis... Seul ? Ça ne suffira jamais. Vous aurez besoin de moyens matériels. De chevaux pour vous déplacer vite. D'endroits pour vous cacher et de personnes susceptibles de vous aider. D'alliés. D'argent, aussi. Il faut bien vous dire que plus vous en ferez, plus vous vous assurerez de la colère du Prieur de l'Empire. En bouleversant les certitudes d'une population, vous briserez la confiance envers le pouvoir. Vous pouvez très bien imaginer ce qui risque de se passer ensuite. La guerre. Et qu'adviendra-t-il ensuite ? Qu'est-ce qui viendra à la place ?

Le jeune homme demeura silencieux, après cette petite tirade. Se sentant encore plus mal, maintenant. Il n'avait pas... réfléchi aussi loin... Simplement pensé à organiser, peu à peu, un réseau d'écoles, finalement, de personnes pouvant enseigner aux enfants la vérité, quelques connaissances, à cesser de croire aux mensonges des Gardiens sur les livres, même s'il fallait faire tout cela en cachette. En parallèle, faire en sorte qu'il existe plus de maisons d'accueil, où les enfants des rues pourraient dormir au chaud, manger et apprendre un travail. Il s'était imaginé qu'il était tout à fait possible de mettre tout ce projet en place loin des yeux des Gardiens. Certainement pas que ça pouvait mener à une répression très brutale, voire à la guerre. Ning dû le comprendre, car il lâcha un soupir assez bruyant, l'air exaspéré. En lui lançant qu'il était toujours naïf, à un point maladif. Haji détourna légèrement le regard, les joues plus rouges et les dents serrées.

- Je n'ai jamais pensé à secouer tout le pays et encore moins arriver à une guerre ! J'en ai juste assez... de comment les choses se passent. De la violence, de la manipulation. Je veux que ça change, c'est tout. Pas déclencher un conflit.
- Un système aussi ancien ne peut chuter comme ça. La guerre est le seul moyen de tout briser net, il faut bien vous en rendre compte. Vous

ne croyez quand même pas que le Prieur laissera les choses se mener si tranquillement ?
- Mais on ne peut pas en arriver là si vite, juste comme ça. Essayer, d'abord, de propager les choses en douceur et en cachette, ça doit être possible ! Non ?
- Peut-être... Il faut des moyens, malgré tout. Un plan. Et des alliés. Vous ne pourrez rien réussir seul.
- Des alliés qui voudraient eux aussi aider les enfants à avoir une vraie éducation... ?
- Peut-être plus des alliés ayant... Disons... Des griefs contre le Prieur et donc intéressés par votre combat.

Haji se laissa soudainement retomber sur le dos, ignorant les lourds pincements de douleur quand il tomba contre le dur sol. Son regard se perdit sur les douces courbes du plafond en concave, pendant qu'il laissait aussi retomber les mains de part et d'autre de son corps. Trouver des alliés ayant une dent contre l'Empire. Ça aussi, c'était l'un des ingrédients pouvant mener tout droit à la guerre ! *Ce n'était pas ce qu'il voulait !* Son ventre se tordit quand il pensa ensuite qu'il n'avait peut-être pas le choix. Ning était dans le vrai, jamais le Prieur ne laissera ce projet se faire, dès qu'il en aura vent. Et mettre au jour tous les mensonges des Gardiens risquait bel et bien de déclencher une révolte, parmi la population paysanne. Haji pensait savoir, enfin, encore vaguement, où il pouvait trouver des alliés potentiels. Des confrères de combat pouvant accepter de l'aider s'il amenait un nouveau moyen de blesser l'Empire, de l'intérieur, cette fois. C'était... un terrain extrêmement glissant...

- Agir ainsi m'enverrait sur une pente où je ne pourrai rien contrôler ou presque, chuchota-t-il faiblement, la tête tournée vers Ning.
- Personne ne vous y force. C'est vous qui voulez agir, non ?

Oui... Haji hocha la tête, même si la peur continuait de l'oppresser, le corps comme la tête. Dans quoi s'engageait exactement, voilà bien une question sans réponse. La première tentative n'avait rien donné, néanmoins, elle permettait de réaliser l'ampleur de la tâche à accomplir.

- Vous savez, reprit Ning d'un ton plus doux, les moines nous ont enseigné que chaque personne possède une destinée, tracée pour elle par les Dieux. Que nos désirs les plus profonds nous mettent naturellement sur la voie choisie pour nous. Je trouve que c'est un beau destin, qui vous a été donné, ce désir d'aider les plus fragiles à combattre la peur et la violence. C'est comme la volonté de soigner les malades et blessés, finalement. J'ignore si je pourrais faire quelque chose pour vous aider, mais… Tant que vous êtes là, je peux vous aider à organiser vos premiers préparatifs. Ce n'est pas un hasard, si les Dieux vous ont guidé en vie jusqu'ici.

Un rire nerveux échappa au jeune homme en entendant cette dernière affirmation. Des Dieux en qui il ne croyait pas l'auraient aidé à traverser cette forêt maudite pour arriver dans ce village ? Il ne voulait pas se moquer de Ning, cependant, il arrêta vite. Une nouvelle fois, ce même sentiment venait le ronger, celui de se retrouver face à un gouffre, sur le point de bouleverser de nouveau sa vie toute entière. La seule différence de taille était d'avoir le choix. Entre simplement refaire sa vie dans ce royaume et oublier tout le reste ou sauter dans ce gouffre de son plein gré et suivre cette nouvelle voie sans qu'on ne l'y ait forcé. Pour la première fois de son existence, il avait le choix. Ce n'était pas non plus comme lors de sa fuite de l'Empire, poussé par les circonstances, par le danger autour de lui, par la peur d'être manipulé ou de mourir. Tenir entre les mains la liberté de décider de son existence et du chemin à prendre lui faisait tourner la tête.

- Je me dis que ce n'est pas une vie… normale. Une vie qu'on puisse imaginer.
- Mmh… Je ne veux pas être blessant, mais une vie dans un bordel, après avoir connu la rue, cela n'a rien d'une vie ordinaire non plus.
- C'est différent. Je n'ai connu que ça. Lorsqu'on voit seulement la misère autour de soi, comme la violence, ça devient… normal. Banal. C'est quoi la normalité, pour vous ?
- Une vie de travail dans les champs ou dans le commerce, avec sa famille, ensemble. Une vie où filles et garçons doivent fonder un foyer à leur tour une fois adultes, éduquer les enfants dans le respect de la Foi

et des valeurs familiales. Une vie dans la communauté. Sans longs voyages, à moins de participer aux caravanes des commerçants. La famille tient toute la place.

- Mais les enfants sans parents ?
- Ils sont récupérés par les monastères. Les garçons deviennent religieux. Les filles sont données à des familles, en ville, lorsqu'elles sont trop jeunes ou mises en apprentissage. La plupart sont orphelins. Certains ont été abandonnés car ils sont nés hors-mariage.
- C'est si important que ça, le mariage… ?
- Bien sûr. Le cas des orphelins est à part. Un enfant n'ayant pas de père légitime ou reconnu est considéré comme un bâtard. La tradition veut qu'une personne se marie entre vingt et vingt-cinq ans. La descendance doit suivre, car ce sont les nouvelles générations qui soutiennent ensuite les plus anciennes, dans leurs vieux jours.
- Mais… Mais vous, vous n'êtes pas marié…

Le jeune homme comprit aussitôt qu'il avait mis le doigt, sans le vouloir, sur un sujet sensible. L'expression du médecin se voila, comme s'il se retenait tout à coup de pleurer. Son sourire, clairement forcé, tremblait quelque peu.

- J'ai rencontré plusieurs femmes, par le biais de mes parents. En revanche, je… Comment dire cela… Je n'ai pas encore trouvé celle avec qui je pourrai passer ma vie. Je ne suis pas très à l'aise avec les femmes. C'est assez compliqué. Je ne me vois guère toucher l'une d'entre elles. C'est un acte que je n'ai jamais fait.

Entendre un homme de vingt-cinq ans lui annoncer qu'il était toujours vierge aurait fait chuter lourdement Haji au sol, s'il n'était pas déjà couché de tout son long. Il eut même du mal à y croire. D'où il venait, les hommes avaient leurs premières relations, le plus souvent, entre dix-sept et vingt ans. Généralement, lorsqu'ils se fiançaient ou avaient leurs premières relations de longue durée. Sans compter ceux allant au bordel pour perdre leur virginité, sans avoir besoin pour autant de s'attacher trop jeune à un compagnon de vie. Enfin, il restait les derniers de cordée, comme lui, qui avaient leurs premiers rapports dans un bordel, durant la tendre enfance. Un cas qu'il ne souhaitait à personne.

- C'est mal vu, dans ce royaume, de coucher avant le mariage, c'est pour ça ?
- C'est une obligation pour les femmes d'être vierge lors de leur nuit de noces. D'où la honte suprême d'être enceinte hors du mariage. Dans ce cas-là, soit le père du bébé accepte d'épouser la jeune femme et l'honneur peut être lavé, soit le bébé est abandonné et sa mère à jamais déconsidérée. C'est la fille qui porte l'honneur de la famille. Si elle couche simplement comme ça, sans époux, elle ne vaut pas plus qu'une prostituée. C'est ce que nous enseigne notre religion.

Haji se mordit les lèvres, en détournant le regard. Blessé. Ce genre de petite phrase lui faisait toujours mal, même s'il essayait de toute son âme de s'en détacher. Partout, absolument partout, les personnes comme lui étaient considérées comme des sous-humains, finalement. Donner son corps à son époux durant le mariage, c'était bien. Le vendre pour manger à sa faim ou le donner simplement parce qu'on en avait envie, c'était mal.

- Vous attendez de trouver le grand amour, avant de penser toucher une femme ?
- Je n'ai simplement pas une réelle attirance pour les femmes. Mais je sais que je dois me marier malgré tout. Vous aussi, vous êtes dans l'âge où on pense à ce genre de chose.
- Me marier ? Grinça Haji. J'ai connu, parmi mes clients, des filles et des garçons plus attirants que d'autres, plus doux aussi, mais de là à songer un jour au mariage... C'est impossible... Qui voudrait de moi ? J'ai d'autres envies et projets, plutôt que penser à ça. De toute façon, j'ai... Enfin... Épouser une femme, ce serait aussi accepter d'avoir des enfants avec elle... Je ne suis pas prêt à ça.

Sa voix s'étrangla quelque peu. Comme sa gorge, très serrée dès lors qu'il pensait à ce fils, abandonné derrière lui. Fonder une famille, avoir des enfants de nouveau, lui apparaissait comme une terrible trahison, en réalité. Comment imaginer donner la vie à d'autres enfants alors qu'il avait dû renoncer au premier d'entre eux ? Que dirait-il à ce fils, pour se justifier, si la vie lui offrait cette chance de le revoir et lui parler ? Comment lui expliquerait-il les circonstances exactes de sa naissance sans le blesser ? Comment pourrait-il lui dire pourquoi il s'était résigné à le laisser dans le manoir des Qian, à la merci du vieux patriarche et des Gardiens ? Il réalisa qu'il s'était encore mis à pleurer lorsque Ning vint plus près de lui et lui attrapa la main pour la serrer entre les siennes.

- J'aurai dû emmener mon bébé avec moi, souffla-t-il en reniflant.
- Non... Vraiment, non. Vous l'auriez perdu dans ces bois. Vous-même avez failli mourir plus d'une fois. Comment auriez-vous pu nourrir votre enfant ? Les Dieux vous donneront peut-être un jour la chance de le revoir.

Les Dieux, les Dieux... Les Dieux par ci, les Dieux par là... Le Dieu Unique ou les Dieux en bon nombre. En entendre parler sans cesse le fatiguait et l'agaçait. Ça lui donnait envie de hurler que la Foi avait démoli une bonne partie de son existence et qu'il ne voulait plus croire en quoi que ce soit, mis à part dans l'éducation. Dans la vraie science. Dans l'explication parfaitement rationnelle des choses. Mais il ne se mit pas à crier. Trop éreinté pour le faire. Trop effrayé encore par la possibilité d'une véritable punition, venue du ciel. Il culpabilisait de ressentir ce sentiment de trahison, de penser que le Seigneur Seykyou s'était détourné dès la mort de sa mère, comme il se détachait de centaines d'autres personnes dans l'Empire. Somme toute, ce sentiment de fragilité l'ulcérait. Il ne supportait plus d'être ballotté par la vie d'un endroit à l'autre, sans pouvoir lutter, de tout voir lui échapper. Il se sentait inutile et ça le rendait malade. Il voulait... Être... Un... De... Obtenir le contrôle sur son existence. La nausée monta lorsqu'il réalisa qu'il se mettait à penser de la même manière que Dame Qian. Même s'il avait saisi depuis bien longtemps qu'elle et lui avaient bien plus de points communs qu'il ne voulait l'admettre. Ils étaient tous les deux des prostitués, à leur manière.

Par contre, c'était finalement elle qui avait raison… Raison de mener ses propres plans, malgré sa situation, tandis que lui ne réagissait que sur le coup de certains événements. Elle menait vivement son propre combat, pendant que lui se laissait encore manipuler. Il était parti, oui, mais sans tenir un plan réfléchi et construit. Elle, si, c'était évident. D'accord, très bien, il était sans doute un peu long à la détente. Avec l'aide de Ning, il se releva, tremblant encore sur ses jambes. Tous deux quittèrent le Temple, après que le docteur y ait prit un dernier moment pour prier. Curieusement, Haji se sentait mieux, sur le chemin du retour. Conscient ou non du chemin dans lequel il s'engageait, il était au moins sûr qu'il ne pouvait pas passer sa vie sans agir. Sans construire sa liberté et la conserver jusqu'à la mort.

CHAPITRE 12 : L'ORDRE DU CHEF

Une large troupe à cheval remontait l'avenue principale de la petite ville. Une vingtaine de Gardiens, tous vêtus de ces tenues blanches mortifères, portant des épées au flanc, des arcs et carquois sur le dos, des pièces d'armure pour certains d'entre eux, des poignards ou des dagues. Fiers, rapides, hautains, même. Ils ne ralentirent pas l'allure lors de leur traversée, forçant tout un chacun à leur céder le passage et à repousser en vitesse charrettes ou échoppes ambulantes. Un signe de présence forte et d'occupation, de surveillance du territoire, somme toute. Du moins, c'était ainsi que Ning voyait les choses. Ça le rendait toujours nerveux, même si avec les années passées, il s'était habitué à voir les Gardiens filer, parfois trop près pour qu'il se sente en sécurité. Il soupira un peu et délaissa la petite fenêtre, avant de se retourner vers le lit, où dormait Haji. Il était encore très tôt, tous deux étaient arrivés à l'auberge à une heure avancée de la nuit. En s'approchant du lit, il se pencha sur son compagnon de route et d'aventure. Il dormait comme un enfant, quelques mèches de ses cheveux, noirs et courts, tombant sur son front.

- Réveille-toi, murmura-t-il en lui secouant légèrement l'épaule.

Un simple petit appel ne suffisait jamais, comme toujours. Ning secoua un peu la tête, avec un sourire amusé et se pencha pour l'embrasser longuement sur les lèvres, d'abord doucement. Constatant que ce n'était pas très efficace, avec plus de passion. Jusqu'au moment où son dormeur favori lui passe les bras autour du cou pour l'attirer contre lui, tout en bataillant pour conserver les yeux ouverts. Le médecin s'assit sur le bord du lit et s'installa plus franchement contre son compagnon, penché contre lui, en lui passant la main contre la joue pour l'aider à se réveiller. Le matin et Haji ne seront sans doute jamais de bons amis... Il pouvait être redoutablement actif le soir ou la nuit, mais dès l'aube, improbable. Ni le temps passé ni l'habitude ne parvenaient à adoucir la stupeur de Ning, à chaque fois.

- On ne... grinça-t-il. Dormir... Quelques heures, c'est tout...
- Je sais mais tu dois te lever. On ne peut pas rester trop longtemps à un même endroit, tu le sais. Les Gardiens sont encore passés dans la rue, tout à l'heure. Debout !

La mention des Gardiens suffit à faire bouger Haji d'un seul bloc et lui faire chercher ses affaires. Parfait. Durant ce temps, Ning empaqueta avec rapidité ses propres vêtements et ustensiles de voyage. Tous deux partagèrent un maigre repas avant de quitter l'auberge. Le temps était maussade, le jour ne perçait qu'à peine les lourds nuages gris s'accumulant au-dessus de leurs têtes. Un petit air de fin du monde... Les visages autour d'eux étaient aussi moroses que le temps et il y avait bien de quoi. L'hiver s'était montré très rude, la nourriture souvent rationnée pour les besoins de l'armée et ceux des Gardiens, la population était exténuée, cette situation durait depuis bien trop longtemps. Derrière l'auberge, ils récupèrent leurs chevaux dans l'écurie et les préparèrent au départ. Le palefrenier en charge des bêtes des clients était lui aussi assez morose. Tandis qu'ils scellaient leurs montures, il leur confia tout à coup qu'il était content d'avoir de l'activité, les voyageurs devenaient bien rares, ces derniers temps.

- Nous sommes loin du Nord, pourtant, souligna Haji tout en attachant ses sacs à la selle. L'armée tient parfaitement ses positions, jusqu'ici.

Le palefrenier rougit quelque peu, sans doute pensait-il aux horreurs l'attendant si quelqu'un apprenait qu'il pouvait douter de l'efficacité de l'armée ou de celle des Gardiens contre les envahisseurs du Nord. Il hocha très vite la tête et répondit que oui, bien sûr, ils étaient pourtant tous en sécurité, grâce à l'efficacité des hommes du Prieur. Au même moment, le petit garçon du palefrenier offrit une distraction bienvenue en venant courir dans les jambes de son père et en s'écriant que c'était sa mère qui l'envoyait parce qu'un autre client l'attendait dehors. Lorsqu'il les salua et partit avec son enfant, Ning lâcha un léger soupir de tristesse. Bien qu'il ait choisi cette vie et qu'il ait choisi son compagnon, ne pas pouvoir être père demeurait un manque douloureux. Sa mère l'avait pourtant prévenu de cela, entre deux hauts cris et sanglots lors de son départ du village. Plus jeune, ne pas avoir d'enfants ne le dérangeait pas tant que cela, puis le temps faisant son œuvre, le manque lui était venu. Les deux hommes quittèrent bientôt à cheval la ville, pour s'élancer à petit trop en rase campagne. S'il ne pleuvait toujours pas, le temps restait gris et froid. Haji finit par ralentir un peu l'allure, le temps de mieux se repérer, une petite carte rapidement dessinée en main.

- Il nous faudra encore au moins deux heures, je pense, avant de rejoindre le village. Il faudra faire attention, les Gardiens exercent une surveillance beaucoup plus sévère, depuis la destruction de l'école. Guo nous attend au campement habituel.
- On ne sait toujours pas ce qui est arrivé à son frère ? demanda Ning en poussant un peu son cheval pour se rapprocher.
- Non... Il doit être emprisonné dans la cité des Gardiens, je suppose.

La pâleur soudaine d'Haji incita son compagnon à ne pas trop insister. Lui-même était assez mal à l'aise. Les deux ou trois premières années, tout s'était bien passé, pourtant ! Enfin, bien passé... Disons que ça aurait bien pu mal se passer. Ils n'avaient eu que peu de temps pour débuter ce vaste projet, partir en quête des premiers villages ciblés comme les plus réfractaires à l'autorité impériale du Prieur, commencer ce long et dur travail. Il était clair qu'avoir un projet solide, des moyens et des alliés derrière soi donnait une plus grande confiance qu'arriver seul avec seulement de grandes idées et pas mal d'espoir. Surtout, Haji était un enfant du pays, il possédait ce côté rassurant auquel Ning ne pouvait prétendre. Encore moins leurs nouveaux alliés du Nord, dont tout le monde se méfiait comme de la peste. Le médecin aussi, il fallait bien l'avouer... C'était pourtant lui qui, le premier, insistait sur l'importance vitale d'avoir des alliés et qui avait lourdement poussé son compagnon à partir vers le Nord, au bout d'une année passée dans le village. C'était lui qui avait vivement incité Haji à tout mettre en œuvre pour rencontrer l'Empereur des Steppes et lui présenter leur projet. À ce moment-là, Ning était convaincu que c'était le meilleur moyen, car l'Empire des Steppes représentait une force de la nature, autant que celui de Huǒ Lóng...

Haji visait un pays plus égalitaire, débarrassé des mensonges, s'ouvrant à la culture et l'éducation. L'Empereur des Steppes y voyait une manière d'affaiblir son rival de l'intérieur avant de l'attaquer et de le mettre à bas. En se servant pour cela d'un homme issu de ce pays même, qui saura mieux gagner la confiance de ses compatriotes que n'importe qui d'autre pourrait le faire. Finalement, au bout de presque trois années, l'Empereur, las d'attendre car les choses ne progressent pas si vite, avait officiellement déclaré une guerre brutale à son voisin. Dans le même temps, comme si le sort s'acharnait sur eux, les Gardiens avaient découvert les premières écoles clandestines mises en place. La répression et la haine ne cessaient plus d'alimenter cette escalade de violence. Ning se frotta les yeux avec une grimace, se reprochant à lui-même de ne cesser de ressasser tout cela. Comme si cela allait les aider ! Tous les deux étaient comme... Deux petites feuilles essayant de mener leur projet à bien, au beau milieu d'une tempête brutale créée par deux blocs de force égale s'affrontant avec violence. Ning trouvait ça désespérant. Pour le moment, les Gardiens et l'armée étaient autant capables de tenir le front au Nord que de mater les poches de rébellion dans le pays.

Loin des pensées moroses de son compagnon, Haji, de son côté, était très concentré sur leurs futurs plans. Beaucoup d'écoles clandestines avaient été détruites, partout dans le pays, ce n'était pas la bonne solution. Un lieu fixe était trop repérable et les Gardiens trop nombreux. Les espions étaient partout, eux aussi. Son idée était de former plutôt des professeurs itinérants, qui ne cesseront de tourner de villages en villages, pour y donner des leçons de quelques heures maximum avant de repartir pour le suivant. Ça ne sera pas l'idéal, les enfants ne pourront pas être éduqués tous les jours avec ce système... Par contre, cela évitera qu'une descente brutale des Gardiens ne détruise tout. Ils avaient déjà tenté de cacher ces écoles dans les forêts, les caves, les grottes, tous les endroits reculés possibles et inimaginables, mais ça ne durait jamais. De plus, dès lors que les chemins d'accès vers ces lieux devenaient trop compliqués ou dangereux, les familles refusaient d'y envoyer leurs enfants. Le plus rageant était qu'après plus de dix ans d'efforts, si peu de lieux encore étaient acquis à leur cause. La répression menée produisait de beaux résultats, les gens avaient peur. Haji avait l'impression de se battre contre un monstre géant, tant leurs efforts semblaient si faibles face à lui.

- Haji, dis-moi, lança tout à coup Ning, après un long moment de silence. Jusqu'ici, on a toujours tout fait pour que la rébellion ne s'enflamme pas, que tout se fasse en douceur, enfin, le plus possible, mais… Enfin… On ne progresse plus. On ne fait que fuir devant les Gardiens pour tenter notre chance ailleurs. Ce qui est installé est détruit sitôt découvert et ne renaît pas de ses cendres car nous n'incitons pas au comb…
- On en a déjà parlé des centaines de fois ! coupa assez vertement son compagnon avec un gros soupir. Je ne veux pas encourager la population à se battre contre les Gardiens ! Des paysans contre une milice armée et violente… Tu imagines le résultat ?
- Regarde la réalité en face ! On essaye sans trêve de mettre en place des écoles pour combattre les mensonges des Gardiens et faire en sorte que tout le monde soit un peu plus éduqué. Mais dès que ça tourne mal ou que nous sommes découverts, tout part en fumée. On fuit, ceux qui nous ont suivi aussi, quel message ça laisse ? Que dès que les Gardiens arrivent, ils peuvent stopper net tous nos projets. Qu'ils sont les plus forts. Tu crois que ça va en inciter beaucoup plus à nous faire confiance ? Tu vois bien, toi aussi, que beaucoup ont peur et refusent de nous soutenir ! Parce que nous laissons nos ennemis imposer cette peur ! Si la peur ne change pas de camp, ça restera un échec. La guerre a déjà commencé.
- Des soldats contre d'autres soldats… Pas des paysans contre des soldats.
- Alors quoi ? On va continuer encore quelques années de plus à dire aux paysans de nous faire confiance mais quand même de se laisser massacrer au cas où ils sont découverts ? On doit-on leur dire qu'il faut combattre pour imposer un autre modèle ? Je te l'ai déjà dit des milliers de fois ! Tu ne pourras *rien* changer globalement de cette façon.

Haji ne répondit pas et accéléra un peu l'allure de son cheval pour partir en avant, le visage fermé, les pensées tourbillonnantes. La seule idée de pousser ses compatriotes à se jeter dans une guerre et des révoltes contre les Gardiens le rendait malade car il savait très bien de quoi ils étaient capables. Et en même temps, ils étaient arrivés à un point de blocage. Ils étaient parvenus à propager leurs idées à travers tout l'Empire, oui. Ils étaient parvenus dans certaines villes et villages, à l'Est surtout, à même faire disparaître la peur des livres instaurée par la religion. Ils avaient pu apprendre à lire et à écrire à bien des personnes, en plus de dix ans. Ils en avaient poussé beaucoup à créer des écoles... Dont une majeure partie avait été découverte et enflammée par les Gardiens. Tout le monde lui répétait qu'il fallait aller plus loin... Même leur allié de circonstances s'impatientait de plus en plus. Le maître des Steppes n'était pas un homme tendre et Haji ne tenait pas à s'en faire un ennemi. Les poings serrés contre les rênes de son cheval, il soupira, sans même remarquer que Ning était revenu à sa hauteur et lui lançait des petits coups d'œil de côté. Tous deux restèrent plongés dans le silence, en poursuivant leur route. Plus vite, plus proches, dorénavant, de l'ombre menaçante de Yakou, la capitale.

Une capitale qui n'était d'ailleurs pas plongée dans une ambiance plus légère. Derrière les hauts murs à la fois sombres et protecteurs du manoir Qian, l'atmosphère générale était même lugubre. Voilà presque une semaine que toutes les personnes vivant au Manoir, famille comme employés de haut rang et domestiques, portaient le deuil, avec des tenues blanches. Les miroirs étaient tous recouverts de fins voiles blancs, comme les tableaux représentant le défunt et sa famille. Les paroles n'étaient toutes que murmures, les courses discrètes et silencieuses. Un calme très inhabituel et très pesant. En descendant au second sous-sol, au cœur du manoir, un visiteur curieux aurait pu découvrir un vaste caveau, richement décoré, où étaient enterrés, au fil des années, les Patriarches du clan Qian et les membres proches de la famille. Devant la tombe la plus récente, un enfant était agenouillé sur un petit coussin, mains jointes contre ses genoux. Comme plusieurs heures, chaque journée, sans répit ni relâche. L'enfant de treize ans s'efforçait de prier au mieux pour la bonne traversée de l'âme de son père vers le royaume céleste, comme il se devait. Il y mettait tout son cœur, pourtant, il devait combattre contre lui-même afin de ne pas laisser les pensées négatives l'envahir. Ne pas s'écarter du droit chemin. Ne pas blasphémer, même en pensée. Ne pas être irrespectueux. Ne pas être un mauvais fils ou un mauvais croyant.

Ces longues heures de prosternation devant la tombe étaient une torture mentale. Il se l'infligeait car il se devait de contrôler ses pensées et ses émotions. Étouffer avec virulence toute pensée mauvaise, refuser de ressentir de la joie ou du soulagement face à cette tombe. Ce serait un blasphème grave que se réjouir de la mort de son propre père, il ne comptait pas mettre son âme en péril pour cela. Un bruit derrière lui le fit sursauter, tout à coup, mais il n'osa pas bouger de sa place. Un claquement régulier retentit, des pas contre ce sol de pierre, le jeune Jin reconnut alors le pas de sa mère. Lorsqu'elle arriva, elle se mit elle aussi à genoux et l'enlaça par derrière, l'entourant de ses bras en le serrant fort contre son sein. Il ne tourna pas la tête pour la regarder, simplement réconforté en la sachant là, avec lui. Elle avait toujours été là pour lui, toujours… À tous les instants… Le fils aîné de la famille ne se souvenait pas d'une seule journée, dans sa vie, sans que sa maman ne soit présente pour le conseiller, le guider. Même lorsque son père était le seul chargé de son éducation. Toujours là, toujours présente, toujours dans l'ombre.

- L'Ordre du Ciel sera donné demain, murmura-t-elle dans le silence pesant du caveau. Pour toi, ton frère et ta sœur. Le Prieur lui-même déclarera vos destins.
- Le… Le Prieur… ? Pourquoi se déplace-t-il pour…
- Notre clan est important, mon fils. Ce ne peut être rien de moins que le Prieur lui-même devant déclarer votre destinée. Un nouveau chef de clan va être nommé et une nouvelle ère de grandeur va débuter.
- Mère… Aucun de nous trois n'est prêt à reprendre le clan. Celui d'entre nous trois qui sera désigné pour cette tâche ne pourra jamais être… à la hauteur de père.
- Qu'importe. Je suis là, je serai toujours là. Fais-moi confiance. Quoi qu'il advienne demain, quoi qu'il se décide, je serai là pour chacun de vous trois.

- Je vous fais confiance. Plus qu'à n'importe qui.

Elle le serra plus fort encore dans ses bras et il se laissa aller contre elle, les yeux fermés. Sa mère, son petit frère, sa petite sœur, les seules personnes ayant sa confiance entière et absolue. Jin ne comprenait toujours pas, malgré les explications fournies, pourquoi le Prieur en personne se déplaçait pour interroger le ciel et leur donner, à tous les trois, la voie qu'il leur était destinée. Déclarer lequel d'entre eux sera le nouveau chef du clan Qian, d'après les ordres du Seigneur Seykyou, lequel d'entre eux rejoindra les Gardiens, lequel sera envoyé comme ministre, ou plutôt futur ministre, dans le palais impérial, en représentant du clan. Autrement dit, le bras droit du chef de clan. Mais leur mère était là, avec eux, c'était bien tout ce qui comptait. Elle se releva et lui prit la main, pour le raccompagner hors du tombeau, alors même que ses heures de prosternation n'étaient pas achevées pour aujourd'hui. Jin avait parfois le sentiment que mère se moquait bien du décès brutal de leur père... Comme si elle ne l'avait jamais aimé. Il devait se faire des idées, sans doute, car il était du devoir d'une épouse d'aimer son mari jusqu'à sa propre mort. Et sa mère respectait scrupuleusement toutes les lois divines comme les lois des hommes.

Ils retournèrent dans les appartements familiaux, désormais très tranquilles, sans cris, sans heurt, sans odeur d'alcool dans l'air. Dès leur entrée, Meng, son petit frère, arriva vers eux en courant, tout sourire et tendant déjà les bras pour qu'on le porte ou joue avec lui. Le décès de leur père coïncidait avec les huit ans du petit garçon. Un drame ne semblant pas l'affecter particulièrement. Leur sœur, Dai, était assise par terre, sur un tapis épais, à jouer avec des chevaux de bois. Elle ne prêta aucune attention à leur entrée. À tout juste un an, elle commençait à marcher et balbutiait quelques mots. Comme souvent, Jin ne put s'empêcher de penser que ni son frère ni sa sœur ne lui ressemblaient beaucoup... Alors qu'aucun doute ne pouvait planer sur le lien de sang entre eux deux. Il s'était même déjà demandé s'il n'avait pas été adopté. Une idée à peine avouée à sa mère, aussitôt réfutée en lui rappelant que bien des personnes, dont son père, avaient assisté à sa naissance, qu'il était bien leur fils, comme ses cadets. Ils étaient nés tous les trois au manoir, après tout. Il entraîna son petit frère sur le tapis, près de leur sœur, pour jouer avec lui, comme il le réclamait. Jin était conscient d'être d'un naturel assez anxieux, parfois avec des comportements obsessionnels, mais c'était heureusement un trait de caractère non retrouvé chez ses cadets.

Leur mère aussi joua avec eux trois, durant la soirée, les réconforta avant d'aller dormir. Le lendemain matin, elle prit soin de les préparer elle-même, les laissant quitter les habits blancs de deuil pour des habits de cérémonie. C'était un jour si important... Jin était très nerveux, anxieux. Même son petit frère l'était, lèvres pincées remplaçant son sourire habituel. Leur sœur, encore trop petite pour comprendre ce qui se passait aujourd'hui, était bien plus occupée à tenter de marcher malgré la lourde robe de cérémonie qu'à se soucier de quoi que ce soit. Avant d'entrer dans la salle, Meng vint longuement se coller contre Jin, chercher du réconfort. Ils devaient bien y aller... Le jeune adolescent se sentit, aussitôt entré, comme écrasé par l'ambiance de l'immense salle. Le nombre de personnes, les gestes solennels, l'avancée jusqu'au Prieur, les rites, la décoration... Aucun détail, même insignifiant, n'était à négliger. Rien ne devait être laissé entre les mains du hasard. Même leur sœur, qui n'était pourtant encore qu'un bébé, était visée par de lourds regards de reproches car sa démarche était encore très hésitante, surtout habillée ainsi, car elle babillait parfois ou encore car elle n'effectuait pas les bons gestes rituels. Agenouillé à sa place désignée, Jin brûlait d'envie de leur crier, à tous, laissez-la tranquille, ce n'était qu'un bébé ! Mais il ne pouvait pas. Il ne pouvait que se taire.

Les premiers rites passés, tous trois se retrouvèrent assis, espacés d'un mètre chacun, face à un immense voile qui venait d'être déposé au sol, recouvert par des symboles religieux, formant un grand cercle de prière. Silencieux. Même Dai se taisait à présent, intimidée par tout ce qui se passait autour d'elle. Le Prieur s'avança sur le voile et leva les bras vers le ciel, commençant à chanter un long cantique, avec une très grande ferveur. Il entrait dans une véritable transe, la voix de plus en plus forte, conjurant le ciel de lui délivrer ses ordres, quant à l'avenir des trois héritiers du clan Qian. Un rituel immuable, au décès du patriarche d'un des huit grands clans, pour les héritiers de sang et légitimes. Un rituel qui terrorisait littéralement le jeune Jin, son avenir entier se jouait sur ça. Une terreur qu'il ne devait pas montrer. Comment redouter, par ailleurs, les ordres du Seigneur Seykyou ? C'était une hérésie ! Horrifié par le péché qu'il venait juste de commettre, Jin se mordit brusquement les lèvres, presque jusqu'au sang et commença à réciter mentalement une longue litanie de prières dans son esprit pour implorer le pardon. Pourtant, il avait beau implorer le ciel d'être clément envers lui et le pardonner de son erreur, la peur ne partait toujours pas. Il craignait plus que tout l'une des trois voies possibles... Toujours cette crainte, dès son plus jeune âge...

- Seigneur ! s'écria le Prieur d'une voix de tonnerre. Nous t'écoutons, nous sommes à tes ordres ! Révèle-nous le destin de ces trois enfants !

Tous les Gardiens dans la salle s'étaient mis à entonner eux aussi une longue litanie religieuse, reprise un moment plus tard par tout le clan. Jin se sentait cerné, presque condamné, tous ces chants si vifs lui donnaient très mal à la tête, il mourait littéralement de peur. Au milieu des chants et des cris, le Prieur pointa alors une première fois son doigt sur Meng. Le petit garçon, terrorisé lui aussi, se retenait visiblement de toutes ses forces de ne pas fondre en larmes sur le champ.

- Meng Qian, le Ciel a parlé, tu es dorénavant le nouveau chef de ce clan.

Le visage de l'enfant se tordit dans un spasme étrange, mélange de peur, d'incompréhension et de soulagement. Derrière le Prieur, légèrement sur le côté, Jin crut voir, l'espace d'un instant, un sourire de satisfaction flotter sur le visage de leur mère. Sans doute avait-il rêvé car lorsqu'il regarda mieux, son visage était lisse et impénétrable. Le Prieur pointa ensuite son doigt gras vers la petite Dai, recroquevillée sur elle-même.

- Dai Qian, tu deviendras ministre de ton frère et représentante du clan Qian au sein du palais Impérial.

Le jeune garçon sentit son estomac lui tomber littéralement dans les talons. Il n'entendit même pas la dernière sentence, qui lui était adressée, celle qui sonna comme le dernier coup de poignard dans son cœur meurtri. Le pire venait de se réaliser. Gardien. Il allait devenir Gardien. C'était comme si son sang était remplacé par un long filet de glace, soudainement. Il était figé, plus pâle que la mort elle-même. Immobile sous les chants redoublant d'ardeur et les vivats du clan, cherchant le regard de sa mère. Sa mère qui fixait tour à tour Dai et Meng, à présent, son sourire bien visible. Elle les regardait tous les deux, avec autorité, amour et fierté. Seulement eux deux. Pas un seul regard pour lui, alors même qu'il tentait désespérément. Elle s'approcha alors, prit Dai dans ses bras, poussa Meng en avant vers le clan, toujours sans un regard. Pétrifié, Jin voulut tendre la main, s'approcher d'elle et de sa fratrie, les rejoindre, mais fut stoppé net dans son élan lorsque le Prieur lui apposa brusquement une main sur l'épaule avec un sourire satisfait. Il le tira en arrière, vers les Gardiens venant se rassembler autour d'eux. Tout à coup entouré de tuniques et de robes blanches, Jin était sur le point de sombrer dans une pure crise de panique. Il voyait, entre le flot de morbides vêtements blancs, les siens, de l'autre côté de la salle. Sa famille. Tout son clan. Chantant, dansant, fêtant l'avènement de leur nouveau chef.

Mère… Mère… Maman… Ce mot eut à peine le temps de franchir faiblement la barrière de ses lèvres qu'il se retrouva noyé dans le flot des bruits tout autour de lui. Le rituel était terminé, le Prieur et ses Gardiens, déjà, prenaient congé du clan. Ce dernier allait fêter tout le reste de la journée et sans doute une bonne partie de la nuit. Les hommes en blanc, eux, repartaient. En l'emmenant. Jin se tordit le cou jusqu'au dernier instant pour tenter d'apercevoir sa mère, pour l'appeler, sans succès. Aussitôt entraîné avec les Gardiens sans avoir eu le temps de dire au revoir à qui que ce soit, sans prendre la moindre affaire, ne serait-ce qu'un souvenir. Le Prieur lui tenait maintenant le poignet en l'entraînant avec eux, Jin avait le sentiment d'être un trophée qu'on venait de ramasser... Le sourire de cet homme l'effrayait de plus en plus. Pourquoi lui ? Quel était l'intérêt pour le Ciel de le nommer novice des Gardiens ? Alors qu'il possédait, secrètement, moins de ferveur que son clan ! La prière lui avait toujours été difficile, alors pourquoi... Pourquoi alors qu'il craignait leur Dieu ? La tête baissée, il marcha jusqu'à la cour en silence. Sans remarquer le regard soudain plus perçant du Prieur, posé sur lui...

Le soir venu, un certain calme était retombé sur la capitale. Au sein d'un confortable et chaleureux salon, le Prieur était installé dans un moelleux fauteuil, un verre de vin en main, l'autre tenant une lettre. Il sourit doucement en lisant seigneur Wuo, aimant qu'on l'appelle par son nom plutôt que « votre majesté le Prieur », sans cesse. La fin de sa lecture sonnait lorsqu'une douce main vint se glisser contre son épaule, puis dans son cou. Un contact agréable... Il prit cette main et fit venir devant lui cette femme tout aussi douce. Une fois qu'elle fut assise sur ses genoux, il lui tendit également un verre de vin.

- Tu sembles un peu fatiguée, Sae.
- Non, tout va bien. J'attendais cette journée avec une certaine impatience, simplement, je suis heureuse que ce soit enfin passé. Jin est déjà arrivé dans votre cité ?
- À cette heure, oui, je le pense. Ne sois guère impatiente, chaque chose vient à temps... Les barbares des steppes n'ont pas une armée assez vigoureuse pour percer nos défenses, ils ne peuvent que combattre aux frontières du Nord. Les autres royaumes ne bougeront pas, ils sont bien trop faibles pour oser.
- Il reste ces velléités de rébellion.
- Ces peureux de paysans ne cessent de fuir dès que mes hommes arrivent sur eux. Non, ce sera simple d'arrêter définitivement tout cela, il suffit de mettre la main sur notre bon ami naïf. Je vais lui faire comprendre à ma façon son erreur, il servira d'exemple à tous les autres.

D'un petit geste, il trinqua avec Dame Qian, avec légèreté. Ni inquiet pour les barbares du Nord, ni pour contrôler les stupides et faibles envies de changement dans son Empire. Ces menaces n'étaient pas assez sérieuses pour bouleverser son pays, même si cela durait quelques années. Que des chiens aboient sans cesse était ennuyeux mais pas dangereux, après tout. Ils étaient en position de force et l'Empereur entendait bien le demeurer.

CHAPITRE 13 : SA VOLONTÉ

Face au jeune garçon, une immense statue de pierre représentant leur Haut Seigneur, de trois mètres de haut surplombait la salle vide de toute sa splendeur. Bras tendus comme pour embrasser le monde, le visage grave, le seigneur Seykyou était représenté majestueux, imposant, influent, dans cette chapelle, la plus grande toute la Cité-forteresse des Gardiens. Jin le fixait en implorant, dans un murmure, de lui donner des indications sur ce que devait être son destin. Comment il pouvait, ou était capable, de le servir au mieux. Que pouvait-il accomplir, puisqu'il avait été choisi pour le servir ? Allait-il revoir sa mère bientôt ? À quoi était-il destiné ? Plongé dans ses réflexions, il entendit au dernier moment quelqu'un approcher de lui. Il fut surpris en constatant qu'il s'agissait du Prieur en personne. Ce dernier s'arrêta à côté de lui et lui passa un bras dans le dos, mettant une main sur son épaule, comme pour le protéger. Jin n'osa guère remuer d'un pouce, tête désormais baissée vers le sol de pierre. Durant la semaine écoulée, sa première passée ici, le Prieur était venu le voir plusieurs fois. Le tenant comme aujourd'hui. Parfois avec des gestes plus insistants qui mettaient le jeune garçon extrêmement mal à l'aise.

- Notre Dieu m'a parlé de toi, susurra tout à coup leur Empereur d'une voix plus douce qu'à l'accoutumée.
- De... De moi ?
- Sais-tu pourquoi tu as été choisi ? Quelle est sa Volonté ?
- Non...
- Il y a une chose que tu dois savoir, tu es désormais assez grand pour connaître la vérité. Vois-tu, le traître essayant en ce moment d'agiter le pays et détourner le peuple de Dieu était autrefois un des serviteurs personnels de ta mère, Dame Qian. Il l'était devenu peu de temps après qu'elle soit enceinte de toi, pour remplacer une autre personne. À cette époque, il était déjà assez perturbé. Car il est un homme ne se contentant pas de toucher d'autres hommes dans des bordels pour s'amuser, il s'en fait de véritables compagnons. Au point de vouloir vivre avec eux plutôt que cesser ces insanités une fois l'heure du mariage arrivée.

Le jeune garçon ignorait tout cela... Sa mère connaissait le rebelle le plus recherché du pays avant même qu'il ne parte dans une telle folie ? Il comprenait maintenant mieux le dégoût sur son visage les peu de fois où elle avait évoqué cet homme. Quant à ses préférences en amour... Que pourrait-il en dire ou penser ? Ça arrivait assez souvent que des hommes aient des amants, mais ce n'était jamais de véritables relations, plutôt des amusements d'un soir, sous l'effet de l'alcool. Il était interdit par Dieu de se marier avec une personne du même sexe et encore moins de l'afficher au grand jour. Jouer un soir lorsqu'on était encore jeune et célibataire passait encore, le faire une fois adulte n'était plus tolérable. Bien que cela arrive tout de même dans les classes ouvrières.

- Cela aurait pu en demeurer là. Qui se soucie, après tout, qu'un simple serviteur soit dépravé, ces personnes-là sont très faibles d'esprit, incapables de discerner seules ce qui est moral ou non. Mais cet homme a fait bien pire... Oh oui, bien pire... Incapable de procréer du fait de ses pratiques déviantes, il s'est alors mis en tête que toi, mon pauvre enfant, était en réalité son fils. Alors même qu'il n'avait jamais eu le moindre rapport avec Dame Qian. Dans son esprit dérangé, il s'est imaginé toute une histoire. Peu de temps après ta naissance, il a ainsi commis l'impensable, frappant brutalement ta malheureuse mère et tentant ensuite de t'enlever. Il a pu être mis en fuite par les Gardiens. Mais aujourd'hui, son esprit malade est encore persuadé que tu es son enfant.

Jin sentit un très long frisson lui glisser tout le long du dos, remontant même jusque dans le cou. Son cœur rata un battement, avant de repartir de plus belle, sous le coup de l'effroi. C'était horrible ! Si... Si... malsain... Il en tremblait de plus en plus, on ne peut plus dégoûter à l'idée qu'un criminel ait pu se convaincre de quelque chose d'aussi aberrant et surtout, que cet homme ait osé faire du mal à sa mère ! Le Prieur resserra son étreinte sur lui, en le sentant trembler. Devenant une présence rassurante, au milieu du tourbillon d'émotions qui s'était abattue sur le jeune Jin.

- Ne crains rien, tu es sous la protection de notre seigneur. Nous ne pouvons malheureusement pas empêcher la venue au monde des âmes malades et dérangées, en revanche, nous pouvons les empêcher de nuire. Ton destin est celui-ci, mon garçon. Le Seigneur Seykyou compte sur toi. Tu dois devenir celui qui aidera à écarter tout danger de la population, qui aidera à évincer pareil dépravé. Il t'offre ce destin comme juste retour des choses. Comme justice. Car tu as eu à subir des violences de cet homme.

C'était…. Ça, alors ? Leur Dieu lui offrait la chance d'effacer le mal qui l'avait frappé autrefois ? Tout comme sa mère ? C'était la raison de ce choix incongru ? Mais comment faire ? Il releva enfin la tête vers la gigantesque statue de pierre, le cœur battant encore plus vite.

- Je… Je n'ai que treize ans… Comment…
- Cette âme dérangée est faible. Elle pensera sûrement que tu es toi aussi persuadé d'être réellement son fils. Il ne se méfiera pas de toi. Tu peux nous aider à découvrir chacune de leurs planques, une à une. Dénicher les autres âmes errantes ayant suivi la voie de la rébellion. Contribuer à mettre la main sur qui les soutient, où et comment. Aider à le décrédibiliser aux yeux de toute la population, car chacun doit découvrir les mensonges qu'il ne cesse de propager. Et enfin, participer à sa capture. Si Dieu le veut, il saura se repentir avant la mort et ne pas se condamner pour l'éternité.
- Comment pourrais-je le repérer ?
- Il viendra… Il viendra vers nous… Il viendra de lui-même, ce n'est qu'une question de temps. Un grand voyage t'attend, mon garçon. Nous nous occupons de tout.

Jin ne comprenait pas… Devait-il voyager et attendre gentiment d'être kidnappé ? Son estomac se tordit un peu plus à cette idée mais le Prieur ne lui laissa pas le temps de plus y réfléchir. Il l'entraîna avec lui sans plus attendre, d'un pas conquérant, hors de la chapelle. Le garçon eut juste le temps de lancer un dernier regard vers la statue de leur Dieu. Le suppliant en pensées de le protéger, de l'accompagner sur ce chemin et de lui donner assez de forces pour mener sa mission à bien.

Bien loin de là, dans une clairière reculée aux pieds des montagnes, cachés par une forêt dense, plusieurs hommes étaient réunis. Chasseurs, paysans, artisans, commerçants... Aucun d'entre eux n'était un soldat, pourtant, tous avaient pour la première fois une arme en main et tentaient d'apprendre à s'en servir. Un apprentissage bien connu d'Haji. Lui aussi en était passé par là, il y a quelques années, un apprentissage tout sauf simple. Aucune notion de sa faible éducation n'aurait pu l'y préparer. Sans compter qu'il n'avait jamais tenu entre ses mains une arme plus dangereuse qu'une petite machette, servant à couper du bois. Passer d'une hache grande comme sa propre main à une épée ne se faisait pas sans mal. Debout près du champ d'entraînement improvisé, il observait, pour le moment, cette dizaine d'hommes répéter les premiers gestes de base, appris le matin même. Les premiers volontaires, les premiers à s'être aussi enflammés et clamés qu'ils voulaient se battre, dès que Haji s'était décidé à proposer cette voie. Facile de comprendre pourquoi, tous avaient déjà eu à subir le retour de bâton, de la part des Gardiens, certains avaient perdu des proches à cause d'eux. Ils étaient révoltés.

Haji, pour sa part, se sentait très mal d'avoir dû se résigner à engager des hommes et des femmes dans la voie de la révolte armée. De la guerre civile, somme toute. Il répugnait complètement à cette escalade de violence... L'espoir de ne pas en arriver gisait au fin fond de son esprit... Il se bougea finalement et passa entre les rangs pour aider chacun à adopter la bonne posture, corriger d'autres, donner quelques conseils. Bien que n'étant pas un soldat exceptionnel, il connaissait des techniques de défense et comment s'en sortir dans une rixe. Les nombreuses escarmouches plus ou moins violentes avec les Gardiens, ces dernières années, lui avaient offert une certaine expérience dans le combat. En y repensant, il dû bien admettre que son compagnon était dans le vrai. Il n'était plus le même. Le principal changement tenait dans le fait qu'il ne se laissait plus tant faire par les événements. Il agissait, rendait les coups lorsqu'il le fallait. Son but n'avait jamais été de devenir le chef d'une révolte généralisée dans l'Empire, de crier aux gens « Suivez-moi » ! Il ne le devenait chaque jour un peu plus que par un concours de circonstances, pas par volonté. Pas parce qu'il le méritait. C'était ça qui le terrifiait, qu'on puisse accepter de le suivre, sans qu'il ne soit un véritable chef et qu'il ne le méritait pas.

Pourtant, en voyant ces hommes aujourd'hui, il se sentait... Obligé, non, ce n'était pas le bon terme... Il se sentait... Responsable, finalement, d'eux et de leurs destins. Puisqu'ils le suivaient, il devait assumer, rester fort et surtout être capable de les emmener sur le bon chemin. Haji s'astreignait à ne plus montrer ses propres doutes ou ses peurs dès lors qu'il était en public. Rester confiant pour donner confiance aux autres. Cacher la terreur qu'il éprouvait devenait un exercice quotidien. Au milieu d'eux, pourtant, il pouvait se sentir étranger, de temps à autre, même s'il était né ici. Ses années auprès de Ning lui avaient fait attraper le même accent que son compagnon. Sans parler des expressions et éléments de langage empruntés au fil du temps. Et ce n'était pas tout. Concernant son apparence, l'habitude de porter les cheveux longs s'était perdue, contrairement à l'écrasante majorité des hommes de l'Empire. Place à une coupe courte, souvent débraillée, bouclant sur les bords. Il portait même la barbe, dorénavant, un détail poussant beaucoup à le qualifier de sauvage ou de barbare. Lui aimait bien, pourtant, ça aidait à lui donner un air plus âgé, plus homme qu'enfant. Sembler trop jeune était loin de l'aider, dans le combat qu'il menait.

- Haji ! Haji ! Viens voir ça !

Se retournant, il vit Ning courir vers lui, les joues rouges et un peu essoufflé, des feuillets en main. Aussitôt alarmé, Haji alla le rejoindre. Le médecin ne lui laissa même pas le temps de demander ce qui se passait, il lui dit aussitôt que les hommes revenus de la capitale avaient apporté des nouvelles. Le prieur en personne avait fait une annonce officielle pour aviser que le fils aîné du défunt patriarche des Qian rejoignait les Gardiens, en tant que Novice et élève personnel du Prieur. Haji blêmit sensiblement en entendant pareille information et commença par bafouiller que ce n'était pas possible. Le Prieur ne prenait jamais plus d'élève personnel ! Pourquoi maintenant ? Pourquoi, surtout, pourquoi cet enfant-là... Il arracha presque les feuillets des mains de son compagnon pour lire lui-même le communiqué officiel. C'était... c'était... De plus en plus blême, il se laissa tomber assis sur une caisse vide et renversée, les yeux rivés sur ces mots lui perçant le cœur. Était-il possible que ça ne soit qu'une coïncidence ou bien le Prieur *savait* qui était cet enfant... ? Ning dû se faire la même réflexion car il s'assit à côté de lui en demandant à haute voix s'il était possible que les Gardiens sachent la vérité.

- Jamais Sae ne leur aurait dit, souffla-t-il. C'est impossible. Elle aurait été répudiée, je suis considéré dans tout l'Empire comme l'ennemi public numéro un. Un enfant de moi, pour une femme de son rang, ce serait vu comme le plus pur des actes de trahison, même si cela fait des années. Comment auraient-ils pu découvrir la vérité autrement ?
- Mais alors...
- Sa mère est intrigante. Une véritable vipère. Je ne sais pas comment elle a bien pu s'y prendre pour rentrer à ce point dans les grâces du Prieur, mais peu importe. Mon fils...

Simplement imaginer que le Prieur en personne puisse corrompre son enfant lui soulevait le cœur. C'était pire encore qu'imaginer ce qu'avait été sa vie avec le porc de patriarche ! Ning lui serra la main avec force, avec un regard compatissant.

- Que peut-on y faire ? murmura-t-il. Tu ne l'as plus jamais revu, son éducation toute entière a déjà dû être conditionnée par les idéaux du chef de clan. C'est malheureux à dire, mais il ne te croirait certainement pas, si tu lui avouais que tu es son père biologique. Tu ne peux pas non plus aller dans la capitale le chercher. Ce serait... je veux dire... Plus sain, que tu fasses le deuil de cet enfant.
- Ce n'est pas possible !
- Haji... Je sais très bien à quel point ça peut te faire mal, je le comprends, mais il faut aussi regarder la réalité en face. Tu ne l'as côtoyé que moins d'un mois, alors qu'il était tout bébé. Tout ce qu'il sait de toi, ce sont les horreurs que les Gardiens n'ont cessé de propager. Tu ne penses pas que ça serait mieux, d'oublier ?

- Je me moque bien de n'avoir pu être là que quelques semaines ! Je l'ai tenu dans mes bras, je lui ai parlé, je l'ai réconforté lorsqu'il pleurait, ce n'est pas parce que je l'ai perdu tout bébé que ce n'est plus mon fils !

Il avait hurlé cette dernière phrase. Tous les hommes présents s'étaient arrêtés de travailler pour se retourner vers eux. Ning leur fit aussitôt signe de continuer, d'un geste ferme. Avec un soupir, il se retourna vers Haji, cherchant les bons mots à employer.

- Écoute-moi. Ce que je ne veux pas, c'est que ce lien te pousse tout droit dans un piège ou à commettre des actes stupides. Comprends-tu que tu ne peux pas te permettre d'être capturé ? Tu as des personnes qui comptent sur toi, tu as un projet à mener, tu as des familles qui te suivent dans l'espoir d'une meilleure vie. Tu as des engagements avec des personnes dont il vaut mieux ne pas se faire des ennemis. Tu as des connaissances sur beaucoup de choses qui ne doivent pas tomber entre les mains des Gardiens, quoi qu'il arrive. C'est très cruel de te dire ça, je le sais bien, mais aucun lien familial ne doit te pousser à agir stupidement. Même moi, si je me fais capturer demain, tu ne devras pas venir me chercher.
- Tu...
- Haji, stop ! Tu dois réfléchir, absolument.
- Dis-moi juste, alors, à quoi ça sert au fond, de se battre, si ce n'est même pas pour aider nos proches quand ils en ont besoin ? Si je t'abandonne aux mains des Gardiens demain, je me battrai pour offrir quoi à ce pays ? Juste leur dire qu'on doit renverser un tyran mais qu'on peut très bien laisser crever les membres de notre famille au passage sans même s'en soucier ?
- D'autres personnes vont encore mourir, dans cette guerre, on ne pourra pas l'empêcher.
- Je comprends que tu aies peur que tout soit perdu très vite, par contre, si on ne pense qu'au but final, qu'on reste très pragmatique, on y perdra nos valeurs aussi. C'est le but final, le plus important, ou se comporter comme nos ennemis, finalement ?! Les Gardiens, ça ne les gêne pas, ils sont tous persuadés que Dieu les attend à bras ouvert là-haut ! Mais nous, ces hommes, juste ici, déjà déclarés comme impurs ou

je ne sais quoi, il n'y a rien qui nous attend au ciel. Nos proches, c'est la dernière chose qu'il nous reste ! Dieu ne nous attend plus, c'est trop tard !

Il s'interrompit pour reprendre son souffle, la main toujours étroitement tenue par celle de son compagnon. Leurs confrères travaillaient toujours mais beaucoup avaient visiblement écouté. Haji ne remarqua même pas leurs petits sourires, de confiance ou de respect, occupé à conserver l'esprit bien clair.

- Tu as déjà eu envie de tout abandonner ? reprit-il, le souffle encore un peu court.
- Bien sûr... C'est dur de se dire je veux continuer, je veux me battre, j'y crois plus que tout. Je trouve que c'est normal d'avoir peur et d'avoir parfois envie de tout laisser tomber. Tu n'as jamais eu ce sentiment ?
- Si, murmura Haji encore plus faiblement. J'ai peur.

Pas de la mort, plus de... Plus peur de ne pas être capable de protéger ceux qui avaient confiance en lui et c'est ce qu'il rajouta pour Ning. Car la fin de son existence, il avait plus que le temps de se faire à cette idée, c'était devenu... Comment dire... La perspective normale, la seule chose qui l'attendait au bout de ce chemin, qu'importe ce qui pouvait encore arriver. Il s'était convaincu lui-même qu'il ne vivrait probablement pas au-delà de quarante ans. Dans le même temps, il espérait que même s'il devenait une âme errante, privée du ciel, il pourrait avoir la chance de retrouver l'âme de sa mère et celle de sa petite protégée. Tous trois pourraient être ensemble, être alors une vraie famille, en attendant la fin des temps et de ce monde. Il se releva sur cette pensée, afin de retourner superviser l'entraînement des hommes et les faire travailler. Ning, lui, resta un moment immobile, sur la caisse. Il craignait toujours que son amant ne fasse quelque chose de stupide pour protéger ceux qu'il aimait et en même temps, il comprenait son besoin de le faire. Il prit les feuillets laissés à côté d'eux et alla les jeter dans le feu de camp d'un petit geste souple. Tourmenté en se demandant si oui ou non, les Gardiens pourraient connaître la vérité. Inquiet pour la sécurité de ce petit garçon s'il s'avérait qu'ils savaient tout...

Le petit garçon en question n'était, pour le moment en tout cas, plus si malheureux. Simplement car il se trouvait dans les bras de sa mère, venue lui rendre visite à la cité-forteresse. Jin restait blotti contre elle comme un bébé, en l'entourant fort de ses bras, le nez niché dans son cou. Ils étaient installés dans un large divan, au sein d'un petit salon, où brûlait un vif feu de cheminée. L'enfant avait déjà raconté à sa mère son arrivée ici, ce qu'il s'était passé depuis, avant de lui demander de raconter plus en détails ce qui s'était passé avec le rebelle. La tentative d'enlèvement. Une réponse donnée par sa mère sans aucun détour, tout en le berçant et en le câlinant longuement. Une présence incroyablement réconfortante et précieuse, surtout après s'être cru abandonné ici. Il s'en voulait d'avoir osé le penser, jamais sa mère ne lui ferait ça.

- Je suis très fière de toi et heureuse, sourit-elle en l'embrassant dans ses cheveux. Si fière que notre Dieu ait posé ainsi le regard sur toi et te permette de participer aussi activement à la protection de tout notre peuple.
- Mère, pensez-vous que je saurai jouer la comédie de l'enfant aimant, si je parviens à rejoindre cet homme ?
- Tu dois agir de manière à ne pas décevoir Dieu.

Jin frissonna un peu, à cette réponse. Que se passerait-il, si par malheur il ne parvenait pas à remplir son rôle ? Quel châtiment divin lui tomberait dessus ? Il faillit poser la question à sa mère mais se rétracta au dernier moment, par peur d'une réprimande.

- Je ne peux pas rester longtemps, murmura sa mère. Je t'écrirai le plus souvent possible, tant que tu seras encore avec les Gardiens. Sois fort, mon fils. Notre Dieu compte sur toi.

Jin n'eut pas vraiment le temps de lui dire au revoir... Elle se leva assez vite, l'embrassa sur le front en lui répétant d'être droit dans la ligne à tenir, avant de quitter la pièce. Resté seul dans cette petite chambre, Jin se permit finalement de relâcher un long soupir. Le Prieur avait un plan, pour lui faire rejoindre ces dangereux rebelles. Le jeune garçon s'inquiétait énormément, même si son mentor se montrait rassurant, répétant que tout allait très bien se dérouler. Dans tous les cas, le jeune enfant devait suivre la ligne indiquée...

CHAPITRE 14 : ENLÈVEMENT

- C'est… murmura Haji d'un ton très faible en tournant la tête vers Ning. C'est quand même… Très violent, comme méthode, non ?
- Tu penses que simplement aller frapper gentiment à la porte des Gardiens pour leur demander poliment de te rendre ton fils va mieux fonctionner ?
- Pourquoi ne pas aussi les inviter dans notre camp ? ricana Mage derrière eux, allongé sous des fourrés. Pour boire un thé et discuter de l'éducation du gamin !
- Mieux, gloussa Nasha en se rapprochant doucement, on pourrait aussi tenter de les convertir à notre cause par un petit cours dans leur salon, je suis certaine que ça pourrait fonctionner.
- J'ai une autre idée, ajouta encore un autre, on peut aussi aller directement chez le Prieur et lui dire que ce qu'il fait n'est pas très gentil, il devrait accepter aussitôt de changer !
- Ils approchent, siffla Ning d'un ton plus sec.

Si tôt ces mots prononcés, une certaine effervescence fiévreuse s'empara de toute la petite troupe et chacun se mit soigneusement à son poste. Haji était nerveux. Non pas pour les quelques moqueries de ses camarades, aucune ne visait à rabaisser, mais bien pour la mission à venir. Contrairement à tout ce qu'il avait cru, huit de leurs compagnons s'étaient aussitôt portés volontaires dès qu'ils avaient reçu comme information que le petit Jin devait prendre part à ce convoi. Ils avaient pu apprendre que les novices, chez les Gardiens, devaient tous suivre une sorte de parcours initiatique. Parcourant l'Empire et en se rendant dans les sept Temples les plus importants du pays pour y prier, avant d'être dignes de poursuivre leur apprentissage. Durant ce voyage, ils étaient accompagnés de quatre Gardiens, servant à la fois de tuteurs pédagogiques et de gardes. Selon leurs espions, plusieurs novices à la fois participaient, mais étant donné que Jin était devenu l'élève personnel du Prieur, il avait droit à un traitement de faveur. Voilà qui arrangeait bien leurs affaires, en tout cas. Malgré tout, mieux valait être prudent. Les Gardiens savaient tous très bien se battre… Ils n'étaient pas moins redoutables que les soldats de l'armée régulière.

Lorsque le convoi arriva à leur hauteur, tous se raidirent. Nasha et Mage échangèrent un rapide regard, avant de quitter brusquement leur cachette et tirer. La première flèche frappa le Gardien à la jambe, celui-ci poussa un cri de surprise et chuta brutalement sur le chemin, la seconde perça le bras de l'autre Gardien, qui poussa un petit cri lui aussi. Mais arracha presque aussitôt la flèche lui-même avec un grognement sauvage. Le sang se voyait à la perfection, sur leurs vêtements si blancs... Haji bondit avec les autres, épée en main, vers les quatre hommes. Ses consignes étaient claires, ne pas tuer s'ils pouvaient l'éviter, simplement les mettre hors d'état de nuire ! Ning, le seul du groupe qui ne combattait presque jamais, profita de la confusion pour se faufiler et se saisir des rênes du cheval de Jin, avant qu'il ne puisse s'enfuir. L'enfant, pâle et visiblement terrorisé, sauta alors de selle. Le médecin l'attrapa par le bras, plus rudement que voulu, pour l'empêcher de s'échapper. Sous le chaos des coups d'épée et des grognements. La poussière soulevée en masse par les hommes. Haji frappa son adversaire au ventre et lui porta un coup pour l'assommer. Ils étaient… si peu vifs, ces types-là… La bataille tourna très tôt à leur avantage, contrairement à ce qu'ils avaient tous cru malgré leur surnombre. Une fois tous leurs adversaires à terre, blessés et évanouis, Mage ne fit pas de manière et colla également une tape derrière le crâne du petit garçon.

- S'il se met à crier, il va attirer du monde ! se défendit aussitôt le chasseur.
- Prenons leurs chevaux, cracha sèchement Haji.

Pressé par la situation, il prit rapidement l'enfant dans ses bras et se précipita avec les autres, après avoir ramassé les armes de leurs ennemis, avec les chevaux à l'abri de la forêt. Ce n'est que bien plus tard, après un long trajet de retour, que la pression retomba quelque peu. La petite troupe se détendit, se félicitant bruyamment et vivement de cette attaque bien menée. Si rapide surtout ! Ils se mirent même à chanter en arrivant au camp, sous les vivats des hommes et des femmes présents. Haji, quant à lui, emmena directement le petit sous la tente où il dormait et l'allongea sur la couchette. À genoux, il s'autorisa seulement à relâcher la pression lui enserrant la gorge et reprendre son souffle. Tout s'était passé si rapidement… Des jours et des jours d'attente, d'angoisse et de recherche, pour en arriver à une conclusion aussi vive ! Tout s'était passé si vite qu'il peinait même à croire que c'était bien réel. Pourtant, l'enfant était bien là. Pâle, les yeux clos, allongé sur une couverture. Haji s'assit en tailleur, pour mieux le regarder, respirant de manière hachée. Si soudainement… C'était la première fois qu'une de leurs opérations se passait aussi intensément et aussi bien…

Il fallut un moment au jeune garçon pour reprendre finalement conscience. Accompagné par un mal de crâne lancinant qui le poussa à ne pas ouvrir les yeux tout de suite et attendre que ça passe. Lorsqu'il se décida, sa vue resta un instant trouble avant de se préciser. Il vit d'abord une toile tendue au-dessus de sa tête, sans doute à l'intérieur d'une large tente, des lampes à huile suspendue, des vêtements étendus à sécher un peu plus loin. En tournant la tête, il vit le criminel le plus recherché du pays agenouillé à côté de lui, silencieux. Un violent frisson le secoua, ainsi que la peur. Le choc de la réalité. La prise de conscience de sa situation, qu'il était maintenant vraiment loin des Gardiens, de sa famille, complètement seul, face à un homme dérangé et persuadé d'être son père. Mentalement, il pria, suppliant, le Seigneur Seykyou de lui donner assez de forces et de ne pas l'abandonner. Par pitié… L'homme lui demanda comment il se sentait, tout à coup. Comment pourrait-il se sentir après avoir été enlevé ?! Jin voulut quand même répondre, pour débuter son devoir, cependant, il en fut incapable. Les mots se coincèrent dans sa gorge. Instinctivement, il se raidit en se préparant au coup à venir, car avec son père, ne pas répondre à une question posée attirait des coups. Le détraqué ne leva pas la main, cependant.

- Prends le temps de te reposer. Personne ne te fera de mal, ici. Je suis désolé pour la manière dont tu as été amené ici, nous n'avions pas beaucoup de choix. Je ne pouvais pas te laisser grandir entre les mains des Gardiens. Encore moins celles du Prieur. Je repasserai tout à l'heure. Tu as de l'eau ici et de quoi manger, si tu as faim.

Il se leva et quitta la tente, laissant derrière lui un jeune garçon particulièrement confus. Pourquoi ne l'avait-il pas frappé, alors que ne pas répondre à une personne plus âgée était un manque de respect et un motif de punition ? Ce n'est pas qu'il s'en plaignait, évidemment ! Mais… C'était… Jin secoua la tête, aucune importance après tout, il devait se reprendre. Se levant à son tour, il lança des petits coups d'œil nerveux vers l'entrée de la tente. Sans doute allait-on le surveiller pour empêcher qu'il ne s'échappe. Pas son but, bien sûr, mais eux devaient continuer à l'ignorer. Le plan du Prieur fonctionnait parfaitement. À présent, c'était à lui d'accomplir ses missions. Se mettant à genoux sur la couchette, il pria avec ferveur leur Dieu de lui donner assez de courage et de talent pour mener à bien tout ce dont on l'avait chargé. De l'accompagner et le guider dans ses tâches. Ce soutien lui était vital, plus que jamais.

À l'autre bout du camp, Ning était installé sur un rondin, occupé à préparer des baumes et onguents, lorsque Haji vint le retrouver et lui dire que le petit s'était réveillé. Très bien… Le médecin hocha la tête, rapidement, tout en pilant des herbes avec soin.

- Tout s'est bien mieux passé que prévu, soupira un peu Haji, les mains sur les hanches.
- Ils ne doivent pas savoir qui est ce petit, alors, répondit Ning, très concentré sur ses préparations. Sinon, beaucoup plus de Gardiens l'auraient accompagné dans l'espoir de te tomber dessus et te tuer. Le petit lui-même le sait, tu penses ?
- Je ne crois pas. Il aurait eu une autre réaction en me voyant. Pourquoi sa mère lui aurait avoué ça, de toute façon ? Il est assez choqué, mais c'est normal… Avec du temps et de la patience, il comprendra à quoi il a échappé.
- Tu ne vas pas lui dire ?

Haji hésita, le regard tourné vers l'horizon. Comment dire au petit qui il était ? Allait-il seulement le croire ? S'il pensait à un mensonge… Le rebelle n'éprouvait aucune envie d'être rejeté, il craignait que son fils s'écarte de lui, éprouve du dégoût ou ne veuille plus jamais l'approcher. Il avait si peur de le perdre une seconde fois !

- Laisse-lui un peu de temps, en ce cas, reprit Ning avec un faible sourire, face à ce silence gêné. Comme tu le dis, il faut d'abord qu'il comprenne mieux la situation et sache dans quoi il était embarqué chez les Gardiens. Tu le sentiras sans doute, lorsqu'il sera prêt à connaître la vérité. Ce n'est qu'un enfant, son monde vient de basculer, il ne faut pas brusquer les choses.

Ning posa ses affaires et se releva, avant d'attirer Haji contre lui pour le serrer dans ses bras et l'embrasser longuement. Plongés dans leur bulle, ni l'un ni l'autre ne remarque le jeune regard posé au loin, sur eux. Un regard effrayé et dégoûté, mais aussi plus résolu...

Le lendemain matin, une plus forte agitation devint reine dans le camp. En glissant le nez hors de la tente, Jin vit bien plus de monde que la veille. Beaucoup d'hommes, occupés à s'entraîner au tir à l'arc, à l'épée et au combat à mains nues, sur une large partie du camp. Un frisson le parcourut. Ces hommes comptaient-ils vraiment mettre le pays à feu et à sang, s'en prendre à la population et aux Gardiens, mener une véritable guerre ? Après le chaos dans le nord... Une autre forme d'agitation retint ensuite son attention. Des enfants étaient assis en tailleur sur des petits tapis, là-bas... En voyant ces enfants tenir des petits livres, Jin faillit s'étrangler et bondit d'un coup vers eux, courant dans l'espoir de leur arracher dès mains avant qu'ils ne brûlent avec. Ces fous de rebelles allaient mutiler ces enfants ! Une seconde avant qu'il ne puisse les atteindre, il se prit les pieds dans un nid-de-poule et s'écrasa à plat ventre dans la poussière. Secoué, il toussa pour recracher les saletés. Un des rebelles laissa rapidement tomber son arc et vint l'aider à se relever, tout en riant à moitié et en lui disant de faire plus attention.

- Ils ont des livres ! s'écria Jin en pointant un doigt tremblant vers le groupe d'enfants à deux ou trois mètres d'eux.

- Oui et alors ? Fais-moi voir tes mains, tu ne t'es pas griffé en tombant ?
- Ils vont se brûler !
- Quoi ? Tu... Oh, tu es un petit nouveau, ici, c'est la première fois que tu vas aller dans un cours ?
- Je...
- Ne t'inquiète donc pas, petit. Tu ne risques rien, eux non plus. Les livres ne peuvent faire de mal à personne, cette histoire de bénédiction obligatoire pour les toucher n'est qu'un mensonge. Regarde-les.

Jin tourna de nouveau le regard vers le groupe. Les enfants répétaient mots et phrases derrière leurs mentors, en suivant du doigt les signes tracés sur les pages. Tous étaient visiblement de la classe paysanne ou ouvrière, d'après leurs vêtements. Les traits juvéniles de leurs visages ne laissaient planer que peu de doutes quant à leur âge. Plus important encore, aucun signe de blessure... Bouche bée, le jeune garçon en resta complètement coi, incapable de dire un mot ou faire un geste. L'homme à côté de lui éclata de rire et lui tapota l'épaule, en lui disant qu'il prendra vite l'habitude. Mais... mais...

- Mes parents m'ont toujours dit que sans la bénédiction des Gardiens, au temple, toucher un livre est puni par la mutilation.
- Je l'ai très longtemps cru moi aussi, rassure-toi. Heureusement, depuis des années, ce mensonge est combattu partout dans nos campagnes. Les Gardiens mutilent eux-mêmes les personnes qu'ils surprennent avec des livres. Ils leur brûlent les yeux et les mains, ils hurlent à qui veut l'entendre qu'il s'agit d'une punition infligée par Dieu lui-même.
- Mais pourquoi ?
- Un peuple instruit est un peuple qu'on ne peut pas manipuler aussi facilement... Notre chef nous a expliqué que l'avancée de la science fait automatiquement reculer la religion. Mais que cet Empire est tenu par un chef religieux, il ne veut pas perdre son pouvoir et son influence. Par conséquent, il ne peut tolérer que son peuple s'instruise et comprenne les choses de la vie d'une autre manière qu'avec la Foi.

L'idée même qu'on puisse détourner de la religion pour faire confiance uniquement à la science rendait Jin malade. Seul Dieu pouvait guider leurs existences, seul lui pouvait expliquer les catastrophes qui s'abattaient parfois sur l'Empire, comme cette grosse épidémie d'il y a trois ans !

- La science ne… Elle ne peut pas *tout* expliquer. Tous les gens ici veulent combattre Dieu ?
- Bien sûr que non. Ne confonds pas tout. La Foi existera toujours ! On ne peut pas empêcher les gens de croire. Mais on peut empêcher des hommes avides de pouvoir de se servir de la religion pour assouvir leurs désirs de domination. La Foi a toute sa place dans ce pays, tant qu'elle n'est pas l'instrument de la répression et de la violence. Qu'elle n'empêche pas l'instruction et la progression des savoirs. C'est pour ça que la religion doit reculer ! La place qu'elle doit libérer sera prise par l'instruction. La Foi ne peut pas disparaître, rassure-toi, par contre, elle ne doit pas envahir tout l'espace.

Aberration. Hérésie. Sacrilège ! Jin eut tout le mal du monde à hocher la tête et dire qu'il comprenait. Il était complètement révolté, ulcéré, aucun mot ne pourrait qualifier assez fortement le dégoût qui le prenait ! Faire reculer la Foi ! S'en prendre à Dieu lui-même ! C'était bien pire que prévu, ces gens ne voulaient pas seulement mener une petite révolte contre le pays pour d'obscures raisons, ils voulaient s'en prendre au Sacré ! Ils désiraient abattre le représentant de Dieu sur Terre et forcer l'oubli de Dieu en personne ! Ils souhaitaient corrompre les esprits et les donner aux démons ! Voilà *pourquoi*, en réalité, les Gardiens faisaient tout pour maintenir les pauvres à l'écart du savoir, c'était pour éviter que leurs faibles esprits corrompus se détournent de la Foi ! Protéger les plus faibles des tentations des démons ! Ce qui arrivait ici était bien la preuve qu'ils avaient d'excellentes raisons de maintenir à tout prix la population à l'écart des savoirs et de n'autoriser cet accès qu'à ceux capables de combattre le mal. Seules les personnes bénies, dès leur naissance, étaient capables de distinguer les pièges tendus par le mal et pouvaient alors s'instruire sans le risque d'oublier Dieu !

Très tendu, il se promena ensuite dans le camp. Surveillé, bien sûr, il remarquait bien ceux le tenant à l'œil, mais au moins seul avec ses pensées. Une révolte d'hérétiques, c'était si grave… Les démons avaient bel et bien lancé une véritable guerre sainte contre Dieu. Cela voulait-il dire que les barbares du nord étaient impliqués dans tout cela ? Tout autant dégoûté qu'effrayé, Jin priait mentalement sans s'arrêter, bras croisés contre lui, en tournant en rond dans tout le camp. Faire reculer la religion pour laisser de la place à la science… Saboter les fondements du pays… Détruire le pouvoir religieux central… Pour le remplacer par *quoi* ? Qui pourrait diriger le pays si ce n'était pas leur chef religieux ? Ces hérétiques ? Le pays serait détruit en un rien de temps ! Pourquoi pas aussi laisser les classes sociales décider toutes seules de ce qui est bon pour elles, pendant qu'on y était ? Elles étaient visiblement capables de s'en prendre à Dieu, elles pouvaient certainement détruire le pays entier, si on les laissait faire ! Sans l'appui de la Foi, aucune instruction possible ! Seuls les hommes de Foi pouvaient enseigner ! Certainement pas ces rebelles ! Que le Seigneur ait pitié de ces âmes perdues.

Appuyé contre un chêne au tronc très épais, Mage fabriquait des pointes de flèche tout en surveillant lui aussi, du coin de l'œil, les pérégrinations du gamin dans le camp. Ce n'était pas sa mission officielle du jour, il tenait simplement à le garder à vue autant que possible. Tout comme Nasha, assise sur un tronc renversé à côté de lui.

- C'était tout de même rapide, marmonna le chasseur.
- Oui, sourit sa compagne avec fierté. Ils n'ont pas dû avoir le temps de comprendre ce qui leur arrivait !
- Justement, tu ne trouves pas que c'était un peu trop rapide ? J'ai eu le sentiment qu'ils se sont à peine défendu. Les Gardiens que j'avais déjà combattus étaient bien plus féroces que ça.
- L'effet de surprise, lança Nasha en haussant les épaules. Ils vont au moins comprendre que nous sommes prêts à tout pour défendre nos enfants. La réplique armée a bien trop tardé, si tu veux mon avis ! Trop de villages sont déjà partis en cendres. Il est plus que temps de leur faire ravaler leur arrogance.

Mage voulut ajouter quelque chose mais se ravisa, devant l'air à la fois malade de haine et dévasté de sa femme. Son regard indiquait clairement qu'elle pensait à leurs fils... Plus rien ne saura la détourner de ce combat, peu importe ce qui lui en coûtera. La douleur et le désir de vengeance l'emportaient sur tout autre sentiment, y compris la raison. Son époux ne pouvait pas plus se raviser. Un long silence plana sur eux, brisé seulement par le bruit léger de leurs outils et le doux souffle du vent dans les branchages. Il resta tout autant silencieux lorsque sa compagne renifla discrètement et détourna un moment la tête, frottant son visage avec sa manche.

- Quand allons-nous repartir pour le nord ? reprit-elle d'un ton plus bas.
- Dans quatre jours, si j'ai bien suivi. Haji vient de recevoir la lettre de l'Empereur des Steppes. Les choses s'accélèrent vraiment.
- Très bien.

Nasha poursuivit son travail avec plus de ferveur encore, regard baissé. Son époux se mordilla les lèvres pour ne pas laisser échapper son soupir, les yeux à son tour humides. Il était très dur de tenir... Se concentrer uniquement sur cette guerre aidait à affronter la douleur, pourtant, il ne pouvait pas se passer une seule heure de la journée sans qu'il ne pense à ses enfants. C'était pour cela que le couple avait aussitôt accepté d'être de l'équipe partant récupérer le petit garçon. Ils ne pouvaient plus rien faire d'autre que combattre... Mage essayait de rester raisonnable, sincèrement ! Pourtant... L'appel à la vengeance consommait déjà trop son âme. Tête vers le bas, focalisé sur sa tâche, il laissa rouler quelques larmes silencieuses dans l'herbe. Peut-être seront-ils enfin en paix lorsque tout sera terminé.

Le soir venu, le calme retomba enfin dans le camp. Harassé et préoccupé, Haji rentra dans la tente où il dormait habituellement avec Ning. Arrivé le premier, il s'attela à la préparation du repas du soir. En pleine préparation, il fut tout à coup interrompu par des hommes, chargé de la surveillance de nuit, qui vint le trouver pour lui annoncer que le petit Jin voulait lui parler. Très surpris, Haji hocha simplement la tête et demanda à ce qu'on le laisse entrer. L'enfant avait un drôle d'air... Indéfinissable. Il s'assit en tailleur quand le chef des rebelles lui désigna la place, poursuivant en même temps la préparation du repas, histoire de masquer son trouble et de potentiels tremblements.

- Hier, souffla finalement le jeune garçon après un silence gênant, vous avez dit en revenant me voir que vous vouliez me protéger des Gardiens... Mais pourquoi moi, spécifiquement ? Il y a beaucoup de novices dans leurs rangs.
- J'ai mes raisons. Tu n'es pas encore prêt à les entendre. Je ne te demande pas d'avoir confiance immédiatement. Tu observeras par toi-même que je ne te veux aucun mal.

Ne rien lui dire immédiatement lui coûtait énormément... Mais ne pas le brusquer. Ne pas le blesser. Ne pas lui laisser penser qu'il pourrait tenter de le manipuler ou de lui mentir. Réfréner son envie brûlante d'enfin le serrer dans ses bras, lui répéter encore et encore qu'il lui eût tellement manqué et qu'il regrettait toujours de ne pas avoir pu l'emmener avec lui, dès sa naissance. Son fils gardait toujours un drôle d'air. Évidemment, il ne devait pas se sentir en sécurité. Pas encore.

- Qu'est-ce que vous comptez faire de moi, alors ? Un soldat de plus dans vos rangs ? Je n'irai jamais combattre ma famille ou les Gardiens, si c'est ça que vous espérez.
- Je ne te le demanderai pas. Je veux juste que tu grandisses loin des combats, justement. Et que tu vives, une fois adulte, dans un pays plus égalitaire. Moins violent.
- L'Empire n'a pas de si gros problèmes, tout le monde vit bien.
- Tu n'as pas vécu dans la rue, tu n'as jamais connu la misère de ces gens. La peur instaurée partout, les inégalités sociales, les abus de pouvoir contre les classes sociales plus faibles. Non, tout le monde ne vit pas bien. Tu le saurais si tu passais, ne serait-ce qu'une heure, à travailler avec une famille paysanne. De jeunes enfants meurent en pleine rue de maladies ou de froid sans que personne, ou presque, ne s'en préoccupe. La religion n'est pas utilisée comme un outil de

réconfort et d'espérance, comme elle le devrait, elle sert à l'oppression et la terreur.

- C'est vous qui allez amener plus de terreur encore en plongeant tout le pays dans la guerre !

Ce cri lui avait brusquement échappé, un cri du cœur, qu'il regretta aussitôt. Ce n'était pas ça que Jin devait faire. Il devait gagner la confiance de cet homme pour mieux accomplir sa mission, pas se faire détester ! Les joues plus rouges, il se maudit lui-même et implora mentalement le pardon du Seigneur Seykyou.

- C'est vrai, murmura alors Haji. Les manières plus douces ne donnent rien. J'ai accepté récemment la nécessité de prendre les armes à notre tour, sous peine de quoi, la lutte restera inégalitaire et vaine. Je fais ce que je crois juste. Les Gardiens aussi, sans doute, comme le Prieur. Qui a raison, je l'ignore.

- Seul Dieu est dans la vérité. Il a désigné le Prieur comme son représentant sur Terre.

- Le Prieur n'est qu'un homme. Se clamer représentant de Dieu est facile, ce ne sont que des mots. S'il l'était vraiment, il ne profiterait pas de son statut pour faire brûler vifs femmes et enfants, sur la seule raison qu'ils ne sont pas d'accord avec lui. À moins que ça ne soit réellement la volonté de Dieu de faire périr des personnes ainsi ? Si c'est le cas, c'est ce Dieu là que tu acceptes de servir ?

Jin lâcha un marmonnement étrange, mélange entre grognement, soupirs et mots étouffés. Il repartit hors de la tente, courant vers celle où il dormait pour s'effondrer de tout son long sur la couchette. Là, il enfouit la tête sous la couverture en se traitant de parfait imbécile. Comment tout dès le premier jour ! Le Seigneur Seykyou pourra-t-il lui pardonner d'être si mauvais ?! Il pleura très longuement, plus d'une heure, avant d'enfin se calmer peu à peu. Pour s'apaiser, il fit glisser entre ses doigts le petit pendentif que lui avait offert sa mère avant son départ. Penser à elle le réconforta suffisamment pour qu'il parvienne à s'endormir. Plongé dans un sommeil agité, assez fiévreux, à rêver d'un châtiment divin s'abattant sur lui.

CHAPITRE 15 : AFFAIRE POLITIQUE

Le petit Meng avait perdu son sourire légendaire, à compter de l'annonce du nouveau statut de chef du clan Qian. Peu rassuré, du haut de ses huit ans, il se raccrochait pleinement à sa mère et ne faisait plus rien sans lui en parler avant. Même pour de simples jeux avec sa sœur, il venait lui en demander le droit. Il demandait aussi souvent où était leur grand frère, s'il allait bien et quand il reviendrait à la maison, sans réussir à comprendre que ce retour ne se fera jamais. Quel enfant naïf... Sae renonça rapidement à lui expliquer que son frère ne reviendrait jamais à la maison. S'il sortait vivant de sa mission, il restera parmi les Gardiens. S'il mourait, elle se contenterait de le faire enterrer dans le caveau familial sous le manoir, tout simplement. Tant qu'il parvenait à accomplir son devoir avant de mourir, c'était tout ce qui lui importait. Un échec ne serait pas dramatique et ne nuirait pas à tous leurs plans, en revanche, il leur ferait perdre du temps à tous, ce qui était déjà plus grave. Il restait à voir si cet enfant tenait plus d'elle, donc capable de réussir, ou bien du porc ayant servi de père officiel. Auquel cas, il demeurerait un simple raté. Pour le moment, ce jeu-là n'était plus entre ses mains, elle attendait d'en apprendre plus.

Au sein du confortable manoir des Qian, la fête était toujours de rigueur. Comme il était de coutume, après l'avènement d'un nouveau chef de clan, la décoration intérieure était entièrement refaite, l'aménagement revu sous de nouvelles formes. Les serviteurs et artisans s'activaient, telle une immense colonie de fourmis, dans tout le manoir. Sae, pour sa part, était installée au calme dans son nouveau bureau, d'où elle gérait les affaires du clan à la place de son fils et ses affaires plus personnelles. Une nouvelle liberté qu'elle savourait à sa juste mesure. Beaucoup de ses plans avaient progressé, ces dernières années... Plus elle franchissait d'étapes, plus son ambition politique personnelle s'était affinée. Elle pouvait à présent débuter pleinement sa vengeance contre certaines personnes, l'ayant rabaissée par le passé, mais aussi grignoter de plus en plus de part de pouvoir. D'autant plus heureuse d'avoir eu le bonheur de porter un dernier et si délicieux coup à son chien de mari. Ce soir-là restait l'un des souvenirs les plus précieux de son existence.

Le choc et la douleur, dans son regard, lui avaient procuré une jouissance intense. Mieux encore, le plaisir avait duré de longues heures, sous la douce lumière des étoiles ! Le dernier souffle rendu, dans cette lente agonie, s'était gravé dans sa mémoire, la comblant profondément.

C'était elle qui dirigeait le clan, aujourd'hui. Personne n'en était dupe, bien que chacun veille à conserver les apparences et s'adresse au jeune Meng comme le maître des Qian. Son nombre d'ennemis personnels, déjà bien accru depuis plus de dix ans, avait augmenté un peu plus lors de la cérémonie. Quelques heures à peine après cet événement, Sae prit la décision d'intégrer son clan de naissance au clan Qian. Pour le protéger à jamais, mais aussi pour faire des Qian à la fois le clan le plus grand et le plus influent des huit. Elle comptait également mettre pour de bon sous son contrôle certaines familles et se débarrasser d'autres. Dirigée par une ambition démesurée, la situation actuelle ne pouvait que lui plaire. Même cette guerre dans le nord et la rébellion naissante étaient des outils supplémentaires dans sa quête de pouvoir. Des leviers dont elle pouvait se servir contre les autres clans. Finalement, son ancien petit chien personnel des bas-fonds lui restait toujours utile. Dire qu'il était confirmé qu'il partageait sa vie avec un homme, désormais, quel gâchis. Sae eut un petit sourire mêlant dégoût et condescendance, en y songeant. Ce petit rat des rues restait incapable de se conformer à la moindre règle…

Bien loin de là, le petit rat des rues en question pensait lui aussi à Sae. D'une manière qui n'était pas plus douce. Il se demandait, une fois de plus, ce qui lui avait pris de foncer dans ses griffes, pourquoi il ne s'était pas sauvé bien plus tôt et même ce qui aurait pu se produire s'il était resté plus longtemps encore. Ces derniers temps, ses pensées revenaient assez souvent vers elle, bien qu'il n'en parle à personne, pas même à Ning. Une conséquence directe des retrouvailles avec son fils, remontant à la surface des souvenirs enfouis profondément, ainsi qu'une forte sensation de malaise. Il se sentait… Sale, finalement. Avec le recul et les apprentissages engrangés durant des années, il réalisait pas mal de choses. Des rouages de la manipulation, par le pouvoir, l'instrumentalisation de la Foi, l'injustice ancrée dans toutes les strates de la société mais aussi et surtout, la toxicité de son lien avec Sae. Produire plus malsain semblait illusoire. Des années après, il continuait d'y songer, de penser à elle et de se demander comment détruire le lien néfaste qu'il conservait. Jamais les cauchemars n'avaient cessé. Comment nier ce qui s'était produit ? Leur fils... Leur fils était là pour le lui rappeler en permanence.

Haji l'aimait toujours, autant que le premier instant où il avait pu le tenir dans ses bras. Son seul but, lui offrir le meilleur et qu'il soit débarrassé à jamais des Gardiens et du Prieur ! Néanmoins, il restait une... ambivalence. Si aucun doute ne subsistait sur l'amour porté à cet enfant, le regarder lui rappelait aussi sec les viols subis. Tous ces moments « d'amour » charnels avec Sae, dans le plus grand secret, vécus comme des agressions. Son fils n'était pas né par amour mais il l'aimait quand même, cette contradiction lui torturait l'esprit sans relâche. Elle s'était violemment accentuée aux retrouvailles avec son enfant. Ravivant des souvenirs qu'il préférerait oublier... Ce fils, idéalisé durant des années, représentait autant une joie sans nom qu'un rappel violent de la réalité. Cette dualité perturbait le rebelle, pourtant, il n'osait pas en parler... Quoi qu'il sentait bien que Ning avait déjà tout deviné et pouvait, au moins en partie, comprendre ce qui le travaillait. Haji ignorait comment se tirer d'une situation pareille et cesser de se faire mal à la tête avec des sentiments contradictoires. Il voudrait juste que ça soit simple... Il voudrait être capable d'aimer son enfant sans autre pensée. Sans repenser aux circonstances de sa naissance.

Que faire par rapport à Sae, s'il la revoyait un jour ? Tout ce dont il était sûr, c'est qu'ils se reverront tôt ou tard. Dans quelles circonstances, ça, impossible de le prédire. Il devait juste... se détacher d'elle. Couper pour de bon le lien toxique qui les unissait encore. Mais comment ? C'était cela, toute la question ! Son regard s'égara un instant dans le vide... Pour ne revenir à la réalité qu'en apercevant finalement la patrouille venir à leur rencontre et au loin, le camp de tentes et de yourtes où devait se tenir la rencontre. Au beau milieu des vastes steppes. En avant du groupe, Haji poussa un peu plus son cheval pour faire signe aux hommes armés venus à leur rencontre. Un signe de paix, utilisé entre les hommes des Steppes et leurs alliés. Ils avaient beau être attendus, les gardes se montrèrent très méfiants envers eux et les encadrèrent avec un grand soin tout le restant du trajet. Ils parvinrent à un camp impressionnant mais parfaitement bien organisé et protégé. Pour ce peuple de nomades, monter en quelques heures un village entier n'avait rien d'un défi. Ici, il s'agissait avant tout d'un camp militaire. Ils stoppèrent à quelques mètres de la plus grande des yourtes, au centre du camp et mirent pied à terre. Haji fut, comme de coutume, le seul à être autorisé à entrer, entouré de gardes.

Un sol de bois recouvrait les herbes folles de la steppe, des poteaux avaient été montés pour soutenir la toile épaisse. Peu de meubles, un riche tapis déployé, un confort semblant sommaire mais pourtant confortable. L'Empereur des Steppes, le seigneur Ganzorig, se leva à son entrée pour l'accueillir, un sourire de façade sur le visage et renvoya ses soldats d'un petit geste de la main. Haji fit bonne figure, comme toujours, bien qu'il ne se sente jamais très rassuré en présence de cet homme important. Bien plus grand que lui, il était plus large d'épaules, musclé par une vie de combats et une partie du visage bardé de cicatrices. Contrairement au Prieur quittant rarement sa capitale, l'Empereur des Steppes prenait en personne la tête de son armée durant les longues campagnes militaires. Le seigneur lui passa le bras autour des épaules en le saluant d'un ton fort et l'entraîna avec lui au fond de la yourte où, après avoir passé une large teinture suspendue très fine, ils pouvaient s'asseoir sur un autre tapis épais, avec de multiples coussins. C'est le moment que choisit un serviteur pour entrer, poser avec rapidité de quoi boire et manger, s'incliner et disparaître.

Le seigneur commença par manger quelques fruits et boire deux longues gorgées de vin, sans plus rien dire désormais. Mal à l'aise, Haji restait simplement assis en tailleur et ne touchait à rien. Le silence s'éternisa, seulement brisé par les bruits de bouche du chef de guerre. Ne pouvant plus supporter ce silence, le jeune homme finit enfin par se redresser un peu, les mains posées contre ses genoux.

- Pourquoi désiriez-vous me voir ?

- Hmm... Je m'étonne que tu ne le devines pas. Je me suis également étonné d'apprendre qu'enfin, des révoltes paysannes avaient débuté en Huǒ Lóng. Vois-tu, bien des personnes sont convaincues que tu es un simple incapable m'ayant fait perdre du temps et de l'énergie. Beaucoup aspirent à se débarrasser de toi. Ce qui serait sans doute arrivé, si j'avais pris le temps de m'en soucier, entre deux sujets importants.

- Notre accord, coupa Haji d'un ton plus sec que voulu, était bien de me laisser assez de temps pour d'abord propager la vérité sur ce qui se passe dans le pays. Cela ne peut se faire en deux jours, il faut plusieurs années pour seulement débuter à renverser un mode de pensées établi depuis plusieurs siècles.

- Encore faut-il s'y prendre un tant soit peu discrètement, pour que ça soit efficace. Votre action ridicule a été percée à jour en seulement quelques mois. J'ai fini, moi aussi, par me rendre à l'évidence : tu étais un simple échec. Je me suis dit que j'allais me débarrasser de toi en même temps que le Prieur, une fois cette guerre gagnée. Et voilà que j'apprends que tu as finalement décidé de pousser les tiens dans une guerre civile. Alors, je souhaite savoir d'où est venue cette soudaine illumination ? Comment as-tu réussi à comprendre que vous contentez de fuir ne mènera jamais à la victoire ?

- L'illumination divine.

Le seigneur éclata de rire si fort que tout le camp dû sans doute l'entendre. Haji ne prit pas la peine de réagir. À quoi bon ? La crainte de la mort s'était perdue, voilà fort longtemps. Plus jeune, il aurait été malade d'une telle situation. Aujourd'hui, il avait simplement du mal à ressentir cette même peur. Peut-être était-il simplement devenu fou ? Ou tant amer qu'on pourrait le taxer de vieillard aigri. Au bout d'un long moment, le seigneur se calma peu à peu et reprit de longues gorgées de vin.

- Tu vas peut-être servir à quelque chose, finalement. J'ai appris récemment que notre ami le Prieur avait entamé des négociations avec le royaume Wu, il...

- Le quoi ? l'interrompit Haji, en retournant brusquement la tête vers lui.

- Tu es vraiment… Un parfait ignorant… Le royaume Wu se trouve au-delà des montagnes de l'Ouest, ne me dis pas que tu ignorais qu'il existe un pays par-delà ces monts ? Es-tu vraiment naïf à un tel point ?

La rougeur s'empara peu à peu du visage d'Haji, bien visible même avec sa barbe. De son côté, l'Empereur Ganzorig poussa un long soupir exaspéré, en secouant la tête. Au fond, c'était vrai, le jeune homme aurait dû savoir qu'il existait forcément un autre empire ou un royaume à l'Ouest, comme il en existait un à l'Est. C'était une région qu'il avait toujours évitée au maximum, à vrai dire, car elle était la plus fanatique de toutes. Les Gardiens y possédaient leur Cite-Forteresse et la Tour de Veille, les habitants étaient très accros à la religion et pour couronner le tout, il se racontait que des rituels religieux étranges se menaient dans les forêts Fēng dù. Il ne s'était rendu dans cette zone que pour offrir une cérémonie religieuse décente à sa mère, il y a des années, ainsi que pour de brefs passages obligatoires.

- Pourquoi ce royaume, reprit-il avec un peu de peine, souhaiterait être allié de l'Empire Huǒ Lóng ?
- Ces barbares ont également foi en un Dieu unique. Mais là n'est pas le sujet, tu serais de toute manière incapable de comprendre les enjeux politiques. Ce qui importe ici est que l'Empire peut recevoir bientôt de nouveaux renforts. Cette guerre peut s'enliser plus d'années encore. Tu vas enfin être utile, plus efficacement. Ce que j'attends de toi, c'est que tu conduises tes hommes au cœur du pouvoir central de Huǒ Lóng et que tu incites la population à se soulever. Que tu enflammes la guerre civile là où se trouve le pouvoir et non pas dans de simples petits hameaux de paysans. Tous perdus au fin fond de campagnes dont personne ne se soucie.
- Vous voulez que j'incite la population à se soulever dans la capitale elle-même ?
- Ce ton choqué m'interroge… Aurais-tu finalement décidé de ne plus mener ce combat comme il se doit, après seulement quelques semaines de sincère tentative ? Veux-tu déjà fuir de nouveau ?
- Nous ne sommes ni assez nombreux ni assez bien armés pour nous en prendre à la capitale.

- C'est à toi de trouver une solution. Il est vrai qu'il est bien dommage que ce soit en toi, un faiblard naïf, que ces hommes aient confiance. Mais soit. Si tu souhaites à la fois réussir tes projets et ne pas risquer qu'il survienne des accidents malheureux à tes proches, tu vas devoir suivre mes ordres. J'ai cru comprendre que tu avais, récemment, récupéré un autre de tes proches, un enfant... Il serait dommage qu'il lui arrive un drame.

Ce fut un mélange étonnant, entre sensation de brûlure extrême et frissons glacés, qui envahit Haji sur le coup. Il n'eut même pas le temps de réfléchir ou de réagir. L'Empereur Ganzorig se redressa assez brusquement et lui abattit une main sur l'épaule, soudainement plus proche de lui.

- On ne gagne pas une guerre en ayant peur ou en faisant dans les sentiments. Tu ne réalises rien des véritables enjeux de toute cette affaire, trop obnubilé par tes petits objectifs sans importance. Suis mes ordres et tout se passera bien.

Il le relâcha et lui jeta, d'un ton rude, de partir. Le renvoyant comme on renverrait un chien. Haji quitta la tente en tremblant un peu, les jambes molles et alla retrouver ses amis. Tous grimacèrent un peu, en voyant la tête qu'il faisait. Surtout Ning, aussitôt alarmé. Leur chef dit aussitôt qu'ils repartaient, sans rien ajouter. Pas ici... Tous remontèrent rapidement à cheval et quittèrent le camp, sous bonne escorte. Cette dernière les laissa une fois qu'ils furent assez éloignés, en route vers la frontière. Ce n'est que là que Haji ralentit un peu l'allure et expliqua à tous le nouveau tournant de la situation. Précisant simplement que l'Empereur des Steppes serait capable de s'en prendre à eux tous, comme de simples ennemis, s'ils n'obéissaient pas. Mage fut le premier à réagir et surtout à s'insurger. Il se lança dans une diatribe enflammée contre ce seigneur, criant presque tous se défendront comme ils se défendaient contre le Prieur, s'ils devaient en arriver là. Sa femme, plus raisonnable pour une fois, lui fit signe de se calmer un peu. Elle lança à son mari et à eux tous qu'ils n'avaient, de toute façon, pas beaucoup de chances de se défendre seuls, que ce soit contre le Prieur ou contre l'Empereur des Steppes. À partir de là, il restait meilleur d'être allié à Ganzorig.

- Meilleur, je ne sais pas, marmonna Haji. Si cette histoire d'alliance avec l'Ouest est vraie, cela veut dire aussi que nous aurons à affronter encore plus d'ennemis et de problèmes par la suite… Notre mouvement ne pourra pas y survivre sans l'aide du nord. En revanche, s'en prendre à la capitale sera long et difficile, ça ne pourra pas se faire sans éviter le sang.

- Et alors ? ragea Nasha, retrouvant d'un coup son ton habituel, plus dur. Les Gardiens ne cessent de faire couler le nôtre ! Aller bouleverser l'ordre bien établi de la capitale et des centres de pouvoir n'était pas l'étape suivante, de toute façon ?!

- On ne foncera pas tête baissée, répliqua Haji. Il nous faut un plan, rassembler le maximum de personnes et faire en sorte qu'aucun des nôtres, ni les habitants de ce pays, ne se fassent tuer comme des chiens.

- Nous avons aussi besoin, ajouta Ning, un ton plus fort pour couper court à la dispute naissante, que des personnes soient en amont, sur place, à la capitale. Elles devront surveiller ce qui se passe et transmettre des informations aux autres. Je pourrai m'y rendre, comme médecin itinérant, par exemple. Avec d'autres personnes. Cela me permettrait de repérer les lieux sans être soupçonneux et surtout les mouvements des Gardiens.

Haji tourna sèchement la tête vers son compagnon, bouche bée. Il n'était pas sérieux ! Ning lui rendit tranquillement son regard, l'air déterminé.

- Haji, je sais que tu veux éviter les morts inutiles, mais justement… Si tu le souhaites vraiment, nous devons mettre toutes les chances de notre côté. En rentrant au camp, je suis convaincu que d'autres seront prêts, eux aussi, à servir d'espions. Fais-nous confiance.

Un débat assez vif s'ensuivit entre eux, sur les meilleures manières de s'y prendre. Un débat qui dura néanmoins jusqu'à l'approche de la frontière, car chacun redevint aussitôt très calme et concentré. Ils prirent le temps de repérer à nouveaux les lieux et s'assurèrent de l'absence de patrouilles en vue, avant de revenir dans l'Empire en vitesse. Une vitesse qu'ils conservèrent durant encore longtemps, pour s'éloigner le plus vite possible. Ils galopèrent à bonne allure plusieurs heures, avant la première halte, le soir tombé. C'est autour d'un maigre feu de camp qu'ils reprirent leur conversation. Il y avait des points non négociables, pour Haji... Le refus de la violence gratuite était le premier d'entre eux, bien entendu. Il refusait également que ses hommes emploient les mêmes méthodes que leurs ennemis, en capturant et torturant des Gardiens pour leur arracher des informations. Il n'était pas non plus question de forcer la moindre personne, à la capitale ou ailleurs, de les aider. Ce serait le meilleur moyen de la pousser à tout raconter aux Gardiens ou de les trahir à la première occasion. Sans compter que ça ne ferait que décrédibiliser toute leur action.

Plus tard encore, une personne de la troupe resta éveillée pour le premier tour de garde, les autres s'enroulèrent dans des couvertures, autour du feu de camp. Allongé contre son amant, Ning ne parvint pas tout de suite à trouver le sommeil. Il le regardait dormir, pensif. Cette petite tête de mule... Impossible de donner tort à L'empereur des Steppes, sur ce point, Haji était très idéaliste, naïf... Il refusait trop la dure réalité de ce monde et ça le freinait dans beaucoup de ses actions. Ning avait déjà souvent été contraint de le pousser pour qu'il admette cette réalité et accepte d'être plus incisif.Malgré les nombreux changements, ces dernières années, il gardait tout de même une part d'idéalisme profond, impossible à surmonter. Le médecin ne parvenait pas tant à s'en agacer... Au contraire, il eut un sourire attendri, en reportant le regard sur les étoiles, au-dessus d'eux. Au fond, c'était ça qui lui avait plu en premier chez lui. Cet acharnement à croire qu'il était possible d'accéder à un meilleur monde si on y croyait jusqu'au bout et qu'importe les obstacles sur la route. C'était bien cette voie que leur avaient dévoilé les Dieux. Croire en leurs rêves et se battre pour les réaliser. La seconde chose à l'avoir fait craquer, c'était les petites moues que Haji faisait sans cesse, sans doute inconsciemment. Ses émotions se lisaient sur son visage comme un livre ouvert.

Ses yeux dérivèrent sur les étoiles, sans contrôle, encore un long moment. Il pensait à sa famille, restée si loin à l'Est... Aucun de ses proches n'avait compris et accepté sa décision, lors de l'annonce de son départ, avec Haji. Ning devait bien admettre que ses explications s'étaient montrées confuses et faibles. L'envie d'enfin découvrir autre chose que les champs et les montagnes de son enfance. Le désir de participer à une œuvre plus grande, plus utile, de prendre au moins une petite part de ces aventures de légende, comme on trouvait dans les contes. L'amour et l'attachement, poussant à partir avec, ne surtout pas le perdre. Son père lui avait répondu qu'il était fou, que les contes n'étaient que des contes et que rien de ce qui était raconté en histoire ne pouvait se dérouler dans la vraie vie. Sa mère, en pleurs, s'était écriée qu'un homme ne pouvait pas aimer un autre homme. Ses frères et sœurs avaient lancé en chœur que ce qui se passait dans l'empire voisin ne le concernait pas. À quoi bon se battre pour des étrangers, ce n'était pas son problème si tant de personnes n'avaient pas accès à l'éducation. Ses grands-parents lui avaient longuement parlé de tout ce qu'il allait manquer dans sa vie, en refusant d'accepter l'amour d'une femme et de futurs enfants. Tous étaient très en colère et déçus lorsqu'il était parti malgré tout.

Une larme coula doucement et tomba au sol. Ning savait qu'ils avaient eu beaucoup de bonnes raisons d'essayer de l'empêcher de partir. L'envie de découvertes et d'aventures se justifiait mal, lorsqu'on se retrouvait dans de pareilles situations. Plus que tout, ne pas avoir d'enfant pesait très lourdement sur son cœur. Un manque qu'il ne pouvait se permettre de combler en s'occupant d'un orphelin car il ne pourrait pas lui garantir la moindre sécurité. Pourtant, malgré tout cela, il ne parvenait pas à regretter le chemin parcouru ces dernières années. Le sentiment de servir, sincèrement, à quelque chose, couplé à l'amour qu'il éprouvait pour Haji, étaient tous les deux plus vivaces que les regrets. Chaque fois qu'il songeait à sa famille et à quoi il avait dû renoncer, il se souvenait de ce qu'il gagnait en chemin... Si on lui donnait la possibilité de tout recommencer, il reprendrait sans nul doute le même parcours. Aujourd'hui, c'était un nouveau tournant qui se présentait. Il pourra, à la capitale, être plus utile encore que ce qu'il pouvait l'être en ce moment. Se retournant, il se blottit un peu mieux contre son compagnon et s'efforça de se rendormir, l'esprit apaisé.

Ils repartirent dès l'aube, de nouveau à bonne allure. Durant le trajet, ils continuèrent de parler de leurs projets et comment présenter cela aux autres. Haji ne craignait pas un simple refus, tous n'attendaient que ça, après tout. Le voyage du retour se passa pratiquement sans histoires, en revanche, ils furent assez loin. Au nord de l'empire, les Gardiens comme l'armée étaient très présents, ce qui faisait que Haji et ses compagnons de route devaient très souvent stopper et se cacher. Ils devaient également emprunter des chemins plus discrets et détournés, ce qui leur allongeait encore leur temps de voyage. Néanmoins, ils ne rencontrèrent pas de très grosses difficultés. Après plus de deux semaines de voyage, ils arrivèrent enfin dans la petite région boisée et montagneuse où se trouvait le camp principal. Pour Haji, c'était un soulagement immense. Il comptait d'abord prendre des nouvelles, savoir ce qui s'était passé durant leur absence, s'assurer qu'aucun autre village n'avait été attaqué par les Gardiens et faire le point avec ses hommes. Aller ensuite voir son fils, demander comment il se sentait et lui dire qu'il allait lui trouver un endroit sûr où il passera les prochaines semaines. Enfin, rassembler tout le monde pour parler de la suite de leurs plans.

- Vous sentez cette odeur ? lança tout à coup Ning.

Haji leva un peu le nez au vent, tirant sur les rênes de son cheval pour le faire un peu ralentir, dans cet étroit sentier de forêt. Ils sentaient une odeur bizarre, en effet... C'était... Une odeur de... Nasha blêmit brusquement et talonna son cheval pour filer au galop malgré le danger de ce sentier. Tous suivirent aussitôt. Ils filèrent aussi vite que possible à travers les bois. En arrivant au camp, l'odeur étrange les frappa encore plus fort de plein fouet. Le chef de la troupe stoppa net, blême à son tour, sa bouche se décrocha en voyant ce qui les attendait. Le camp était entièrement brûlé. Une vingtaine de personnes, dont quelques enfants, gisaient au sol. Leurs corps commençaient déjà à entrer en décomposition. L'odeur... L'odeur de pourriture, de brûlé et de mort... Ils sautèrent tous de leurs montures, courant dans le camp dans l'espoir de retrouver quelqu'un en vie. Haji accourut encore plus vite en ne voyant pas son fils parmi les victimes. Où... où était-il ? Que s'était-il passé ?! Soudain, un petit râle. Ning leur cria de venir, à genoux près d'un homme allongé dans des décombres. Il s'était fait lui-même des bandages de fortune en déchirant ses vêtements. Il serrait une gourde d'eau presque vide contre lui, comme un trésor, le souffle court et haché.

- Que s'est-il passé ? souffla hâtivement Haji en se penchant sur lui.
- L... Les... Gardiens... Le feu... No... Nombr... Nombreux...

Ning s'activait à soigner au plus vite les blessures les plus graves. Mage, lui, donnait plus d'eau à l'homme, en faisant couler quelques gouttes avec douceur entre ses lèvres. Il était dans un état pitoyable, gravement brûlé.

- Où sont passés tous les autres ?
- Pris...
- Les Gardiens les ont emmenés prisonniers ?
- Oui...

Un silence de mort tomba sur la petite troupe. Même Ning eut un temps d'arrêt, avant de poursuivre les soins. Haji se secoua et dit à Mage de rester là pour l'aider. Les autres, avec lui pour ramasser les corps et préparer des tombes... Foulard serré autour du nez et gants aux mains, il se pencha près du premier corps. Une jeune fille de quatorze ans, qui avait débuté ses cours peu de temps avant leur départ. Son cœur se serra très violemment et il manqua de défaillir. Il lui fallut tout son courage pour ne pas s'effondrer sur place et faire glisser son corps dans une couverture, pour aller la transporter plus loin, où elle sera bientôt enterrée. Les yeux remplis de larmes incontrôlables, il sentit alors ses dernières hésitations mourir dans le fond de son esprit. Tant pis s'ils ne pouvaient être plus nombreux, tant pis s'ils pouvaient manquer de force. Il ne pourrait plus jamais se permettre d'hésiter.

CHAPITRE 16 : RETOUR AUX SOURCES

- Tu as accompli ton devoir, murmura une fois de plus Jin, le nez quasiment collé au miroir. Tu as empêché que des hérétiques ne nuisent encore plus à toute la population. Tu as accompli ton devoir. Tu as empêché...

Le reste de ses mots se perdit lorsqu'il dû à nouveau plonger en catastrophe la tête vers le seau posé juste à côté, pour y vomir de la bile. Le nez encore empli d'une odeur de chair brûlée, un goût rance et très amer dans la bouche. Il s'essuya rapidement et releva la tête vers le miroir. Une fois de plus, il répéta cette litanie comme on répète une prière. Moins de trois minutes plus tard, il dû de nouveau recracher de la bile, l'estomac complètement retourné. Tremblant violemment, il plaque une main contre sa bouche, respira fort par le nez et ferma les yeux, voulant prier pour se calmer. Malheureusement, dès la seconde où il eut les paupières closes, le même souvenir le frappa violemment de plein fouet. Cet enfant. Un garçon tout petit... Si petit, qui ne devait pas avoir six ans. Hurlant à la mort lorsque le feu prit dans ses vêtements, un hurlement si terrible que Jin plaqua violemment ses mains contre ses oreilles, par espoir de ne plus l'entendre. Il avait fait son devoir, fait son devoir, fait son devoir, fait son... Il cria tout à coup lui-même, comme un fou, dans sa chambre, hurlant pour demander le silence. Mais ceux du petit garçon ne voulaient pas cesser. Il les entendait comme s'il était toujours à côté de lui. Encore et encore, ça refusait de s'arrêter.

Il finit par réaliser qu'il était maintenant par terre, roulé en boule, en position fœtale, près du seau où il avait vomi son déjeuner. À supplier le Seigneur Seykyou de faire taire cet enfant, de faire disparaître ce souvenir, de le laisser en paix. Après de longues minutes à pleurer comme un bébé, Jin comprit soudainement le sentiment qui lui rongeait littéralement tout son être. Le remords. Un regret si bouleversant qu'il peinait à respirer. Il se redressa très brusquement, titubant jusqu'au lit pour s'y accrocher, avant de relever le regard vers la statuette de son Dieu, trônant dans sa chambre au-dessus du lit. Son seul acte était de le servir, *pourquoi* refusait-il d'apaiser ses regrets ? Seigneur… Il n'avait fait que suivre les ordres ! Ceux des Gardiens, ceux du Ciel ! La culpabilité refusait pourtant de disparaître, elle le rongeait comme un acide, elle lui dévorait l'estomac avec véhémence. Il pencha la tête sur sa tenue de novice, retrouvée à son retour ici, de nouveau avec cette furieuse envie de vomir. Sans qu'il ne reste rien dans l'estomac. Le regret frappait sans relâche. Par terre, il se piqua tout à coup contre le petit couteau, jeté là tout à l'heure, dont il s'était servi pour lacérer les vêtements donnés dans le camp de rebelles.

Jin le reprit entre ses mains, cherchant vaguement du regard où le reposer, alors que quelques larmes coulaient de nouveau sur ses joues. Serrant le couteau, il se coupa un peu la paume sans faire attention. La blessure, quoique peu profonde, le piqua vivement. Son sang s'écoula en un très fin ruisseau dans la paume et sur la tunique si blanche qu'il portait, pour s'y étaler une petite tâche rougeâtre. Un curieux sentiment envahit Jin, à la vue de son propre sang. Il en avait tant… tant vu couler… Du sang des enfants… Il se coupa une seconde fois, volontairement, puisant dans la douleur physique un certain réconfort, une barrière contre la douleur mentale et ces hurlements continuant de le hanter. Les gouttes de sang retombèrent contre lui, un peu partout, même sur son visage, lorsqu'il leva sa main blessée en l'air pour mieux l'observer. La douleur du corps… l'apaisait… Il pouvait se concentrer sur elle plutôt que sur ses souvenirs… C'était fini, le camp des rebelles détruits, les Gardiens vainqueurs, les hérétiques arrêtés ou tués, la volonté du ciel accomplie. Seule la fierté devrait dominer dans son esprit. Il serra la blessure, les yeux rivés sur le filet de sang. Culpabiliser était ridicule. Ils étaient victorieux…

Ce n'est qu'au bout de très longues minutes qu'il réalisa d'un bloc ce qu'il était en train de faire et jeta le couteau contre le mur opposé de sa chambre, le souffle court. Il devenait dingue ! De quoi aurait-il l'air, si un Gardien entrait dans cette pièce maintenant ? Se levant d'un bond, il fila vers la toute petite pièce réservée comme salle d'eau et enleva ses vêtements, avant de les plonger dans un baquet d'eau, frotter les taches de sang. Il frotta, frotta, frotta encore, comme si propre vie en dépendait.

Avant de stopper net... Un instant, il dévisagea son reflet dans l'eau. Ce dernier, flou, lui paraissait presque inconnu. Se penchant, il crut voir un autre visage... Ce n'était plus le sien mais un autre... bien plus jeune... Jin écarquilla tout à coup les yeux en reconnaissant le visage du garçonnet, brûlé vif sous ses yeux, recula brutalement en manquant d'emporter le bac d'eau dans sa chute. C'est là qu'il remarqua qu'il continuait à mettre du sang un peu partout, par les plaies de sa main. Des coupures déjà sales de poussière. Maman... Maman... Où était-elle... Il retourna vers le baquet, plongea sa main blessée dans l'eau pour laver les plaies comme il put, en déchirant une serviette pour s'en servir de bandage provisoire. Maman...

Il devait se calmer. Vraiment. Il commença par inspirer un très grand coup, enfiler d'autres vêtements, laver le sang de son visage et quitter sa petite chambre. Les couloirs de pierre froids et austères de l'immense château s'offrirent à lui à la sortie, silencieux comme un caveau. Si peu de Gardiens étaient présents dans ce château ou même dans la cité fortifiée, ces derniers temps, à cause de la guerre. La base servait à la fois d'école pour les novices, de prison pour les hérétiques et de centre de rééducation pour la plupart des prisonniers. Le château se situait au beau milieu d'une ville entièrement faite de pierres, où vivaient les plus loyaux - et sans doute les plus fanatiques - habitants de tout l'Empire. Une ville, une simple ville, la seule ville n'ayant même pas de nom. On la nommait la Cité-forteresse, le Fort des Gardiens ou encore le Sanctuaire de pierre. Jin détestait ce lieu glacial et sans charme, qui lui donnait l'impression d'une vaste prison. Si gris, si rude, si froid... Il avait le sentiment d'être enterré vivant dans un caveau ancien. Leurs tenues blanches renforçaient encore plus le côté funèbre.

Jin ne savait pas si c'était un simple effet de son imagination ou si c'était réel mais il croyait entendre des petits pas, trottiner derrière lui. Chaque fois qu'il tournait la tête, il ne voyait pourtant personne. Il entendait aussi un souffle léger... Une voix dans le lointain... La voix fluette d'un tout jeune enfant... Un furieux frisson glacé le secoua tout entier quand il fut persuadé d'entendre cette petite voix juste à côté de son oreille. Aussitôt, il s'enfuit à toutes jambes, s'éjectant hors de ce trop long couloir, dans un escalier en colimaçon, qu'il dévala aussi vite que possible. Une fois dehors, il s'élança dans cette ville de pierres, sans savoir où aller, courant au hasard des rues. Il tourna un rond un bon moment, avant de parvenir à se calmer peu à peu, retrouver en partie ses esprits, aidé par l'air si frais du petit matin. Finalement, il s'assit au bord d'une fontaine, les jambes coupées par la fatigue et la tension. Devenait-il fou ou pouvait-il vraiment être poursuivi par l'esprit de cet enfant ? Et si oui, pourquoi, enfin ?! Il n'avait accompli que son Devoir et il… Une violente nausée lui remonta tout à coup brutalement dans la gorge et il se pencha de justesse vers le sol pour vomir. Encore.

- Jin…

Il sursauta durement et regarda vivement de tous les côtés pour voir qui appelait. Personne… Seule une légère brume matinale envahissait la petite place, déposant une faible rosée sur la fontaine. Un sentiment affreux d'insécurité lui grignota l'esprit, alors même qu'il était dans la ville la plus sécurisée qui soit dans l'empire entier. Il se leva, malgré ses jambes tremblantes, recula doucement, comme un animal pris au piège et acculé. Il *devait* fuir. Où… Mais où… Absolument convaincu maintenant d'être poursuivi par un esprit vengeur, il prit une nouvelle voie au hasard et se mit à courir. Malgré la terreur, ses pas le ramenèrent vers le château. Les Gardiens plus âgés et expérimentés pourront chasser cet esprit ! À nouveau, il entendit son nom murmuré tout près de lui alors qu'il n'y avait personne et courut encore plus vite. Il arriva en sueur et en larmes à la forteresse, ses jambes le tenant à peine, les poumons brûlants et le cœur battant si vite qu'il lui en faisait terriblement mal. Complètement malade de peur, il gravit aussi vite que possible les étages, jusqu'à parvenir au dernier, où se trouvaient les bureaux, salles de réunion et salles de prière des Gardiens les plus fervents et hauts placés dans la hiérarchie. Les maîtres de l'Ordre, seuls capables à ses yeux de venir à bout de cette apparition.

Voyant plus de lumière, il tituba jusqu'à une des plus grandes salles de réunion, prêt à déranger et se faire châtier, qu'importe, tant qu'il pouvait recevoir de l'aide. Les novices n'avaient aucun droit d'accès à cet étage. Il porta une main tremblante vers la porte, entrouverte, pour y frapper, mais s'interrompit en entendant des hommes à l'intérieur parler d'Haji. Sa main retomba malgré lui et il risqua un petit regard, très rapide et discret, par la porte entrouverte. Six des Gardiens les plus gradés de l'Ordre se trouvaient là. Les plus proches conseillers du Prieur lui-même, ses plus fidèles, à la tête des différentes branches de l'Ordre. Leur pouvoir était presque aussi absolu que celui du Prieur, sur l'empire. Le plus âgé, le Gardien Cai, se tenant debout avec les autres, les bras croisés, près d'une table tactique, en décrivant une scène qui horrifia le jeune Jin. Hier seulement, tôt le matin, Haji avait brandit des livres face à une foule sur les quais est de la capitale et il avait hurlé à tous que subir des brûlures aux yeux par la faute des livres n'était que mensonges. Suite à ça, les rebelles avaient lancé les livres dans la foule. De nombreux badauds s'en étaient emparés pour les ouvrir, constatant par eux-mêmes et enflammant la colère de la foule. Le tout, comme le racontait maître Cai, accompagné de violence contre les Gardiens. Le jeune garçon plaqua une main contre sa bouche, n'en croyant pas ses oreilles.

- D'après les rapports, ajouta maître Zhi en déposant une liasse de feuillets sur la table, nos hommes sur place ont mis plusieurs heures avant de contenir la foule et regagner le contrôle. Beaucoup de personnes ont été arrêtées. Il a fallu bien du temps avant de reprendre la main. Tout comme convaincre la majorité que ceux ayant osé s'emparer de ces livres jetés étaient possédés, pour parvenir à les toucher.

- Pourquoi ces incapables n'ont-ils pas été arrêté aussitôt ce rebelle ? grogna maître Geng avec exaspération. Il se trouvait juste sous leur nez !

- Le mouvement de foule lui a laissé assez de temps pour disparaître. Nous ignorons encore s'il se trouve encore dans la capitale ou s'il est parti vers les faubourgs. Peut-être même vers les forêts de l'Est.

Le jeune garçon baissa un instant la tête, toujours caché dans son petit recoin, tremblant de tous ses membres. C'était insensé... Un acte pareil… Si dangereux et si… Jin ne pouvait que reconnaître une très grosse part de courage, autant que de folie, pour oser un tel acte de rébellion. À l'intérieur de la pièce, maître Tan se racla d'un coup légèrement la gorge, attirant aussi l'attention de l'enfant. Il était le Gardien chargé de la branche justice, dans l'Empire, mais aussi le seul à dispenser parfois quelques cours aux novices. Il était plutôt apprécié, pour sa patience envers les jeunes en études ici et parce qu'il prenait le temps d'expliquer avec soin chaque chose. Un homme toujours très courtois et patient, pour qui les novices avaient beaucoup de respect.

- Prenons les choses dans l'ordre. Les personnes arrêtées peuvent être jugées dans un très grand procès public, à la fois pour hérésie et pour possession démoniaque. Elles serviront d'exemple aux autres. Leur exécution sera bien entendue, elle aussi, publique. Veillons à faire cela dans le quartier Est, également. Il est vrai que ce quartier a longtemps été délaissé, par manque d'intérêt, il est bien temps d'y imposer une présence forte, y empêcher les âmes égarées de se tourner vers la rébellion. Haji est certes courageux mais surtout particulièrement stupide. Il sous-estime le pouvoir d'influence de la Foi et de nos actions.

- C'est juste, approuva maître Yijun d'un hochement de tête rapide. Il n'est qu'un simple rebelle, après tout, nous en avons déjà eu bien d'autres. Son fils a servi une première fois, pourquoi ne pas l'utiliser une seconde fois ?

- Quelle est votre idée ?

Il avait réellement un fils, alors… Jin ne pensait pas l'avoir vu, dans le camp, c'était bizarre… Mais non, une minute, le Prieur certifiait que Haji ne pouvait pas avoir d'enfants et que c'était pour cette raison qu'il s'était mis en tête de lui faire du mal, à lui ! Perdu, il écouta plus attentivement encore, maintenant penché tout près contre la porte entrouverte.

- Dévoilons notre vérité. Dévoilons à grands cris à tous que ce rebelle a passé un pacte avec les démons des forêts de l'Est. Il a frappé et violé

Sae Qian dans le but de concevoir un enfant des démons, pouvant détruire l'Empire de l'intérieur. Racontons comment cet enfant, une fois né, a été sauvé à la fois de son père et des démons grâce à la puissance du Seigneur Seykyou, par le biais de notre Prieur. Il deviendra un symbole, que nous pourrons utiliser de plusieurs manières. Tout d'abord dans le procès des hérétiques, pour chasser le mal en eux avant leurs exécutions, ensuite comme exemple chez les faibles d'esprit de ce que la Foi est capable d'accomplir, pour combattre le mal. Une figure de jeunesse, preuve vivante que seul notre Dieu à tous peut chasser les démons.

Jin se remit les mains contre sa bouche et pressa fortement, pour ne pas laisser échapper le moindre gémissement. C'était... Mais le Prieur disait que... Son père... était un violeur... ? C'était ça, la vérité ? Il était le fils d'un violeur... ? D'un démon ? D'un hérétique ? D'un rebelle ? D'un homme ayant commis l'irréparable, forcer l'intimité d'une femme mariée ? Mais... mais... Sa mère l'aimait tout de même... Elle l'avait donc sauvé des ombres dès sa naissance en l'emmenant dans un temple, c'était cela qu'il s'était passé ? Les larmes coulèrent un peu lorsqu'il réalisa l'amour incroyable que sa mère lui portait, malgré le viol subi... Elle aurait eu toutes les raisons au monde pour l'abandonner... Tous avaient dû lui ordonner de le faire. L'émotion le submergea en comprenant la force incroyable de sa mère et le courage inouï pour l'aimer quoi qu'il en coûte et lui offrir le salut de Dieu. Tremblant, il ferma un court instant les yeux, pour remercier mentalement sa maman pour ce sauvetage, le courage de l'avoir porté et mis au monde malgré les circonstances ignobles de sa conception Elle l'avait sauvé, sauvé, sauvé... Sauvé de ce « père ». Sauvé du mal.

Silencieux, il recula doucement et repartit. Quittant cet étage, il retourna avec lenteur vers sa petite chambre. Il devrait déjà être lancé dans l'étude quotidienne des textes sacrés, à apprendre par cœur... De retour dans la chambre, il commença néanmoins par s'asseoir sur son lit, complètement bouleversé. Tout était... Dévasté... Il se sentait perdu, entre ce qu'il venait d'apprendre, la profonde reconnaissance et l'amour éprouvés pour sa mère, le dégoût inspiré pour Haji... Mais surtout...

Surtout... Même si penser à ce violeur lui donnait envie de vomir, il ne pouvait pas s'empêcher d'être, au plus profond de lui, soulagé que le patriarche Qian ne soit pas son véritable père. C'était profondément contradictoire, il haïssait ce rebelle mais était en même temps heureux de ne pas être le fils de ce vieil homme obèse et violent, si maltraitant et injuste, durant toute son enfance. Tout cela venait s'ajouter sur une confusion déjà très importante, le tenant sans discontinuer, alors que l'attaque contre le camp était passée. C'était une impression terrible, il ne savait plus du tout à quoi se raccrocher, naviguant dans un flot déchaîné de sentiments contradictoires.

Il termina allongé sur son lit, en position fœtale, serrant un bout de la couverture contre lui, entre ses mains crispées, comme il aurait serré une peluche. Prier ne le soulageait plus... Ni même pleurer, simplement. Devait-il être à la fois heureux de ne pas être le fils du patriarche Qian et ulcéré d'être le fils d'un violeur ? Pouvait-il être à la fois satisfait d'avoir accompli son devoir envers Dieu et dévoré par les remords pour avoir provoqué la mort atroce de tant de personnes ? Comment était-il possible qu'il soit à la fois si convaincu que les Gardiens étaient dans leur droit et devoir d'assurer l'ordre dans l'empire et horrifié par la plupart des méthodes employées ? Il glissa les yeux sur le côté, jeté contre le mur plus loin, encore couvert d'un peu de sang. Cette même envie de se faire du mal à lui-même, échapper à la douleur mentale par la douleur physique, vint le saisir. Il combattit cette impulsion en se recroquevillant un peu plus et en serrant la couverture contre son cœur. Il y enfouit son visage, en fermant très fort les yeux. Ne pas céder... Sa tête lui faisait très mal... Baisser sa garde signifierait laisser les souvenirs revenir le hanter... Un frisson le secoua quand il entendit encore cette petite voix, tout près de lui. Hallucination ou possession... ?

- Va... va-t'en... grinça-t-il très faiblement.

- Aide-moi, chuchota la petite voix.

Jin tressaillit et releva doucement la tête, rouvrant les yeux. C'est là qu'il vit, à quelques centimètres à peine de lui, le petit garçon. La peau partait en lambeau à cause du feu, les yeux blancs, la bouche tordue dans une grimace de souffrance. Cette fois, le jeune novice poussa un véritable hurlement de terreur qui dû résonner dans tout le château. Il bondit hors du lit, se jeta sur le couteau et trébucha au sol, avant de pointer l'arme sur l'apparition. L'enfant avança malgré tout vers lui, en répétant son appel. Jin hurla encore, cette fois de désespoir, en larmes, en brassant l'air devant lui avec le couteau. Il se sentait de plus en plus mal, après la tête, le ventre fut un long pincement douloureux. Il sentit de lourds picotements dans les jambes, le bout des doigts et enfin la tête. Ses oreilles se bouchèrent, lorsque l'enfant brûlé vif ne fut plus qu'à un pas. Il lâcha le couteau sans le réaliser et se sentit partir en arrière. Le noir envahit tout et il chuta, perdant pour connaissance pour de bon.

Ce fut dans un lit, au sein de l'aile médicale, que Jin reprit difficilement conscience. Un linge humide posé sur le front, qui tomba sur le côté lorsqu'il voulut bouger. Il se sentait... Si faible... Physiquement comme moralement... Abattu comme il ne l'avait jamais été de sa vie entière, au point que même bouger le bras était un effort considérable. Quelques instants seulement après son réveil, il y eut du mouvement, au pied du lit. Maître Yijun s'approcha, avec un air indéchiffrable. Il prit place sur une chaise à côté du lit et le regarda, durant un long moment, sans rien dire. Un silence qui devint vite insupportable, pour le jeune garçon, cependant, il ne trouvait plus la force de parler. Ou plutôt, ne se sentait pas produire l'effort pour le faire. Il n'en pouvait juste plus... Son corps entier était devenu une plaie béante et à vif. Son esprit saignait, lui aussi. Si un gouffre s'ouvrait à l'instant devant lui, Jin sentait qu'il ne tenterait même pas de s'accrocher à son bord pour éviter la chute. Il se laisserait tomber, juste comme ça, avec le seul espoir que tout s'arrête enfin, qu'il n'ait plus mal.

- Tu as eu à combattre une attaque démoniaque, jeune novice, dit soudainement le maître. Une attaque que tu as échoué à repousser. Tu es faible. J'ose espérer que tu en éprouves de la honte.

Le jeune garçon n'aurait pas cru possible, il y a quelques secondes à peine, qu'il pouvait se sentir plus mal encore. Il frémit, comme sous l'effet coup violent et inattendu. Ses yeux brûlaient et piquaient, pourtant, il n'arrivait pas à pleurer. Même sa gorge était très sèche. Maître Yijun se leva et s'approcha, posant une main sur le haut du lit et l'autre contre l'oreiller, près du visage du jeune novice. Penché ainsi, il le regarda avec une telle flamme dans le regard que Jin fut aussi effrayé qu'au moment de voir le fantôme du petit garçon.

- Le Prieur, chuchota-t-il, dans son immense générosité, n'a pas voulu te raconter trop vite le secret honteux de ta naissance, car tu ne venais que de rejoindre nos rangs. Mais sais-tu la vérité ? Tu es un fils de viol. Tu aurais dû être tué dès ta naissance. Mais le Seigneur Seykyou a alors décidé de faire un geste et t'a béni dès ton premier souffle. Il a chassé le mal en toi, des démons qui t'habitaient. Il t'a sauvé. Est-ce ainsi que tu vas aujourd'hui le remercier ? En échouant à combattre le mal et en étant aussi faible ? Ou vas-tu enfin cesser de trahir notre Dieu et te montrer digne de la confiance qu'il t'a accordée ? Il t'a sauvé, mon garçon. Il t'a sauvé alors ne le trahis pas. Humilie-toi devant lui, demande-lui pardon à genoux pour ta faiblesse, humilie-toi pour mendier sa clémence. Vis en hommage de ce qu'il a accompli pour toi. Ton devoir est de chasser le mal. Demande pardon au ciel, présente tes remords, avoue ta honte et accepte ton châtiment. Ainsi tu redeviendras pur et tu seras prêt à combattre le mal.

Maître Yijun se retira lentement et s'en alla d'un sec mouvement de talons. Laissant derrière lui Jin dans un état d'extrême confusion, de terreur et de bouleversement. Surtout, il se sentait en grande insécurité. Si les démons revenaient... Si le petit garçon revenait ? Qui allait l'aider ? Il n'arrivait pas à le repousser, il ne savait pas comment faire ! Ou était-ce à cause d'un manque de Foi qu'il n'y parvenait pas ? Comme si les autres sentiments douloureux ne suffisaient pas, une écrasante culpabilité vint s'ajouter à l'ensemble. Il s'obligea à bouger les mains pour les joindre devant lui et se mettre à prier. Tout d'abord pour demander pardon au Seigneur et implorer sa clémence. Il pria durant plus de deux heures, malgré une migraine persistante et cette immense fatigue le tenant. Interrompu seulement lorsque deux Gardiens se présentèrent lui ordonnèrent de se lever et s'habiller. Jin ne pensa évidemment pas à désobéir, avec cette interruption soudaine, mais ne parvint pas à aller bien vite. Agacés par cette lenteur, les deux hommes se chargèrent eux-mêmes d'accélérer la procédure, avant de le forcer à les suivre vers une autre pièce. Un autre homme l'attendait, un bâton à la main. Jin comprit instantanément ce qui l'attendait. Sa punition pour avoir échoué à combattre le démon.

Il tomba à genoux au sol. Encadré par les Gardiens. On lui intima l'ordre d'implorer le pardon du ciel durant le châtiment. Il obéit, une fois de plus. Il réussit de justesse à ne pas crier lorsque le premier coup tomba. Il pria. Encore et encore. Le troisième coup le fit chuter complètement au sol. Les deux Gardiens l'ayant emmené ici le forcèrent à se relever et le maintinrent à genoux. Il reçut exactement neuf coups, avant que les trois hommes ne partent, le laissant seul et enfermé à clé dans cette pièce. Il ne lui restait qu'à prier. Allongé sur le ventre, Jin posa sa tête contre son bras replié. Il méritait de vivre tout cela, c'était sa faute et sa punition, il devait l'accepter pour redevenir pur. C'était une étape… nécessaire… Son regard se voila peu à peu, il crut d'abord retomber dans l'inconscience, mais c'était autre chose. Bientôt, il ne fut plus allongé dans cette salle vide, sur la pierre froide, mais crut voir de la terre, sous lui. Du feu… Beaucoup de feu. Des personnes qui criaient, d'autres qui combattaient. Il vit les Gardiens. Il vit des personnes tomber. Il sentit cette odeur… L'odeur du sang.

Ce n'était *pas normal*…

Ça ne pouvait être qu'une nouvelle attaque des démons. Il devait lutter ! Repousser… Lutter… L'enfant… Le petit… L'enfant… Jin tendit la main vers lui, il était lui aussi à terre, si proche… Un instant, il crut réussir à l'atteindre, le toucher, mais l'enfant disparut brusquement. Il ne restait que les flammes. Il revit la cellule grise et glacée. Avec pour seul décor une statue de leur Dieu. Jin avait l'impression que quelque chose venait de se briser, en lui, sans qu'il ne soit capable de dire quoi. D'être « cassé ». Brisé. Anormal. Il le ressentait. Dieu l'avait-il abandonné à cause de sa faiblesse et sa trahison ? Pitié, non… Non… Il pria encore et encore. Que le ciel ait pitié… Il fera tout pour le servir au mieux, c'était un serment. Quitte à s'oublier entièrement lui-même pour cela. Puisque telle était sa place dans le monde, il jurait de devenir le plus parfait soldat du ciel.

CHAPITRE 17 : LA FLAMME DE L'EST

Toutes les cloches de la ville sonnaient de manière insistante et rapide, voilà déjà trois bonnes minutes sans discontinuer. Lourdement, pesant sur toute la cité. Nasha poussa tout à coup le médecin d'un petit coup de coude et lui pointa du doigt les oiseaux affolés s'envolant en hordes au-dessus de la ville. Ning serra un peu les lèvres, un mauvais pressentiment le travaillait. Avec sa consœur de rébellion, ils étaient partis en binôme très tôt ce matin, comme d'autres, comme ils le faisaient depuis quelques jours. Depuis le petit spectacle improvisé d'Haji, en fait… Un acte imprévu, prenant de court ses alliés comme ses ennemis. Il avait hurlé tout ça face à la foule simplement à cause de la colère, ne supportant pas d'entendre un Gardien clamer à un homme, qu'il s'apprêtait à frapper, qu'il n'était qu'un hérétique n'ayant pas foi en Dieu. Un acte qui avait déclenché un souffle de révolte imprévu lui aussi mais qui arrangeait bien leurs affaires. Ce n'était pas du tout comme ça qu'ils avaient voulu débuter leurs actions dans la capitale, cela dit ! Leurs plans avaient été complètement remis en cause, ils avaient dû improviser dans l'urgence. Fallait-il regretter ce coup de sang ? Dur à dire. Ning se contentait d'être heureux que ça n'ait pas dérapé plus loin, ce jour-là.

Souffler les braises de la révolte dans ce quartier n'était, en soi, pas très compliqué. Le faire alors que les Gardiens arrivaient en masse pour reprendre les choses en main était une tout autre affaire. Avec Nasha, ils venaient juste de quitter une taverne d'une rue très pauvre, où les habitants avaient été très enclins à écouter leur message et accepter, pour certains d'entre eux, de toucher un livre. Même si ce n'était qu'un mensonge parmi tant d'autres, le percer aidait beaucoup les gens à se convaincre qu'ils se faisaient manipuler par le Prieur. Cependant, au sourd son des cloches, l'ambiance générale avait radicalement changé. Les habitants sortaient dans les rues, certains fermaient très vite leurs stores et échoppes, tous se pressaient vers l'une des plus grandes places de l'Est. Emportés par le mouvement de foule, Nash et Ning s'y rendirent eux aussi. Très vite, ils se retrouvèrent face aux Gardiens, appelant à grands cris la population à venir se rendre au procès. Quel procès… ? La foule se rassembla vers la place, dans les rues avoisinantes. Le duo se déplaça comme il le put au plus près, pour découvrir la scène affligeante.

Douze personnes, hommes et femmes, étaient agenouillées au sol et enchaînées, encadrées par les Gardiens. Face à eux, une large estrade, où se tenaient encore d'autres hommes en blanc. Mais l'un d'entre eux, au centre, se détachait des autres. Son uniforme était plus visiblement plus riche, mieux orné, surmonté d'un manteau blanc aux rebords de fourrure. Sa coiffure, plus distinguée, était-elle aussi enrichie de broches en jade. Nasha lui murmura qu'il s'agissait du seigneur Tan, un homme très influent, sous les ordres directs du Prieur. Il était chargé de la Justice. Ning allait répondre lorsque son regard tomba finalement sur une silhouette bien plus petite et menue. Un enfant. Le petit… Son corps tout entier se glaça et il dû se retenir pour ne surtout pas bouger. Le petit était bien vivant… Mais de retour aux côtés des Gardiens. Évidemment, il n'avait pu rester assez longtemps avec eux pour ne plus croire aux fables, répétées jusqu'à plus soif durant son enfance. L'expression du jeune Jin était assez… étrange. Presque lointaine. Comme s'il était là sans être vraiment là. Un vide assez terrifiant, dans le regard d'un enfant.

D'après les murmures de la foule tout autour d'eux, c'était la première fois qu'un des six seigneurs des Gardiens se rendait dans le quartier est. Ning ferma un bref instant les yeux, soupir aux lèvres. Ah là là, Haji… Son coup d'éclat provoquait bien plus de remous qu'ils ne l'avaient tous cru. Bien plus. Bien trop. Jamais il n'aurait dû faire ça mais il était bien trop tard pour regretter. De toute manière, ils n'avaient plus le choix, ils devaient progresser, coûte que coûte. Le seigneur Tan se leva tout à coup, tendant les bras vers la foule avec un sourire, comme s'il voulait tous les embrasser. Le médecin se redressa nerveusement, à la fois pris par la peur et par une envie furieuse d'agir, de faire quelque chose, là, maintenant. Les Gardiens étaient nombreux, oui, mais cette foule l'était bien plus encore ! Si tous… S'ils bondissaient tous contre ces hommes, d'un seul bloc… Les visages autour d'eux étaient graves, en colère ou effrayés. D'autres conservaient le regard baissé. Même Nasha, pourtant souvent impulsive, affichait un certain effroi ou impuissance.

- Mes amis, lança le seigneur Tan, faisant du même coup taire une bonne partie de la foule. Mes amis, merci d'être là, votre présence prouve votre solidarité à tous, en ces heures bien sombres.

Le médecin plissa légèrement les yeux, se demandant à quel point la solidarité jouait un rôle là-dedans lorsqu'on prenait aussi en compte le son assourdissant et inquiétant des cloches, maintenant silencieuses, la peur suscitée par les Gardiens et l'inquiétude qu'eux-mêmes avaient générée depuis quelques jours. Sans oublier la peur et les interrogations pour les douze malheureux enchaînés... Neuf hommes, trois femmes, dont les expressions oscillaient entre la terreur pure et un air de défi. Ning se sentait profondément mal à l'aise en les regardant... Dans quel état d'esprit pouvait-on se trouver dans une telle situation ? Mourir dans une bataille n'était pas la même chose que d'être face à une menace imminente d'exécution. Vous n'aviez, au moins, pas le temps de voir venir la première.

- Notre pays traverse une crise très grave. Les démons ont lancé une vaste offensive contre nous tous, en se servant de ce rebelle répugnant dont vous avez déjà tous entendu parler. Ils infestent les villages, possèdent des âmes comme celles de ces malheureux face à vous. Oui, mes amis, notre pays est actuellement gravement tourmenté... Mais ne perdez pas espoir ! Notre Dieu ne nous a pas abandonnés, lutte pour nous et nous montre la voie à suivre pour le rejoindre dans cette lutte. Il y a maintenant des années, mes amis, le démon guidant le rebelle avait déjà tenté de faire naître un ennemi terrestre, opposé à notre Dieu. En violant une femme et en créant un bébé dont l'âme a été possédée avant même sa naissance.

La foule eut un brusque murmure d'effroi, alors que le médecin braquait vivement le regard sur le petit Jin. Ils n'auraient tout de même pas osé... Pas osé... Pas osé faire ça ? Ils ne pouvaient être odieux à un tel point ? L'enfant, lui, ne bougeait toujours pas, l'expression aussi vide que son regard. Contrairement au Seigneur Tan, souriant et visiblement fier des premiers effets de sa petite annonce.

- Le Seigneur Seykyou a alors réagi dès la naissance de cet enfant, en sauvant son âme des démons. Il l'a sauvé, sachant que cet enfant était capable d'emprunter le chemin de la pureté. Cet enfant, le voici, mes amis. Cet enfant a été sauvé car dès sa naissance, portant en lui une Foi inébranlable, malgré les circonstances terribles de sa conception. Nous sommes tous protégés de la possession, mes amis, dès lors que notre Foi envers Dieu est forte ! Mais lorsque cette Foi tremble… Oui, lorsque cette Foi tremble, les hérétiques se dévoilent alors au grand jour. Ils deviennent les hôtes des démons, de ces forêts de l'Est…

Ning ne pouvait trouver d'insultes assez fortes pour exprimer ce qu'il ressentait, là, tout de suite. Les poings serrés à s'en faire mal. Il tremblait fort tant il avait du mal à se contenir de ne pas sauter devant tous et hurler que tout ça était faux. Sentant sa tension extrême, Nasha lui saisit tout à coup le poignet et lui murmura de se calmer. Pas ici, pas maintenant.

- Nous sommes là pour vous tendre la main et vous aider, mes amis. Vous n'êtes pas seuls, entourés d'hérétiques. Nous sommes votre rempart contre ces forces diaboliques cherchant à vous piéger entre leurs griffes. De nouvelles structures seront créées en ville pour mieux vous élever dans le chemin de la Foi, telle qu'il en existe déjà tant dans l'ouest de l'Empire. Le Seigneur Seykyou peut sauver l'âme de tout hérétique rejetant enfin l'influence démoniaque et se battant contre ces idées fallacieuses. Vous, oui, vous, pauvres âmes égarées, qui comparaissent aujourd'hui… Vous ê…

Le reste de la phrase se termina sèchement dans un gargouillis indistinct, un hoquet. Ning ne crut d'abord pas ce qu'il vit. Une longue flèche plantée dans le cou du seigneur Tan, un large flot de sang s'écoulant et imprégnant les vêtements si blancs. Une expression de pur choc sur le visage blême. Le corps qui s'effondra lourdement en arrière sur l'estrade. Durant un instant, complètement irréel, un silence de mort plana sur l'assemblée toute entière. Enfin, quelqu'un hurla. Une bonne partie des visages se tournèrent dans une synchronisation parfaite vers l'endroit d'où venait la flèche, d'autres tentèrent déjà de s'enfuir de la place, complètement paniqués. Une partie des Gardiens se précipita vivement vers l'endroit du tir, d'autre vers le seigneur Tan. Comme s'il était possible de faire quelque chose. Nasha le tira brusquement par le poignet pour l'entraîner avec deux qui fuyaient, profitant du mouvement de foule. Un mouvement de panique empêchant même les Gardiens d'avancer bien vite. Dans le chaos total, Ning crut voir des personnes aider les douze prisonniers à se relever et fuir mais n'était sûr de rien. Ils étaient entraînés par la foule dans les rues avoisinantes, assourdis par les cris.

Ils coururent un bon moment, jusqu'à en quitter le quartier est et arriver dans le nord, pour ne s'arrêter que sous une vieille porte cochère, infestée d'ordures, dans une rue misérable. Ning tomba à genoux, le temps de reprendre son souffle et ses esprits. Nasha s'assit par terre, elle aussi à bout de souffle, une main contre les côtes. Ils pouvaient toujours percevoir l'agitation lointaine, les cloches sonnaient à nouveau. Durant plusieurs minutes, ni l'un ni l'autre ne parlèrent, encore trop secoués par ce qu'ils venaient juste de voir. Ce n'est qu'après avoir complètement retrouvé son souffle que le médecin soupira longuement. Il s'assit à son tour par terre et chassa un rat couinant dévorant les ordures à côté d'eux.

- C'est forcément un rebelle qui a tiré, bafouilla-t-il faiblement.
- Oui… Un rebelle…

Aucun d'entre eux ne le dit mais ils pensaient évidemment au même rebelle. Ça non plus, ce n'était pas prévu dans le plan. Tuer un des six seigneurs les plus influents de tout l'Empire… Devant tout un public, en plein procès de soi-disant hérétiques… Le message adressé au Prieur ne pourrait pas être plus clair. La peur pour Haji grimpa en flèche et Ning ne cessa de se demander s'il était parvenu à fuir. La foule en panique avait sûrement dû l'aider mais il ne pouvait être certain pour le moment. Le médecin eut un petit rire nerveux, surprenant Nasha. Il lui fit signe de ne pas s'en faire, quoi qu'il n'arrive pas encore à se calmer. C'était juste que... Enfin, Haji s'était toujours montré idéaliste, naïf même, au point de tout faire durant plusieurs années pour éviter que leur camp ne réplique avec autant de violences que leurs ennemis. Mais aujourd'hui, - du moins s'il était bel et bien l'auteur - il ne tuait rien de moins qu'un seigneur dominant religieusement comme politiquement. Un seigneur dont les paroles, en résonnant grâce à l'écho, scellaient son funeste sort. Ning ne voyait pas d'autres raisons à ce tir.

- Essayons de retrouver tout le monde, marmonna Nasha à voix très basse.

Oui... Surtout pour savoir ce qu'ils étaient censés faire, à présent, car la répression de leurs ennemis suite à un coup pareil n'allait pas se faire attendre. En quittant la porte cochère, Ning dû à nouveau repousser de sa botte les quelques rats revenus piller les ordures, pour passer. Il détestait ces bestioles agressives, surtout lorsqu'elles essayaient de vous grimper dessus pour vous voler votre nourriture, dans certains endroits particulièrement agréables à vivre. Avec Nasha, ils reprirent le chemin du quartier est, par une voie détournée pour esquiver le centre actuel du chaos. Il fallait faire vite. Le retour de bâton promettait d'être violent.

Bien loin de là, les fins rideaux blancs et bleus d'un imposant palanquin se refermèrent sur ses occupants. Les coupant de la vue de la foule, les curieux déjà tenus hors de portée, grâce aux Gardiens. À l'intérieur, le seigneur Yijun, mains croisées contre lui, assis le dos droit et avec grâce. Juste à côté de lui, le jeune Jin, mains aussi croisées mais regard baissé, dos légèrement courbé. Le seigneur responsable de l'éducation et de la religion venait tout juste de les rejoindre dans le quartier Est. Le Prieur fut averti du drame. Jin priait, en silence, pour l'âme du seigneur Tan. Bouleversé par la scène mais tenant à ne pas le montrer, cette fois, surtout face au seigneur Yijun. Pas alors qui lui avait déjà reproché sa faiblesse et puni pour cela. La crainte d'une nouvelle sanction l'angoissait bien trop pour qu'il ose seulement laisser ses expressions aller librement. Le meurtre d'un seigneur si important était si atroce ! Son supérieur et maître soupira, tout à coup, alors que le palanquin se mettait en route.

- Un premier exemple doit être donné. Les douze hérétiques ont été rattrapés. Ils seront exécutés sur la place du Seigneur, devant le Palais Impérial, face à toute la population. Le Prieur mènera cette tâche, quant à toi, tu devras demander aux condamnés de supplier pour le pardon de notre Dieu, qu'il les sauve comme il t'a sauvé, toi. Ils doivent accepter de repousser les démons et se prosterner devant la force du ciel.

- S'ils le font, répondit timidement Jin, seront-ils épargnés ?

- Mon enfant... La mort seule peut leur permettre de s'élever définitivement vers notre Dieu, car leurs âmes ont été bien trop corrompues. Mais tu dois leur accorder une première chance de renier le mal, tel est ton rôle.

Jin baissa la tête, s'attendant à recevoir une nouvelle correction physique pour avoir posé cette question, mais à la place, le seigneur Yijun le prit dans ses bras et lui déposa un baiser dans les cheveux. Plus confus que surpris par le geste, le jeune garçon n'osa pas bouger d'un pouce. Il était très dur pour lui de savoir à quoi s'attendre, entre les moments de câlin et ceux où on le rassurait, suivis de moments de violence. Impossible de déterminer s'il allait être frappé ou si, au contraire, on allait lui prodiguer un moment d'attention. Cependant, la brutalité, elle, avait le mérite d'être très claire et parfaitement honnête... Ce n'était pas le cas du reste. Les instants d'affection tels que celui-ci le mettaient mal à l'aise, au point de lui faire regretter de ne pas avoir pris une gifle en lieu et place de ça. Les caresses contre ses mains, dans le dos, sur le visage... Les étreintes parfois appuyées et prolongées... Suffisamment pour ressentir des manifestations physiques, de la part du seigneur, que Jin redoutait. Tout cela lui laissait un sentiment de confusion et souvent de peur, plutôt que de détente. Il sentait, sans pouvoir pour autant définir pourquoi, que quelque chose lui échappait, derrière ces gestes. Exactement comme en cet instant, il frissonnait lorsque la main du seigneur Yijun le massait contre les reins, d'une manière insistante.

Il se mordit les lèvres, très fort, pour ne rien dire, ne pas bouger, ne pas laisser échapper quoi que ce soit. Son seigneur était lui aussi un envoyé de Dieu, tout ce qu'il faisait sur cette Terre était de fait approuvé du ciel. C'était Dieu qui l'avait mis à cette place. Il s'obligea à taire sa révulsion lorsque la main de l'homme se fit encore plus baladeuse, le cœur au bord des lèvres. Ce n'était pas la première fois que cela arrivait mais à chaque fois, le dégoût était toujours le même. Lourd et instinctif. Depuis son retour à la capitale et son retour à sa formation en tant qu'élève personnel du Prieur, ce dernier s'adonnait assez souvent à ces attentions envers lui. Il lui disait que c'était normal, qu'un maître se devait d'être proche de son élève, que c'était très naturel. Normal ou non, le jeune garçon supportait très mal ces attouchements, les vivant comme une agression. Se contraindre à ne rien dire n'était qu'une violence supplémentaire, mentale celle-ci. Même si ce n'était jamais allé plus loin encore que de simples gestes. Ne pas lutter exigeait un effort considérable, alors que cette main s'agitait sous ses vêtements, à même la peau. Heureusement, le trajet ne dura que peu de temps et le seigneur le relâcha avant leur arrivée. Sauvé ! L'enfant lutta ardemment contre lui-même, une fois dehors, pour se comporter normalement, respirer doucement.

Une assemblée exceptionnelle devait avoir lieu dans le palais Impérial, avec le Prieur, des Gardiens, leurs plus hauts représentants, tout le gratin protocolaire du palais, les ministres, les dignitaires, les chefs des grands clans, les chefs de familles plus petites... Dans ce flot grouillant et de plus en plus imposant, il suivit le seigneur Yijun d'un pas se voulant très assuré. Il s'efforçait de se refouler mentalement... D'écraser complètement ce qu'il ressentait, d'écarter toute pensée, de ne penser qu'à son Dieu, pour être capable de se tenir droit et de conserver un visage lisse. C'était la seule solution qu'il pouvait employer. S'oublier lui-même pour ne pas se laisser submerger par ses propres sentiments. Il était hors de question de les accepter, ça ne ferait que le faire souffrir encore plus et recevoir de nouveaux châtiments. Arrivé près du Prieur, il était parvenu à se composer un visage sans expression, de nouveau, comme durant le début du procès dans le quartier est. Avant que le drame soudain ne lui détruise toute cette belle assurance en un millième de seconde. Ce calme d'apparence faillit, cependant, se fendiller directement lorsque le corps du seigneur Tan fut amené par une procession devant l'assemblée qui continuait de grossir.

Les yeux et la bouche du défunt étaient grands ouverts. La dernière expression, presque grotesque, du seigneur Tan provoqua une envolée de petits cris et de commentaires très bruyants. Le Prieur, assis sur son trône en amont de tous, devant un mur couvert d'une large draperie à sa gloire, demeurait de marbre, face à son serviteur. Un autel improvisé était placé aux pieds du trône et des quelques marches de marbre y menant, pour y placer le corps. La tenue blanche du défunt n'était plus qu'une marée de rouge luisant, virant peu à peu au noir par endroit. Tous étaient profondément choqués, alors que les derniers arrivés franchissaient les hautes portes de la salle du trône, sitôt refermées par les soldats. Les mots hérésie et sacrilège fusaient en tous sens. La colère que l'auteur du crime n'ait pas été attrapé sur le champ était immense. La noblesse s'insurgeait et s'angoissait grandement. Ce crime était pour eux une preuve que désormais, les hérétiques n'avaient plus d'hésitation à s'en prendre aux classes supérieures. Donc que la populace pourrait s'engouffrer à son tour dans une voie d'animosité et de rébellion. Tous, dans cette salle, affichaient leur peur que les plus basses classes sociales puissent profiter de cet événement pour se révolter. Se laisser embarquer par ce rebelle, sans aucune limite.

Jin le pensait aussi... Il sentait que c'était possible... Il suffisait parfois d'un seul geste comme celui-ci. Si une personne osait commettre l'impensable, toucher un symbole sacré... Pire que tout, elle était parvenue à le détruire sans se faire arrêter, alors d'autres pouvaient suivre son exemple. Il releva un regard effrayé sur le Prieur, tandis qu'il appelait au calme d'une voix forte et confiante.

- Mes frères... Le seigneur Tan a donné sa vie pour notre combat à tous. Nous célébrerons dès ce soir son courage et sa volonté dans une cérémonie funèbre. Ce crime ne restera pas impuni.

Il se leva, dans une posture débordant d'assurance et de force, en s'adressant à l'assemblée. A l'ombre du seigneur Yijun, le jeune garçon n'en menait toujours pas large mais s'obligeait à faire bonne figure. Est-ce que le rebelle se rendait seulement compte du monceaux de troubles déclenchés... ? Enfin, oui, évidemment, le tir se devait de provoquer le chaos, aucune autre raison n'était possible. Un violeur, un hérétique, un rebelle et maintenant un assassin. Le Prieur reprit la parole en commençant par rassurer l'assemblée, insistant sur le fait que les classes sociales basses n'étaient pas en mesure de véritablement se révolter ni prendre un pouvoir qui ne leur était pas dû. Ce pays avait déjà connu d'autres troubles de ce genre par le passé et l'Empire n'était pas tombé pour autant. Il annonça ensuite les exemples qu'il comptait mener, enchaînant sur les mesures qui seront appliquées dès ce soir par les Gardiens, au moment même de l'oraison funèbre du seigneur. Des mesures dures mais justes, ajouta le Prieur, devant à la fois contenir le peuple, lui rappeler sa place, mais aussi l'aider en l'éloignant des tentations démoniaques.

Après ce long discours et les annonces dévoilées, la foule bondit en applaudissant à grands cris, acclamant le Prieur pour la volonté dont il faisait preuve, pour le bien de tous. Jin applaudit avec les autres, plus pâle que de coutume. Il approuvait évidemment la plus grande fermeté qui sera appliquée et dans le même temps, il avait un très mauvais pressentiment. Cette fermeté n'allait-elle pas enflammer plus encore les esprits ? N'existait-il pas un risque que la population ne supporte pas toutes ces nouvelles mesures et se soulève d'autant plus ? La colère montait dans le camp des hérétiques et la répression se faisait plus ardente de la part des Gardiens. Jin ne voyait vraiment pas comme une telle situation ne pouvait pas se terminer en catastrophe pure et simple. Surtout avec l'Empire déjà attaqué au Nord. Oh Seigneur, des temps bien sombres s'ouvraient face à eux.

Le soir tombait lentement sur la capitale, bien loin de s'endormir. Personne dans la grande ville ne pouvait ignorer l'agitation qui y régnait et les déplacements vifs des Gardiens. L'armée blanche fondait sur la ville, prenait ses positions et organisait de nouveaux postes de gardes.

Le quartier Est était bien sûr particulièrement visé. C'était là que Haji se trouvait toujours, dissimulé dans un petit grenier et observant la rue. La vie nocturne s'y déployait comme tous les soirs, comme si rien d'étrange n'arrivait autour d'eux. Les Gardiens passaient parfois sans que les habitants n'y prêtent attention. Ou plutôt, s'obligeaient à ne pas y prêter attention. Les gens étaient pris d'une sorte de frénésie fiévreuse, agissant comme ils en avaient l'habitude alors que personne n'était dupe. Maintenir un semblant de vie normale était une méthode de survie, pour tous les habitants, même dans les autres quartiers. Haji observait cela le visage fermé, le regard fixe, à genoux sur le plancher et la paille, au travers des fissures du mur de bois. Une main posée contre ce mur fin, l'autre contre un arc long et fin. Si calme malgré la situation. Pour la toute première fois de son existence, il ne regrettait pas d'avoir tué.

C'était un sentiment très dérangeant, mais bien réel. Aucun remord ne l'habitait. Bien au contraire, la satisfaction éprouvée l'emportait sur ses principes, si ancrés en lui. Leur camp brûlé, la colère de voir des personnes sans défense se faire malmener par leurs ennemis, l'écœurement face à la manière dont ils détournaient la religion par soif de pouvoir, la haine, enfin, la haine si immense pour les paroles entendues aujourd'hui. Un bruit derrière lui l'alerta, il bondit, avant de voir Ning grimper l'échelle pour le rejoindre dans ce grenier. Tout allait bien… Pour le moment, en tout cas, ils étaient en relative sécurité. Dans le grenier d'une maison close bien connue de Haji. Quelques proches connaissances, détestant les Gardiens, acceptaient sans vergogne de le cacher. Juste sous eux, l'étage des chambres de passe bruissait d'activité. Bien des années ont passées, le jeune homme n'aurait pas cru revenir ici un jour. Le faible espoir de revoir Hana s'était vite estompé… Elle avait quitté ce monde, il y a plusieurs années déjà, emportée à la fois par la maladie et par une vie d'usure dans le bordel. Les personnes les aidant à se dissimuler ici, en transmettant cette nouvelle, avaient aussitôt tenté de le réconforter. Haji aurait pourtant dû s'en douter…

Ning s'agenouilla derrière lui et l'enlaça, en commençant à l'embrasser longuement dans le cou. Haji mit un moment avant de se détendre, sous les baisers et caresses de son compagnon, les yeux clos. Sous l'insistance, son corps se détendit de lui-même et il se laissa aller dans les bras du médecin, tombant allongé avec lui dans la paille. Durant un moment, tous deux oublièrent cette guerre et tous leurs ennuis pour s'abandonner dans les bras l'un de l'autre. S'oublier une ou deux heures dans le désir, en écartant la tension et la fatigue. Le monde pouvait attendre un peu...

CHAPITRE 18 : LA PLAIE

La roue de la charrette se coinça une nouvelle fois dans un nid-de-poule, poussant son conducteur à lâcher un juron sonore, alors qu'un grincement sinistre résonnait dans toute la petite rue. Peu vinrent aider à pousser la charrette, son contenu n'inspirait aucune confiance. Finalement, le conducteur put repartir et s'arrêter devant le cimetière. Le chargement, une dizaine de corps, fut jeté sans ménagement dans une aire du cimetière réservée pour cela, entassés et laissés là, à l'abandon. Sous les invectives de la foule, dont une bonne partie se couvrait le nez de mouchoirs et de foulards, le fossoyeur leur cria qu'il n'avait pas le droit de creuser des fosses communes pour ceux condamnés pour hérésie ou possession. Une Loi qui intéressait actuellement très peu les habitants du quartier, beaucoup plus préoccupés par l'odeur des premiers cadavres laissés là à l'air libre deux jours plus tôt que par le respect des dogmes. Il fallut attendre qu'une patrouille des Gardiens arrive non loin de là pour disperser la foule des mécontents telle une volée d'oiseaux. Une scène similaire se jouait dans une autre rue, où d'autres cadavres étaient laissés à l'abandon. Les victimes des purges menées par l'Ordre blanc ces derniers jours.

À quelques mètres seulement de là, en voulant rentrer dans un atelier délabré, Nasha fit accidentellement tomber quelques planches de bois rongées d'humidité au sol. Faisant aussitôt fuir une bonne vingtaine de rats cachés derrière les caisses et de gros tonneaux. Elle poussa un cri de dégoût en bondissant aussi vite que possible hors de leur chemin. Les bestioles filèrent dans la rue et disparurent très vite, avant même qu'elle n'ait eu le temps de reprendre son souffle. Écœurée, elle rentra très vite, en demandant aux autres personnes présentes s'ils n'avaient pas le sentiment qu'encore plus de rats qu'autrefois s'aventuraient dans les rues. Son mari haussa légèrement les épaules, en répondant que ce n'était pas une telle nouveauté, surtout si près des quais. C'était là que tous deux vivaient juste avant de se marier et de partir en campagne, il y a des années de cela. Les rats avaient effectivement toujours fait partie du quotidien, mais Nasha ne se souvenait pas d'en avoir déjà vus autant dans tout le quartier Est. Même en plein hiver, lorsque la nourriture devenait plus rare. Mage sourit en voyant son air crispé et vint la serrer un instant dans ses bras.

- Ils mordent mais ça se soigne assez facilement, ne t'inquiète pas. Il suffit de ne pas s'en approcher, ils fuient les hommes.
- Je déteste quand même ces bestioles... Tu ne m'enlèveras pas non plus l'idée qu'il y en a plus. Quelque chose doit les attirer.
- L'odeur, sans doute.

L'odeur et la nourriture facile de ces derniers jours. Il n'y avait pas que les rats, d'autres charognards, venus tout droit des steppes du Nord, commençaient à planer au-dessus de la ville. Ils se dépêchèrent de rentrer et passer par l'arrière de l'atelier, pour gagner un passage souterrain. Dans cette partie de la ville, pas mal de tunnels parfaitement illégaux avaient été construits, la plupart servant aux réseaux de contrebande, d'autres servant simplement à échapper rapidement aux Gardiens. Au fil des décennies, ils étaient devenus un vaste réseau souterrain complexe et très dangereux. Leurs ennemis connaissaient sans doute l'existence de ce réseau, mais ne s'y risquaient pas. Du moins, personne ne se rappelait de vaste opération d'exploration et de chasse dans les souterrains. De plus, le risque d'éboulement, par endroit, était très important, sans compter celui d'étouffement, en cas de mauvaise construction. Il était aussi extrêmement facile de s'y perdre. Enfin, certaines caves souterraines avaient parfois été utilisées comme cimetières improvisés et catacombes. La légende voulait que des pans entiers du réseau souterrain aient été utilisés pour enterrer les victimes, encore vivantes, d'anciennes épidémies. On verrait encore leurs âmes errer désespérément dans les sous-sols, à la recherche du chemin vers le ciel.

Elle chassa de son esprit ces horribles histoires de fantômes le plus vite possible. Ce n'était que des souterrains, rien de plus, aucune âme errante n'allait les pourchasser... Non, non, ce n'était que des histoires qu'on se racontait lors des veillées pour se faire peur... Elle accéléra malgré elle le pas, pour rester au niveau de Mage, en jetant fréquemment des petits coups d'œil derrière elle. Juste au cas où. Tout le long du trajet, elle resta collée autant que possible à son mari, intérieurement terrifiée à l'idée qu'un fantôme puisse leur sauter dessus, jusqu'à l'arrivée dans la vieille cave où les autres étaient déjà parvenus. Une fois la porte refermée, elle souffla discrètement, très tendue. Voilà, c'était bon ! Ah, bon sang, hein, qui croyait encore aux vieilles histoires de fantômes ? Certainement pas elle. Ils étaient parmi les derniers arrivés, dans la cave mal éclairée. Haji se tenait au centre, une grande carte de la ville devant lui sur la table, qui avait connu des jours meilleurs. Ils étaient une quinzaine à être réunis ici. Tous ceux ayant un rôle actif, autrement dit, ceux chargés de diriger d'autres équipes et de faire passer les directives parmi les rebelles et sympathisants.

Haji attendit que tous soient bien arrivés et silencieux pour faire le point sur la situation. Ce n'était pas très brillant... L'Ordre blanc organisait une répression on ne peut plus sauvage, dans tout le quartier Est, des dizaines de personnes avaient déjà été arrêtées et exécutées. Lorsqu'un rebelle désigné était capturé, les Gardiens arrêtaient sa famille toute entière avec lui pour « donner l'exemple ». Hommes, femmes, enfants, vieillards, bébés... Les familles, souvent nombreuses, étaient ainsi éradiquées, après un procès qui n'en était pas un. Leurs corps jetés à l'abandon dans des coins des cimetières car personne ne savait que faire. Il était interdit de s'occuper des personnes reconnues coupables de possession, personne n'allait leur creuser la moindre tombe, pas même une simple fosse commune. De plus, le Prieur venait de décider d'installer un peu partout des écoles religieuses, afin d'enseigner la bonne morale et la voie des justes. Les enfants et jeunes adultes y étaient traînés de force, pour y suivre l'endoctrinement des Gardiens. Haji dit cela en fulminant littéralement, ulcéré que l'idée même d'école soit ainsi détournée à de mauvaises fins par le Prieur. Un enseignement influencé, comme le suivait déjà en partie les enfants riches. Ces derniers, au moins, avaient droit à des cours ordinaires...

Il annonça au moins une bonne nouvelle à la troupe. La grogne montait de plus en plus et les actes de révolte commençaient à se multiplier, même en dehors du quartier Est. La répression accentuait la colère latente. Ils devaient poursuivre leurs actions et frapper fort. Pour

Haji, les cibles prioritaires étaient simples. Les cinq autres seigneurs influents du pays, encore restants, ainsi qu'une liste d'officiels hauts placés parmi les Gardiens mais aussi les ministres et certains grands chefs de clan. Pour lui, pas de grand mystère sur ce sujet... Ils ne pourront jamais saboter l'Empire en l'attaquant de front. Même de grands empires comme celui du Nord n'y parvenaient pas. Ils pouvaient cependant s'en prendre à ceux soutenant cet empire. La noblesse était le pilier central, avec la force religieuse, tenant le pays. Scier ce pilier à sa base revenait à faire chuter toute la structure. Ils ne pourront bien sûr pas attaquer tout le monde facilement et d'un seul bloc... Cependant, c'était là le meilleur choix possible. Ils en discutèrent en groupe un long moment, des moyens comme des manières.

Le meurtre du seigneur Tan, il y a quelques jours, avait eu un effet imprévu. Du moins, pour Haji, surpris de voir ça alors que bien d'autres s'y attendaient toujours. un tabou s'était brisé, en ôtant cette vie. La preuve était faite que les intouchables de ce pays ne l'étaient pas tant. Que les Gardiens les mieux positionnés n'étaient, après tout, que des hommes comme les autres. Mortels. Enjoignant dans l'esprit des gens que ce système, dans lequel ils vivaient, n'était pas figé et que tout pouvait encore évoluer. Que les personnes les plus nobles et les plus riches pouvaient mourir comme eux tous par le biais de simples armes. Il eut un petit rictus, en songeant à cela. En arriver là lui faisait mal, cela dit, ce n'était plus une question de choix. Par ailleurs, une bonne partie de leurs cibles avaient le bon goût de posséder une demeure dans la capitale elle-même, près du centre impérial. Régulièrement, l'un des leurs partait s'assurer qu'ils étaient toujours bien isolés et en sécurité. Haji conclut par des encouragements, sentant que bien que malgré la volonté, la peur régnait. Quoi de plus naturel ? Tout le monde avait peur, lui y compris.

- Protégez-vous le visage, ajouta Ning, dites à tout le monde de se couvrir, de porter des gants.
- Oui, soupira un des hommes, on sait tous qu'il ne faut pas être reconnu.

- Je pensais avant tout aux rats et autres… Aux corps laissés dans la rue. Ne les touchez pas.
- Mais si un corps est laissé comme ça, il faut bien le porter dans le cimetière, non ?
- Dans un sac, alors, ne respirez pas l'odeur de la mort.

Un flot de murmures marmonna que ça allait être difficile, aujourd'hui. Tous quittèrent peu à peu la cave, prudemment, chacun vers son devoir. Resté seul avec le médecin, Haji replia la carte et la fourra dans une poche intérieure de sa veste, sourcils légèrement froncés.

- Ces cadavres sont ennuyeux, pour toi ? Les morts ne peuvent pas faire de mal à qui que ce soit.
- Chez moi, les morts sont enterrés au maximum quatre jours après leur décès. Mon mentor m'avait dit que les odeurs des cadavres pouvaient rendre malade.
- Ah, oui, ça donne surtout envie de vomir.

Et ça rendait les rues encore plus sales qu'elles ne l'étaient déjà mais cela… Haji soupira un peu et termina de se préparer, lui lançant qu'ils devaient y aller eux aussi. En ressortant, il glissa sa main dans celle de Ning et la serra doucement. À la fois pour se rassurer et sentir qu'il était bien là, près de lui. Ils allèrent rejoindre une de leurs autres cachettes, plus loin dans les souterrains, servant de camp de fortune. C'est là qu'ils prenaient le maigre repos encore possible et là qu'ils se préparaient avant d'à nouveau s'aventurer dans les rues de la ville et combattre. Ils avaient dressé de vieux draps ou couvertures pour créer de petits espaces séparés et ainsi offrir un minimum de confort et de tranquillité pour les personnes voulant dormir, seules ou en couples. La cave restait néanmoins oppressante et étouffante, très humide et difficile à éclairer correctement. Elle avait servi autrefois à faire vieillir du vin, semble-t-il, mais n'était plus en état de recevoir quoi que ce se soit depuis des années, surtout pas des hommes. Mais ils n'avaient pas beaucoup de choix.

Ning se remit bien vite à la confection de médicaments, tandis qu'Haji, de son côté, se mettait plutôt à la confection de quelques poisons. Tout en travaillant, ses pensées revinrent, de nouveau, flotter vers Sae Qian. La colère fit trembler ses mains, sans qu'il ne lâche un mot. Cette nouvelle accusation… Que ça soit lui qui l'ait violée… Il était incapable de le tolérer. Son fils allait les croire, eux, pris dans leurs filets et leurs manipulations… Ils lui avaient volé son enfant de la pire manière qui soit… Haji se mit à respirer plus doucement et plus profondément, par réflexe, pour ne pas se mettre à pleurer. Plus maintenant. Il avait versé bien assez de larmes à cause de Sae, à cause de cet Empire, il ne voulait plus leur donner ce plaisir. Mais que fera-t-il malgré tout… Que fera-t-il lorsqu'il sera de nouveau face à elle…? Il restait certains problèmes non réglés. Il subsistait ce lien toxique, avec Sae, que les années ne parvenaient pas à déchirer pour de bon. Il ignorait même s'il serait capable de lui porter un coup fatal. De la viser de la même manière que le seigneur Tan, sans la moindre hésitation. Pourtant, il devait bien en passer par là… Non ? Pour la chasser à jamais de son esprit. Il devait…

La tuer reviendrait à perdre Jin à jamais. Ne pas le faire lui ferait regretter à vie. Du moins, la vie qu'il pourrait avoir. Le temps effarant passé à y réfléchir ne lui permettait toujours pas de savoir ce qu'il devait vraiment faire par rapport à elle. Leur dernière rencontre remontait à il y a plus de dix ans. Pourtant, il ne réussissait pas à l'oublier. Haji porta la main à sa bouche, lentement, ne se souvenant là encore que trop bien de la manière dont elle lui avait pris son premier baiser. Toutes ces attitudes contradictoires tenues avec lui, cette comédie de deux amants. Même avec tout ce temps écoulé, il n'était jamais parvenu à comprendre ce qu'elle pensait vraiment. Pourquoi elle passait de la violence à la passion sans prévenir. Pourquoi elle s'était parfois montrée affectueuse pour être ensuite brutale une minute plus tard. Pourquoi avec lui, alors qu'elle aurait pu manipuler un autre homme, plus enclin à lui obéir. Il baissa le regard sur les poisons qu'il préparait et sur son arc, posé plus loin. Sans doute ne se déciderait-il, une bonne fois pour toute, que face à elle. D'ici là, il ferait mieux de se concentrer uniquement sur leur combat.

Il s'écoula plus d'une semaine, avant que Haji ne donne l'ordre de passer à l'action. Ils s'étaient préparés, cachés dans les profondeurs de la ville ou dans les forêts, au-delà du fleuve, pour certains d'entre eux. Ils avaient volé des vivres, des vêtements, fabriqué des armes, observé avec beaucoup d'attention les patrouilles et les mouvements de leurs ennemis. Ils avaient récolté autant d'informations utiles que possibles. Cette fois, il n'était plus question d'improviser. Haji avait bien compris... Même si les actions non prévues avaient eu le mérite de retourner une partie de la population du quartier Est contre les Gardiens et de faire grimper la colère des habitants, ils ne pouvaient pas se permettre de compter sur la chance pour leurs futures actions. Ces derniers jours, la chaleur était revenue sur la région, apportant avec une humidité de plus en plus croissante. Le temps était lourd, quelques orages commençaient parfois à frapper. Surtout, à la surface, la puanteur du quartier s'était étendue sur toute la ville. Lorsque Haji émergea d'un souterrain avec quelques hommes, il fut aussitôt saisi à la gorge par l'odeur atroce les accueillant à la sortie.

Un des membres de la petite troupe se plia aussitôt en deux pour vomir, deux autres suffoquèrent presque, Haji eut aussi du mal à ne pas vomir à son tour. Il resserra tant bien que mal le foulard, contre son visage, plus proche du nez et s'obligea à ne respirer que par la bouche. Sauf que ce fut pire. L'odeur lui envahit littéralement la bouche. Une odeur de... De... De pourriture. Au cœur de la nuit, les six hommes étaient déjà pratiquement mis hors-jeu par l'odeur, dans une ruelle déserte du quartier Ouest. Le chef de la troupe se dit d'abord que de la viande avariée avait été laissée dans un coin et qu'elle s'était pourrie sous l'effet du dur soleil, toute la journée. C'est en avançant plus loin dans la ruelle qu'il découvrit la source de l'odeur. Deux cadavres, dans un état de décomposition avancé, laissés là. Pire encore, une dizaine de rats s'agitaient sur eux, se nourrissant. Cette fois, il dû arracher rapidement son foulard et vomir à son tour. Après coup, il se releva péniblement, pour retomber sur une autre vision d'horreur. Un troisième homme, mort lui aussi, à terre, encore assis dos au mur. Mekun, le plus jeune du groupe, s'en approcha prudemment, comme par crainte que le corps ne bouge soudainement.

- Regardez.... Son cou...

Haji n'avait pas du tout, mais alors pas du tout envie, d'examiner ce troisième cadavre de plus près. Mais le ton du petit suffit à le convaincre de s'approcher malgré tout. L'homme ne devait pas être mort voilà longtemps. Maigre, livide, la peau parcheminée... D'étranges boules visiblement infectées, dans le cou, sautaient aux yeux. Suturant de pus. Ainsi que de multiples boutons rouges et encore enflés. Les autres hommes du groupe étaient venus regarder aussi. Ce type n'était pas mort de faim ou à cause de mauvais traitements... Ce devait être une maladie. Ils ne s'approchèrent pas plus du cadavre, par crainte qu'il ne soit toujours contagieux. Le jeune homme, très mal à l'aise, peinait à détacher ces boules envenimées, cherchant vainement quelle maladie pouvait bien provoquer ça.

- Le ciel est très en colère, murmura Mekun, sur un ton terrifié. La maladie est sa punition.

Son grand frère, Eiwa, lui donna un coup de coude en répliquant de ne pas raconter n'importe quoi. Les maladies, ça n'avait rien d'inhabituel. Tout le monde tombait malade, en hiver, les riches comme les pauvres, les croyants comme les hérétiques.

- Mais nous ne sommes pas en hiver, répliqua Mekun, plus vivement.
- Des gens meurent de maladie tout le temps.
- Et cette boule bizarre à son cou ?!
- Taisez-vous, tous les deux, intervint Haji. Il ne faut pas crier ici. Suivez-moi. Ne touchez aucun corps.

Les recommandations de son compagnon revenaient lui résonner en mémoire. Ils reprirent la route, visage bien couvert, surtout contre l'odeur, dans le plus de silence possible. Les souterrains leur avaient permis d'esquiver une partie des patrouilles mais ils ne pouvaient pas compter dessus durant tout le trajet. Cependant, dès leurs premiers pas, ils réalisèrent tous que quelque chose n'allait pas du tout. Le quartier Ouest n'avait jamais été très riche, cependant, il était loin d'être aussi misérable que l'Est. Or, ils virent plusieurs commerces barricadés d'entrée de jeu, parfois des plaintes venir de quelques maisons où la lumière brillait encore. Surtout, de longues files de personnes devant les temples. Implorant le ciel ou les bras chargés d'offrande. Haji frissonna en voyant certains d'entre eux, amaigris et affaiblis, assis ou couchés aux abords du temple en priant le ciel. Porteurs des mêmes boules infectées. Au cou, comme pour le cadavre, mais d'autres en avaient aussi sur les cuisses, au bas du ventre. Ils les tenaient avec des gémissements plaintifs. Au-dessus d'eux, les Gardiens et employés du temple passaient et leur faisaient respirer de l'encens, tout en chantant des cantiques. Une scène irréelle et terrifiante, sous la lueur des torches et des quelques lampes à huile du temple. Même Eiwa était très mal à l'aise, à présent.

- Une épidémie ne peut pas… Elle ne peut pas débuter avec la saison chaude. C'est toujours en hiver que…
    - C'est la colère du ciel… C'est la colère de Dieu…
    - Mekun, ne pleure pas, par pitié, ce n'est pas le moment.
    - Dans mon ancien village, intervint leur doyen avec lenteur, j'avais vu ça… Je veux dire, lorsque j'étais petiot. Tout au nord de l'Empire, j'ai connu une épidémie. Les gens avaient des boules infectées sur le corps, les orteils noirs, le nez… De la fièvre. Ma mère et moi, on s'était enfuis du village. Il y eu tellement de morts… Les anciens disaient que c'était le mal noir.
    - Ça signifie que Dieu est en colère. Qui d'autre que lui peut frapper les hommes de maladies ? Elles ne peuvent pas apparaître comme ça, toutes seules.
    - Arrête avec la colère de Dieu, siffla Haji. On doit avancer.

Ils passèrent en rasant les murs, dans la rue, mais personne ne leur prêtait la moindre attention. Les Gardiens psalmodiaient avec leur encens, les habitants se mettaient à genoux et imploraient la clémence du ciel pour leurs fautes. À quelques mètres de là à peine, ils tombèrent de nouveau sur des rats, sortant d'un vieil atelier, se jetant sur toute la nourriture qu'ils pouvaient trouver. Nyric murmura que ces bestioles s'étaient multipliées, dans les parages, en grattant avec nervosité sa barbe blanche comme la neige. Juste derrière, Eiwa saisit la main de son petit frère et la serrait avec fermeté, en l'entraînant avec eux. Haji voyait bien, lui aussi, qu'il y avait beaucoup plus de rats, mais ce n'était pas ça qui devait les empêcher d'avancer ! Traîner encore plus dans les rues avec une telle odeur... Très vite, en progressant dans la ville, ils sentirent vite que la recherche des rebelles perdait très brusquement la priorité. Malgré le nombre important de Gardiens dans les rues, ils ne s'occupaient plus de dévisager les gens et les arrêter pour contrôles. Au contraire, le chef des rebelles s'aperçut vite qu'ils évitaient de toucher les gens.

Ils franchirent plusieurs rues sans trop d'encombre et stoppèrent à nouveau, cachés derrière des étals fermés et bâchés, en arrivant à une grande place. En voilà, du monde... Beaucoup de monde. Une foule de personnes se rassemblait. Beaucoup avaient jeté sur eux ces grandes toges de pénitence, aux tons chauds, par-dessus leurs vêtements et en voile sur les cheveux. Ils priaient, avec la lueur des torches, sur la place. L'ambiance était lourde. Terrifiante, avec les chants et les prières s'élevant vers le ciel. Ils avancèrent lentement derrière les étals fermés, alignés sur le bord de la place, accroupis. Chassant les quelques rats croisant leur route. Haji n'avait jamais vu une foule se réunir la nuit pour faire acte de pénitence... Même si ça arrangeait leurs affaires, pour le coup. Ils dépassèrent la place, avant de s'élancer dans le dédale des rues, cette fois avec plus de rapidité. Ils entendirent au passage les Gardiens exhorter la population à prier pour stopper, immédiatement, la maladie qui commençait à se propager. Alors qu'ils se cachaient à nouveau, la petite troupe les entendit clamer que le Seigneur allait tous les gracier de sa colère si chacun lui demandait pardon dès les prémices de l'épidémie. D'autres pointaient du doigt la faute des rebelles, pour avoir attiré la maladie et le malheur sur eux tous.

- Si c'est le même mal noir que j'ai connu, lança Nyric en courant avec eux, très essoufflé, ça va attirer plus de rats. Il y en avait partout, c'était...
- Ne t'occupe pas des rats, tant que tout le monde est concentré sur eux, on peut en profiter pour couri...

- Stop, stop, *stop* !!

Ils plongèrent tous à couvert derrière les premiers abris qu'ils trouvèrent, juste à temps. Au bout de cette nouvelle avenue, une nouvelle procession. Pire encore, avec le Prieur en personne à sa tête, reconnaissable d'ici, sur une chaise à porteur. Haji et les autres bondirent par la première porte qu'ils trouvèrent, une maison vide mais habitée, des lampes à huile brillaient encore. Ils grimpèrent quatre à quatre à l'étage et s'abritèrent, regardant aux fenêtres. Le Prieur, au-delà des chants et des prières, criait à la population de sortir de chez elle cette nuit et de les rejoindre. D'appeler le ciel à cesser immédiatement la propagation de la maladie. La procession passa le long de l'avenue, lentement. Dans l'obscurité, Haji enclencha une flèche de son arc, les lèvres très serrées. Sous le regard soudainement terrifié de son équipe.

- Haji...
- Il est juste là, à notre portée.
- On va tous se faire tuer ! Tu vois à quel point les Gardiens sont nombreux ?

C'était vrai mais... Il hésita, la main tremblante sur son arc, en observant la procession. Tout à coup, derrière le Prieur, il avisa une autre personne. Une femme. Sae. Couverte elle aussi d'un voile de pénitence. Marchant en tenant en portant dans ses bras une fillette, avec deux petits garçons de part et d'autre d'elle. Un jeune garçon qui ne devait pas avoir dix ans encore, mais surtout Jin... Il la regarda un moment, tout comme le Prieur. Ils étaient très nombreux. Ils ne pourront avoir que très peu de chances de s'échapper, cette fois. Son équipe comptait sur lui... Mais tous les deux étaient juste là. Sae. Le Prieur. Il serrait tant la main sur son arc qu'il en avait mal. Sae. Le Prieur. Ils arrivés dans l'avenue. Ils étaient tous les deux largement à sa portée. Il leva le bras, prêt à tirer... Jusqu'à ce qu'une main l'arrête violemment en lui saisissant le poignet. Nyric. Tremblant et fulminant.

- *Non*, siffla-t-il très bas, avec rage. Ça ne servirait à rien et tu le sais. Le tuer lui n'a aucun intérêt s'il meurt seul et nous avec, c'est le système qu'il faut détruire, pas une personne ! Et je te rappelle que tu n'es pas seul ici, tu ne peux décider de sacrifier tous tes alliés pour un seul plaisir de vengeance ! Tuer le chef ne sert à rien si le cœur n'est pas abattu.

Haji allait répliquer lorsqu'une flèche traversa violemment la fenêtre entrouverte et passa à juste quelques centimètres d'eux, avant de se planter dans une vieille poutre. Dehors, la procession s'était arrêtée net et une voix de tonnerre cria pour qu'ils soient arrêtés. Ils bondirent comme un seul homme et coururent vers le rez-de-chaussée, espérant sortir par derrière ou par les fenêtres. Poursuivi par une volée de Gardiens...

CHAPITRE 19 : LES CROCHETS DE LA VIPÈRE

Le seul avantage à avoir reçu de nombreux coups, au cours de son existence, était de vous habituer à gérer la douleur. Maigre compensation, allons-nous dire. Haji retint une grimace, les yeux fermés, et tourna la tête sur le côté. Allongé sur le dos, sur un sol de pierre avec un peu de paille, de lourdes chaînes aux chevilles et aux poignets. Deux jours qu'il se trouvait ici. Ou peut-être un peu plus, il ignorait combien de temps s'était écoulé entre le moment où il avait été roué de coups et assommé par les Gardiens et celui où il avait été enchaîné ici. Il pouvait entendre des bruits de pas et des échos lointains, parfois... Des sons de voix, également. Pourquoi ne l'avaient-ils pas tué aussitôt ? Qu'étaient devenus les autres ? Avaient-ils réussi à s'échapper ? Dans la mêlée et la confusion générale, impossible de voir s'ils étaient parvenus à s'en tirer. D'autres bruits de pas s'approchèrent peu à peu. Un claquement indiqua l'ouverture de la porte de sa cellule. Il ne l'entendit pas se refermer, la personne ayant dû laisser un faible interstice. Ce fut en sentant ce parfum léger, qui hantait bon nombre de ses cauchemars, que Haji rouvrit brusquement les yeux et retourna la tête vers le visiteur. Ou plutôt la visiteuse.

- Ton visage ne ressemble plus à grand-chose, si tuméfié, rit légèrement Sae.
- Comme ces jours où ton mari s'occupait de toi.

Il se moquait bien qu'elle aussi le frappe pour ça, mais elle n'en fit rien. Sans plus faire de manières, elle s'assit alors à même le sol, repoussant un peu les larges pans de ses manches et sa longue jupe, avec la tunique. Cette bonne humeur apparente cachait sûrement l'un des coups fourrés qu'elle aimait tant... Il s'en méfia d'autant plus, ne la lâchant plus du regard, comme si un animal très dangereux se tenait près de lui, sur le point de le mordre. Un animal qui n'avait pas vraiment changé depuis des années. En signe du temps passé, seules de fines et discrètes rides au coin des yeux agrémentaient son visage. Sur celui d'Haji, seul le dégoût et la colère pouvaient se lire. La peur, pour le moment, restait contenue. Il haïssait cette femme... Il la haïssait, plus que tout, plus qu'il ne le devrait pour sa propre santé mentale. Il ne pouvait même pas se lever pour tenter de la frapper, déjà à peine capable de bouger la tête sans aide. Il lui faudrait pas mal d'efforts pour se redresser ou encore se lever, cela lui laisserait dix fois le temps de quitter cette cellule, avant qu'il ne représente le moindre danger pour elle.

- Tu n'en serais pas là aujourd'hui, si tu t'étais contenté de suivre mes ordres. Quel gâchis, vraiment. Enfin, tu as tout de même ton utilité. Il est simplement dommage que tu n'aies jamais réussi à réfléchir avant d'agir.
- Que tu penses, siffla Haji d'un ton rageur. J'avais osé espérer te revoir dans d'autres circonstances, plus favorables à une discussion sérieuse. Ne peux-tu pas dire clairement, pour une fois, ce que tu es venue faire ici ? Veux-tu simplement le plaisir de me narguer ?
- Oh, il y a une part de ça, pour être honnête. La manière dont tu es parti m'a vexée, alors que nous avions encore tant à faire tous les deux.

Il voulut répliquer mais ses mots se coincèrent dans sa gorge lorsqu'elle posa sa main sur lui et commença à faire ces gestes... La peur revint tout d'un bloc et il dû mener un effort considérable pour ne pas la laisser le submerger en un instant. Sae, qui le voyait parfaitement, lui décocha un sourire aussi amusé que provocateur, tout en poursuivant. Il serra les dents et les poings quand elle passa la main sous ses vêtements. La douleur, due aux coups reçus, augmenta très vivement, lorsqu'il se tortilla malgré lui pour échapper à son emprise.

- Tu as peur, sourit-elle. Même aujourd'hui, c'est très amusant. Tu ne m'as jamais oubliée, n'est-ce pas ? Je peux le comprendre, je t'ai tant donné, pour que tu ne sois plus un simple rat des villes. Un parasite tel ceux envahissant les rues en ce moment même. Sais-tu que tu es accusé de les attirer ? Comme tu es directement accusé d'avoir attiré la peste sur la ville ?
- La... La quoi ?

- Les paysans sans éducation appellent ça le mal noir. Ou le Fléau de Dieu. Un fléau si ancien, déjà... Qu'il revienne à si grande échelle ne s'était plus vu depuis si longtemps. Tout cela grâce à toi, tu as attisé la colère du ciel. Tu vas sûrement être condamné à mort, pour ça.
- Mieux vaut être mort qu'entre tes mains !
- Oh, tu parles de ça ?

Haji sursauta violemment et lâcha un bref gémissement de douleur, incontrôlé, le regrettant aussitôt. Sae sourit de plus belle, maintenant plus penchée vers lui. Les larmes aux yeux, Haji la maudit dans un souffle, la gorge si serrée par la haine qu'il avait du mal à respirer. Elle se pencha encore plus et lui mit son autre main contre son visage, pressant au passage le large hématome noirâtre qui s'y trouvait.

- Sais-tu que mon tendre mari est mort ? murmura-t-elle doucement, à moins de deux centimètres de son visage. Dans une longue et interminable agonie... Voilà qui devrait te faire plaisir également. C'est ainsi qu'il faut agir, mon cher. Contrairement à toi, je ne perds pas mon temps dans des actes inutiles, pour atteindre mon but. Et je ne me décide pas à agir seulement sous l'impulsion d'autres personnes. C'est ce qui te manque le plus, tu agis, mais... Trop tardivement. Alors que tous les pions autour de toi se mettent en place. C'est pour cela que tu aurais dû rester guidé. Nous aurions gagné beaucoup de temps, toi comme moi, tu aurais même pu éviter de perdre l'affection de ton fils. Si tu m'avais écoutée... Si tu n'avais pas gâché ta chance...

Elle remit son autre main contre son visage et l'embrassa soudainement avec une passion dévorante. Haji sursauta à nouveau, les yeux écarquillés. Il essaya vainement de se débattre, la repousser, malgré son état physique et la souffrance allant avec. Ce ne fut qu'au moment où il perdit complètement qu'elle cessa, appuyée contre lui de son propre corps.

- La guerre n'est pas la seule solution pour apporter des changements profonds dans un pays. Comme tous les hommes, tu ne penses à rien d'autre... Les barbares du Nord profitent que l'armée soit de plus en plus occupée ici pour progresser sur le territoire, dorénavant. La peste continue de se répandre. Ce matin, le Prieur a ordonné de mettre le quartier Est en quarantaine. Tu dois être si fier. Beaucoup de moins-que-rien vont être massacrés et leurs villages brûlés, grâce à tes actions.

- Je n'ai jamais voulu ça.

- Curieuse manière de t'y prendre, en ce cas, en agitant la révolte. Heureusement, il n'est pas encore trop tard pour arranger les choses. J'ai toujours aspiré à certains changements, dans cet Empire, c'est que tu veux toi aussi, désormais. Ces dernières années, où tu as stupidement agi seul de ton côté, ont été un simple contretemps. Tu as eu une certaine utilité mais tu aurais dû en faire bien plus. Par bonheur, je n'ai pas été aussi idiote que toi et j'ai progressé.

- Mais que veux-tu, à la fin ?

- Tu ne l'as toujours pas compris… ? Tu es désespérant… Ce que je veux, mon bon ami, c'est plus de pouvoir. Je veux être la parfaite maîtresse de mon existence et reprendre le pas sur tous ceux ayant organisé un système pour me la prendre. J'ai été vendue par mon père, mariée de force. Comme toi, tu as été utilisé dans les bas quartiers. Tu sais déjà tout cela… Pourtant, tu t'es contenté de petites actions sans importance trop longtemps. Sous ma direction, tu aurais fait tellement plus. Tu n'es pas fait pour diriger le changement dans l'ombre. Moi, si. Reviens vers moi.

Il aurait brusquement secoué la tête pour refuser si elle ne la lui tenait pas fermement. Être de nouveau sous sa coupe ? Plutôt crever ! C'est ce qu'il lui cracha, malade de rancœur et de haine. Elle sourit à nouveau.

- Tu choisis donc de mourir et laisser tes amis rebelles, y compris ce rat qui te sert de compagnon, mourir à leur tour ? Même si vous parvenez à abattre le Prieur, vous n'auriez aucune légitimité à prendre sa place. Les clans vous combattront. Vous n'auriez aucun soutien de l'armée, les barbares du Nord en profiteront pour progresser encore plus. C'est cela que tu espères ? Qu'ils prennent le pouvoir eux-mêmes et chassent les Gardiens ? Ce pays sera mis à feu et à sang, ravagé par la maladie et tout se terminera ainsi. Tu n'auras rien gagné.

- Car ce serait bien mieux si tu t'empares du pouvoir ? Aucun clan n'accepterait de te suivre ! Ils refuseront qu'une femme dirige l'Empire. - À moins que cette femme ne soit désignée par le représentant actuel de Dieu sur Terre comme la digne nouvelle impératrice et que cette femme ait certains moyens de se mettre en plus les barbares du Nord dans la poche, arrêtant cette guerre.

Haji sentit un lourd frisson lui remonta tout le long du dos. Elle... n'en était pas capable, n'est-ce pas ? Il pensa au seigneur Ganzorig, à sa possible réaction face à Sae, à ce qu'elle serait capable de lui proposer... Son estomac se tordit un peu plus et il blêmit.

- Tu n'as pas besoin de moi, réussit-il à articuler. Quoi que tu fasses ou prépares. Tu n'as jamais eu besoin de moi, réellement, alors arrête de t'obstiner !
- Tu es la première chose à m'avoir entièrement appartenue. Penses-tu que je puisse abandonner ainsi ?

Elle était folle... Complètement folle... Haji voulait le lui hurler, lui cracher au visage tout son dégoût. Mais il parvenait à peine à garder assez de souffle pour respirer.

- Je ne t'appartiendrai *jamais*. Je ne suis ni ton esclave ni ta chose ! Je ne l'ai *jamais* été !
- C'est faux et tu le sais. La preuve en est que tu ne m'as jamais oubliée.

Elle se redressa et se mit à califourchon sur lui, commençant à repousser ses jupes et sa tunique. Lorsqu'il comprit ce qu'elle comptait faire maintenant, il se débattit violemment, faisant fi de la douleur vive. Elle le frappa d'une claque tout aussi violente, appuya contre ses côtes, là où il les pensait brisées. Haji poussa un cri de douleur, la tête retombant à terre et au bord de l'évanouissement. Sae poursuivit sa besogne, avec une tranquillité cruelle. Il ne pouvait voir, tout était caché par les vêtements, mais il sentit très bien ses gestes. Sa peau contre la sienne. Lorsqu'elle se positionna. Qu'elle débuta les mouvements de vaet-vient. Un très vieux réflexe le poussa aussitôt à tout tenter pour se détacher de la situation, laisser son esprit partir le plus loin possible. Cette tactique, si efficace autrefois, lui échappait néanmoins aujourd'hui... Il n'arrivait plus à s'oublier lui-même et oublier les signaux renvoyés par son corps.

- Tu m'as toujours appartenu, rien n'a changé. Sans moi, tu n'es rien.

Haji posa le bras comme il le put, contre ses yeux, et détourna la tête, les dents serrées et les yeux remplis de larmes, qui coulaient sur ses joues. Sae poursuivit son affaire sans se préoccuper une seconde des douleurs physiques et mentales qu'elle engendrait à cet instant, y prenant même beaucoup de goût. À la porte entrouverte, voilà un long moment, une ombre légère se tenait dans la pénombre, une main plaquée contre la bouche, l'autre serrée sur un manuel de prières, contenant des lamentations destinées à guérir les âmes possédées. La petite silhouette était tétanisée, le regard rivé sur la scène, l'esprit brûlant de ce qu'elle avait entendu et de ce qu'elle voyait maintenant. Elle recula, sans faire le moindre bruit. Filant aussi vite et silencieusement que possible vers les escaliers, en serrant contre elle le livre de prière. Fuyant l'étage supérieur, où l'acte se poursuivait. Fuyant sans repasser par la salle de veille des Gardiens. Sans leur dire que le prisonnier, censé être bouclé seul et enchaîné dans cette cellule, recevait une visiteuse non prévue. Fuyant au plus vite, loin de la prison.

La porte du cabinet d'étude claqua avec plus de force que voulu, avant d'être refermée. Jin tituba presque jusqu'à son bureau et se rassit, en posant le livre de prière devant lui. Il resta comme ça, sans plus remuer d'un pouce, à la fois sonné et dévasté. De longues minutes s'écoulèrent avant qu'il ne se prenne la tête entre les mains, les coudes contre le petit bureau de bois. Une terrible migraine était venue s'emparer de lui, si douloureuse qu'il ne supportait même plus la lumière. Il finit par aller tirer rapidement les quelques rideaux devant les fenêtres pour empêcher le soleil d'entrer et souffla au passage toutes les lampes et bougies encore restantes. Plongé dans l'obscurité, il revint à sa place et posa sa tête contre ses bras repliés, sur le bureau, le souffle court. Rattrapé par ce terrible sentiment de perdre complètement pied. Qui était-il… ? Qui était-il ? Qui… pourquoi tout s'effondrait peu à peu ? Où était la vérité ? En quoi pouvait-il encore croire… Que se passait-il vraiment ? Qui… Il se redressa vivement, reprenant le livre de prière. Le serrant contre lui comme il gardait bien fort sa peluche dans ses bras, enfant.

- Seigneur, murmura-t-il en levant le regard vers le tableau le représentant. Parlez-moi… Aidez-moi…

Il attendait… Un signe, quelque chose, n'importe quoi… Rien ne vint… Jin se mit à réciter une longue litanie de prières, des larmes plein les yeux, sans plus de résultat. Ça ne l'apaisait plus. Il était juste… il se sentait terriblement seul… Avec son livre, il quitta le cabinet, reprenant le chemin des prisons en marchant le plus lentement possible. Il devait… accomplir sa mission… Le Prieur l'exigeait de lui. En passant près de la salle de garde, il entendit deux hommes à l'intérieur se vanter avec joie d'avoir reçu de l'argent tout à l'heure et qu'ils avaient acheté pas mal d'alcool. Son estomac se noua lorsqu'il comprit que sa mère avait dû les corrompre pour aller dans cette cellule. Il stoppa dans un coin sombre, effrayé à la simple idée de remonter et d'entendre que ce n'était pas terminé. Bloqué ainsi, il ne se décida qu'après une heure passée à trembler dans son petit coin de couloir. Monter lentement. Trouver la porte fermée. Ouvrir avec la clé confiée par ses mentors, le temps de sa mission. Entrer, refermer directement la porte derrière lui. Découvrir Haji à terre, toujours enchaîné mais complètement inerte.

- Vous… êtes réveillé ?

N'obtenant aucune réponse, il s'approcha, posa le livre dans un coin et s'agenouilla près de l'homme, pour le contempler. Un rebelle aux yeux clos et quelques traces de larmes sur les joues, en plus d'une certaine crasse. Jin vérifia qu'il respirait toujours, ce qui était bien le cas. Soulagé, il tenta de l'appeler. C'était la première fois qu'il acceptait de le regarder de si près et d'en prendre le temps… Malgré lui, il se mit à rechercher des ressemblances physiques. Avec la forme des lèvres, les pommettes, le nez, quelque chose... Au bout d'un moment, à force d'insister, le rebelle finit par ouvrir doucement les yeux. Après un temps d'arrêt, il sourcilla, comme s'il ne croyait pas ce qu'il voyait. Jin, toujours agenouillé juste à côté, essaya de rester impassible, même si son cœur battait à très vive allure. Durant un instant, tous deux se contentèrent de se regarder ainsi. Jin n'osait bouger et ignorait complètement quoi dire. Haji n'osait remuer car il craignait que tout ne disparaisse brusquement en fumée s'il avait le malheur de trop y réfléchir.

- Je... Je vous...

« Je vous ai vus ». Une phrase qui refusa de franchir la barrière de ses lèvres. Il refusait encore d'admettre ce qu'il venait de se passer. Il devait y avoir une explication, il devait forcément y avoir... Quelque chose... Malgré lui, le doute, terrifiant, s'était installé. La migraine, toujours présente, choisit ce moment pour s'intensifier, ses yeux se remplirent à nouveau de larmes. Il ne savait plus ce qu'il devait croire ! Qui, pourquoi et comment. Ça le rendait malade ! Il secoua soudainement la tête, comme si cela allait suffire à en chasser le mal.

- Est-ce que ma mère, lâcha-t-il sans réfléchir, a tué mon pè... Enfin, a-t-elle...

Haji ne répondit pas mais l'expression sur son visage était assez équivoque. Jin lâcha un sanglot plus important, serra les bras contre lui et se plia en deux, comme s'il se prosternait face contre terre pour saluer leur dieu. Un instant plus tard, il entendit un cliquetis, alors qu'une main, tremblante, se posait contre ses cheveux. Incapable de bouger, il se contenta alors de sangloter de longues minutes, visage vers le sol. Tout débordait. Absolument tout. Lui qui s'était efforcé, ces derniers temps, à renfermer en lui toutes les émotions qu'il pouvait ressentir, dans un grand bac qu'il aurait fermé soigneusement, il avait l'impression que tout lui explosait au visage. Ça débordait, toutes les pensées refoulées et les sentiments trop durs à accepter ressortaient en une vague déferlante. La main quitta sa tête, il entendit du bruit, des gémissements de douleur appuyés et après quelques minutes encore, quelques râles de douleur, le rebelle fut assis juste devant lui. C'est là qu'il le prit dans ses bras, comme on attrapait un bébé pleurant dans sa chambre. Avec une force que Jin ne lui aurait pas soupçonné, au vu de son état physique. Il ne tenta même pas de se défaire de l'étreinte, bien trop confus pour tenter de réfléchir ou de raisonner de manière logique.

- Pourquoi voudrait-elle le pouvoir ? parvint-il à articuler avec un peu de peine.
- Beaucoup de personnes désirent plus de pouvoir. Des hommes, des femmes... Partout... Ta maman a ce désir comme... beaucoup d'autres.

Jin eut le curieux sentiment que le mot « maman » était plus appuyé, plus maîtrisé, que le reste des paroles, comme si le rebelle s'était retenu de dire autre chose ou qu'il avait désiré adoucir ses propos. Cependant, il était bien trop hébété pour y réfléchir plus. Piégé dans un conflit interne très violent entre l'amour filial si fort qu'il portait à sa mère et les doutes ayant envahi son esprit. Perturbé, également, de se retrouver dans les bras d'un adulte, autre que sa mère, qui n'ait aucun geste... Peu... Aucun geste qui ne le mettait mal à l'aise. Ce rebelle le serrait dans ses bras comme sa mère le faisait, sans rien faire de plus. Sans lui faire mal et sans le toucher, surtout sans le toucher là où... Un tremblement le secoua, à cette pensée. Pourtant, c'était un ennemi, le pire ennemi que l'Empire n'ait jamais connu ! Pourquoi la peur et le dégoût ne se manifestaient pas, dans ces bras ? Il était dépeint par tous comme un hérétique, un monstre, comme un... Était-il réellement un violeur... Jin frissonna en repensant à ce qu'il avait vu. Un réflexe incontrôlé lui fit lever les bras pour en encercler l'homme prisonnier et ainsi s'accrocher à lui comme il le faisait avec sa mère. La pensée l'effleura que ce seul geste suffirait à le faire condamner à mort... Une pensée rationnelle, bien trop peu vigoureuse pour s'imposer face à la tempête de sentiments dans son esprit.

- Maman me veut du mal ?
- Je ne crois pas.
- Vous lui voulez du mal ?

Pas de réponse. Un simple tremblement. Jin n'avait pas besoin de la réponse, réellement. C'était d'une évidence. Rien, dans cette histoire, ne pourra bien se terminer. Il s'écarta enfin de l'étreinte et se laissa retomber assis sur la pierre, un peu en arrière.

- J'aime ma mère. Elle a toujours été là, toujours. Je ne comprends pas… tout ce qui se passe, mais je… J'ai confiance en elle. C'est ma mère. Je ne veux pas savoir comment je suis né, exactement. Si je ne dois croire qu'une personne, c'est elle. Parce que c'est elle qui m'a élevé et aimé.

- Ta mère avait besoin de trois enfants, pour mener à bien ses projets. Pour rester en vie. J'ai vu comment elle te considérait dès ta naissance. Je ne t'ai pas emmené avec moi uniquement car je ne pouvais pas te protéger, durant cette fuite. Je n'avais pas de quoi te nourrir, te préserver du froid et des prédateurs. Je t'aurai simplement perdu. Elle cherche sa propre vengeance… Sur la vie et sur sa condition de femme. A-t-elle de l'amour pour toi, je ne sais pas. Elle t'a donné aux Gardiens. Au Prieur. Penses-tu vraiment que ce soit Dieu qui décide de la destinée de chacun ? Si c'était le cas, puisque ce Dieu est si souverain, pourquoi ne m'a-t-il pas déjà tué ?

Malgré un ton relativement calme et bas, la tension s'y lisait, claire comme de l'eau de source. Jin, qui avait d'abord voulu crier qu'il était sûr que sa mère l'aimait, ravala ses dires en se souvenant d'un moment, si violent émotionnellement. Le jour du choix, le jour où, emmené si vite par les Gardiens, aucun regard de réconfort n'était parvenu de sa mère. Ni même un mot. Mais surtout… Elle était au courant. Pour tout. Jin s'était déjà confié sur les attouchements commis par le Prieur. Des doutes balayés, une réponse lapidaire, indiquant elle aussi que ce n'était qu'un passage normal, dans la relation entre élèves et maîtres. Ni conseils, ni aide, ni proposition d'aller en parler au Prieur et aux autres Seigneurs, enfin que cela cesse. À lui de rester avec son dégoût et la terreur que les choses n'aillent plus loin encore, un jour. Quant au reste… Il ignorait quoi répondre. Il ne savait pas pourquoi Dieu était si étonnamment actif à travers les ordres du Prieur et si étrangement silencieux lorsque lui-même l'appelait à son aide.

- Tu dois partir, Jin.
- Quoi ?
- Fuis les Gardiens et les villes. Va-t'en loin de la guerre et de la peste. Prends toutes les provisions que tu pourras porter, des armes... Vole un cheval, si tu sais monter. Va-t'en vers l'Est et mets-toi à l'abri.
- J'ai... J'ai un devoir ici, je dois...
- Ton seul et unique devoir, c'est de protéger ta vie ! Cette maladie... As-tu observé ce qui se passe ? C'est bien plus dangereux que la guerre venant du Nord. Je ne sais pas d'où elle vient, ni pourquoi, mais peu importe, tu dois partir. Personne dans cet Empire ne te protégera de cette maladie. La guerre, peut-être, mais pas ça. Va-t'en, fuis.
- Le Prieur m'a expliqué que Dieu avait une mission pour moi, je dois aider à chasser l'hérésie et apporter la paix pour les hommes ! Si je fuis, je trahirai Dieu ! Vous ne comprenez pas !
- Ton Dieu veut que tu restes dans cet Empire et que tu meures pour lui ?
- Mourir pour lui est un honneur immense.
- Alors tu vas mourir pour rien.

Une larme roula sur la joue de Haji et vint se perdre dans barbe, déjà parcourue de quelques traces grises et blanches. Jin put lire, dans ce regard noir, qu'il découvrit tout à coup si semblable au sien, un lourd sentiment d'impuissance. Là encore, si familier.

- Ma Foi, c'est le dernier repère qu'il me reste, avoua Jin d'une voix tremblante. Si je perds même ça, je perds tout.

Il se releva doucement et partit, laissant derrière lui son livre sacré dans un coin de la cellule, oublié. Au moment même où il allait rouvrir la porte et s'en aller, une clameur intense résonna à l'extérieur. Comme les hurlements lointains de dizaines d'hommes. Jin recula malgré lui, alors que les cloches de la ville se mettaient à sonner très vivement, pour avertir d'un danger imminent. Une voix hurla dans le couloir, à peine perceptible sous le son des cloches. La guerre arrivait.

CHAPITRE 20 : L'INSTRUMENT DU CIEL

Jin referma la porte sur un claquement sourd, par réflexe pur et recula de quelques pas. Jusqu'à buter contre le livre de prières et trébucher. Haji, de son côté, essaya de ne pas perdre son sang-froid. Ça ne pouvait pas être ses propres hommes, la seule possibilité logique restait… Sa gorge se serra et il leva le regard vers son fils, plus pâle que jamais.

- Ta mère doit toujours se trouver dans la forteresse. Va la rejoindre.

Cette vipère peut au moins protéger leurs fils de ça. Mais Jin ne bougea pas, comme pétrifié sur place. À l'extérieur, la clameur se poursuivait, les cris d'alerte également, le chaos enflait de plus en plus et les cloches d'alerte sonnaient vivement. Haji puisa dans ses dernières forces et réussit péniblement à se lever, en s'appuyant contre les murs, et se traîner, avec ses lourdes chaînes, jusqu'à une fenêtre étroite et bardée de barreaux. De ce côté, il ne vit rien du tout, l'attaque venait d'ailleurs. Si c'était bien les hommes du seigneur Ganzorig, comment avaient-ils pu mener une percée jusqu'ici ?! Dans quel état devait se trouver l'armée pour qu'ils puissent… Qu'ils en arrivent là… Il retourna la tête, très surpris de voir son fils le rejoindre vivement et rester près de lui, plutôt que courir hors de cette pièce comme il le lui avait dit, retrouver sa mère et se mettre sous la protection des Gardiens.

- Qu'est-ce que tu attends ?! Va retrouver Sae !
- Mais… si ces types entrent dans la forteresse avant que… et…
- Les Gardiens peuvent te protéger, ils savent tous se battre !
- Mais non…
- Pardon ?
- Seuls les Gardiens qui partent en mission de pacification savent se battre… C'est l'armée qui doit mener les combats.
- Ils… Jusqu'au bout, ils vont être… Tu dois y aller quand même, je ne peux pas te protéger ici.
- Et s'ils mettent le feu à la ville ?
- Elle est en pierre. Elle ne brûlera pas si facilement.

Avec plus de forces, ainsi que plus de liberté de mouvement, Haji l'aurait jeté lui-même hors de cette cellule pour le forcer à partir vers sa mère. Mais il tenait déjà à peine debout. À ce moment, un autre grondement sourd se fit entendre de ce côté de la forteresse. Haji s'accrocha aux barreaux et Jin fit de même. En contrebas, ils entendirent, sans pouvoir le voir, de lourdes portes s'élever. Des chevaux en sortirent, vers l'arrière. Le père et le fils restèrent bouche bée en voyant Sae, à cheval derrière les hauts seigneurs de l'Empire, partir dans la cour arrière de la forteresse, franchissant d'autres lourdes portes de fer, pour disparaître avec convoi et escorte. Durant un moment, malgré les clameurs et les cloches, tous deux restèrent complètement figés, comme jetés hors du temps et de l'espace. Jin bougea le premier, livide, dents serrées. Il s'éloigna de la fenêtre et des barreaux et fila enfin vers la porte, partant à bonne allure dans les couloirs. Enfin... Il partait se mettre en sécurité... Haji se laissa retomber à genoux, abasourdi. Ignorait-elle que leur fils se trouvait ici ou décréta-t-elle que ça n'avait aucune importance ? Pour le petit, mieux valait croire en la première option...

À peine une dizaine de minutes plus tard, alors que Haji se contentait d'attendre l'arrivée des hommes des steppes et espérer qu'ils en finissent vite, un nouveau bruit de course se fit entendre. Trop léger pour que ce soit celui d'un homme en armure. Son cœur rata un battement lorsque son fils surgit de nouveau dans la cellule. Qu'est-ce qu'il... Jin ne lui laissa pas le temps de parler, se précipitant avec des clés en main. Avec des gestes rapides mais maladroits, il s'efforça de les enfoncer dans les verrous des chaînes pour les ôter. Le premier lâcha après quelques efforts, après que le petit ait trouvé la bonne clé. Il jeta les autres dans un coin et s'affaira avec les autres chaînes, pendant que son père peinait à croire ce qu'il était en train de voir. Lorsque la dernière chaîne tomba, Jin le tira par le col en lui disant de se relever, blême et des gouttes de transpiration lui tombant sur le front. Haji secoua la tête et lui demanda ce qu'il lui prenait, pourquoi il avait fait ça. Son fils resta muet, lèvres tremblantes. Lui-même ne semblait plus savoir ce qu'il faisait ou pourquoi...

Haji se releva lentement, s'appuyant contre les murs de pierre. Débarrassé ou non des poids des chaînes, se déplacer relevait de l'exploit. Marcher était une torture, ses côtes le faisaient horriblement souffrir, bien plus que n'importe quelle autre plaie. Atteindre la porte fut un supplice en soi, plus encore marcher dans le couloir. Jin restait près de lui, alors que lui pourrait courir loin de là sans peine. En arrivant à un autre couloir, le rebelle put enfin voir à une fenêtre la face attaquée de la ville-forteresse. Reconnaissant, même à cette distance, les attaquants. C'était bel et bien les hommes des Steppes, aucun doute là-dessus. Les savoirs ici, si proches de son fils… Seul, il serait allé vers eux, mais avec le petit, il ne pouvait pas se le permettre. L'empereur des Steppes l'avait déjà menacé. Imaginer ce qu'il pourrait lui faire donna un brusque coup de fouet d'adrénaline à Haji, juste assez pour le motiver d'autant plus à ignorer au maximum la douleur et s'obliger à aller plus vite. Il attrapa Jin par la main et le tira avec lui dans les escaliers, luttant plus fort que jamais pour ne pas gémir de souffrance.

- Où va-t-on ? bredouilla Jin, le souffle court.
- Retrouver mes hommes. Il y a des chevaux, ici ?
- Oui, il… L'écurie est plus loin.

La forteresse semblait étrangement vide, la plupart des Gardiens étaient partis défendre la ville et ses habitants, tenir le siège et préparer les défenses. D'autres s'étaient enfuis avec l'escorte vue toute à l'heure. Ils devaient déjà avoir envoyé des faucons rapides, porter des messages à l'armée. Un chaos qui arrangeait très bien leurs affaires et surtout leur progression. Enfin, progression très lente, Haji avait toutes les peines du monde à marcher et ne parlons pas de courir. Il leur fallut plus de quarante minutes avant de quitter la forteresse et d'arriver aux écuries, en évitant les Gardiens et les serviteurs. Les clameurs, bien plus proches, prouvaient que les assaillants avaient déjà enfoncé une partie de la ville. Une fois enfin entré dans l'écurie, Haji dû prendre le temps de calmer l'un des chevaux, affolé par les bruits extérieurs. Derrière lui, Jin restait près de la porte, surveillant avec nervosité la cour de pierre. Il frissonna en voyant, au loin, de longs panaches de fumée s'élever dans le ciel. Ce ne pouvait pas être les maisons, qui brûlaient, toutes étaient en pierre, alors quoi ?

- Jin, viens là.

Le jeune garçon sursauta à moitié et se retourna vers son père, avant d'avancer. Il grimpa en selle le premier, suivi par Haji, qui monta et se mit derrière lui, plus lentement. Ce fut lui qui attrapa les rênes et les fit se diriger vers la sortie, filant dans la cour et vers les rues. Son souffle était si haché que le jeune novice crut vraiment qu'il allait s'évanouir... En tournant la tête vers lui, il remarqua son expression très crispée et tendue, des traces de larmes au coin des yeux. Son visage tuméfié plus effrayant encore en pleine lumière du jour. Dans les rues, les habitants effarés sortaient avec des sacs et parfois des petites charrettes, la confusion était telle que personne ne prit garde à eux. Alors même que Jin, dans ses habits si blancs de novice, était très repérable. De son côté, Haji ne se préoccupait pas de ça, n'hésitant pas à faire parfois peur à certains habitants pour passer plus vite. Tout en luttant pour conserver l'esprit le plus clair possible et la maîtrise de lui-même. La tête lui tournait, un mal lancinant lui prenant le front et les tempes, aggravant la difficulté à rester concentré. Tenir sur une selle était déjà un miracle, en soi.

Après avoir passé ce quartier, Haji réalisa tout à coup que les hommes du nord avaient finalement encerclé toute la ville. L'accès par où avaient fui Sae et les Seigneurs était bloqué. Il fit brusquement stopper leur cheval, en arrivant sur une place, cherchant une solution. Foncer dans le tas en espérant passer sans casse ? Ce serait du suicide. Devaient-ils rester cachés quelque part ? L'armée des steppes allait forcément fouiller toutes les maisons pour piller. Espérer que personne parmi ces hommes n'allait reconnaître Jin, s'il restait avec lui ? Son père ne comptait pas tenter les démons à ce point. Son fils finit par tourner la tête vers lui, en demandant ce qui se passait et pourquoi ils n'avançaient plus. Haji se racla un peu la gorge, finit par marmonner qu'ils ne pouvaient pas espérer quitter la ville sans se faire repérer ou devoir combattre, les hommes des steppes étaient partout. Mais ils n'avaient pas vraiment le choix… Le rebelle inspira un grand coup, dit à son fils de s'accrocher, comme il se doit, car ils allaient devoir tenter le tout pour le tout. Il leur fit reprendre la route, le visage en sueur tant il avait du mal à contenir la douleur, s'efforçant d'accélérer avant que la tenaille sur la cité de pierre ne soit trop forte.

La cité entière était encerclée de murailles, avec cinq portes, toutes habituellement lourdement gardées. Celle que le rebelle visait était tombée mais l'armée avançait dans la ville. Il fonça, à pleine vitesse, sans plus se soucier cette fois des habitants sur son passage. Esquivant de justesse un groupe d'hommes du nord en armes et poussant Jin à baisser la tête en sentant des flèches siffler à leurs oreilles. Des charrettes et étals étaient en feu, la fumée envahissait les rues, réduisant encore plus la visibilité et bloquant certains passages. Leur cheval paniqua, devant un mur de flammes soudain dressé face à eux, emballé par la puissance du vent dans ces contrées. En reprenant son contrôle, Haji eut un coup au cœur, devenant livide. Il avait cru sentir ses côtes brisées s'enfoncer plus loin encore… Sa prise contre les rênes se relâcha malgré lui et des points noirs envahirent toute sa vision. Sa gorge et sa bouche s'emplirent soudainement d'un goût très âcre et amer. Du sang. Il bascula sur le côté, ne sentant pas la petite main qui tenta de l'attraper et le retenir.

La chute sur le sol de pierre fut brutale et ce nouveau choc ne fit qu'amplifier la souffrance déjà infligée. Haji tenta de lutter, aussi fort que possible, pour rester conscient et se relever. Pour fuir avec son enfant et le mettre à l'abri. Il usa ses toutes dernières forces dans sa volonté de garder les yeux ouverts. Tout se brouilla et il ne put lutter, sombrant dans l'inconscience.

Bien plus tard encore, ce nouveau réveil fut plus ardu, si c'était possible, que les précédents. Comme si son esprit ne supportait plus les pertes de conscience et encore moins son corps douloureux. Pourtant, il ne fallait pas nier un nouveau confort bienvenu, car il ne sentit pas un sol dur et froid, sous lui, mais une couche confortable. Pas le moindre poids à ses chevilles et poignets. Bien du bruit, autour de lui, toujours étouffé au cours de ce réveil lent et pénible. Une odeur de… De… Rose ?

Un détail parfaitement incongru, qui incita Haji à redoubler d'efforts pour ouvrir les yeux. Terminé, les hauts murs de pierre de la cité-forteresse, il se trouvait sous une tente... Nu comme un ver, semble-t-il, avec une couverture posée sur lui et d'autres dessous. Bien que ce soit une nette amélioration de sa condition précédente, il avait bien du mal à comprendre comment il était passé de l'état de larve évanouie dans une ville assiégée à celui d'homme soigné et visiblement lavé, sous des couvertures. Son corps tout entier était recouvert de bandage épais et cette odeur de rose continuait de lui flotter au nez, sans qu'il ne mette le doigt sur d'où elle venait. Où était-il ? Où était son fils ? Allait-il bien ? Combien de temps s'était-il écoulé depuis leur tentative de fuite de la ville ? Il se sentait si engourdi... La faim le tenaillait férocement, ainsi que la soif.

Il tressaillit d'un coup en voyant une femme surgir à côté de lui, il ne l'avait même pas remarquée auparavant. La tenue qu'elle portait lui fit comprendre aussitôt qu'elle appartenait au peuple des Steppes et qu'il devait donc être tombé entre leurs mains... Ce qui signifiait son fils aussi ! Cette femme ne prononça pas un seul mot et lui fit boire de l'eau, par une petite coupelle de fer. Plusieurs fois, par petites gorgées, avant de se relever et quitter la tente. Haji en profita bien pour tenter de se relever mais sans gros succès. Son corps était lourd, très engourdi, quoi qu'un peu moins douloureux. Il tenta quelques minutes mais finit par se résigner, voyant que ça ne servait à rien. Plus que cela, il s'inquiétait pour Jin. Peut-être avait-il réussi à s'enfuir, après que Haji se soit évanoui ? Ou à se cacher dans la ville ? Retrouver d'autres Gardiens et partir avec eux ? Un long moment passa ainsi, où il resta seul avec ses pensées, avant que du bruit ne se fasse entendre à la tente. Tournant les yeux, il ne fut pas surpris de voir entrer l'Empereur des Steppes, le seigneur Ganzorig. En tenue de guerre, bien entendu. Un seigneur qui s'assit sur un épais coussin non loin de là, avec un air satisfait. Ça ne sentait pas bon...

- Lorsque tu suis gentiment mes ordres et lorsque tu décides enfin à agir d'une manière efficace, les affaires se passent bien mieux. Tu as bien fait d'abattre le seigneur Tan en public.

- Pourquoi m'avoir conduit ici ? demanda plutôt Haji, peu intéressé par les considérations politiques de cette guerre, là, tout de suite.
- Ne te demandes-tu pas plutôt qui était avec toi ? Tu peux cesser les faux-semblants, voyons... Pas avec moi.
- Que lui avez-vous fait ?!
- Actuellement, rien de mal. On m'a rapporté des informations intéressantes, sur cet enfant et sur la manière dont le Prieur le présente et se sert de lui pour manipuler les foules. Ce vieux renard a toujours été doué dans ce domaine. Je dois admettre que l'idée est bonne, quoi de mieux qu'un jeune visage innocent pour manipuler la plèbe et la mener où on le souhaite ? Un bel instrument, ce serait dommage de le gâcher. Ce type d'outils peut permettre d'accélérer nos affaires, je sais que les troupes du royaume Wu avancent vers l'empire. Sans oublier cette... maladie.

Haji baissa un instant le regard... Trop obnubilé par sa frayeur pour son fils et par Sae, il avait presque réussi à en oublier la propagation de la peste. Il releva le regard vers l'Empereur des Steppes, sans réaliser sa propre pâleur.

- La peste peut affaiblir le gouvernement du Prieur et son armée, glissa-t-il avec peine.
- Ainsi que la mienne, imbécile. La population toute entière, l'armée du royaume Wu, tes compatriotes et les miens. Il faut en finir vite, voilà où en est tout l'enjeu. Je te remercie de nous avoir livré cet enfant, il va devoir demeurer avec nous quelques temps. Quant à toi, tu vas devoir en finir au plus vite avec les autres seigneurs. Cette guerre doit être stoppée au plus vite, personne ne peut se permettre de l'étendre plus encore.

Arrêter la guerre n'arrêtera pas la maladie... Mais la stopper leur laissera le temps de se concentrer sur le mal noir et tout tenter pour le stopper, avant que les morts ne s'accumulent. Durant ce temps, son fils pourrait rester coincé entre les mains des hommes du Nord, le temps d'abattre les derniers seigneurs, le Prieur, essayer de former un nouveau gouvernement et... Haji réfléchit très vite à ses possibilités, se sentant une fois de plus coincé dans une impasse et sous la coupe de pouvoirs le dépassant complètement. Il y avait effectivement un moyen possible et rapide de neutraliser cette guerre et même de briser la demande de renforts au royaume Wu, mais… Il serra les poings, sous la couverture, ravagé intérieurement entre ses sentiments personnels et la conscience de ce qu'il devait faire pour le bien du plus grand nombre. C'est le cœur terriblement serré qu'il reporta le regard vers l'Empereur du Nord et lui dit qu'il existait un autre moyen de tout arrêter, même sans avoir à se débarrasser de tous les membres importants du gouvernement actuel, à l'exception du Prieur, bien sûr. Il lui parla de Sae, ses ambitions et de son plan. Tout en ayant le sentiment de se jeter volontairement dans un gouffre profond. Le Seigneur Ganzorig l'écouta avec attention, alors qu'il s'était servi un verre de vin.

- Une femme ayant autant d'ambition politique que le Prieur lui-même ? C'est un plaisir rare.

Haji ne répondit pas, songeant avec amertume que le fait d'être un homme ou une femme ne changeait pas grand-chose à la situation, dès lors que vous étiez dévoré par l'appât du gain. A ses yeux, le Prieur et Sae Qian étaient aussi fous l'un que l'autre, il ne voyait aucune différence de ton entre les deux.

- Nos plans peuvent sans doute s'accorder… L'enfant servira de levier accélérateur… Très bien. Amène cette femme jusqu'à moi. Nous en parlerons.

Quoi, lui ? L'Empereur des Steppes sortit de la tente avant que Haji ne puisse protester et proposer d'autres solutions, s'il tenait à rencontrer Sae, plutôt que d'aller la trouver lui-même. Il laissa retomber la tête contre l'oreiller sous lui, en s'insultant de toutes les manières possibles. Il venait, littéralement, de pactiser avec les démons… Il serra les dents, les yeux, luttant pour ne pas lâcher la moindre larme. Bon sang… Ses pensées le ramenèrent vers Ning, vers son sourire apaisant et la chaleur de ses bras. Une vision calme, très réconfortante, l'aidant à s'apaiser. Tant qu'ils seront à deux pour affronter tout cela, tout devrait mieux se passer... Seul, comme ici, Haji n'y parvenait pas, il ne faisait qu'aller de décisions dangereuses en décisions stupides. Avec son compagnon, il serait plus fort. Ils lutteraient ensemble, se protégeraient l'un et l'autre, ils pourraient sauver le petit Jin. Le rebelle fit tout pour se convaincre que se sortir de tous ces problèmes était possible, tant qu'il pouvait traverser la tempête avec son compagnon. Il se concentra sur lui, sur son visage, les yeux fermés. C'était encore réalisable...

À des lieux de là, dans un camp de fortune rebelle installé dans les souterrains de la capitale, l'ambiance générale n'était pas meilleure, bien loin de là. Ning se lavait les mains avec un soin presque maniaque, comme les avant-bras, avant d'enfiler des vêtements lavés eux aussi, serrés contre le corps. Ils n'avaient toujours pas de nouvelles des personnes faites prisonnières par les Gardiens, toujours pas de nouvelle de Haji... C'était très angoissant, tous avaient cru que le Prieur en aurait fait un procès gigantesque, sans attendre, mais rien. Qu'est-ce que ça signifiait ? Ning secoua un peu la tête, pour ne pas s'imaginer trop d'histoires. Il enfila des gants et mit un foulard contre ses cheveux et le cou, serré avec soin, attacha un autre foulard, pour couvrir sa bouche et son nez. Ainsi apprêté, il débuta sa tournée des malades. Une quinzaine de personnes, installées dans cette salle souterraine, sur des vieilles couchettes de paille. Étant le seul médecin du groupe rebelle, Ning avait pris les choses en main et s'occupait comme il le pouvait des malades. Il formait d'autres personnes dans l'urgence à s'en occuper également et obligeait autant que possible à suivre des consignes strictes.

Cette maladie n'était pas inconnue... Enfant, à une plus petite échelle, il avait pu l'observer. S'il se souvenait bien des mesures prises pour l'endiguer au maximum, l'arrêter avant qu'elle ne puisse causer un nombre élevé de morts était hors de portée. Ils ne possédaient aucun traitement efficace ! Si certains malades s'en sortaient, c'était avant tout dû à leur bonne condition physique initiale et une très forte part de chance. Ning avait ordonné d'abattre tous les rats s'approchant d'eux, d'aller puiser de l'eau bien plus loin des quais et de la ville et de la faire bouillir avant de la boire, de se laver souvent... Le plus important était de séparer les infectés des bien-portants, mis à part bien sûr ceux se chargeant de soigner. Au-dessus d'eux, après les mesures de quarantaine, des mesures de confinement et d'éloignement des malades étaient aussi appliquées. De gré ou de force. Un grand dispensaire était désormais réquisitionné, our y rassembler tous les pestiférés et les séparer des autres. Riches comme pauvres y étaient envoyés. Le Prieur affirmait que ces gens étaient possédés par le mal et devaient être tenus à l'écart...

Ning ne croyait pas à la possession, en revanche, il trouvait évident de séparer les malades des autres. Agenouillé à côté de son premier patient, il allait débuter une manœuvre délicate et dégoûtante. Inciser le bubon infecté pour en faire couler le pus et frotter avec de l'oignon. Appliquer de la poix. Une opération aussi immonde pour le patient que pour lui. L'homme sur la couchette gémissait de douleur, dévoré par la fièvre. Le médecin tentait de lui parler et de le rassurer, tout en travaillant. Ils n'avaient pas le choix. Ils devaient absolument faire cela pour éviter une hécatombe.

CHAPITRE 21 : AVIDITÉ

L'ambiance crépusculaire de la ville se mariait à merveille avec celle envahissant le palais impérial. La rumeur s'était déjà répandue, les renforts venus de l'Ouest, la grande armée du Royaume Wu, avait cessé leur avancée, lorsque les éclaireurs avaient découvert l'étendue de la peste. Le découragement s'était ensuite déversé plus rapidement encore que cette maladie. Presque toute la ville était maintenant placée sous quarantaine, les déplacements strictement contrôlés et surveillés, les vivres distribués au compte-goutte, les rassemblements, même religieux, interdits. Il régnait une atmosphère très étrange et délétère... L'armée venue du Nord s'était emparée de plusieurs villes importantes – dont la cité-forteresse des Gardiens, haut lieu s'il en est – dans l'Ouest et le Nord. Cependant, eux-mêmes se contentaient pour le moment de tenir sous leur coupe les parties prises de l'Empire et ne progressaient plus. Ils occupaient les territoires annexés et semblaient attendre. Tout comme l'armée du Royaume Wu, la maladie agissait comme un frein conséquent. Un répit certes imprévu, pour l'Empire, mais néanmoins plus qu'apprécié. S'occuper à la fois de la guerre et de la maladie n'était pas une mince affaire. Le Prieur lui-même se souciait désormais moins des territoires occupés par l'ennemi que par la progression de la peste.

Aux yeux de Sae, le moment était idéal pour la progression de ses plans. Les renforts n'arrivaient pas, par peur de l'épidémie, le Prieur était affaibli, leurs ennemis n'osaient progresser plus avant, sans nul doute pour ne pas contaminer leur propre armée. Dans un tel bouleversement général, elle rencontrera moins de résistance et pourra plus aisément mater ses adversaires. Le chaos était la plus belle période qui soit pour renverser le pouvoir en place et le faire sien. C'est pour cela qu'elle était actuellement occupée à parachever un délicat poison, qui lui avait demandé bien du temps et des soins. Dès l'enfance, elle s'était intéressée aux plantes et leurs usages, ainsi qu'aux moyens de s'en servir à son avantage. Des connaissances longuement travaillées, exploitées avec soin, à plusieurs reprises, au cours de sa vie. À quoi bon manier des armes lourdes, des épées ou des arcs, lorsqu'on pouvait parvenir à ses fins de cette manière ? Avec ces méthodes, il n'existait nullement de victimes collatérales. Contrairement à son jouet favori, qui lui ne comprenait pas qu'il était possible de faire la guerre sans entraîner la mort de bien des personnes dans son sillage.

Elle acheva la préparation de son œuvre en temps voulu et le glissa à l'abri dans sa tenue, facilement accessible. Lors de sa préparation pour la soirée, face au miroir, la fierté l'envahit devant son reflet. Sa beauté restait l'une de ses armes les plus efficaces, couplée à un charme certain qu'elle ne cessait de travailler également. Son apparence n'était en rien dû au hasard, pas plus que ses moyens de séduction. C'était là le résultat d'un long entraînement, sans trêve ni répit. Sa coiffure, ses vêtements, sa démarche, le ton de sa voix, son vocabulaire et son ton, les sourires et même ses petits soupirs amusés ou gênés étaient réfléchis. Son père lui avait longuement répété que le pouvoir se gagne par l'intelligence et qu'il se maintient par les apparences. Sa mère, quant à elle, lui avait enseigné à ne jamais reculer devant quoi que ce soit, qu'importe la taille de l'obstacle. Ainsi, lorsqu'ils l'avaient vendue au seigneur Qian, ils avaient semé en elle les graines nécessaires au désir aigu de remporter à la fois du pouvoir et du contrôle sur son existence. Cette soirée allait être la nouvelle étape de son plan et l'une des plus importantes à franchir. Sae sourit à son reflet, à la fois impatiente et assez anxieuse. Réussir ou mourir, elle ne disposait d'aucun autre choix.

Ce soir-là, elle gagna d'un pas tranquille les appartements privés du Prieur, sans prendre le soin de se cacher. Peu après le décès de son époux et la nomination officielle de son second enfant à la tête du clan Qian, il n'était question de dissimuler qu'elle fût la favorite du Prieur. Bien au contraire. Renforcer son statut social débutait en faisant comprendre aux différents clans qu'elle leur était supérieure, à tous, qu'elle possédait désormais plus de pouvoir qu'aucun d'entre eux ne pouvait seulement en rêver. Elle pouvait même se permettre de supplanter l'avis des chefs des grands clans, soit les ministres de cet Empire, à son bon gré. Au-delà de leur écœurement, leur rage ou leur jalousie, certains d'entre eux commençaient malgré tout à comprendre qu'ils ne pouvaient l'évincer si facilement. Le clan Qian lui était évidemment acquis, écrasé sous sa botte, les sept autres oscillaient entre haine immodérée et compréhension lente qu'ils avaient plus à gagner en s'alliant à son clan, plutôt qu'en demeurant en retrait. Sae devait se protéger de toutes les tentatives de meurtres, cela faisait partie du jeu. Un bien faible désagrément à ses yeux.

En pénétrant dans les appartements du seigneur Wuo, elle fut d'abord frappée par une forte odeur d'encens, si tenace qu'il produisit instantanément un léger mal de tête. Le Prieur, convaincu que l'encens suffisait à se préserver de la peste, enfumait ses appartements avec fanatisme, ainsi que tous les lieux de culte et les longues traversées du palais impérial. Sae prit un instant pour tenter de se couper le plus possible de cette insupportable odeur, une main contre son nez et sa bouche. Si les courants d'air dans les couloirs aidaient à respirer convenablement, l'atmosphère enfumée des appartements poussait à la suffocation. Après quelques minutes, elle parvint péniblement à s'habituer et reprit sa marche. Le Prieur se trouvait dans le second salon, affalé dans un large canapé, visiblement déjà soûl. L'annonce de son allié de l'Ouest de ne guère plus avancer, quand bien même les barbares du Nord s'étaient déjà emparés de certains territoires, lui avait porté un coup au moral. Des décennies passées à tenir son Empire d'une main de fer pour en arriver là. Un chaos généralisé, des régions rongées par la maladie, affaiblissant à la fois le pays et son armée, contraignant à stopper des plans de guerre. La jeune femme le trouvait pitoyable.

- Ah aaah, Sae ! bafouilla-t-il lorsqu'elle s'approcha. Sers... Sers-nous un verre, veux-tu ?

L'odeur d'encens et à présent, l'odeur d'alcool. Son regard vola vers les jarres vides, laissées là à l'abandon, sur le canapé et par terre. Une partie renversée sur les coussins et sur le seigneur Wuo. Il avait le visage un peu rouge, les yeux bouffis, son haleine imbibée empestait même d'où elle se trouvait. Sae se tourna vers la commode où attendaient d'autres verres vides et des jarres d'alcool, laissés par les serviteurs. L'anxiété était partie, en découvrant la scène... Le destin était avec elle, ce soir, le Prieur lui facilitait la tâche sans le vouloir. Sobre, il était de même nature qu'elle, sûr de ses moyens, réfléchi et apte à mettre en place différentes stratégies de manipulation. Les idées imprégnées d'alcool, il devenait dès lors inférieur, une proie plus aisée à atteindre. Elle servit généreusement deux verres, sans prendre garde au monologue incompréhensible de l'Empereur derrière elle. La petite fiole glissa dans sa main et elle versa le contenu dans le verre le plus garni, avec délicatesse. Un verre qu'elle apporta ensuite au Prieur, prenant le sien délicatement en main, en s'asseyant à ses côtés.

- Sae, Sae, ma belle, l'Empire va m... L'Empire va... Mon Empire... Contre les barbares...

Il leva son verre brusquement et le reprit des deux mains et le but d'une seule traite, bruyamment. Un verre qu'il laissa retomber, vide, au sol parmi les autres. Sae l'observa, immobile et silencieuse, en reposant sa boisson sur le côté. Il s'écoula deux ou trois minutes, dans un silence parfait. Le Prieur eut tout d'abord une expression béate, suivie d'un air absent. Sae se leva pour prendre une écritoire et le disposer très tranquillement. Elle tira, d'un pli intérieur de sa robe, un document officiel, qu'elle posa sur l'écritoire. Elle se glissa ensuite contre le Prieur, les mains contre lui, les lèvres près de son oreille. Lui susurrant ses indications d'un ton bas et léger. Sous l'effet de la drogue, le seigneur Wuo bougea sans le réaliser, le regard vide. Il signa là où elle le lui indiqua. La bouche entrouverte, livide. Aussitôt, elle récupéra le document et alla le ranger, tel un trésor, dans le bureau du Prieur. En lieu et place d'un autre document, presque identique, concernant la succession impériale. Conçu et signé des années plus tôt par son amant. Un document qu'elle brûla sur le champ, à présent qu'il avait été remplacé par le sien. De retour dans le salon, elle tira par la main le Prieur pour qu'il la suive. Il s'écroula bien vite dans son lit, sur le dos. Sae s'installa à califourchon sur lui, après avoir fermé avec soin les portes et les rideaux. Un sourire méprisant orna ses lèvres avec lenteur.

- La vieillesse t'accable, tout comme la faiblesse, mon Empereur. Mais je vais être généreuse. Ta mort sera moins douloureuse que celle de mon ancien époux. Je te dois bien cela.

Elle demeura ainsi, à ses côtés, sans plus parler ou bouger. Pouvait-il réaliser sa situation ? Pouvait-il comprendre ce qui allait se produire et qu'elle restait ainsi, à le regarder mourir ? Sae l'espérait. Elle espérait du plus profond de son cœur qu'il soit, au minimum, capable de la voir. Qu'il comprenne qu'elle était telle l'ange de la mort, patiente, venue le chercher. Le temps fila avec lenteur, jusqu'au moment où la respiration de sa victime devint plus vive et hachée. Il se raidit brusquement, comme dans un sursaut. Tout son corps se relâcha. Un ultime souffle s'échappa de la fine barrière de ses lèvres, avant que le silence n'envahisse la chambre. Sae lui referma les yeux et lui laissa sur le lit près de lui quelques-unes des jarres vides d'alcool. Elle emporta avec elle le verre où était contenu le poison et quitta les appartements. Il n'était jamais bon de trop boire, cette faiblesse ayant déjà perdu son premier jouet, son mari et cette nuit, l'Empereur même de Huǒ Lóng. Qu'importe où se rendait l'âme du Prieur, cette nuit, un obstacle venait d'être ôté de sa route. Le plus difficile allait maintenant débuter.

À des lieux de là, sous un ciel bas et noir, menaçant, enfermé dans un large chariot, le jeune Jin sentit un très long frisson le parcourir. Un sentiment étrange, glaçant son sang. Blotti dans un coin, sur de la paille, il releva faiblement les yeux et se crispa d'autant plus. Assis dans le coin opposé, la silhouette sombre du petit garçon l'observait. Le regard blanc et vide. Dans la même position, les bras serrés autour de ses genoux, sa chair brûlée partant toujours en lambeaux. Jin serra les dents, en murmurant comme une prière que ce n'était pas réel, pas réel, pas réel… Ce garçonnet *était mort*. Il était mort ! Il ne pouvait pas être ici, c'était un cauchemar, une hallucination, ce n'était pas réel. Seigneur… Seigneur, venez à son aide… Il déclama une longue prière, dans un murmure voilé, les yeux fermés. Lorsqu'il les rouvrit, l'apparition était à la même place et continuait de le fixer. Pourquoi ses prières étaient-elles inutiles, qu'avait-il fait de mal ?! L'enfant était… une sorte d'esprit noir et vaporeux, pourtant, il conservait une forme parfaitement reconnaissable. Jin pouvait même sentir cette odeur terrible, qui hantait toujours chacun de ses cauchemars, de chair brûlée.

- Va-t'en, ordonna-t-il en s'obligeant à être ferme. Va-t'en, pars dans l'autre monde, tu n'as rien à faire ici !

Le garçonnet ne bougea pas. Jin, pris d'un sursaut, s'empara d'un petit morceau de bois abandonné dans la paille et le jeta violemment contre l'apparition. Le bout de bois frappa la paroi et retomba dans un petit claquement dans la paille, sans plus. Aucune réaction de la part du petit fantôme. Mais à l'extérieur, une voix grave et sonore lança « C'est fini, le bordel, là-dedans ? ». Sans s'en préoccuper, le garçon se leva, rassembla tout son courage, alla vers l'apparition et tendit la main vers elle. Sans rien toucher, bien sûr. Il se frotta les yeux, longuement, lorsqu'il les rouvrit, le fantôme n'était plus là. En revanche, il entendait toujours le son de sa voix. Un faible appel de détresse, suivi d'un cri de douleur, de gémissements. Mais où était-il ?! Il se laissa retomber dans la paille, très perturbé et se prit la tête entre les mains. Pourquoi personne ne semblait entendre ces cris alors qu'ils étaient si forts ?! N'était-ce qu'une hallucination de plus ? La peur n'était pas la seule à le tourmenter, il avait l'impression d'être... Comment le définir... De se sentir déchiré, comme si son esprit partait en mille morceaux et qu'il... Il perdait totalement le contrôle... Dévoré par le sentiment que son âme valsait en plusieurs morceaux loin de lui et qu'il allait finir par en mourir...

Il s'allongea en position fœtale dans un coin du chariot, la tête cachée autant que possible dans ses bras. Comme si cela pouvait faire stopper les appels du garçonnet. Il resta prostré toute la nuit, sans bouger. Tenter de coordonner ses pensées ou d'essayer de se concentrer sur autre chose était inutile. Lorsque le soleil brillait faiblement, quelques lueurs passant par une ouverture étroite et mal condamnée, il ne bougea guère plus. Ni lorsque du bruit extérieur se fait entendre, ni lorsque le chariot s'ébranla et qu'il fut déplacé avec lui. Complètement abattu, moralement et physiquement, il peinait à trouver une bonne raison de poursuivre. Son devoir envers le Ciel ne suffisait plus.... Au fil des heures où le chariot trembla sous les routes de terre, Jin ne cessait de se demander ce qu'il faisait toujours ici. L'idée de la damnation éternelle, en échappant aux ordres donnés par le Seigneur Seykyou, le terrifiait moins que la seule idée de rester sur cette terre, à entendre les cris de douleur de cet enfant. Il en avait assez. Assez de ne pas savoir qui il était, assez d'ignorer à qui il pouvait faire confiance ou non, assez des mensonges et assez que tous se servent de lui comme d'un objet, dans des plans qui le dépassaient complètement. Il était exténué.

Une nouvelle journée s'était entièrement écoulée, lorsque le chariot stoppa sa course. La porte fut ouverte, deux gardes entrèrent et vinrent le tirer dans son coin, en le portant à moitié. Ils l'emportèrent tel un paquet vers une sorte de grande tente, où ils le laissèrent comme ça, par terre, au milieu. Couvert de paille et de crasse, Jin donnait l'impression d'un petit animal abandonné. L'homme dans cette tente était très grand, richement vêtu, le regard inquisiteur. L'ancien novice ne tenta même pas de se lever, il n'en avait pas la force. Cet homme était-il le chef des barbares du Nord ? Si tel était le cas, le garçon de treize ans attendait de lui un geste de pitié. Qu'il mette fin à son existence. Ici même. N'était-il pas l'un des plus dangereux ennemis de l'Empire Huǒ Lóng ? Qu'il en finisse.

- Le Prieur est mort.

L'information fut un tel choc qu'elle parvint même à percer les brumes envahissant l'esprit de Jin, avec la violence d'une tornade. Un très brutal retour à la réalité. Il fixa cet homme, ce seigneur, d'abord sans y croire. Face à son air dur, comprit qu'il disait vrai. Le Prieur était-il mort de vieillesse ? Emporté par la peste… ? C'était terrible… En une période si horrible, perdre le représentant de Dieu sur Terre, c'était… Affolant… Il s'était mis à trembler, un soudain regain d'énergie faisait battre son cœur plus vite que la normale, accompagné par une montée de stress. Mort. Le Prieur. L'Empereur ! Mort. Jin réalisa, alors, qu'il avait toujours pensé que le seigneur ne pouvait pas mourir. Il était un élu de Dieu, comment penser qu'il puisse être mortel ?!

- Mes espions ont rapporté des nouvelles intéressantes, poursuivit le seigneur du Nord avec un sourire mielleux. La capitale est en véritable ébullition. Pour lui succéder, ce cher Prieur a désigné une femme. Rien de moins que ta douce génitrice. Cette nouvelle a plongé la ville dans une certaine confusion. Sae Qian, nouvelle Impératrice ! Le bon peuple et la plèbe sont étrangement choqués par cette annonce. Je ne m'attendais guère à ce que les choses prennent une telle tournure mais il n'y a pas de quoi s'en plaindre. Tu vas pouvoir servir plus tôt que je ne l'avais escompté, mon enfant. Cette belle avancée doit être renforcée et stabilisée. Toi qui es « l'instrument de Dieu », comme la plèbe le croit, tu vas être utile pour renforcer la situation.

- Pourquoi ne vous contentez-vous pas de me tuer ?
- Allons, on ne jette les outils que lorsqu'ils sont usagés. Les premiers jours vont être délicats, préparer le terrain est nécessaire. Tu vas être nettoyé et préparé, durant ce temps.

Il appela d'autres hommes et leur ordonna d'emmener le garçon. Jin ne put résister, emmené de nouveau comme un objet qu'on déplacerait d'un endroit à l'autre suivant les besoins. Toujours sous le choc de cette annonce.

L'Empire entier était également sous le choc. Personne ne l'acceptait, tout comme personne ne pouvait, pour autant, refuser d'admettre l'implacable vérité. Sae Qian avait bel et bien été désignée par le Prieur, dans ses documents officiels, comme la nouvelle représentante de Dieu. Donc comme la nouvelle Impératrice. Au sein de la Salle du Conseil, un silence de mort régnait. Les cinq grands seigneurs restants, installés à leurs places convenues autour de la table en bois massif, ne lançaient pas un regard vers Dame Qian. Installée en bout de la table, dans un immense siège, ressemblant au trône. Les patriarches des huit clans ne disaient pas non plus un seul mot. Le second fils de la nouvelle Impératrice, installé au siège du clan Qian, osait encore moins que les autres ouvrir la bouche. Terrifié, du haut de ses huit ans. La colère et le dégoût étaient bien lisibles, sur les visages des chefs de clan comme sur ceux des cinq seigneurs, malgré leurs efforts pour le dissimuler. Sae songea avec amusement qu'il était bien dommage que le seigneur Tan ait été tué si tôt par ce cher Haji. Un homme si conservateur aurait eu si mal en le voyant à cette position.

- Mettre fin à la guerre est une priorité, tous les efforts doivent être concentrés sur le contrôle de l'épidémie. Ainsi que sur le contrôle de la population. Je vais rencontrer l'Empereur Ganzorig et conduire un traité de paix.
- Négocier avec ces barbares ? s'emporta aussitôt le seigneur Geng, le responsable de l'armée. Madame, nous ne...
- Silence, siffla Sae d'un ton froid comme la mort. Faire preuve d'un tel irrespect en vous adressant à moi ne saurait être toléré. Je ne vous avertirai qu'une seule fois.

Il était évident qu'aucun de ces cinq Gardiens ne pouvait, quant à eux, tolérer d'être à présent dirigés par une femme. Ils ne pourront pas rentrer dans le rang et Sae ne s'attendait pas à ce qu'ils le fassent. Ces reliques du précédent gouvernement n'allaient lui servir que le temps de réformer et stabiliser son pouvoir. Pour le moment, elle annonça ses premières mesures et de quelle façon tout devait être appliqué. Les patriarches de clans, malgré leur fureur, avaient au moins conscience qu'agir trop tôt ne ferait que leur nuire. Ils feront leur travail, au moins durant un temps. Afin de ne pas tout perdre brutalement, réfléchir à la situation et de quelle manière en tirer profit. Les riches et nobles savaient mieux que quiconque où étaient leurs intérêts et comment s'y prendre pour ne pas gâcher inutilement leur pouvoir. Leur peur de perdre leur statut social ou leur patrimoine passait bien avant leur dégoût de voir une femme à la tête de l'Empire. Du moins, pour le moment. Sae comptait, bien sûr, jouer là-dessus pour consolider son assise, sur ces sujets. La politique était un jeu merveilleux, qu'elle maîtrisait avec un très grand soin.

Le cas des cinq seigneurs Gardiens était plus complexe à gérer. Ils pouvaient facilement lui nuire et perdre l'appui de l'ensemble des Gardiens, dans ce pays, serait dramatique. Un problème dont elle savait, depuis bien longtemps, qu'il serait complexe à gérer. Le grand bal débutait en force. Ces hommes s'apercevront très vite qu'ils ne pourront pas l'emporter aussi facilement qu'ils le songeaient.

CHAPITRE 22 : CONFRONTATION

- Cette sale garce a réussi son coup, maugréa Haji d'un ton abrupt.
- Le bon côté des choses, ajouta lentement Ning, est que tu n'auras plus besoin de jouer les intermédiaires entre elle et l'Empereur du Nord. Par ailleurs, nous pouvons être sûrs qu'ils ne feront pas de mal à ton fils, ils vont avoir besoin de lui pour aider à calmer la population et lui faire accepter la situation. Les hommes attendent, maintenant, tes ordres... Ils ne baisseront pas les armes tant qu'ils n'auront aucune garantie sur leur avenir. Est-ce qu'elle va continuer à poursuivre les rebelles ?

Haji baissa la tête, le souffle un peu court et les poings serrés. Derrière lui, les bras croisés, Ning posa un long regard sur lui, sourcils légèrement froncés. Ils s'étaient retrouvés il y a peu et avaient eu une très longue discussion sur les derniers événements et sur ce que chacun avait vécu de son côté. Le médecin était angoissé... Pas vraiment à cause de cette situation mais parce qu'il constatait l'emprise malsaine que cette femme tenait toujours sur son compagnon. Elle réussissait toujours à le rendre malade, elle parvenait toujours à hanter ses pensées, elle provoquait en lui beaucoup de colère, de dégoût, de haine et surtout de peur. Surtout, elle parvenait encore et toujours à le manipuler. Il en était à la fois lassé et énervé, ça l'effrayait, d'assister à cela et d'en rester impuissant. Il faudrait que Haji prenne conscience, une bonne fois pour toute, qu'il ne pouvait pas esquiver sa vie entière le travail à mener contre ce lien toxique. Essayer de ne pas y penser, au lieu de le combattre et le rompre, ça ne servait pas à grand-chose. De son point de vue, en tout cas, c'est ce qu'il ressentait.

- Haji, c'est moi qui vais y aller.
- Quoi ?
- À son « invitation ». Si tu y vas, tu risques de simplement te faire piéger. Ou manipuler. De te retrouver encore dans une position... délicate.

Il avait touché un point très sensible. Haji sembla s'affaisser un peu, appuyant une main contre le rebord de la fenêtre pour se tenir. Le médecin s'approcha de lui et l'enlaça fermement par derrière, en lui chuchotant que tout ira bien. Il devra s'occuper des leurs, les tenir au maximum à l'écart de la maladie et les tenir prêts à combattre si nécessaire. Quitte à devoir, dans un premier temps, tous les faire replier et les emmener au loin durant un temps. Son compagnon devait lui faire confiance et ce qu'elle lui répéta, encore un temps. Ning lui rappela ensuite que son choix de le suivre dans ce pays et dans ce combat était personnel, réfléchi. Certain de son rôle à jouer et pourquoi. Depuis plus de dix ans qu'ils évoluaient ensemble, Haji devrait être sûr du lien les unissant, plus fort que celui malsain le reliant à cette femme. Tout ira bien. Il le serra plus fort encore contre lui, en lui répétant cela, tout ira bien. Tous deux connaissaient les risques. Au fond de lui, Ning préférait de loin mourir à la guerre plutôt que de la peste. Une pensée amère qu'il chassa pour le moment, en serrant Haji contre lui avec force.

Ce fut sous un soleil brûlant, si haut dans le ciel, que Ning fit son entrée dans la cour impériale. Bras liés, tout comme les mains, serrées brutalement aux poignets, dans son dos. Sans paniquer, il ne s'était pas attendu à un autre accueil. Toutefois, il avait été quelque peu surpris de trouver les Gardiens dans des tenues bien différentes. Terminées, les grandes tenues blanches et vaporeuses. S'ils portaient toujours une tunique blanche, serrée à la taille et s'arrêtant ensuite aux genoux avec légèreté, ils portaient dessous une tunique brune, proche du corps, des pantalons bruns ou noirs, des bottes en cuir épaisses, des gants et leurs visages étaient couverts par des foulards blancs, recouvrant la bouche et le nez. Les soldats portaient cette même tenue, bien que n'ayant pas la tunique blanche supplémentaire. Tous avaient, de plus, des linges couvrant les cheveux et les oreilles, très serrés. Le médecin, qui portait le même genre de tenue lorsqu'il s'occupait des malades de la peste, se dit que la nouvelle impératrice avait visiblement mieux compris que le Prieur comment protéger au maximum ses hommes de la contamination.

Autre point d'importance, dès qu'on l'escorta sous très bonne garde dans le palais, il remarqua nombre de serviteurs, eux aussi le visage couvert et gants aux mains, laver les couloirs à grand renfort d'eau et d'une sorte de savon, dont l'odeur piquait le nez. En tant que médecin, Ning ne pouvait que s'en réjouir, néanmoins, il songeait que de telles mesures devraient avant tout être appliquées dans tous les quartiers de la capitale et dans tous les villages. Brûler les corps, chasser les rats, s'efforcer de mieux séparer les malades des bien-portants… Un des gardes le poussa tout à coup dans le dos en ordonnant de marcher plus vite, manquant de le faire chuter le nez contre le sol de pierre. Ning serra les dents, s'efforçant de ne rien dire. Il fut emmené jusqu'à un vaste bureau, richement décoré, où la nouvelle impératrice attendait. Un Gardien le frappa brusquement dans les reins, en lui arrachant un petit cri de surprise et de douleur. Il tomba à genoux, au moment où soldats et Gardiens s'inclinaient et quittaient la pièce. Le temps qu'il redresse la tête, la nouvelle impératrice était déjà debout devant lui, conservant une certaine distance.

- Quelle légitimité possèdes-tu pour te présenter ainsi ?
- Toute personne dans cet Empire a la légitimité nécessaire pour défendre sa place et plus de droit, plus de respect, devant les dirigeants.
- Belles paroles. Néanmoins, si je ne me trompe guère, tu n'es pas sujet de cet Empire, n'est-ce pas ? Tu es le petit rat que Haji a rapporté du Royaume Sēn.
- D'où je viens n'a aucune importance, répliqua-t-il en la fixant droit dans les yeux. Vous vouliez rencontrer le chef du mouvement de rébellion et je suis celui qui le représente aujourd'hui. Alors vous…

Une gifle d'une brutalité rare le coupa net dans ses paroles. Il vacilla un peu, les larmes aux yeux à cause de la douleur et la surprise, avant de se reprendre. Cette femme s'était redressée et se frottait légèrement la main, le regard dur.

- Conserve les yeux baissés, face à tes supérieurs. Tu affirmes pouvoir représenter les rebelles, alors demeure à ta place, tu ne peux rien faire d'autre que supplier pour plus de clémence.

Ning dû se mordre la lèvre jusqu'au sang pour ne rien répliquer. Il savait très bien que répondre au défi le condamnerait non seulement lui mais tous les rebelles dans la foulée. Il se trouvait ici pour savoir ce que cette femme comptait faire contre la rébellion et tenter de négocier. Supplier n'était, en revanche, aucunement dans ses intentions. Aucun rebelle ne comptait supplier, tous avaient été bafoués et malmenés durant trop longtemps, pour se permettre de supplier. De son côté, Sae s'était rassise dans un large et élégant fauteuil.

- Rien ne m'oblige à discuter avec les rebelles, encore moins à écouter leurs revendications. Vous seriez sage de ne pas l'oublier. Néanmoins, je ne suis pas aussi cruelle que l'a été le Prieur, c'est une nouvelle ère qui s'amorce. Une période de transition est nécessaire, afin d'en finir avec la guerre et plus particulièrement avec cette épidémie meurtrière. Quant à vous... Vous réclamez plus de droits, la liberté d'apprendre. L'éducation est un droit, je suis tout à fait d'accord avec cela. Les enfants de ce pays ont droit à l'école.

Le médecin resta très silencieux, les yeux écarquillés, fixés vers le sol, la bouche entrouverte. Qu'est-ce ça cachait... ? Pourquoi acceptait-elle cette revendication-là, si tôt, si aisément, où était le piège ?

- L'Empire peut, bien sûr, offrir une éducation solide à son peuple. Il en va même de son Devoir. J'accepte de créer des écoles et d'offrir, dans mon gouvernement, une place à votre chef ainsi qu'une pour un autre rebelle de son choix, afin de porter la voix des hommes du peuple. Cela sera donné en contrepartie de l'arrêt de toute forme de rébellion et d'une soumission totale au nouveau gouvernement. La paix, la protection et l'éducation, pour les gens du peuple. Si Haji accepte, il devra alors remplir une petite formalité pour signer cet engagement.
- Quelle formalité ?
- Je pensais que tu l'avais déjà compris. Ce que je souhaite, c'est qu'il prenne ta vie. Qu'il se débarrasse définitivement de toi, lui-même, dans ce palais. Ce sera le seul prix à payer. Ta vie pour préserver celles des autres rebelles et offrir une existence plus juste au bas peuple. Un bien faible prix, chacun en conviendra.

Ning releva les yeux, très pâle mais aussi incapable de parler. Cette femme était une vipère, un fait avéré et confirmé voilà fort longtemps, plus d'une décennie, à vrai dire. En revanche, le médecin ignorait encore à quel point. Elle lui souriait, paisiblement, confortablement installée dans son siège.

    - Ne vas-tu tout de même pas te mettre à pleurer... Bien des personnes accepteraient vivement une pareille offre, pour préserver les leurs. Qu'est-ce une seule vie, face à un tel gain ? Haji comprendra rapidement que ton existence vaut moins que faire gagner à tout un peuple de meilleures conditions. Quant à toi, tu devrais te sentir honoré de savoir que verser ton sang fasse remporter une si grande cause.
    - Si c'est ma mort que vous voulez, en échange, je peux me suicider.
    - Non. Je veux qu'il prenne le soin lui-même d'arracher ta vie.
    - Mais qu'est-ce que ça vous apportera de plus ?
    - Du plaisir, petit rat. Du plaisir. J'ignore ce que tu as cru, durant toutes ces années, mais tu t'es très lourdement trompé. Tu n'avais rien à faire dans cet Empire, dès le début, il est temps que ton cher compagnon en prenne conscience et coupe votre lien. Tel est le message que tu vas délivrer. Si Haji refuse ce marché, les rebelles seront traqués et tués, comme il se doit. Le bas peuple n'aura jamais le droit à une meilleure vie. S'il accepte, il devra prendre ta vie devant tous, devant moi, dans ce palais. Je vais vous laisser du temps pour y réfléchir, bien entendu... Vous avez le choix. Accepter et contribuer à la paix, refuser et mourir avec les rebelles ou encore fuir l'Empire et abandonner vos hommes à leur triste sort. Réfléchissez bien.
    - Qu'est-ce qui garantit que vous tiendrez parole, une fois que je serai mort ? Que ces écoles offriront une véritable éducation et non pas de la simple propagande ? Que les habitants de l'Empire auront véritablement droit à plus de justice et de respect ?
    - Tu es bien plus naïf que je ne le songeais, si tu penses avoir droit de réclamer quoi que ce soit. Je vous offre un choix, c'est à prendre ou à laisser.
    - Un choix ne peut se faire que si de véritables garanties existent, siffla Ning d'un ton noir de haine. En tant qu'impératrice, vous devriez en être consciente.

- Une discussion plus poussée aurait certes été envisagée, si le véritable interlocuteur attendu s'était présenté devant moi. Hélas, mon garçon, je n'ai plus de temps à perdre avec les simples pions comme toi. Nous nous reverrons le jour où Haji, s'il est assez intelligent, viendra dans ce palais pour disposer de ta vie.

Elle fit rappeler ses hommes et leur ordonna de le jeter dehors. Ning n'eut pas le temps de lui crier ce qu'il pensait, embarqué par les soldats. Ils le ramenèrent à bon pas hors du palais, lui ôtèrent rapidement ses liens et le jetèrent littéralement dans la rue comme un vieux sac. Le médecin s'écrasa à plat ventre dans la poussière, tout le corps endolori, alors qu'il entendit les lourdes portes se refermer en un claquement sinistre derrière lui. Il se releva doucement, reprenant aussitôt un long foulard pour se couvrir le nez et la bouche, remettre ses gants, pensant par réflexe à l'épidémie. Il marcha jusqu'à se mettre à l'abri sous un porche, où il s'assit pour réfléchir. Plus calme, à présent qu'il ne se trouvait plus face à la vipère, il parvenait à penser plus sereinement. Cette femme considérait vraiment Haji comme son jouet personnel, au point de vouloir la mort de tous ceux s'approchant de lui... S'il avait pourtant saisi cela il y a longtemps, il ne s'était pas imaginé à quel point. Si encore, il était sûr que les rebelles et le peuple tout entier auront véritablement de meilleures conditions de vie, il aurait accepté sans hésiter d'offrir sa vie ! Mais ici... Il ne pouvait être sûr de rien...

S'il craignit durant tout le chemin du retour la réaction de son compagnon à ce type d'annonce, il ne fut pas déçu du voyage. Haji commença par blêmir, par bafouiller, par répéter que ce n'était pas possible et ce fut finalement une colère formidable qui le saisit, l'emportant sur toutes les autres émotions. Ning ne fit rien pour le calmer, sur le moment, il se contenta de le laisser déverser sa haine contre cette femme, assit dans un coin de cette pièce souterraine. Peut-être que la vipère tiendrait vraiment parole, peut-être pas. Ou bien encore, elle le ferait à sa façon, en détournant le tout. Pourquoi renoncerait-elle à la propagande ? Haji parvint peu à peu à se calmer, de son côté. Mains sur les hanches et visage crispé, il reprenait difficilement son souffle, les yeux fermés. Il vint ensuite s'asseoir à côté de lui et le serra très fortement dans ses bras.

- Je refuse de te tuer.
- Nous devons aussi en parler avec tous les nôtres. Cela concerne tout le monde. Il faut leur expliquer ce qui a été dit, le manque de garanties et tout le reste. C'est aussi à eux de déclarer leurs intentions… ça ne concerne pas que nous deux. Je sais que c'est un pur coup de dés, qu'il n'y a qu'une faible chance que cette vipère tienne sa parole. Mais… Tout ça reste l'affaire de tous les rebelles.
- C'est à *moi* qu'on demande de *te* tuer. Le tout, comme tu le dis toi-même, sans savoir ce qu'elle fera véritablement par la suite ! Ce ne sont que des vagues paroles, rien n'a été fait, rien de concret ! Qui peut compter sur une parole, surtout venant d'elle ? Personne ne veut plus de paroles, c'est avec des paroles que ce pays se fait manipuler ! Oui, il faut en parler aux autres, c'est vrai, mais… Même si tous se retournent contre moi, je ne te tuerai pas malgré tout pour une simple parole.
- Et s'il y avait des faits de sa part auparavant ? Du très concret ?

Haji sourcilla et s'écarta malgré lui, pour mieux regarder son amant. Il n'était tout de même pas en train de penser à… Son expression très sérieuse lui fournit la réponse. Haji ressentit comme un fort coup de poing au cœur lorsqu'il réalisa que son compagnon était sincèrement prêt à se laisser assassiner, s'il était sûr que ça servirait à quelque chose. Le médecin était très pâle, maintenant, son regard empli de détermination mais aussi d'une certaine peur. En attestait un rictus un peu tremblant.

- Si elle met d'abord en place une amélioration… Quelque chose qui soit véritablement important et que tu puisses contrôler, par exemple… Ce serait une première garantie. Qu'elle fasse quelque chose avant. Une preuve de changement, voilà ce qu'il nous faut. Imposer certaines règles. Si elle est sincèrement prête à te laisser une place, comme elle l'affirme, tu peux en profiter pour imposer un premier changement drastique. Ainsi, ma mort serait plus facile à accepter, dans ce marché.
- Tu es prêt à…

- Écoute-moi, l'interrompit sèchement Ning. Je te l'ai déjà dit je ne sais combien de fois, durant des années ! Tu *dois* accepter, toi aussi, de prendre le pas, entrer dans la danse, accepter de sacrifier certaines choses et avancer, quoi qu'il en coûte. Arrête de penser avant tout à nous deux. Pense plus large. Ne pense pas seulement à cette guerre ou à ceux que tu veux protéger. Tu peux, toi aussi, tirer les ficelles et manipuler si nécessaire, pour parvenir à tes fins. Tu le dois ! Impose tes propres conditions, ne te laisse plus mener comme un jouet ! Tu dois apprendre à lui résister, lire dans son jeu et ne plus te laisser faire, pour parvenir, à ton tour, à exiger des conditions. Je vis avec la crainte de mourir brutalement depuis des années… Mais je ne veux pas mourir pour rien. C'est tout, Haji. Je ne veux pas mourir en sachant que ça n'aura servi à rien. Réfléchis à ça, réfléchis à ce que tu vas dire aux nôtres.

Ning se leva brutalement et s'en alla très vite. Pour ne pas le laisser voir les larmes commençant à couler sur son visage. Pour ne pas lui donner de fausses idées et parce qu'il ne voulait pas lui faire comprendre à quel point tout cela le terrifiait malgré tout. Resté seul, Haji ne put, de toute manière, pas se lever. Sous le choc. Ce que lui demandait son compagnon était, ni plus ni moins, de devenir de la même matière que Sae… Devenir capable de jouer la même ronde malsaine qu'elle et pour ce faire, de ne pas hésiter à ôter la vie de la personne qu'il aimait. Pour le bien du plus grand nombre. Si agir pour le bien de tous avait toujours été sa principale obsession, tuer son compagnon pour cela s'opposait à ce désir avec une violence des plus inouïes. C'était une opposition entre le devoir pur et dur et la morale. Haji se prit la tête entre les mains, pleurant à son tour… En refusant toujours farouchement de sacrifier certains de ses principes pour cette guerre ! Refus de commettre des atrocités, refus de torturer ses ennemis, refus de sacrifier ses propres alliés. Peu importe au nom de quel devoir il aurait pu le faire. Et voilà que son propre compagnon lui lançait que cette guerre valait la peine qu'il renonce à ses principes les plus fondamentaux ! Ce qui reviendrait à le faire devenir… comme elle.

Est-ce que cette guerre valait clairement le sacrifice de toute morale ?

Cette seule question envahissait à présent son esprit. La seule à laquelle il se devait de répondre. Toutes les occasions possibles s'étaient soldées sur un recul de sa part. Trop terrorisé par la réponse et les multiples conséquences qu'elle engendrait. Il se frotta vivement les yeux pour effacer toute trace de larmes et inspira très fort. Réfléchissons. Froidement. Que pourrait-il exiger de créer et contrôler, dans ce pays, pour les hommes et femmes de ce pays ? Pour tous les enfants et l'amélioration de leurs conditions de vie ? L'une des premières réponses était évidente. Créer un véritable système d'éducation, des écoles, dont il devra choisir les programmes, pour écarter la propagande. S'il exigeait de pouvoir créer cela, avant toute chose... Si Sae acceptait, ce serait effectivement une garantie solide pour les rebelles. Ils pourront accepter de baisser les armes et faire cesser la violence. Pour parvenir à faire plus, poursuivre sur cette voie, Haji devra accepter de... Cette pensée balaya très brutalement toute réflexion posée. Que ce soit pour le bien du plus grand nombre ou non, il en mourrait de culpabilité.

De toute façon, encore fallait-il que Sae accepte d'accomplir ce premier pas et cette preuve de bonne Foi. Que lui-même parle à tous ses hommes encore avant cela. Il se leva en tremblant, les jambes, tout à coup, très molles. Voir cela avec tous. En parler de nouveau avec Ning. Tenter de répondre à cette question lui brûlant l'esprit...

CHAPITRE 23 : NOUVELLE ALLIANCE

La Cité-Forteresse des Gardiens avait été désignée comme la haut lieu de rencontre, entre l'Empereur Ganzorig des Steppes et l'Impératrice Qian de Huǒ Lóng. Voilà désormais plus de deux semaines que tout se préparait. L'épidémie ravageant les villes et les campagnes forçait à la lenteur, car la nouvelle impératrice imposait de plus en plus de mesures drastiques pour empêcher la propagation de maladie. Dans les villes, les quartiers où l'infection progressait étaient placés en quarantaine. Les maisons vides, dont les propriétaires étaient morts de la peste, étaient toutes brûlées, que ce soit des demeures appartenant à des riches comme à des pauvres. La nourriture était rationnée, pour tous. Quant à l'eau, elle devait être bouillie avant d'être consommée, une mesure que les Gardiens étaient, entre autres, chargées de faire respecter. Une eau rationnée, comme la nourriture, distribuée suivant la taille des foyers mais aussi selon les chances de survie dudit foyer, lorsque la peste y était déjà installée. Cependant, ce qui suscitait le plus de colère était l'abandon des rituels funéraires. Jugés trop longs et trop compliqués à mettre en place en cette période épidémique, l'Impératrice avait ordonné leur suspension. Tous les morts étaient désormais brûlés sur le champ, sur d'immenses bûchers.

La peur de l'épidémie l'emportait néanmoins sur l'indignation suscitée. Les cadavres restés à pourrir dans les rues ou abandonnés dans des fosses communes à ciel ouvert avaient eux aussi été brûlés. Pour lutter contre l'invasion des rats, les Gardiens offraient des rations de nourriture supplémentaire à ceux les chassant et en ramenant des sacs remplis de rongeurs morts comme preuve. Les infectés étaient rassemblés dans des sanatoriums ou bien confinés chez eux, suivant les places disponibles. Dans les villes et les villages, l'air empestait la fumée et les cendres... Le feu était partout, utilisé autant comme un outil de nettoyage que comme outil de purification. Tant de corps étaient brûlés chaque jour que les passants, dans les rues, pouvaient sentir les cendres des défunts craquer sous les dents. L'usage de porter des foulards autour du visage se répandit à grande vitesse, tout comme celui d'imbiber ces foulards et les vêtements de différentes solutions aux plantes, avec l'espoir d'éloigner la maladie. Si la population de l'Empire n'avait cure des dernières nouvelles politiques, bien trop obnubilée par la terreur de l'épidémie, ce n'était pas le cas des clans et des seigneurs des Gardiens.

Le plus remonté d'entre eux demeurait le seigneur Yijun. Peu avant le départ pour le haut lieu de rencontre, il ne cessait de faire les cents pas dans ses appartements du palais impérial. Cette situation lui était insupportable ! Une femme ayant remplacé le Prieur… Il était convaincu que ça n'avait pu arriver sans un complot, il était impossible que leur regretté Empereur ait réellement désiré nommer une femme à la tête de l'Empire ! Il devait trouver un moyen de découvrir ce qui était réellement arriver, dévoiler ce serpent au grand jour et l'écraser sous son pied. Plongé dans ses réflexions, il entendit avec un temps de retard un serviteur toquer à la porte. Pour découvrir avec étonnement qu'on venait de lui faire servir, sur un grand plateau, un verre de vin bien rempli, dans une coupe élégante, accompagné d'une lettre. Qu'est-ce que… En l'ouvrant, il grimaça lourdement en reconnaissant l'écriture de leur nouvelle impératrice. Et blêmit peu à peu… De colère, d'une peur soudaine, d'ébahissement, d'indignation, de dégoût. Ne pouvant y croire, il relut une seconde fois les mots tracés. Et encore une troisième fois. Des mots ordonnés de manière à la fois incisive et douce. Des mots si soudains, le frappant en plein cœur, un coup qu'il n'aurait jamais pu voir survenir.

« Je sais qu'avec le Prieur, vous avez profité physiquement de mon fils. Mon prédécesseur commettait ainsi un crime durement réprouvé par notre Dieu. N'ayez toutefois crainte, je ne salirai guère sa mémoire. Ni la vôtre, si vous acceptez votre destin. »

Le seigneur Yijun jeta violemment la lettre sur le côté et courut jusqu'à la porte. En se penchant, il put entendre les échos de voix des gardes, juste derrière. Courant ensuite aux fenêtres, il vit que chacune était gardée avec soin. Tremblant de tous ses membres, il revint vers le plateau, aussi essoufflé que s'il venait de faire un très lourd effort.

Cette... Cette... Cette sale... Cette... Aucune insulte assez forte ne lui vint en tête, débordé par la haine et la peur. Il s'appuya des deux mains contre la table, de grosses gouttes de sueur venant rouler sur ses tempes alors qu'il observait la coupe de vin. Elle ne pourra se permettre de le déshonorer publiquement ! Elle... Elle n'osera... Osera... Elle osera... Le faire humilier publiquement... Sa haine se décupla que plus encore à cette idée. Il ferma les yeux, en la maudissant de toute son âme. En la vouant à toutes les horreurs qu'il puisse imaginer. En lui souhaitant la fin la plus cruelle qui soit. Il prit en tremblant la coupe de vin servi. Des tremblements qui devinrent des spasmes lorsqu'il se força à en boire le contenu. Son corps se raidit avant qu'il ne parvienne à vider la coupe. Cette dernière chuta lourdement contre le sol de bois, répandant le reste de vin. Derrière la porte, les gardes postés là baissèrent leurs armes avec douceur, en hochant la tête. Le travail était fait.

L'annonce officielle du suicide du seigneur Yijun parvint aux oreilles de ses confrères restants peu de temps après. Par les soldats personnels de l'Impératrice, chargés de leur en transmettre la nouvelle. Le Seigneur Cai, alors sur le point de s'asseoir sur le siège confortable de son palanquin, se figea entièrement, une bonne minute, avant de brusquement se remettre debout. Tout à fait effaré et commençant à s'agiter, dans le convoi imposant se préparant à quitter le palais.

- Il faut annuler immédiatement la rencontre avec les barbares ! Nous devons comprendre le geste désespéré du seigneur Yijun et organiser des funér...
- Reprenez votre place, immédiatement, le coupa Sae d'un ton fort et autoritaire, installée dans son propre palanquin. Le corps est déjà en route pour être brûlé.

Le rideau de soie fut abaissé, signant la fin de la conversation, sur un seigneur on ne peut plus outré. À l'abri des regards, bien entourée par sa garde tandis que le convoi se mettait en branle, Sae se permit de sourire victorieusement. Cet imbécile n'avait guère perdu de temps, pour choisir entre le déshonneur et la mort. Une nouvelle fois, la fierté de ces seigneurs arrogants causait leur perte. Le Seigneur Tan s'était montré trop arrogant pour prendre des mesures de sécurité, sur une place publique, persuadé que nul n'oserait l'attaquer. Le Seigneur Yijun s'était cru trop robuste pour être accusé de certains actes et condamné. Les prochains connaîtront peu à peu des sorts similaires. Durant le trajet vers la Cité-Forteresse, Sae délaissa un temps ce qu'elle comptait faire subir aux seigneurs restants pour se concentrer sur la longue missive secrète lui étant parvenue, de la part de cher Haji, moins de deux jours plus tôt. Elle ne doutait guère que ça soit de sa main. D'une part, elle était la mieux placée pour connaître son écriture et les fautes dont il n'était jamais parvenu à se départir, d'autre part, le messager ayant apporté cette missive lui était bien connu, tout comme de sa garde personnelle, dorénavant.

Ce n'était pas tant le contenu que le ton de la lettre qui était parvenu à la surprendre. Après tant d'années, Sae s'était résignée à ce que son petit jouet ne soit pas capable d'utiliser des armes utiles. Leur dernière confrontation, dans la prison des Gardiens, achevait de la conforter dans cette idée. Or, il semblait - finalement - qu'il soit réellement capable de manier les bons leviers. De jouer à son propre jeu. Voilà qui devenait très intéressant. Comment refuser cette petite valse morbide avec lui ? Néanmoins, réaliser cette fameuse garantie se fera sous conditions, telle avait été sa réponse. Haji sera libre de travailler à construire ce réseau éducatif qui lui tenait tant à cœur, cependant, le temps qu'il le fasse, son bien-aimé médecin d'amant devra demeurer otage dans le palais. Une réponse que son jouet devait maintenant recevoir, accepter ou refuser. Peut-être aura-t-elle son retour après la rencontre avec le seigneur du Nord, qui sait… Son jouet prenait tout de même beaucoup de temps pour réfléchir, bien trop de temps. Un tel manque de réactivité était très agaçant. Il lui faudra améliorer grandement ce point, s'il espérait jouer un jour à son propre niveau.

Le soleil de midi s'était élevé bien haut dans le ciel, lorsque la rencontre très officielle débuta. La foule présente était incroyablement méfiante, il était toutefois difficile de déterminer si cela était dû à la proximité immédiate avec l'ennemi séculaire ou à la peur de la maladie. Jin, pour sa part, était terrifié par les deux. Bien qu'il ait pour le moment et par miracle, échappé à l'épidémie, il n'était pas du tout rassuré. Même voir sa mère, par l'endroit où on l'avait placé, ne parvint pas à le rassurer. Il ne savait plus ce qui pourrait réellement le rassurer. Ballotté d'un endroit à l'autre, poussé dans le dos pour avancer, suivant machinalement les ordres pour savoir quand avancer, quand reculer, où se positionner et comment, presque sourd aux lourdes musiques rituelles accompagnant la rencontre officielle. Depuis le début de sa retenue en otage par l'Empereur des Steppes, son état physique et mental s'était visiblement dégradé. Maigre, pâle, les yeux porteurs de cernes noirs, le visage creusé, tremblant sous l'effet de la peur permanente et de la fatigue. Il donnait pitié à observer.

Son air absent pourrait donner le sentiment qu'il n'avait aucune conscience de ce qui l'entourait. Pourtant, Jin était très alerte. Il ne cessait de garder son attention autant sur de brèves apparitions fantomatiques qu'il voyait passer, parfois très proches de lui, parfois beaucoup plus lointaines. Il se concentrait sur les échos de voix perçus, familiers ou non, peu sûr de distinguer ce qui était réel et ce qui ne l'était pas. L'habituel fantôme du garçonnet, mort brûlé vif, restait souvent à côté de lui. Jin sentait sa petite main vaporeuse venir lui tenir la sienne. Ou il croyait la sentir. Il s'écoula un très long moment avant que l'Empereur et l'Impératrice ne pénètrent dans la tente principale qui avaient été dressés. Seuls, en dehors de Jin et d'une autre fille de son âge, qu'il ne connaissait pas. Il fallait bien avouer qu'il n'avait rien écouté de ce qui s'était dit jusque-là, accaparé par ses propres pensées. Ou hallucinations ? Il s'assit où il le fut indiqué. Sa mère était installée face à l'Empereur Ganzorig, très fière et le regard dur, tout comme lui. La fille, elle, était face à lui. Il la regarda sans la voir, car il observait plutôt, derrière, elle, la silhouette éthérée d'un homme qui passa. Comment cet homme s'était-il débrouillé pour entrer sous cette tente, alors que seuls eux quatre y avaient été admis… ? Jin plissa légèrement les yeux, troublé. Une nouvelle illusion ?

- Lasya a été désignée, lança l'Empereur du Nord, d'un ton plus fort, faisant sursauter Jin. Neuvième de ma lignée, de par mon épouse principale.

La fille assise avec eux dut bouger avant que Jin ne comprenne que c'était elle, cette Lasya dont ils parlaient. Sans avoir écouté pourquoi elle avait été désignée, il put comprendre son expression. Un mélange de résignation, de tristesse et d'un peu de peur. Il eut peur à son tour, sentant qu'il perdait pied et il se mordit assez fort la langue pour se recentrer. La douleur eut le mérite de le secouer un peu, comme s'il pouvait arracher un voile de ses yeux et ses oreilles. L'Empereur du Nord. Sa mère, l'Impératrice de Huǒ Lóng. Cette fille, Lasya. Entendre les mots « Conditions du mariage » acheva de bien le réveiller et il réalisa tout d'un bloc pourquoi lui et cette fille se trouvaient ici, entre les deux dirigeants des empires voisins. Même un coup physique ne lui aurait pas fait autant d'effet. Il regarda alternativement les deux adultes, cette fois en les écoutant réellement. Traité de paix, affaires commerciales, affaires amicales, mariage arrangé entre l'instrument de Dieu dans l'Empire et une princesse du Nord... Le souffle coupé, il regarda alors Lasya, droit dans les yeux. Elle resta droite et baissa le regard dès qu'il croisa le sien.

Sa mère décidait pour lui, du rôle qu'il tiendrait, pour rassurer et tenir la population, à la place du Seigneur Yijun. À la place de... Comment ça ? Que lui était-il arrivé ? Était-il... Jin faillit poser la question mais se ravisa au dernier moment. Il regarda tout autour de lui, découvrant littéralement l'intérieur de cette large tente, bien agencée, ainsi que l'Empereur et sa mère, occupés à parler des conditions de leur traité et du mariage. Il regarda, ensuite, Lasya de nouveau. Tête baissée, silencieuse, les mains jointes contre elle comme si elle priait. Elle était bien là. Bien réelle. Et on comptait la lui faire épouser... ? Est-ce que tout ça était bien réel ? Est-ce que toute cette conversation avait véritablement lieu ?! Stop, stop, stop ! Il... Non, il parvint péniblement à revenir dans le monde réel en se mordant la lèvre jusqu'au sang. La douleur l'aidait, à sa bonne habitude, à garder le contact avec la réalité. Il mit discrètement la main contre lui et se piqua aussi fort que possible le doigt avec une aiguille qu'il gardait cachée sur lui. Justement pour ce genre de situation. Une nouvelle souffrance qui l'envahit et qu'il laissa s'installer, pour avoir les idées bien claires. Il remit la main contre lui, le poing très serré, seul un fin filet de sang eut le temps de s'écouler contre sa paume.

Si ni sa mère ni l'Empereur ne remarquèrent quoi que ce soit et continuèrent à discuter, Lasya, elle, avait noté le mouvement. Elle regardait, la bouche entrouverte, les gouttes de sang glisser contre la main et elle releva les yeux plus franchement. L'air aussi étonnée qu'effrayée. Jin se sentit mal, encore plus, car il sentait bien que c'était son comportement qui la rendait mal à l'aise. Il cacha sa main dans un repli de vêtement et baissa la tête à son tour. Tout cela lui donnait le tournis. Mettre fin à la guerre entre les deux Empires, oui, il le fallait, c'était plus important que tout ! Mais... Il n'était pas prêt à jouer les envoyés de Dieu face à toute une population ! Il n'était pas prêt à se marier. Il n'était pas prêt à être fort... Il n'était prêt à rien ! En reposant le regard sur sa mère, il se dit tout à coup que si lui n'était prêt pour rien, elle, en revanche, devait l'être pour tout. Elle lui dira certainement quoi faire et comment. Devait-il en être rassuré ou plus malade ? Il réfléchit à cette question, jusqu'à ce que plus de personnes soient autorisées à entrer dans la tente. Dignitaires, diplomates, ministres... Le traité devait être officialisé. Jin dû lutter particulièrement fort pour ne pas se laisser aller et simplement « décrocher ». Se laisser retomber dans ses hallucinations pour fuir cette réalité.

Ce fut très ardu. Mais il lutta vraiment. Il fit de son mieux, s'accrocha à la réalité, aux conversations, aux rituels. C'était un jour historique ! Lorsque les signatures officielles furent apposées, tout le monde se déchaîna en hurlements de joie car cela mettait fin à des années et des années d'une guerre meurtrière, en plus de mettre fin à un siècle de voisinage abrupt et violent. Il fut annoncé une très grande fête, à la suite du traité, pour célébrer le mariage des deux futurs héritiers du trône. Jin buta d'abord sur le « *du* trône » et ensuite seulement sur le mot héritiers. Lasya également avait réagi, par un bref regard apeuré. Elle ne fut pas la seule. Tous deux étaient désormais la cible, plus que tout, de regards devenus soudainement haineux de la part de plusieurs enfants, ressemblant fortement à Lasya mais plus âgés. Il les regarda un instant. Mû par un réflexe incontrôlé, il attrapa la main de la jeune fille dans la sienne et la serra avec force. Elle lui lança un autre regard, surpris, sans bouger. Jin sentait qu'ils n'étaient entourés que d'ennemis ou de personnes potentiellement très dangereuses, une sensation qu'il connaissait par cœur et dont il avait appris à se méfier. Cependant, Lasya lui faisait de la peine et ce simple geste était tout ce qu'il pouvait faire ici.

- Qui est-ce ? murmura-t-il d'un ton très bas.

Le bruit ambiant couvrait sans peine ses paroles mais il préférait être prudent. Tous deux étaient assis derrière les deux dirigeants, entourés par les gardes, pour le moment à l'abri de tous. Lasya porta un très bref regard vers le groupe plus loin, avant de tourner la tête vers lui.

- Ma famille. Mes frères et sœurs, de la lignée légitime et fondatrice. Celui avec la veste noire brodée était jusqu'alors l'héritier de père. Il est le troisième fils.
- Pourquoi pas l'aîné…
- La place d'héritier change suivant les envies de père et ses attentes. Mais jamais je n'aurai dû être… Les choses ne peuvent se dérouler ainsi que si des terres doivent être unies. Il y a souvent des jeux de pouvoirs et beaucoup de soucis…

Là encore, Jin dut se battre contre lui-même pour ne pas se laisser aller et rester très concentré. Ce n'était surtout pas le moment pour ça ! Dans quel immense nid de serpents venaient-ils juste de mettre les pieds… ? Au bord de la panique, il lui fallut un effort monumental pour ne rien laisser paraître. Plus loin, l'Empereur Ganzorig et sa mère partageaient un verre, occupés à leurs propres plans. Jamais le jeune garçon n'avait regretté si fort d'être venu au monde. Autour d'eux, il entendait la foule discuter autant de cette journée de traité que du mariage qui allait arriver sous peu. Leur mariage. Lasya gardait la tête tournée vers lui, légèrement baissée, comme si elle craignait de croiser le regard des siens.

- Quel âge avez-vous ? lui demanda-t-il après un long temps de silence.
- J'ai eu treize ans cet hiver. Et vous ?
- Je vais avoir quatorze ans au printemps.

Peut-être était-ce pour cette très faible différence d'âge qu'elle avait été choisie pour devenir sa femme. Une annonce soudaine qu'il ne parvenait pas à avaler... Ni l'un ni l'autre ne savait vraiment quoi se dire, aussi se contentèrent-ils de rester silencieux. Demeurer assis là, en se tenant la main, comme coupés du monde les entourant. Le jeune garçon n'éprouvait aucune envie de discuter, de toute façon. Il finit peu à peu par céder, se replier sur lui-même et laisser son esprit divaguer comme il le laissait si souvent faire. Seule solution, pour l'instant assez viable.

Haji, pour sa part, était bien loin de parvenir à un tel détachement. Pas alors que Ning avait accepté la condition émise sans hésiter et qu'il était déjà prêt à se constituer prisonnier. Ils avaient eu, de nouveau, une discussion très houleuse, blessante, avant que son compagnon ne finisse par craquer et pleurer devant lui, en lui hurlant de cesser de penser de façon égoïste et de réfléchir au bien de tous, plutôt qu'à ses principes personnels. Un reproche qui a blessé et vexé le rebelle, car penser à tous, c'était ce qu'il ne cessait de faire ! Ning s'était passé de l'eau sur le visage et était parti s'occuper des malades, même si ce n'était pas son quart, pendant qu'Haji s'était isolé dans un coin, le temps de se calmer. Ou plutôt, essayer de se calmer. Il frappa brusquement du poing contre le mur, les dents serrées. C'était égoïste de ne pas vouloir que son compagnon soit enfermé, avant d'être assassiné ? C'était égoïste de ne pas vouloir être seul à survivre ? Ning lui reprochait de ne pas prendre en compte ce que lui voulait faire, de ne penser qu'à ses principes et de ne pas écouter assez les souhaits de tous les rebelles. Mais c'était faux ! Il avait toujours fait au mieux, depuis le début !

Se disputer avec Ning le rendait encore plus malade aujourd'hui. Maintenant qu'ils avaient ce marché face à eux et qu'il redoutait plus que tout le jour où il en arrivera à devoir le tuer. C'était égoïste d'avoir peur de ce jour, de ne pas vouloir la mort de son compagnon ?! Il s'appuya contre le mur, la douleur mentale se transformant en une douleur physique si violente qu'il finit à genoux contre le sol de pierre, front contre le mur. Quel choix restait-il ? Dans un sursaut, il s'obligea à se relever et respirer le plus profondément possible. Le voir s'effondrer ferait bien trop plaisir à la vipère et ce serait une insulte pour Ning, lui qui était prêt à tout donner, y compris sa vie. Tous étaient forcés de tenir bon.

CHAPITRE 24 : UNE AFFAIRE DE DROITS

C'était une drôle de sensation. Haji l'avait connue incroyablement souvent, au cours de sa vie, sans doute bien plus qu'il ne l'aurait dû. Une sensation si familière mais qu'il haïssait, car elle ne cessait de lui hurler qu'il ne parvenait pas encore à attraper un contrôle ferme et définitif sur son existence. Ça devait changer. S'il n'y arrivait pas, son compagnon aurait emprunté une route le menant droit vers la mort pour rien... Il inspira un très grand coup, refusant de se remettre à pleurer et encore moins d'afficher la moindre faiblesse. Ce n'était qu'un test et rien de plus. Arrivé dans la coursive, encerclant toute la bibliothèque en contrebas, il passa lentement le long des hautes rangées de livres, tout en observant les lieux. Son regard stoppa finalement sur un cours donné, à l'autre bout de la salle, à un jeune garçon. Apprendre que Jin était grand frère, avec un frère et une sœur l'avait énormément surpris. Depuis, il ne cessait de se demander qui avait été l'autre pigeon utilisé par Sae, pour concevoir ses deux autres enfants. Le petit Meng lui semblait plutôt fragile, de prime abord. Dérouté d'être appelé chef du clan Qian.

Bien sûr, songea Haji avec amertume, cet enfant-là n'était, lui aussi, qu'un pion de plus pour leur mère. Il n'avait sûrement aucune idée de comment gérer cette situation ni comment il s'y était retrouvé. Tout comme sa petite sœur, qui devait être par chance encore inconsciente de ce qui se tramait vraiment. Bénie soit l'innocence de la petite enfance, lorsqu'elle était relativement protégée. Il attendit un long moment que le cours se termine et que le petit garçon quitte la bibliothèque, avant de descendre de la coursive par les escaliers de bois. Le professeur leva un simple regard vers lui, tout en rangeant ses affaires et en lavant le tableau. Il était convenu qu'ils se rencontrent ici, cependant, Haji sentait très bien la méfiance inouïe flottant dans l'air. C'était bien normal. Il se présenta dans les formes, du ton le plus neutre possible. Pour faire bonne impression, sa barbe habituelle était rasée proprement et il s'était vêtu à la manière de la capitale. Il ne pouvait en revanche pas faire pousser ses cheveux plus vite. Les avoir longs était une habitude vite perdue, aux côtés de Ning. Il sera dur de la retrouver ici, même pour jouer le grand bal des apparences. De plus, il appréciait le confort et la liberté de mouvement rendus accessibles par une coupe courte.

Le Professeur Shi était un homme plutôt âgé, ses tempes grisonnent et des rides fleurissent ici et là sur son visage. S'il se tenait distant, il proposa tout de même de partager un thé, tout en discutant. Haji ignorait quelle avait été la réaction de cet homme, lorsque Sae lui avait ordonné de participer au projet éducatif pour son Empire. Cette scène lui donnait le sentiment un peu bizarre d'être une bête sauvage, face à une autre, occupés mutuellement à se renifler, sans savoir s'il était vraiment en danger. Il comprenait bien quelle méfiance ou peur il pouvait inspirer, car après tout, il était désigné depuis des années comme un ennemi public, un rebelle à faire exécuter. Une fois assis face à face au professeur, autour d'un thé, il chercha quelque chose à dire pour tenter de briser un peu la glace. Tous deux devront passer beaucoup de temps ensemble, pour travailler, donc... Cependant, le silence s'installa entre eux. Lourd et gênant. Son interlocuteur conservait les mains autour de sa tasse, lèvres un peu pincées. Haji ignorait totalement par où commencer. Après plusieurs minutes dans un calme parfait, le professeur se dérida quelque peu. Visiblement avec beaucoup de prudence.

- Vous êtes un homme du peuple.
- C'est cela.

Haji s'était retenu de sourciller, à cette première affirmation. Quelle importance avaient ses origines sociales, dans le cas présent ? Il espérait très fortement ne pas avoir affaire à un homme convaincu que seules les classes sociales plus élevées avaient le droit à une éducation et que le reste de la population était trop idiote pour ça. Ou encore, que ça pouvait être dangereux de leur donner un accès à la connaissance.

- Aucun Empereur n'a jamais autorisé une éducation plus importante et plus accessible, au peuple. La connaissance... est à manier avec précaution. L'instruction peut amener des troubles, si elle est mal utilisée.

- Aujourd'hui, elle sert à maintenir dans la peur, répliqua Haji, déjà agacé en entendant une nouvelle fois ce type de discours. Vous vous en servez pour séparer ceux « élus par Dieu », qui y ont le droit, de ceux du bas peuple, considérés comme des moins que rien. Même ceux qui ont le droit d'apprendre à lire et de connaître leur pays sont maintenus dans un système inepte, où on peut tout leur faire croire et avaler. Personne n'a le droit de réfléchir ou de se demander si ce qu'ils vivent est bien normal.

- Le peuple n'a pas besoin de réfléchir, jeune homme, soupira le professeur Shi en buvant son thé. C'est pourtant très simple à comprendre. Les personnes obtenant le droit d'apprendre à l'instruction sont celles occupant des métiers de commerce, d'artisanat et des métiers plus élevés et nobles. Des personnes capables de recevoir cette instruction car elles vivent dans des milieux où elles n'ont guère de risques d'être influencées par de fausses idées ou par les murmures trompeurs des démons. Les personnes n'ayant pas le droit à l'instruction sont celles trop exposées à ces dangers. Les préserver des livres et de l'éducation est le moyen le plus sûr de les protéger. Ceci posé, personne dans cet Empire n'a effectivement besoin de trop réfléchir ou d'étudier, à quoi cela leur servirait-il ? Les seuls en ayant besoin sont les seigneurs des Gardiens et les personnes de pouvoir, car elles doivent diriger l'Empire, en respectant les volontés de notre Seigneur Seykyou.

Le tout lancé sans aucune colère ou forme de mépris. Le professeur lui parlait d'un ton simple, exposant ce qui était, à ses yeux, une simple évidence. Haji s'efforça de ravaler sa colère et sa lassitude, pour essayer de comprendre comment pensait son interlocuteur. Avoir passé toute une vie dans ce genre de système vous empêchait très aisément d'admettre d'autres points de vue.

- Ce que vous craignez, dit-il après un instant de réflexion, c'est que lorsque le peuple se fait de fausses idées, en s'appropriant mal l'éducation reçue, ils deviennent des proies pour les démons. La vérité ne serait pas plutôt la peur que ce peuple réalise tout ce qui n'est pas acceptable dans sa vie ? Ou encore ce qu'il pourrait changer dans sa vie, pour l'améliorer ?

- Il n'y a rien d'important à changer.
- Pour vous, peut-être. Pas pour ceux qui vivent dans la misère.
- La misère est rendue supportable grâce à la Foi et l'action des Gardiens. Prier ardemment permet de recevoir un réconfort du ciel et de rendre joyeuse n'importe quelle existence. Donner accès à la connaissance ne changerait rien à la vie de toutes ces personnes, bien au contraire, cela ne serait qu'un poids en plus. Par ailleurs, la peste est à elle seule un avertissement. Notre Seigneur est mécontent de tous ces bouleversements dans le pays et le fait savoir. En rajouter serait inique.
- Professeur Shi, si la peste venait du ciel, pourquoi n'a-t-elle pas frappé plus tôt ? Elle est déjà apparue par le passé dans des lieux où aucun bouleversement n'était arrivé !
- Qui peut en être sûr, maugréa l'enseignant avec un soupir.
- Mais tout le monde tombe malade. Il n'y a pas que la peste. On trouve aussi des personnes qui attrapent le grand froid et la fièvre. Ceux qui ont la peau qui noircit et les membres qui pourrissent. Tous ceux qui ont des problèmes de peau ou qui n'arrivent plus à manger. Même des Gardiens tombent malades alors qu'ils sont les plus fervents des croyants ! Si la maladie est une punition de Dieu, pourquoi punit-il ses plus fidèles ? Pourquoi notre défunt Prieur est-il lui-même mort de maladie ?

Le professeur Shi grimaça et trembla. Haji parvint à demeurer de marbre. Bien que la maladie soit l'explication officielle à la mort du Prieur, lui se doutait bien de la vraie raison. Une raison en robe et ayant utilisé ce décès pour faire progresser ses plans.

- Tout cela est vraiment terrible. Cependant, quelle autre raison que la colère divine peut justifier les maladies.
- Selon mon compagnon, elles peuvent venir de la nature. De l'eau sale, par exemple. D'un air vicié. Des morsures d'animaux. Des insectes. La peste... Elle a surtout commencé à se propager partout avec l'odeur des cadavres pourris dans les rues. Ça doit être cette odeur qui a attiré

la maladie. La ville est sale. Vous voyez bien que l'Impératrice elle-même a ordonné de brûler tous ces corps. Les rats sont chassés, les rues sales vidées elles aussi. C'est sans doute la vraie raison ! La saleté et l'odeur.

- La peste viendrait de l'air ? Soyons sérieux !
- Là où il y a la peste, il y a toujours eu des déchets, des rats et de la misère. Beaucoup de saletés. Sans oublier l'odeur, toujours la même. Essayez, juste un instant, d'admettre que les maladies sont un danger venant de la nature, exactement de la même façon que les baies empoisonnées, par exemple. Un peuple instruit sur ce sujet fera plus attention. Il cherchera à comprendre et fera évoluer son comportement pour éviter qu'une épidémie ne puisse arriver. C'est à ça que va surtout servir l'instruction. Tout le monde va en sortir gagnant. Mieux encore, si plus de personnes réfléchissent ensemble, elles peuvent, toutes ensemble, trouver peu à peu toutes les causes des maladies. Et les éradiquer.
- Il n'existe aucune preuve que la peste ne soit pas issue de la colère de Dieu.
- Si vous voulez aller par-là, il n'y a aucune preuve non plus que Dieu existe.

La réplique lui échappa mais Haji fut tout de même très fier de l'avoir lancée, d'autant plus en voyant la très vive réaction outragée et choquée du professeur face à lui. Se balader sur ce terrain n'était pas prévu initialement, encore moins de lancer une telle dispute, mais ça faisait en même temps tellement de bien... Enfin, enfin oser le dire, oser le crier, même, oser sortir ce qui le tiraillait. Plus que ça, c'était enfin se permettre d'avoir un doute sur la réalité de la religion, qui lui ôtait un poids considérable. Le doute autorisait la recherche de vérité. Le professeur, qui s'apprêtait à hurler, se calma tout à coup, contre toute attente. Et essuya doucement le thé qu'il avait renversé dans son premier geste initial de colère. Sincèrement surpris, Haji ravala ce qu'il allait ajouter, attendant simplement, les bras croisés devant lui, sur la table.

- La Foi a toujours répondu à toutes les questions, reprit le professeur, le souffle saccadé, comme après un lourd effort. La religion est la réponse à toutes les questions des hommes. Elle nous permet de comprendre notre monde et notre place sur terre. Il est impossible de nier l'existence de Dieu car comment serions-nous tous venus sur cette terre sans sa volonté ? Y avez-vous déjà réfléchi ? Vous êtes-vous déjà demandé quel est le but de notre existence sur cette terre ?

- Pourquoi devrait-il y avoir un but ?
- N'avoir aucun but signifierait que la vie n'a aucun sens.
- C'est bien sur ça que je m'interroge. Le besoin qu'il y ait un sens à tout ça. On naît, on vit, on meurt, rien de plus, rien de moins. Je n'ai pas besoin de rechercher un sens à tout ça. Tout ce que je veux, c'est faire en sorte que l'existence soit la moins pénible aussi. Je considère qu'on vit et c'est tout, à quoi bon perdre du temps à chercher un sens ?
- Trouver un sens, c'est trouver une raison de vivre, de s'accrocher et d'espérer. C'est se rassurer. Tout le monde a besoin de savoir qu'il existe un but suprême, pour se rassurer.
- Pas tout le monde, non. Je ne compte pas faire disparaître la religion, bien évidemment, je sais très bien que pour beaucoup, elle donne une réponse à ce fameux sens. Mais je doute et j'en ai le droit. Beaucoup doutent. Et il y a des personnes qui n'ont pas besoin de chercher ce fameux sens pour être capables de s'accrocher à leurs vies. Surtout lorsque la Foi est utilisée comme un outil de terreur plutôt que de réconfort. Vous qui êtes si sûr qu'elle sert actuellement à cela et que les gens dans la misère n'ont besoin que d'elle pour s'en sortir, pourquoi n'allez-vous pas vous rendre en personne de la réalité ? Vous êtes censé m'aider à monter de véritables écoles mais vous n'y croyez pas. Si vous venez avec moi, voir toutes ces personnes, qu'elles nous disent que la Foi seule leur suffit, je m'incline et j'admettrai avoir eu tort. Si vous constatez que ça ne suffit pas, accepterez-vous d'essayer un autre point de vue ?
- Il ne sert à rien d'aller se perdre dans les quartiers de misère pour savoir que ces gens n'ont pas besoin d'éducation à la place d'espérance et de Foi.
- Vous ne risquez rien à vous y rendre, si vous en êtes si convaincu. Au contraire, vous gagnerez le plaisir de me voir échouer devant l'évidence.

Nouveau silence. Le professeur Shi réfléchissait, sourcils légèrement froncés. Après de longues minutes, qui portèrent sur les nerfs du jeune homme, il accepta finalement cette « petite expérience ». Haji souffla intérieurement. La progression ne pourra se faire que pas à pas, demeurer patient sera une tâche très ardue.

Deux étages au-dessus de la grande bibliothèque, dans un salon privé richement décoré, la jeune Lasya observait la ville, assise devant les grandes fenêtres. Plus particulièrement les fumées s'élevant lentement vers le ciel, issues des bûchers dressés un peu partout dans la capitale. Un serviteur lui avait expliqué que de nombreux corps étaient brûlés, jour après jour, ainsi que des maisons, pour lutter contre l'épidémie. Cette maladie était connue, là où elle était née. Ce n'était pas la première fois qu'elle avisait de ses tristes conséquences. Cependant, cette épidémie l'effrayait actuellement bien moins que l'endroit où elle se trouvait et sa situation personnelle. En tant que femme et seulement neuvième enfant de la lignée principale, elle n'avait pas reçu la même préparation que ses frères et sœurs plus âgés. Elle n'était pas sûre de pouvoir survivre dans un tel piège politique. Sa propre fratrie désirait ardemment sa mort, aucun ne s'en était caché. Sa propre mère désirait sa mort, car elle privilégiait son second fils pour le pouvoir. Le troisième de ses frères, déshérité par sa faute, sera sûrement le premier d'entre tous à tenter quelque chose. Quant à cet endroit... À qui pouvait-elle faire confiance ?

La distance ne changeait rien, tous avaient les moyens d'entreprendre des actions et tous avaient des raisons de le faire. Lasya n'en dormait plus, elle avait perdu tout repère et toute confiance lors de son arrivée dans ce palais. Tout lui semblait menaçant. Tout ce qu'elle devait manger et boire lui apparaissait suspect. Tout ce qu'elle devait toucher était menaçant. Plus que la peur d'être tuée, c'était d'ignorer quand et comment cela arrivera qui la rongeait littéralement. Peut-être même que sa mort surviendra avant son mariage ? Toutes à ses pensées, elle sursauta violemment lorsqu'un serviteur frappa et annonça la visite de son fiancé. Se levant aussitôt, elle l'accueillit comme il se doit, avec respect. C'était la première fois qu'elle le voyait seule à seul. Ils n'avaient pas vraiment lié connaissance non plus, malgré les quelques mots échangés ensemble, le jour de leur rencontre. Elle porta un regard curieux sur la caisse qu'ils transportaient dans ses bras, se demandant à quel travail elle se destinait.

- Je, hum, bafouilla un peu Jin avant de se reprendre et poser ce qu'il portait sur la table. Je me disais que vous deviez vous sentir un peu seule ou bien vous ennuyer, une fois vos leçons terminées. Alors je vous ai amené des livres, du matériel pour dessiner, si vous aimez cela, quelques petites choses... Pour que, enfin... Pour que vous puissiez vous détendre ou vous changer les idées.

Lasya en resta complètement figée et bouche bée, mains jointes devant elle, en le regardant fixement. Jin, pour sa part, rougissait sensiblement mais s'efforçait de sourire et d'avoir l'air aimable. Il ouvrit la caisse et en sortit des pions, des jeux de cartes et un plateau, quelques livres, du papier et des crayons. En s'approchant, la jeune fille vit même, au fond de la caisse, une poupée de chiffon. Les livres contaient des récits d'aventure et de découvertes, de ce qu'elle lu rapidement en les feuilletant.

- Merci. Vous êtes très gentil.

Elle ne connaissait pas les jeux qu'il avait emmenés... Avec un sourire, le premier fleurissant sur son visage, elle lui demanda s'il pouvait prendre le temps de lui montrer les jeux de carte de son pays et faire quelques parties en sa compagnie. Jin hocha la tête avec plaisir, s'installant avec elle à table. Ses propres tâches de la journée étaient achevées et l'occasion de se détendre quelque peu était parfaite. Tous les deux débutèrent une première partie de carte, ne parlant tout d'abord que des règles et la manière de jouer. Peu à peu, ils se parlèrent plus librement. De tout et de rien, en évitant les sujets en rapport avec leur futur mariage arrangé ou à la maladie se répandant dans l'Empire. Ils parlèrent, très simplement. Ils profitaient de simples jeux d'enfants sans songer à la guerre ni à leurs nombreux ennemis.

La nuit était tombée lorsque Haji put enfin rentrer dans la chambre qu'on lui avait allouée. Harassé, moralement et physiquement, il se laissa doucement glisser au sol, assis sur le parquet, soupir aux lèvres. Les journées étaient toutes très longues, il avait du mal à gérer ce qu'il ressentait et ne pas le montrer en public. Du mal à encaisser, tout en sachant son compagnon enfermé dans les sous-sols de ce palais et en attente du terrible jour où il sera exécuté. Il s'apprêtait à aller se passer de l'eau sur le visage et enfin dormir lorsque quelques petits coups discrets furent donnés à sa porte, le faisant sursauter. Méfiant, il se releva et entrouvrit à peine. Pour tomber nez à nez sur le seigneur Zhi, l'un des seigneurs des Gardiens. Ne s'attendant pas du tout à ça, Haji marmonna un bref salut par réflexe et se reprit, demandant un peu abruptement à l'homme ce qu'il venait faire là, à une pareille heure. Le seigneur Zhi croisa les bras, grimace aux lèvres et avec un regard flamboyant, comme s'il s'apprêtait à tuer quelqu'un. Le couloir avait beau être vide, pour le jeune homme, ça ne voulait rien dire, des soldats ou des Gardiens pouvaient surgir de n'importe où.

- Je souhaite vous parler, Haji.
- Là, maintenant ? Non pas que je n'ai jamais rêvé de discuter avec vous, il y a sûrement matière à le faire, mais je dois bien vous avouer que le moment est mal choisi.
- Pas maintenant. Pas ici. En privé, loin du Palais. Nous devons parler de cette situation et il s'avère que nous pouvons avoir quelques intérêts communs.

S'il avait été moins fatigué, Haji se serait sûrement mis à rire. Des intérêts communs avec ce type ? Zhi ne pouvait pas ignorer qui avait tué son confrère en plein jour d'une flèche dans la gorge, peu de chance qu'il se soit vraiment dit, ensuite, qu'il pouvait avoir des intérêts communs avec le tireur. Et en même temps... Le rebelle soupira encore plus fort en se disant qu'il tenait là un nouveau problème politique potentiel.

- La situation dans laquelle nous sommes tous embarqués n'est pas tolérable, Haji. Vous devez bien réaliser que vous aussi n'êtes qu'un jouet, n'est-ce pas ? Mais vous avez pourtant des moyens que nous n'avons pas. Si nous voulons tous nous en sortir, nous devons unir nos forces. Rencontrons-nous à un endroit plus approprié et discret, en ville. Et réfléchissez bien à ce que vous souhaitez vous-même, qui est notre véritable ennemie, à tous. Je vous enverrai un serviteur pour vous guider.

Avant même que le jeune homme ait eu le temps d'ouvrir la bouche pour répondre, le Gardien tourna les talons et s'en alla très vivement. Haji resta un instant planté là, sans bouger, avant de refermer doucement la porte. Toute envie de sommeil envolée. Quel genre d'ennuis allaient bien pouvoir se présenter, cette fois-ci… ? Rencontrer ce genre d'homme, c'était surtout une affaire à se jeter droit dans un piège. Ou bien, peut-être, une opportunité de récolter des informations ou trouver des alliés temporaires. Plutôt confus, il ferma soigneusement la porte à clé et alla s'asseoir sur son lit, pour réfléchir. Que faire, maintenant ? Tout cela s'annonçait très tendu.

CHAPITRE 25 : L'ORDRE ÉTABLI

Laisser le professeur Shi durant un temps avec le directeur de la maison des malades avait été bien plus aisé que prévu. Le seigneur Zhi ayant sous ses ordres de nombreux Gardiens loyaux jusqu'au fanatisme, il pourrait leur demander d'offrir leur vie pour le servir... C'est dans le grenier de l'hospice que Haji retrouva le seigneur Zhi. L'homme, en tenue des grands jours, attendait près d'une large fenêtre aux vitres brisées, les mains dans le dos, l'air parfaitement lisse et neutre. De son côté, Haji était déjà fatigué par avance de ce qu'il risquait d'entendre ce matin. Il s'approcha avec un léger raclement de gorge, pour signaler sa présence et stoppa à deux bons mètres de son interlocuteur. On ne sait jamais, un coup de poignard est vite arrivé... De toute manière, le jeune homme ne sortirait pas vivant de cet hôpital si le seigneur en décidait ainsi. Des Gardiens infestaient l'intégralité du bâtiment et Haji était contraint de sortir sous leur garde et désarmé. Se battre à mains nues restait possible, en cas d'urgence, mais il ne se faisait pas d'illusions. Ce serait mourir avec hargne mais mourir tout de même. Au moins, ce serait une mort rapide, une bien maigre consolation.

- Un méfait a été accompli, attaqua d'emblée le seigneur Zhi sans détourner son regard de l'extérieur. Il est impossible que cette femme ait pu devenir impératrice sans avoir usé de je ne sais quelle sorcellerie sur notre défunt Prieur.
- Sorcellerie ou simple manipulation politique, soupira Haji.

Il commençait à en avoir assez d'entendre parler de Dieu, de démons, de sorcellerie et de manœuvres maléfiques à tout bout de champ ! Peu importe que ce soit pour justifier les actes de certaines personnes ou expliquer les origines de la peste. À ses yeux, les maladies venaient de la nature et la perversité de certains humains ne venaient que d'eux-mêmes. Il ne croyait plus à l'intervention d'un quelconque démon.

- Cela ne peut être que sorcellerie. Cette femme est une insulte envers le Seigneur Seykyou !

- Ce doit être plus facile, ricana Haji, pour votre égo de l'accuser d'être une sorcière plutôt qu'admettre qu'elle vous a tous manipulés.
- Ne soyez pas ridicule, ce n'est qu'une femme, elle ne peut monter de tels plans. La sorcellerie est la seule réponse cohérente.
- Peu importe. Dites-moi plutôt pourquoi vous me parlez de ça. Je ne suis pas un chasseur de sorcières, aux dernières nouvelles. Je ne vois pas non plus pourquoi vous auriez besoin d'un rebelle, que vous avez combattu durant des années, pour rappel. Qu'est-ce que vous me voulez ?
- Vous êtes proche de la sorcière, plus que n'importe qui d'autre.
- C'est elle qui est proche de moi, rectifia Haji avec un nouveau soupir.
- Elle doit être abattue. Rapidement, afin de remettre le bon ordre en place et sauver cet Empire. Vous la haïssez et nous aussi, Vous êtes celui ayant le plus de facilité à l'approcher. Vous avez à y gagner, en collaborant avec nous. Nous pouvons vous offrir le droit de quitter en vie cet Empire, avec votre compagnon. Une fois l'ordre revenu dans cet Empire, vous serez libre de le quitter avec lui, nous ne vous pourchasserons pas. L'enfant servira de remplaçant temporaire, pour assurer la stabilité de l'Empire. Le peuple voit en lui l'élu de Dieu.

Haji ne répondit pas tout de suite, à la fois impressionné par la franchise de son interlocuteur et angoissé par ce qu'il entendait. En revanche, rien de tout cela ne l'étonnait… Vouloir se débarrasser de Sae ? Il était certain que ce souhait était partagé par plus de la moitié des nobles de l'Empire, si ce n'était pas tous. Utiliser le petit Jin comme d'un pion à agiter à sa place, pour garder le peuple sous contrôle et ne pas immédiatement relancer la guerre avec l'Empire voisin ? Prévisible, là encore. Crier à Dieu et aux diables en permanence pour justifier tous les actes les plus horribles et la propagation de la maladie ? Ils ne savaient faire que cela. Sans doute agacé par son silence ou par son manque de réaction, le seigneur Zhi se tourna cette fois franchement vers lui, les bras croisés.

- La situation est pourtant très simple. Nous débarrassons l'Empire d'une sorcière, pour mettre à sa place un jeune élu de Dieu.

- Que vous manipulez.
- Que nous guiderons sur le juste chemin à prendre.
- Que comptez-vous faire de son jeune frère et sa sœur ?
- Ces bâtards ? renifla le seigneur avec mépris. Vous pourrez les prendre en partant, si ça vous amuse.
- Vous allez ensuite tout remettre dans le bon ordre ? La religion comme moyen de pression, de discrimination et d'effroi ? La propagande ? La manipulation ? Vous n'allez pas chercher à faire évoluer ce pays mais le maintenir dans le même éternel marasme ? La Foi pour tout justifier ? Aucune éducation, aucune nouvelle recherche, aucun doute toléré. Vous ne valez pas mieux que cette sorcière que vous haïssez. Pourquoi irai-je tuer une plaie pour en accepter une autre ?
- Si vous refusez de coopérer, vous serez simplement jugé avec elle et condamné à mort, le jour venu.
- Le jour venu. En attendant, si cette sorcière ne me voit pas revenir en vie de cette petite excursion, vous savez qui elle accusera. À moins que vous n'ayez le temps, vous aussi, de vous « suicider », comme votre confrère.

Un silence tomba entre eux. Ils savaient que ce suicide ne pouvait en être réellement un et le seigneur Zhi, plus que tous, connaissait les écueils à éviter un maximum. Mais il ne prenait pourtant pas de risques, car il savait également que Haji ne parlera pas de cette charmante petite entrevue à Sae. Haji décida d'en terminer là et tourna vivement les talons. Courant presque, ensuite, dans le vieil escalier de bois, après être passé devant les Gardiens postés en faction. À peine un étage au-dessous, des cris se firent entendre. Que se passait-il, cette fois… ? Haji remet son foulard serré contre sa bouche et son nez, ses gants et entra prudemment dans les ailes réservées aux malades, suivant d'où venaient les cris. C'est là, à sa très grande surprise, qu'il tomba sur le professeur Shi, debout au milieu de la salle et des agonisants, les bras levés vers le ciel, à exhorter tout un chacun à prier le ciel pour guérir. Le jeune homme resta planté sur place, sur le pas de la porte, partagé entre la stupeur et la lassitude la plus totale. Brûlant d'une envie de plus en plus forte de frapper le professeur avec une planche de bois, tout en hurlant que prier n'allait sauver personne, dans cette cité.

Personne, ici, ne lui prêtait attention, qui plus est. L'odeur dans la salle était insoutenable... Le pus s'échappant des bubons, la sueur dégoulinant sur les visages, la crasse ambiante, les déjections dans des seaux, les relents de plantes, plus ou moins fraîches, dispersées dans toute la salle... Il régnait un effluve de mort et de souffrance intolérable... Les malades étaient couchés sur de la paille, parfois avec de petites couvertures, parfois sans rien, en se tordant sous l'effet de la fièvre et de la douleur. Dans cette immense salle tout en longueur, au plafond en voûte, les râles des mourants s'écrasaient contre les murs de pierre. La vision était complètement insupportable et pourtant, il n'arrivait pas à en détacher les yeux. C'était ça, la voilà, la réalité, des malades qu'on entassait dans un hôpital où ils ne recevaient aucun soin, où on leur hurlait au visage de prier pour être soigné ! L'odeur, les plaintes, les derniers souffles, la chaleur... Il finit par avancer plus vivement, emporté par la colère.

- Mais taisez-vous ! hurla-t-il au professeur Shi, avant de baisser le ton. Arrêtez ça, vous ne voyez donc pas que vous ne servez à rien ?

Le vieil homme n'avait pas dû l'apercevoir avant car il sursauta très vivement et le fixa. Cet imbécile n'avait même pas pris la peine de se couvrir au mieux le visage et le corps... Pour Haji, c'était une invitation pure et simple à la maladie. Il ne demandait qu'à être infecté à son tour.

- Ils ont besoin de lits, d'eau propre, de couvertures, de nourriture ! Des préparations de plantes contre la fièvre. Des médecins efficaces, capables d'inciser les bubons et soigner les plaies ouvertes. Dites-moi à quoi vous servez, en restant là à crier vers Dieu ?
- Tomber malade, siffla le professeur, n'est que le résultat d'une faute envers le Seign...
- Partez de là, grogna Haji. Si vous êtes incapable de réfléchir, partez. Restez coincé dans votre vieux monde, puisqu'il vous plaît tant.

Haji serra les dents et commença, avant tout, par aller ramasser les sauts pleins de déjections, pour les emmener à l'extérieur. Une grande cuve, au fond de la cour de l'hospice, servait pour jeter le tout. Il fit de nombreux allers-retours, constatant à chaque fois que le professeur Shi restait dans la salle, debout au milieu, à ne rien faire. Après de multiples vas et vient pour cette tâche ragoûtante, Haji nettoya tous les sauts à grande eau, grâce à un puits dans la cour. La pompe était lourde mais la source ne semblait pas trop sale, pour une fois. Il lava comme il put, l'estomac soulevé par l'odeur terrible, même avec un foulard plaqué contre le visage. Il était plongé dans cette tâche lorsqu'il fut rejoint par deux employés de l'hospice. Ils vinrent l'aider sans dire un seul mot, accélérant le rythme. Ils remplirent les sauts d'eau et les ramenèrent à l'intérieur, pour faire, tout d'abord, bouillir le tout dans un grand chaudron de fer. Haji jeta des bûches dans le feu et l'attisa autant que possible. Des gestes et mesures que Ning lui avait appris à respecter, pour le bien des malades. Bouillir l'eau avant qu'elle ne soit bue ou simplement utilisée pour les soins était une étape des plus essentielles, selon lui. Il passait aussi tous ses instruments au feu, avant toute utilisation. Le feu, toujours le feu…

- Qui est le médecin responsable, ici ?
- Nous n'en avons pas.
- Que… Mais vous avez un directeur, pour l'hospice, des médecins doivent forcément travailler avec lui !
- Il y avait un médecin mais il est parti. Personne n'a accepté de le remplacer. Ce sont surtout des gens pauvres, ici, ils ne le sont pas… Il faut juste empêcher qu'ils ne contaminent d'autres et…

C'est bon, il comprenait bien l'idée… Haji serra les dents et jeta au feu deux autres bûches, sous le chaudron, en pensant que la finalité de cet endroit était simplement de laisser les gens mourir ici. Conserver les infectés entre eux le temps qu'ils y laissent leurs peaux et protéger le reste de la population, encore saine. Il était occupé à agiter le feu pour le rendre plus vif lorsqu'un léger raclement de gorge se fit entendre derrière lui. Le professeur Shi… Haji lui lança un regard autant blasé qu'exaspéré et lui demanda ce qu'il venait faire ici.

- Pourquoi travaillez-vous pour ces condamnés ? soupira le professeur d'un ton las.

- Parce qu'ils sont en vie et qu'ils ont le droit d'avoir une chance de le rester.

Il se retint de demander pourquoi le professeur lui posait ce genre de questions alors que la réponse était pourtant évidente et s'en détourna, pour continuer le travail. Shi resta planté dans un coin à les regarder, suivre du regard chacun de leurs mouvements. Ils firent bouillir de l'eau et la laissèrent refroidir avant d'aller apporter à boire aux malades. Un autre chaudron fut allumé, où ils jetèrent des couvertures d'anciens malades du dispensaire, pour les laver et les frotter dans l'eau chaude. Encore trois autres employés étaient venus les rejoindre et l'un d'entre eux apporta même des plantes de la réserve, pour aider à nettoyer les couvertures. Un va et vient s'organisa entre cette salle de travail et celles où les malades étaient entassés. Haji était ulcéré en constatant qu'il y avait bel et bien assez de couvertures pour tout le monde mais qu'elles avaient étaient laissées en un tas malodorant dans un coin, après la mort des malades qui s'en étaient servies, au lieu d'être lavées et utilisées. En plein travail, il sursauta en sentant un rat courir tout à coup entre ses jambes. Vivement, il attrapa un bâton et frappa la bestiole de toutes ses forces. Le rat couine légèrement, avant de ne plus bouger.

- Il y a des personnes qui ont des boutons et de la fièvre, après avoir été mordues par ces sales bêtes, marmonna un des employés, sans cesser son travail. Beaucoup en meurent.
- C'est leur morsure qui donne la peste, murmura un autre, d'une voix tremblante. Mon grand-père ne cesse de le dire ! Où il y a des rats, il y a la peste.
- Tu en as d'autres qui disent que c'est l'air qui est mauvais.
- Ou l'eau ?
- La colère des démons…
- Ce sont les rats ! Il y a toujours des rats.
- Il n'y avait pas autant de rats avant, on les voit partout.
- Pourquoi sont-ils venus en masse ?
- Ils sont envoyés par les mauvais esprits.

Haji se pencha pour ramasser le rat par la queue et le porter jusque dans un foyer à l'extérieur où ils brûlaient les déchets. Pensif... C'est bien vrai, qu'il ne dénichait pas autant de rats autrefois. D'aussi loin qu'il s'en souvienne, il étaient sans cesse présents mais jamais en un nombre si impressionnant. Ils étaient arrivés... Peu de temps après les mesures sanglantes du Prieur, en réalité. Plus les exécutions et de morts brutales s'étaient enchaînées, plus les rats avaient commencé à proliférer. Dans les cimetières et les fosses communes, comme attirés par l'odeur viciée de la ville et ses charniers. Est-ce que ça ne pouvait être qu'un simple hasard ? Lui pensait que c'était le mauvais air qui donnait la peste mais l'hypothèse que ça soit la morsure des rats n'était pas idiote. A cette pensée, il frémit d'autant plus car il savait ô combien ces bestioles envahissent tous les recoins possibles. De retour à l'intérieur, il poursuivit ses efforts, tout en se demandant par quelles solutions ils pourraient vraiment chasser les rats hors de la ville. Des réflexions qu'il partagea avec les employés du dispensaire, attirant une vague de perplexité.

- Les Gardiens donnent des rations supplémentaires à ceux qui les chassent. C'est suffisant, non ?
- Ils sont des milliers !
- Dans le village d'où je viens, il y a une légende... Un homme, avec sa flûte, aurait envoûté les rats, avant de tous les conduire loin de la cité, pour les faire se noyer dans le fleuve.

Si la musique pouvait accomplir un tel miracle, cela se saurait... Ils ne purent dégager beaucoup d'idées, en parlant ensemble, c'était à désespérer. Haji finit par se taire et se concentrer uniquement sur l'aide qu'il pouvait au moins apporter ici. Jusque tard dans l'après-midi, au moment où un Gardien vint lui faire comprendre qu'il serait plus judicieux pour lui de les suivre jusqu'au Palais, avant que l'impératrice ne commence à se poser quelques questions. C'est à contrecœur qu'il leur emboîta le pas, retrouvant à ce moment dans le convoi le professeur Shi. Le vieil homme les avait observés toute la journée mais à aucun moment, il n'avait proposé son aide, encore moins tenté quoi que ce soit de plus utile que prier dans un recoin. Haji ne lui adressa pas la parole, durant tout le trajet de retour. De toute manière, il jugeait inutile de gaspiller ses forces pour un débat, après cette journée...

Il n'eut pas beaucoup d'échanges les deux jours suivants cette folle journée, avec le professeur, pourtant censé l'aider dans son projet. Haji poursuivit seul, le restant une grande partie de ses journées. Rongé par l'inquiétude vis à vis de Ning, autant qu'il l'était pour son fils. La semaine suivant sa journée au travail fut assez éprouvante... Il se sentait très fatigué, les membres lourds et avait parfois des difficultés à se concentrer. Même si ici, au moins, il pouvait manger à sa faim, il perdait l'appétit et se sentait plutôt mal. Au bout de quatre jours, il fut réveillé en pleine nuit par la fièvre et une fatigue encore plus accrue. Une nuit où il se réveilla en sueur, tremblant de tous ses membres, le corps très lourd et nauséeux. C'est en titubant qu'il parvint à se lever et allumer deux lampes à huile, avant d'aller se passer une peau d'eau sur le visage. Sa tête lui faisait mal, comme le lendemain de ces soirées où il avait beaucoup trop bu. Il pensa d'abord à la fièvre du froid, mais ça ne pouvait pas être ça, la chaleur était revenue il y a longtemps, sur l'Empire... Une main contre son front, il sentit une chaleur terrible s'en émaner, alors que sa gorge était très sèche.

Retombant assis sur son lit, Haji but autant d'eau qu'il le put et s'allongea avec difficulté. Courbaturé et fiévreux. Il avait évidemment déjà été malade, de nombreuses fois dans sa vie, surtout lorsqu'il était enfant. En revanche, il ne se souvenait pas d'avoir déjà eu une si forte fièvre. La nuit fut très longue, il se rendormit peut-être une heure ou deux, sans reprendre de forces et sans que la fièvre ne baisse. Au matin, à l'aube naissant, il ne parvint cette fois pas à se relever. Trop chaud, trop mal à la tête, trop de courbatures. Durant de longues heures, il resta sans bouger d'un pouce, même sans pouvoir attraper de l'eau. Combien de temps s'écoula ainsi, exactement, il ne sut trop le dire. Ce fut le bruit de la porte de sa chambre, vivement ouverte, qui le tira d'un sommeil à demi-comateux. Il sentit une main se poser durement contre son front, quelques paroles échangées qu'il ne comprit pas, il fut tout à coup saisi par les bras et les jambes et emporté. La brutalité de ces mouvements faillit lui causer l'arrêt du cœur, déjà en souffrance. Il tenta de lutter, une lutte qui ne dura que quelques secondes avant que la noirceur ne l'envahisse entier et qu'il tombe évanoui.

Une main plus douce, bien plus tard encore, le réveilla... Un geste familier, une voix qu'il connaissait si bien, qui accompagnait sa vie durant plus de dix ans. Mais comment était-ce possible... Haji entrouvrit lentement les yeux, incapable de bouger. La fièvre devait sans doute le faire halluciner... Il voyait son compagnon auprès de lui, très pâle et amaigri, avec pourtant le regard brillant d'une force peu commune. Il ne pouvait pas être vraiment là, puisqu'il avait été enfermé... En attendant le terrible jour... Le jeune homme crut entendre parler de maladie, d'autorisation exceptionnelle, de surveillance... Il peinait à comprendre... Et il croyait simplement rêver... Ning lui passa la main dans les cheveux avec une très grande douceur, en continuant à lui murmurer des choses que Haji ne comprenait pas. Il se contenta de se laisser porter par ces gestes doux et le flot de murmures, comme s'il écoutait une berceuse. Il devait être tard... Beaucoup de lampes étaient allumées et une étrange odeur flottait dans l'air. Il lui fallut un long moment avant de reconnaître cette odeur, un mélange d'herbes et de plantes en décoction, que son compagnon utilisait depuis le début contre les plaies des malades.

- Je suis vivant ? parvint-il à articuler péniblement. Ou nous sommes morts tous les deux ?

Un petit rire nerveux fut la seule réponse. Ning se pencha et déposa sur ses lèvres sèches un court baiser, avant de murmurer de se le laisser faire. Haji ne put réagir, trop épuisé et malmené par la fièvre. Il se laissa de nouveau glisser vers une douce inconscience, moins douloureuse à supporter que la réalité. Sans comprendre si son compagnon était bien là ou si ce n'était qu'une hallucination.

CHAPITRE 26 : LA MORT NOIRE

- Bon anniversaire, sourit Jin.

Meng releva les yeux sur son grand frère et de nouveau sur le petit paquet qu'il lui tendait. En l'ouvrant, il découvrit un médaillon en lapis lazuli, avec une petite chaînette pour le porter autour du cou. Le bijou était assez léger, peu encombrant, facile à dissimuler sous une tunique. Le jeune garçon de maintenant neuf ans l'accrocha aussitôt à son cou, en remerciant son frère avec un sourire. Dai leva sa petite main pour toucher le pendentif, avec un air curieux. Encore un peu vacillante sur ses jambes, voilà peu qu'elle se mettait debout et marchait sans recevoir de l'aide. Jin observait la scène, assis sur le tapis épais aux côtés de Lasya. Tous les quatre étaient installés dans les quartiers privés de Jin. Il était encore très tôt et ils essayaient de profiter de ce moment, avant leurs devoirs ou leçons. C'était aussi une occasion, pour Lasya, de faire un peu mieux la connaissance de Meng et Dai. Pour autant, mis à part la petite Dai qui ne pouvait vraiment se rendre compte de la situation, tous avaient du mal à jouer ou se comporter comme le devraient les enfants. Trop emprisonnés par des soucis d'adultes.

Une clameur lointaine les tira de la petite discussion engagée. Jin se leva et s'approcha de la fenêtre, l'ouvrant pour mieux écouter. Ça semblait venir d'autres quartiers, trop éloignés pour qu'il arrive à comprendre ce qui se disait. Peut-être une foule de plus appelant à la clémence du ciel... Les rassemblements étaient interdits mais depuis plus d'une semaine, de plus en plus de personnes allaient quand même en grand groupes près des temples pour prier ou crier leur colère et leur peur. Jin n'avait pas le sentiment que les Gardiens s'agitaient beaucoup pour faire respecter les ordres de sa mère et disperser les rassemblements... Il referma la fenêtre en disant que ce n'était rien, pour ne pas inquiéter les autres, avant de retourner s'asseoir avec eux. Sa petite sœur ne prêtait pas attention au mouvement, beaucoup trop occupée à parler à sa poupée. Son aîné lui enviait tellement son innocence, pour le moment préservée, il regrettait l'époque où, bébé ou garçonnet, il ne pouvait pas comprendre les problèmes de ce monde ou y être frontalement mêlés. Meng, de son côté, ne semblait pas très rassuré et jetait beaucoup de regards vers l'extérieur.

- Le professeur Shi m'a dit que le peuple était très en colère et effrayé, qu'ils ne croyaient plus assez fort en notre Seigneur, pour s'en sortir. Que les démons envahissent les âmes.
- Les Gardiens aussi disent ça, murmura Jin.

Il avait aussi entendu le médecin, le compagnon de son vrai père, lancer dans le couloir à un Gardien devant le surveillant que la peur face à la maladie n'avait rien à voir avec les démons ou avec Dieu. Une conversation surprise par Jin alors qu'il tentait une nouvelle fois de s'approcher pour essayer de voir son père, malade de la peste. Difficile de ne pas être surpris, en constatant que mère laissait le médecin sortir de sa cellule, pour soigner Haji, encore plus en entendant ce genre de propos. Ning s'était montré assez virulent contre le discours du Gardien et réfutait que la peste soit d'origine démoniaque ou divine, par la colère de leur Seigneur. Il parlait de l'eau empoisonnée, de l'air salé, des rats et de la mauvaise nourriture. Il criait que la mort noire devait se traiter avec des plantes, pas avec la prière. Puis il s'était fait violemment frappé et repoussé contre le mur, le Gardien lui rétorquant de s'en tenir à son rôle, s'il ne voulait pas être immédiatement exécuté. Jin ignorait quoi en penser. La peste déstabilisait tout. Elle se propageait de plus en plus vite et elle tuait sans aucune distinction entre les riches et les pauvres.

Lasya lui prit timidement la main, tout à coup, avec un sourire encourageant. Il eut de la peine à le lui rendre, bien qu'il lui serra doucement la main. Même si elle ne parlait jamais beaucoup, ses sourires étaient toujours une source d'encouragement. Ainsi qu'une aide pour conserver le contact avec la réalité. Tous les quatre demeurèrent ensemble aussi longtemps que possible, avant de devoir se séparer. Jin se rendit à contrecœur dans l'aile du Palais réservée aux Gardiens les plus proches et influents de l'Ordre, là où ils tenaient des bureaux et salles de travail. Là où il apprenait quel avait été le travail du Seigneur Yijun, avant sa mort troublante. Très bientôt, ce travail, il devra s'en charger seul. C'était le seigneur Zhi qui devait se charger de son éducation sur ces sujets et le moins qu'on puisse dire, c'est qu'il n'était pas un homme très aisé à vivre. Aucun de ces riches seigneurs ne l'était. D'autant plus depuis l'assassinat du Seigneur Tan devant tous et le suicide du Seigneur Yijun. En pénétrant dans la salle d'étude, Jin se retint d'extrême justesse de faire demi-tour, alors qu'il vit un de ses fantômes personnels passer juste devant lui, dans un mirage de cendres.

Il s'installa à son bureau, découvrant un seigneur Zhi d'une humeur… plutôt bonne. Même joyeuse. Ce qui était très loin d'être habituel connaissant l'homme et encore plus lorsqu'on savait dans quel état se trouvait l'Empire. Il lui adressa même un très grand sourire avant de se lancer dans la première leçon de ce jour. Jin préféra ne faire aucun commentaire, se disant que le Gardien venait peut-être simplement de recevoir une très bonne nouvelle… Une heure s'écoula, puis une autre, le jeune garçon se sentait de plus en plus mal à l'aise. Il n'aimait pas la manière dont le seigneur Zhi le couvait du regard… Replié sur lui-même, le jeune garçon faisait au mieux pour ne pas se laisser envahir par la gêne et cet étrange sentiment de danger… Ses poils se hérissaient sur ses bras et sa nuque, tandis qu'il se demandait ce qui allait bien pouvoir se passer. Une autre se passait dans cette atmosphère de malaise grandissant, alors qu'au-dehors, les bruits lointains de foule devenaient de plus en plus éclatants. Au point que Jin en fut vraiment gêné, passé un temps. Il stoppa l'écriture de sa leçon pour tourner le regard vers la fenêtre, assez inquiet. Le Seigneur Zhi, notant sa distraction, se leva très paisiblement pour aller jeter un œil à l'extérieur.

- Les manifestations se poursuivent, glissa-t-il d'un ton léger.
- Je croyais qu'elles étaient interdites, souffla Jin en ayant du mal à cacher son angoisse.
- Mon enfant… Il est difficile de contenir la peur et la colère d'un peuple, en pareilles circonstances. D'autant plus lorsque la personne devant les rassurer et les guider ne remplit pas ses fonctions.
- Ma mère fait tout pour le bien de notre peuple !
- Ce n'est pas l'avis de tous. Écoute.

Jin se leva à son tour, abandonnant son bureau, pour venir à la fenêtre. Son sang se glaça lorsqu'il constata que la foule s'était rapprochée du Palais. Une foule... gigantesque. Comme si tous les habitants encore debout de la capitale et des alentours s'étaient rassemblés. Une marée humaine en mouvement, hurlant sa colère et des sortes de foulards très longs et blancs, brandis par des dizaines de personnes. D'autres tenaient des masses, des fourches, des torches, des bâtons... Mais où étaient les Gardiens ?! Pourquoi ne stoppaient-ils pas tout de suite cette manifestation ? Des soldats s'amassaient devant l'imposante entrée du Palais et ses hauts murs, surveillant l'entrée scellée. Ce n'est qu'à cet instant-là que Jin réalisa enfin que la foule s'avançait bel et bien vers le Palais Impérial et qu'elle ne comptait pas s'arrêter facilement. Il recula vivement. Une main ferme se posa sur son épaule. Il redressa la tête pour croiser le regard du seigneur Zhi, qui lui souriait. Jin baissa la tête à nouveau et dirigea le regard vers l'extérieur. Sans parvenir à croire ce qu'il voyait. Le peuple *ne pouvait pas* cibler le Palais directement ! Il s'agissait du siège du pouvoir ! Le pouvoir de Dieu !

- Le peuple souhaite te défendre.
- Me... me... Quoi ?
- Tu es le véritable représentant de notre Seigneur sur cette Terre. Tu as été choisi par le Ciel. Tu es désigné par le Seigneur Seykyou lui-même. Le peuple le sait. Toi seul saura sortir l'Empire de cette impasse, non pas la sorcière, cette usurpatrice. Il aurait été préférable qu'elle parte d'une façon plus douce... Mais hélas, la solution d'un départ moins violent et plus honorable a été refusée. Faute de courage de la part de la personne qui aurait pu régler tout cela plus aisément.

La gorge sèche, le jeune garçon ne put répondre. Il ne parvenait pas à accepter que le peuple se ligue contre le Palais Impérial et que les Gardiens soient prêts à le laisser faire. Durant un moment, il resta immobile, refusant cette réalité de toutes ses forces, jusqu'à ce que plusieurs impacts sonores et brutaux des cloches retentissent. L'alarme du Palais. Des gardes se déversèrent en moins de quelques minutes dans la cour et il entendit des appels aux armes. Jin voulut se dégager sèchement mais au même moment, le seigneur Zhi s'empara de son bras et serra si fort que le garçon crut qu'il allait le briser.

- Du calme… Pourquoi cette panique soudaine ? Tu n'as rien à craindre… Ni toi ni cette petite princesse pathétique du Nord. Le Seigneur Seykyou ne saurait tolérer que ses deux futurs serviteurs, à la tête de l'Empire, souffrent de quoi que ce soit alors qu'il remet les choses à leur juste place.

Avant que le jeune garçon ne tente quoi que ce soit, le seigneur des Gardiens frappa plus vite qu'un serpent. Un coup brutal, qu'il lui porta à la nuque. Jin s'effondra mollement à terre, sans même pouvoir crier et tomba évanoui. Le seigneur Zhi se frotta un peu la main, satisfait, faisant appeler deux de ses hommes, postés non loin en faction en ce moment. Il leur ordonna d'enfermer l'enfant dans la salle convenue, avec la fille du Nord et de les garder sous surveillance. D'autres étaient déjà en partance, dans le Palais, pour remplir des tâches plus ingrates.

Bien plus que la clameur montante, ce fut l'agitation des soldats que Ning perçut en premier. Des soldats qui quittèrent même leur poste en urgence, alors qu'il ouvrait discrètement la porte pour comprendre ce qui se déroulait. S'aventurant dans le couloir, il tenta d'aller plus loin, d'écouter, de savoir… D'autres gardes arrivèrent, le bousculèrent sans se préoccuper de lui. Le médecin, constatant qu'on le laissait circuler sans même le voir, se faufila jusqu'aux grandes fenêtres de l'allée voisine et observa les extérieurs. Ce n'est que là qu'il vit la foule s'en prendre aux hautes portes du palais et certains escalader les murs… Les yeux écarquillés, sous le choc, il revint en courant dans la chambre où se trouvait Haji et claqua la porte derrière lui. Son amant, fiévreux et affaibli, n'ouvrit qu'à peine les yeux. Le regard voilé par la fièvre et la souffrance provoquée par la maladie. Une grosse cicatrice mal suturée, au cou, suintait encore, témoin d'un bubon que Ning avait incisé. Une plaie affreuse et noircie, dont le médecin savait par expérience qu'elle risquait d'aggraver encore l'état de son compagnon.

- Nous… Il faut… Haji, on ne peut pas rester là.

Il prit en urgence quelques bandages pour en recouvrir les plaies incisées et infectées, pour les protéger un maximum de ce qui allait suivre, mais aussi les bubons. Par peur qu'ils n'éclatent et ne fassent plus de mal encore. Haji ne pouvait quasiment plus bouger, complètement dévoré par la fièvre et un affaiblissement généralisé. Alors qu'il s'activait, la porte s'ouvrit tout à coup, faisant brutalement sursauter Ning. En se retournant, il vit deux Gardiens, armés et face à eux. Le médecin n'eut pas le temps de prononcer un seul mot, à peine celui de réagir. Dans un réflexe et un grand sursaut d'adrénaline, il attrapa un tabouret de bois et frappa brusquement le Gardien levant son épée vers eux. L'homme lâcha un court cri de surprise, pris de court, reculant un peu. Le second s'était déjà élancé à son tour et frappa. Ning cria à son tour, lorsque la lame déchira son bras, sans s'y enfoncer pour autant, alors qu'il avait eu le réflexe de plonger sur le côté. Dans un sursaut, il se jeta directement à la taille du Gardien pour le faire chuter en arrière et le frappa aussi fort que possible d'un coup de poing dans la tempe, pour l'assommer. Le deuxième, qui s'était relevé entre-temps, poussa un grognement et ramassa son arme.

Ning se jeta de nouveau à terre pour éviter le coup, terrorisé. Dans la panique, il attrapa le premier objet qui lui tomba sous la main, le tisonnier servant au petit âtre. Il en dévia l'épée d'un pur coup de chance en frappant devant lui et attrapa un morceau de bûche dépassant de l'âtre pour frapper son adversaire avec. L'homme hurla comme une bête lorsque les braises enflammèrent le devant de sa bure et une part de son visage. Ning se releva aussitôt et le frappa pour le repousser hors de la chambre. Dans le couloir, son ennemi se mit à courir et se frapper contre les murs pour éteindre le feu. Sans s'en préoccuper, Ning serra comme il put un tissu autour de la plaie de son bras, tirant avec les dents pour faire un garrot et stopper le sang. Il chargea aussi vite que possible Haji sur ses épaules, titubant pour sortir de la pièce. Où… Où aller ?! Son cœur battait à une vitesse folle, tous ses sens étaient plus éveillés. Qu'il voyait mieux, qu'il entendait plus clair, jouissait de plus de force malgré sa blessure au bras. Malgré cela, incapable de réfléchir de manière rationnelle ou juste de se poser une seconde, il se jeta en avant dans les couloirs, courant aussi vite qu'il le pouvait, dans le seul but de trouver un abri sûr.

Deux étages au-dessus, le jeune Meng et sa petite sœur Dai venaient tout juste d'être cachés, par la garde personnelle de leur mère, dans un passage secret étroit, avant qu'on ne referme sur eux une lourde porte, fermée par un système complexe caché de tous. Meng tenait sa sœur, très fort dans ses bras, pour la rassurer et faire en sorte qu'elle ne crie pas et ne pleure pas non plus. Même s'il était complètement terrorisé et comprenait mal ce qui se passait. Il ne savait pas où étaient leur mère et leur frère, ni qui attaquait le Palais. Où étaient passés les Gardiens, pourquoi la garde impériale était devenue subitement aussi nerveuse. Assis par terre, avec sa sœur, il attendit longtemps... À l'affût du moindre bruit, du moindre signe. Sans oser sortir pour jeter un bref regard. Dompter sa peur était sa seule obsession, pour ne pas aggraver celle de Dai. Plus que tout, ne pas savoir ce qui arrivait dehors et ce qu'ils risquaient exactement le rongeait. Plus d'une heure se passa ainsi, dans le noir et en silence, au creux de leur cachette. Les clameurs se rapprochaient. Des sons comme si... Des sons de tambour, dirait-on, accompagnant les clameurs d'une foule en colère. Tremblant de tous ses membres, il souleva sa petite sœur dans ses bras et la porta avec une certaine difficulté plus loin dans le passage secret, pour s'éloigner de tous ces bruits. Dai s'accrochait à lui comme si sa vie en dépendait, mais du haut de ses neuf ans, Meng fut vite essoufflé.

- Ne pleure pas, chuchota-t-il en s'arrêtant un peu pour reprendre son souffle. Pas de bruit, d'accord ? On va aller retrouver maman et grand frère.

Mais ces passages, il n'y était venu qu'une seule fois, le jour où le chef de la garde personnelle de leur mère lui avait montré comment y accéder, en cas de danger grave. De fait, il ignorait complètement où ils se trouvaient exactement, par où aller, où en sortir... À force de tourner en rond, il finit par trouver des escaliers étroits, en bois. Ils devenaient de plus en plus apeurés à chaque marche car elles grinçaient. En remontant un autre passage à peine plus large que le précédent, il entendit la foule de bien plus près... En s'arrêtant, avec le plus de prudence possible, il observa par un interstice dans la paroi en bois ce qui se passait. Son cœur faillit s'arrêter lorsqu'il réalisa qu'une foule envahissait le Palais. Et pire encore, que des Gardiens se trouvaient parmi eux, à les encourager à « *trouver la sorcière* ». Ce n'était pas possible, ça ne pouvait pas se passer comme ça ! Reculant, il resta un instant paniqué, sans plus savoir quoi faire. Ici, ils étaient en relative sécurité, mais... Dai commença tout à coup à gémir et il plaqua vivement une main contre sa bouche, avec un sursaut, en lui répétant dans un flot de murmures de ne surtout pas faire de bruit.

- On part retrouver maman... Chut, s'il te plaît, ne pleure pas, *ne crie pas*...

Les bruits et hurlements de la foule avaient beau couvrir les leurs à la perfection, Meng restait terrorisé à l'idée à ce qu'on les entende. Puisant dans ses ultimes forces, il reprit sa route, au plus vite, en portant sa sœur. Retrouver leur mère et leur frère... Eux sauront quoi faire ! Comment se protéger. Il devait absolument les rejoindre. À l'extérieur de leur cachette, la foule en colère devenait plus virulente à chaque seconde qui passait. Ils criaient, huaient, scandaient des insultes. Après avoir dévalé un autre petit escalier, Meng s'arrêta pour observer, une nouvelle fois. Il aperçut alors des personnes brandir des cadavres... Des morts avec des bubons affreux... Hurlant que tout cela était la faute de la sorcière et la colère de Dieu. La vision de ces morts le mit en état de choc et il ne parvint plus à avancer. C'était... Horrible... Les corps étaient infestés de bubons et certains avaient même commencé à se décomposer. C'était la première fois qu'il voyait des personnes mortes... Les gens les soulevaient et les portaient au-dessus d'eux, comme des trophées, comme si cela pouvait attirer l'attention du ciel.

Meng s'accroupit avec lenteur, ne serrant sa petite sœur dans ses bras, hoquetant et pleurant à son tour. La peur lui serrait tant le ventre qu'il peinait à respirer. Tous les deux blottis l'un contre l'autre dans leur recoin sombre, ils restèrent prostrés, jusqu'à ce que la foule se déplace, lentement, dans une autre partie du Palais. Le calme revint en partie mais ils n'étaient pas loin... Dai murmurait qu'elle voulait sa maman... Meng essayait tant bien que mal de bouger à nouveau. Il ne relâcha sa sœur qu'un moment, le temps de vomir un peu plus loin. Ils continuèrent comme ils purent dans ces couloirs secrets, il fallut bien les quitter... Pour se repérer et aussi dans l'espoir de trouver des gardes du Palais, pour les aider. Ils avaient à peine commencé à traverser une longue coursive qu'un homme se mit brusquement devant eux. Meng hurla une brève seconde avant que l'homme ne lui plaque brusquement une main sur la bouche en répétant très vite qu'il ne lui voulait aucun mal. Ce n'est que là qu'il reconnut, péniblement, le médecin vu une ou deux fois, que maman voulait faire exécuter.

L'homme ne leur laissa pas le temps de parler ou de réfléchir, il se pencha et les prit tous les deux dans ses bras à bonne vitesse, avant de les conduire dans une pièce plus loin. Meng glapit en voyant que le vrai père de son grand frère était là aussi. Allongé au sol et avec du mal à respirer. Au bord de la crise de nerfs, il s'assit contre le mur avec sa petite sœur, ramassé sur lui-même.

- Vous savez ce qui est arrivé à votre frère ? demanda précipitamment le médecin en s'accroupissant devant eux. Et à Lasya ?

Le petit garçon secoua la tête pour dire non, entre deux hoquets. Il vit aussi que le médecin avait serré un vieux tissu autour de son bras et que du sang le maculait. Ce fut de trop. Il prit sa sœur contre lui et les deux se blottissent, couchés au sol, ensemble aussi près du mur que possible. Voyant ça, Ning ne tenta pas de pousser plus loin ses questions et se releva. Mains sur les hanches, le souffle assez court, il essaya de se calmer. Haji était malade, incapable de marcher, incapable même de parler ou de comprendre ce qui se passait. Les deux petits étaient avec eux, par miracle, mais il ignorait où se trouvaient leur frère aîné et la petite princesse du Nord. La foule grognait dans le Palais et les Gardiens étaient clairement avec elle, visiblement ravis de procéder à un Coup d'État. Quant à la maudite vipère, impossible de savoir si elle avait déjà été lynchée par la foule ou si sa garde personnelle était parvenue à la protéger, le temps qu'elle s'enfuit. L'envie de partir était brûlante, mais sans Jin et Lasya... Il ne pouvait pas les abandonner ici ! Haji ne le supporterait pas. Et en même temps, partir à leur recherche, ce serait abandonner Haji et les deux enfants. Un choix insupportable...

CHAPITRE 27 : JUSTICE DIVINE

Les dernières portes, barricades et protections avaient cédées. C'était la fin. Les quatre seigneurs des Gardiens entrèrent avec la foule manipulée ainsi que leurs propres hommes et certains militaires acquis à leur cause. Confiants, très sereins, triomphants. Une trentaine de soldats entouraient l'impératrice frauduleuse, sans nul doute prêts à donner leur ultime souffle pour elle. Le Seigneur Cai balaya la salle du regard, alors que la foule s'arrêtait derrière eux, en une masse grouillante et très énervée. Il ne voyait nulle part, avec la vipère, les deux autres morveux qu'elle avait pondu... Sans doute dissimulés par la garde, quelque part. Peu importe, ce n'était là qu'une mince contrariété. Tout comme la disparition du rebelle et de son amant idiot ne possédait qu'une faible importance. Haji sera bientôt mort de la peste, quoi qu'il arrive. Leur véritable cible était là, c'est tout ce qui comptait. Il s'avança, avec un large sourire, savourant ce moment tant espéré. Les derniers gardes devaient bien réaliser, à leurs expressions, qu'ils n'étaient pas assez nombreux. Sans doute parviendront-ils à tuer pas mal de personnes mais ils tomberont rapidement sous le poids du nombre, c'était certain. Prêt à déclamer l'accusation, il sourcilla légèrement lorsque la sorcière éclata tout à coup d'un rire moqueur.

- Brandir ainsi des morts de la peste tels des drapeaux, susurra-t-elle, quelle idée on ne peut plus maligne. Combien parmi vous ont déjà attiré sur eux la maladie ?

Le sang du Seigneur Cai ne fit qu'un tour et son visage s'enflamma sous l'effet de la colère. Comment osait-elle... Perdue, acculée, défaite, elle osait encore prendre la parole et se montrer mauvaise !

- Silence ! hurla-t-il. Vous vous êtes rendue coupable d'usurpation de pouvoirs, de trahison envers notre Seigneur et envers l'Empire, de sorcellerie et d'avoir attiré la peste sur notre peuple. Nous sommes venus mettre fin à cette mascarade et rétablir le véritable héritier impérial, désigné par le Seigneur Seykyou.

Sae émit un bref sourire, mauvais, avant de reprendre un regard impassible. Assise sur le trône, tranquillement, elle donnait une si forte impression de maîtrise qu'au sein de la foule en colère, beaucoup commencèrent à se méfier, voire à prendre peur, malgré leur nombre et leurs armes brandies. Intérieurement, plusieurs sentiments se mêlaient en elle, allant de la colère et du dégoût à un profond mépris. Pour autant, il n'était pas question de laisser ni la peur ni la peine la gagner, sa fierté était bien trop élevée pour cela. Voilà trop longtemps qu'elle s'était faite à l'idée de mourir jeune, tant les obstacles étaient nombreux sur son chemin, cependant, cela en valait la peine tant qu'elle mourrait sans perdre son emprise ou sa fierté. Il n'était pas concevable pour elle de perdre la vie dans des circonstances humiliantes, comme cela le pourrait très bien ici, soumise à la « justice » populaire ou à celle de ses vieux ennemis. Elle se leva sans se hâter, couvant la foule et les Gardiens du regard. Froide et dure. Fière, toujours, si fière malgré le danger. Fière car elle avait gagné le contrôle de sa vie et allait désormais gagner le contrôle de sa mort.

- Je suis une sorcière, dites-vous, sourit-elle, presque paisiblement. Pourtant, vous osez croire que de simples armes comme les vôtres suffiront à vous protéger de ma malédiction. Ma mort ne suffira guère à vous préserver. Je resterai ce démon qui continuera à tous vous accabler de malheurs.

Le Seigneur Geng beugla d'une voix forte que s'en était assez, qu'ils avaient perdu bien assez de temps et ordonna à tous de se saisir d'elle, qu'importe la lecture du jugement. Comme un seul homme, vingt-huit des soldats de soldats impériaux formèrent un barrage d'épées et de lances devant le trône, tandis que les deux restants se tournaient vers elle. Sae les regarda et hocha la tête, très simplement. Ce fut incroyablement rapide, elle n'eut pas le même temps de ressentir de la douleur lorsque leurs épées la traversèrent de part en part, sans hésitation. Ils rattrapèrent son corps sans vie dans un mouvement souple, sous la stupéfaction soudaine de la foule et des quatre grands Seigneurs des Gardiens. La soudaineté de la scène avait surpris tout le monde et ce fut pour ça que la réaction subit un temps de retard, lorsqu'un des gardes jeta vivement de grosses fioles contre les teintures de la salle du trône, un autre y jeta une petite torche. Un premier hurlement jaillit lorsque le feu embrasa violemment les teintures, suivi d'un mouvement de panique. Bousculés, les Seigneurs tentèrent de ramener l'ordre mais il était déjà trop tard. Renforcé par les contenus suintants des fioles, que les soldats continuaient de jeter, le feu ravageait déjà les lieux.

Les soldats poursuivirent leurs ordres de destruction et chargèrent certains dans la foule, pour les forcer à fuir hors de la salle du trône. Les Seigneurs, à leur tour, reculèrent vivement et partirent, en jurant. Seuls deux soldats restèrent encore, déposant avec délicatesse et droiture le corps de la souveraine dans son trône, aussi droite qu'il était possible. Ce n'est qu'après cela qu'ils quittèrent précipitamment les lieux. La salle du trône se remplit très vite de fumée et de flammes, atteignant bientôt le corps. Le dévorant, à son tour, comme il commençait à dévorer le palais. L'appel d'air causé par les vitres brisées et autres brèches continuait d'alimenter les flammes, les laissant se répandre dans le reste de l'étage. La fumée montait... C'est ce que sentit en premier lieu Jin, alors qu'il tentait toujours de forcer la porte de la pièce où il avait été enfermé, en compagnie de Lasya. Il colla son oreille contre le bois, entendant d'abord des cris. Au-dessus de tout, des cris d'appels à vaincre le feu. Son cœur fit un bond et il s'écria, en panique, à Lasya, qu'un incendie prenait dans le palais. Elle était en train d'essayer de casser une chaise, pour s'en servir ensuite pour briser la poignée ou la serrure, stoppant net entendant ça. Il se précipita de nouveau aux fenêtres, brisées tout à l'heure, pour voir s'ils pouvaient fuir par là.

- C'est bien trop haut pour sauter, souffla Jin en la rejoignant.
- Et si on escaladait ? Vers le toit ? Le feu ne... Ou vers la cour, plutôt. On a de quoi s'accrocher, un peu partout. Regarde.

Il passa la tête à l'extérieur pour regarder vers le bas et déglutit. Lasya, plus pâle tout à coup, serra les dents, lança un bref regard vers la porte, déclarant qu'ils n'avaient pas beaucoup le choix, de toute façon. Ils s'assirent sur le rebord de la fenêtre, lentement et entamèrent la descente, en s'accrochant très fermement à tout ce qu'ils pouvaient. Le jeune garçon se refusait obstinément à regarder en bas, tandis que la princesse du Nord respirait bien plus vite et fort. Ils cherchaient des appuis en tremblants, du bout du pied, des mains, avec la crainte affolante de tomber. Par deux fois, Jin rata une accroche et son pied glissé, poussant un très violent sursaut d'adrénaline dans son corps, si brutal qu'il crut bien que son cœur allait s'arrêter sur le coup. Gênée par sa robe et ses foulards, Lasya stoppa un bref instant, pour détacher vivement certains des siens, entourant sa taille ou sa poitrine, pour les laisser s'envoler au vent. Alors qu'elle passait près d'une autre fenêtre à l'étage du dessous, pour s'y accrocher, elle poussa un hurlement de frayeur lorsque cette dernière s'ouvrit sans crier gare et qu'un bras l'attrapa par le devant de sa robe. Jin glissa sèchement, pris par surprise, mais une main rugueuse l'attrapa brusquement avant qu'il ne chute pour de bon.

- On les tient !

Tombant par terre, dans le couloir, il n'eut même pas le temps de réagir. Juste de voir des Gardiens approcher et se saisir de lui, comme ils s'étaient déjà emparés de Lasya. Elle hurlait et se débattait, alors qu'on l'emmenait déjà au loin. Il fut lui aussi soulevé et jeté sur une épaule comme un vulgaire sac, transporté en courant dans le couloir. Des hurlements et appels à l'aide qui résonnèrent longtemps, dans les couloirs et au fur à mesure de leur progression, jusqu'à parvenir aux oreilles de Ning. Il s'arrêta, un peu essoufflé, perdu et hésitant à aller plus loin encore. Il avait déjà entendu l'alerte sur l'incendie... Bon sang... Il courut sur quelques mètres de plus et stoppa de nouveau, en sentant l'odeur de la fumée. L'esprit déchiré, il jura fortement et tourna de nouveau les talons, le cœur battant violemment dans sa poitrine. Courant jusqu'à la pièce où étaient cachés Haji, Meng et Dai. Lançant que le feu ravageait les lieux, il remit son compagnon sur son épaule, souleva la petite Dai avec l'autre bras, le corps perclus de douleur à cause de ses blessures, dont certaines recommençaient à saigner...

- Reste près de moi, Dai, quoi qu'il arrive ! D'accord ?

- O... Oui...

Il peinait à porter la petite et son compagnon, le visage en sueur, incapable de courir vite. La petite, terrorisée, s'accrochait à lui. Meng suivait à petits pas, les larmes aux yeux. Haji respirait à peine, inerte. Ni des soldats, ni des Gardiens ne leur barrèrent la route, à son grand soulagement, mais ça devait être un simple effet du chaos général et des efforts de lutte contre l'incendie. Il faillit chuter lourdement de très nombreuses fois dans l'escalier, couvert de sueur et la respiration très raide. Des efforts chaotiques avant d'enfin arriver à l'arrière du palais, là où l'incendie n'avait pas encore tout ravagé. Il laissa tomber, plus brutalement qu'il ne le souhaitait, la petite et son compagnon dans de la paille, près des quartiers des serviteurs, avant de repartir cette fois en courant vers les écuries. Les chevaux étaient tous affolés, certains avaient déjà à réussir par eux-mêmes et se répandaient dans la cour intérieure. Au fond des écuries, il en trouva à peine plus calme que les autres et à le faire sortir pour l'emmener. Pressé par le temps et le feu en approche, il ne put pas faire dans la dentelle, pour mettre Haji en travers et les deux enfants avec lui.

- Accrochez-vous fermement !

Il accrocha Haji avec une corde, à la selle posée à la hâte, donna l'autre bout aux enfants pour qu'ils se tiennent, tira le cheval, en restant à pied. Claudiquant vers l'une des sorties arrière, toujours, qui devait normalement servir pour les livraisons au palais. La foule s'était elle aussi déversée en partie dans la cour, certains luttaient contre le feu, d'autres hurlaient en implorant le ciel et en maudissant la sorcière, il y en avait même qui priaient à genoux, au milieu de la fumée et de la foule. Ning attrapa au passage une vieille couverture et la jeta sur les deux petits enfants pour les couvrir, que personne ne puisse remarquer leurs visages par accident, les reconnaître... Ils quittèrent ainsi le Palais, fuyant d'abord dans une ville où la confusion était encore plus forte. Le médecin ne regardait personne, n'allait aider personne d'autre, bien trop obnubilé par leur fuite. Il lui sembla s'écouler une véritable éternité avant d'enfin quitter les derniers quartiers, ensuite les faubourgs, par le

Nord et s'éloigner dans la campagne. Il ne stoppa pas le mouvement pour autant, tirant le cheval de plus en plus récalcitrant, jusqu'à atteindre l'abri de la forêt.

Il ne poussa que quelques mètres plus loin, jusqu'à arriver près d'une rivière. Il fit descendre les enfants, en serrant les dents pour ne pas lâcher le moindre gémissement et en fit glisser Haji dans ses bras, pour l'allonger dans l'herbe, près de l'eau. Les petits se tenaient l'un contre l'autre, blottis contre un gros tronc, terrorisés. Ning déchira d'autres pans de ses vêtements pour serrer à nouveau ses blessures et les couvrir. Il encouragea les enfants à boire, avec leurs mains en coupe, leur assurant qu'ils étaient en sécurité, maintenant. Quoi qu'il n'en sût rien, mais... Non, ça ira, ils étaient en sécurité. Trempant un bout de tissu dans la rivière, il en baigna le front de son compagnon, avec une inquiétude renouvelée. Si pâle... A sa très grande surprise, cependant, Haji ouvrit tout à coup les yeux. Offrant un sursaut d'espoir au médecin, un espoir qui s'éteignit presque aussitôt, tant il était conscient de son état si dégradé. Il continua à le rafraîchir, tout en luttant pour ne pas dévoiler ses larmes. Haji observait les ramures des arbres, au-dessus d'eux, la confusion se lisant dans son regard.

- Nous nous sommes échappés, murmura Ning, en s'asseyant à côté de lui.

Il pouvait ainsi garder à la fois un œil sur son compagnon et un sur les deux enfants. Ni Meng ni Dai n'avaient remué, enfermés dans leur petite bulle personnelle de réconfort mutuel. C'était bien tout ce qui leur restait... Le médecin était profondément désolé de n'avoir pu retrouver ni leur frère, ni la petite princesse du Nord... Il ignorait même si tous deux avaient survécu. Tout s'était passé.... Si vite ! Tout avait si soudain, si violent, si... Il peinait toujours à l'intégrer, ils n'avaient pu que réagir et rien de plus.

- Il y a eu un incendie et un gros mouvement de foule... Je ne sais... Je suis désolé, Haji, j'ignore où se trouve ton fils... Ni la petite... Je n'ai pu retrouver que son frère et sa sœur.

Haji comprenait-il au moins ce qu'il lui disait ? Rien n'était moins sûr... Il réagissait à peine, le regard toujours perdu vers la ramure des arbres, un souffle très faible s'échappant de ses lèvres. Cette fois, le jeune médecin ne parvint plus à retenir ses larmes et il les laissa couler à flot sur ses joues, sans même en avoir honte. Il pleura un long moment, faiblement, couvert en partie par le son de l'eau frappant doucement les rochers de la berge, par le vent agitant les hautes branches des arbres... Un cadre doux, qui aurait pu être idyllique... Les deux petits finirent eux aussi par s'approcher un peu plus. Les larmes se tarirent d'elles-mêmes après de très longues minutes, laissant place à une forte fatigue et une lassitude écrasante. Près d'eux, Haji n'avait toujours pas bougé, quand bien même il le voudrait. Il voudrait... Pouvoir se lever, retrouver ses forces, reprendre le combat, retrouver son fils et l'arracher lui aussi à cet enfer. Il voudrait lutter, ne pas voir l'ensemble de ses projets et rêves être détruits ainsi. Ça ne pouvait s'achever comme ça ! Au travers d'une vision flou, il put enfin noter la présence des deux petits enfants. Mais... S'ils étaient ici...

- Où est Sae... ? bredouilla-t-il très faiblement.

Ning sursauta brusquement, comme s'il ne s'était pas du tout attendu à ce qu'il parle. Il lui répondit d'une voix tremblante qu'il n'en savait rien, tout s'était déroulé trop vite. Mais qu'étant donné ce fort mouvement de foule et la trahison évidente des Gardiens... Il n'acheva pas sa phrase, sans doute pour ne pas rendre malade les deux enfants en insinuant que leur mère était sans doute morte, mais cela suffit à Haji. Il émit un bref souffle, pas vraiment un soupir, plutôt le relâchement d'une si vieille tension. Qu'importe qu'ils n'aient que des suppositions et aucune certitude... Quant à Jin... Il devrait s'en sortir... Il avait beaucoup de ressources, même s'il était très troublé, Haji devait croire qu'il allait s'en sortir. Il était désolé de ne plus rien pouvoir faire... Tous ses efforts pour se relever étaient vains... Son corps était trop lourd, ses jambes et ses bras ne lui répondaient plus. Même son souffle lui suffisait désormais à peine. Après un long moment, il voulut de nouveau parler, sans succès. La force lui manquait trop. Alors il observa plutôt le bout de ciel, aperçu entre les arbres. Un tel soleil... Alors qu'il faisait pourtant si froid... Froid comme en plein hiver... La douleur ne l'atteignait même plus, son corps était bien trop engourdi pour cela. Une autre envie, celle de dormir, gagnait curieusement du terrain... Il referma les yeux, incapable de lutter. Comme son corps, ses sens s'engourdissent à leur tour et il se laissa partir...

Une heure entière s'écoula avant que Ning ne se redresse. En état de choc, il agit sans parvenir à réfléchir. Éloigner les deux enfants et leur donner la vieille couverture de tout à l'heure pour les couvrir, en les mettant dans un petit renfoncement naturel, entre des racines d'un très gros chêne. Amener le cheval piaffant vers la rivière pour qu'il puisse boire et brouter de l'herbe. Soulever le corps de son amant pour l'emporter plus loin et le recouvrir de feuillages, de terre et de branches, pour créer une tombe de fortune, au milieu des bois. A la fin de cette opération, l'horrible réalité le saisit à la gorge et il dû s'appuyer contre un rocher pour ne pas simplement s'effondrer. Il refusait d'accepter ça... Il le refusait complètement ! Comment cela pouvait-il arriver comme ça, pourquoi n'avait-il rien réussi à faire pour l'empêcher, pourquoi... Il secoua la tête, arrivant à peine à respirer, secoué à présent de spasmes violents. Il se mit à appeler Haji, face au corps recouvert, comme s'il allait se réveiller et se remettre à marcher. Comme si tout n'était qu'un simple cauchemar. Il tira même une part des branchages recouvrant le visage, en l'appelant toujours. Pour ne faire face qu'à un visage livide, les yeux clos.

Il remit tout en place et s'assit sur le rocher, la tête fourrée entre les mains. Il ne savait plus quoi faire... Choqué... Il était aussi en colère contre lui-même, pour avoir été aussi impuissant, en colère contre la vipère, contre les Gardiens, contre la maladie, contre tout... Il entendit tout à coup un petit appel. Les enfants... La voix du petit Meng, qui l'appelait. Ning inspira un grand coup et s'obligea à se lever. Après un dernier regard vers le corps, le souffle coupé, il lutta contre lui-même pour s'en détourner et retourner vers les enfants. Tout en réalisant qu'il était désormais le seul apte à se soucier d'eux. Il s'efforça de se focaliser sur cette unique pensée, afin de ne pas se laisser abattre par la réalité.

Accepter qu'il ne pût plus rien faire pour Haji mais qu'il le pouvait encore pour les deux enfants... Il prépara leur nouveau départ, dans l'idée de trouver un endroit abrité pour passer la prochaine lui et de trouver de quoi manger, dans cette forêt. Chasser un ou deux lapins, faire un feu de camp, rester près des cours d'eau. Les rassurer, les tenir au chaud. Les garder en sécurité, le temps qu'il les emmène avec lui dans son propre pays natal.

Au moment de repartir, il adressa une dernière prière pour Haji, le cœur au bord des lèvres. Il n'avait pas de quoi l'enterrer dignement... La forêt devra être son ultime lieu de repos. Dévasté, Ning dû repartir avec les deux enfants. Sans plus regarder en arrière.

CHAPITRE 28 : LA CAGE DORÉE

La chambre était petite, assez sombre et silencieuse. Lasya et Jin, enfermés tous les deux, pouvaient simplement contempler depuis la fenêtre fermée la cité-forteresse des Gardiens voilà désormais plus de deux semaines qu'ils étaient emprisonnés ici... Les premiers jours, tous les deux s'étaient préparés à être exécutés, sans aucun doute d'une manière cruelle... Ils étaient restés serrés l'un contre l'autre, même la nuit, osant à peine dormir, attendant le moment où cette porte s'ouvrirait sur leurs bourreaux. Le cinquième jour, le Seigneur Cai était entré. Contrairement à ce qu'ils avaient cru, il n'était pas venu pour les tuer, non... Mais avec le recul, tous les deux auraient sans doute préféré que ça soit le cas. Le Seigneur leur avait tranquillement exposé qu'une fois la situation assainie et stabilisée, Jin deviendra officiellement, lors d'une très grande cérémonie, le nouvel élu de Dieu, le nouvel Empereur. Une cérémonie suivie de leur mariage, comme convenu, afin d'honorer l'alliance avec l'Empire du Nord et ne pas relancer la guerre. En ajoutant que s'ils osaient ne pas suivre les ordres et directives des Seigneurs, ils seront non seulement exécutés, en faisant passer ça pour une punition divine, mais que le frère et la sœur de Jin, capturés également, seront eux aussi mis à mort.

Lasya ne cessait de ressasser la situation et d'angoisser. Jin ne parlait quasiment plus. Ils s'étaient demandé quand sa fratrie avait été capturée et où elle pouvait bien être détenue. Il dormait mal, mangeait très peu et souvent, parlait seul, comme s'il voyait des apparitions. Il ne voulait même plus discuter avec elle comme avant. De son côté, elle se renfermait aussi. Se sentant comme un animal pris au piège et jeté dans une cage. Même si elle parvenait à fuir, elle ne pourrait rentrer chez elle... Son père la ferait aussitôt exécuter, pour avoir fui le mariage prévu, car cela pourrait raviver la guerre, sans compter qu'il n'accepterait pas de croire à la véracité du coup d'État. De toute façon, comment savoir ce qui était vrai ou non... ? L'impératrice était morte, ça, ils le savaient. Les Gardiens leur avaient dit qu'ils l'avaient exécuté, avant qu'un incendie accidentel n'éclate. Jin ne croyait pas à cette version de l'Histoire, hurlant, avant que le Gardien ne le frappe, que jamais sa mère ne serait laissée arrêter ainsi. Ils ne savaient pas non plus si Meng et Dai avaient vraiment été arrêtés ! Mais ils ne pouvaient prendre le risque de se rebeller si les deux petits étaient vraiment en danger.

Assis sur le lit, pressés dans les bras l'un de l'autre, ils restaient sans rien faire, écoutant les bruits extérieurs. C'était bien le seul réconfort qu'ils pouvaient avoir… Peut-être même que cela restera l'unique soutien qu'ils pourront posséder dans les jours et années à venir, pouvoir compter l'un sur l'autre. L'intégralité de sa famille était perdue. Elle ne pouvait approcher de la sienne pour demander de l'aide, tout en étant sûre que personne ne voudra l'assassiner. Ils ne restaient qu'eux deux. Finalement, ils devenaient comme frère et sœur, ils pourront s'entraider dans les moments plus durs encore à venir. Pour sa part, Jin était encore bien loin de songer à l'avenir et aux difficultés qui les attendent. Il pensait à sa mère. Une mère dont il refusait de croire qu'elle ait pu se rendre. Pas comme ça, pas aussi facilement. Jamais il ne pourra croire qu'elle s'était mise à genoux devant tous et face à sa sentence, lors de sa mort. Il pensait à son père, disparu lors de l'attaque du Palais… On ignorait son sort mais les Gardiens semblaient convaincus qu'il était déjà mort. Achevé par la peste. Le jeune garçon conservait l'espoir secret qu'il avait pu guérir et qu'un jour, il reviendra les chercher, tous les deux…

Il ne devrait pas garder cet espoir. Personne ne viendra. Détournant le regard de la fenêtre, il baissa la tête, posant la joue contre les cheveux de Lasya. L'avenir, c'était une vie à obéir aux Seigneur des Gardiens, à jouer la comédie… À être le jouet de serpents et de politiciens. Elle comme lui. Ils allaient devoir se marier. Cette idée-là le gênait toujours… Elle était devenue une amie, une sœur… Mais il ne voulait pas la toucher de cette façon. Aucun amour n'existait entre eux. Pas cet amour-là, du moins. L'idée qu'ils s'enfuient, tous les deux, ne cessait de l'obséder, cependant, il ne pouvait partir sans savoir où étaient réellement Meng et Dai. Enfermés quelque part, selon leurs bourreaux… Mais où ? Dans quelles conditions ?! Comment les retrouver ? Que pouvaient-ils faire ? Rouvrant les yeux, il frémit en apercevant, assis au bord du lit avec eux, la silhouette de fumée sombre, devenue si familière, du petit garçon du camp. Jin détacha une main tremblante de sa sœur pour l'approcher de la silhouette. La traversant sans rien ressentir. Lasya avait redressé la tête, froncé légèrement les sourcils en le voyant faire et s'était de nouveau reposée contre lui.

- Ce n'est pas réel, chuchota-t-elle avec un soupir. Il n'y a rien.
- Je le vois.
- Ce n'est pas réel…

Jin observa le fantôme avec intensité, en espérant qu'il ait le pouvoir de les aider. Que lui puisse se faufiler partout et aller chercher où se trouvait le reste de sa fratrie. Le garçonnet disparut tout à coup brusquement, au moment même où la porte de leur cellule s'ouvrait. Des Gardiens entrèrent, en déclarant que le grand jour était venu et qu'ils allaient être préparés. Énervé et humilié, Jin se redressa d'un bond, prit le bras de Lasya comme il avait vu des Nobles le faire et sortit le plus dignement possible avec elle. Le petit fantôme choisit ce moment pour réapparaître et les suivre à petits pas, sautillant joyeusement, comme s'ils se rendaient au plus beau des événements. Même une fois parvenu dans la pièce où une équipe attendait avec un solennel « Nous devons vous préparer », le petit garçon de fumée demeura là, sagement assis dans un coin, en les observant. Les deux enfants se laissèrent faire, chacun s'efforçant de conserver la tête haute, repousser la peur, prémunir les restes de fierté restantes. Ils furent lavés, habillés, coiffés, maquillés, apprêtés pour la cérémonie… La comédie, comme songeait amèrement le jeune garçon.

Lasya gardait le regard fixé sur son reflet, tandis qu'on la chargeait d'une lourde coiffe et de bijoux, maquillant sa jeune peau de fards et de traits fins. Le temps passé, enfermés tous les deux, lui semblait bien trop court pour que la situation puisse être assainie et maîtrisée. Un temps bien trop court pour que la maladie puisse être maîtrisée. Elle ne réalisait qu'à peine que ce jour allait bel et bien être le jour d'intronisation et de leur mariage. L'esprit encore rempli des cris, de la peur, du feu, des odeurs terribles, de la haine et la panique... Devant ce miroir, habillée et coiffée ainsi, elle dû se faire à l'idée douloureuse que tout était fini. A l'âge de quatorze ans, désormais, elle devait devenir femme, dans un pays lui étant encore étranger, à la fois pion politique de son propre père et outil entre les mains des Seigneurs des Gardiens. Une image qui fit naître une colère sourde, chassant en partie la peur, accompagnée par un profond sentiment d'injustice. Le sentiment qu'on lui arrachait toute identité propre, toute liberté, lui était parfaitement insupportable. Sans toutes ces personnes autour d'elle, elle aurait voulu arracher bijoux et rubans, déchirer ces vêtements, hurler que ce n'était pas elle, *qu'elle ne pouvait pas* devenir une telle femme.

Se renfermer. Naturellement, sans se concerter ne serait-ce que du regard, tous les deux adoptèrent la même attitude. Bloquer leurs émotions et leurs pensées, figer leur visage dans une expression neutre, avant que tout ne commence. Ils suivirent ordres et indications sans plus broncher ni se débattre, sachant que ça ne servait à rien. Aussi fièrement que possible, puisque c'était tout ce qu'il leur restait. Seul le garçon de fumée continua de joyeusement avancer juste devant eux, alors que la procession se formait. Il sautilla même dans l'immense salle du trône, dont la restauration était à peine achevée. Il dansa devant eux, sous le regard désormais très neutre de Jin, seul capable de le remarquer. Une danse macabre, presque hystérique, sans réelle forme. Il dansait et riait, l'air si joyeux, un sourire éclatant sur son visage de fumée, alors que ses yeux étaient complètement vides. Jin sentit son cœur se serrer de plus en plus douloureusement, en se demandant si ce garçon fêtait cette cérémonie ou s'il fêtait le retour de bâton, la vengeance obtenue pour sa mort violente. Il en détacha le regard avec peine, pour le porter sur les Seigneurs des Gardiens. Dont certains d'entre eux portaient des bandages, des blessures dues à l'incendie.

La cérémonie s'engagea sous les acclamations de la foule, toujours galvanisée par les Gardiens, voyant enfin là un retour à la normalité et à la grandeur. Ils voyaient là un tel espoir, la fin proche de la maladie, l'arrêt de tous leurs problèmes. Des acclamations gagnant l'extérieur, où le reste de la population attendait la montée sur le trône du véritable élu de Dieu. La fièvre s'était emparée du pays et tous priaient avec ferveur, pour retrouver une vie ordinaire. Sans guerres, sans maladies. Un nouveau départ, comme si le vaste incendie avait servi de purificateur divin...

Bien loin de là, dans le Royaume Sēn, l'ambiance n'était pas autant à la fête. Au cœur du village, la Famille Lài resta sous le choc découvrant le retour au pays de Ning, accompagné des jeunes enfants. Un fils affamé, très affaibli, tirant avec lui un cheval blessé durant le trajet et des petits terrifiés. Dès lors, il était couché, abattu par la fatigue, la fièvre et le chagrin. Ses parents, ses frères et belles-sœurs se chargeaient des deux enfants, en plus de leur propre progéniture. D'abord des enfants qui ne parlaient pas, à qui que ce soit, dormaient à peine et refusaient obstinément d'être écartés l'un de l'autre, même quelques instants ; ensuite un fils, quatrième de sa fratrie, qui revenait dans un tel état après des années et des années d'absence... Ce soir-là, comme souvent, Kang, le patriarche de la famille, ainsi que son épouse Yuan, étaient assis au chevet de leur fils. Depuis le retour de leur enfant, ils se relayaient dans cette petite chambre, pour garder un œil sur lui. Une soirée comme la précédente... Conscient, cette fois-ci, Ning conservait pourtant les yeux fermés. Il ne trouvait simplement plus la force de les ouvrir.

- Je savais que ça se terminerait ainsi, soupira fortement Kang en se frottant le visage entre les mains. Partir de cette façon avec un étranger dans un pays en guerre... Un homme, qui plus est ! Et ces deux enfants... Ce ne sont pas même les siens ! Quelle honte... Pour notre famille, pour nos ancêtres... Quelle honte, quel désastre...
- Il reste notre fils, murmura son épouse en lui posant sa main contre l'épaule. Les Dieux nous l'ont rendu, c'est tout ce qui compte.
- Il revient après des années et on ne sait toujours pas ce qui s'est passé... Les nouvelles de l'Empire n'arrivent plus, les caravanes de marchands sont toutes stoppées. Ils disent que la peste a complètement détruit le pays. Nous ne...
- Aucun pays n'a jamais été entièrement dévasté par la peste et il est interdit d'envoyer des caravanes vers des terres infestées. Nous en

saurons plus lorsque Ning se réveillera. En attendant, notre rôle est de veiller sur lui et sur les enfants qu'il a ramenés.

- Penses-tu que leurs parents soient décédés ? Et l'homme avec qui Ning était parti ? Qu'est-il devenu ?

- Patience...

Le silence retomba sur la chambre. Un long moment s'écoula, avant que le couple ne décide d'aller se coucher. Dès que la porte se referma sur eux, le médecin rouvrit doucement les yeux et se leva avec difficulté. Engourdi et toujours fiévreux, il commença par se laver le visage avec un chiffon doux et un bol d'eau laissés ici par un de ses belles-sœurs. Il se rassit sur la couverture, laissant les larmes couler librement sur ses joues... Durant le voyage difficile jusqu'ici, sa seule préoccupation était d'amener Meng et Dai dans sa famille, où ils seront enfin en sécurité. Il ne s'était posé aucune question, il n'avait réfléchi à rien d'autre qu'à les garder au chaud, chasser pour les nourrir, éloigner les bêtes. Mais dès leur arrivée, il s'était effondré... Non pas à cause de la maladie mais du chagrin. Il se déplaça avec difficulté jusqu'à un coin libre de sa chambre. Là, en silence, il se mit à bâtir un petit autel, pour la mémoire de son compagnon. En renversant une caisse et en posant dessus un napperon. Il posa des statuettes offertes durant son enfance, pour prier, avant d'allumer des bougies. Enfin, il se prosterna longuement, tout en implorant les Dieux d'offrir à son compagnon la paix, où qu'il soit dorénavant.

- Ning ?

Le médecin sursauta et se retourna assez brusquement. Son frère, Yong, était debout à la porte et le regardait d'un air inquiet. Il referma doucement et vint s'asseoir à genoux à côté de lui, en posant une main contre son dos, tout en demandant ce qui n'allait pas. Que pouvait-il lui répondre... ? Littéralement rien n'allait... Il ne saurait même pas raconter tout ce qui s'était passé. Pas comme ça, pas aussi tôt.

- Parle-moi un peu, soupira son frère, après un long silence. Tu... Tu es parti depuis presque quatorze ans... Pour toute la famille, cela a été un temps abominable, on ne savait pas ce que tu étais devenu et si tu allais revenir un jour. Aujourd'hui… On a besoin de comprendre. De savoir ce qui t'es arrivé… Tu nous as laissés derrière pour suivre cet homme, tu ne penses pas que nous avons au moins le droit d'avoir enfin des explications plus claires ?

- Je ne sais même pas par où commencer…
- Eh bien, soupira son frère aîné en tentant visiblement de réfréner son agacement, disons, par le début. Cet homme, là, comment il s'appelait, déjà…
- Haji.
- Merci. Pourquoi es-tu parti avec lui, pour commencer ? Vouloir découvrir autre chose, comme tu le disais, c'était vraiment une raison stupide… Surtout pour suivre un homme, l'amitié à ses limites. Enfin… Dis-moi pourquoi.
- Tu vas hurler…
- Plus encore que pour le fait que tu ais disparu durant plus de treize ans ?
- Je l'aimais.

Il n'osa tourner la tête pour jauger de la réaction de son frère, bien que le silence qui s'ensuivit en disait déjà long. Un silence pesant, qui s'éternisait, alors que le médecin n'osait déjà plus ouvrir la bouche. Il n'avait pas été très clair avec les siens, avant son départ. Enfin, il avait exposé ses raisons, mais pas les plus intimes, sans oublier que ce départ s'était passé dans les grands cris. Il s'était aussi dit qu'ils avaient compris la véritable raison. Le lourd silence de son aîné lui faisait comprendre le contraire… Mais qu'aurait-il pu lui dire d'autre ? Des relations entre hommes, ça existait depuis toujours, même si ça ne s'affichait pas et que personne n'en parlait. C'était comme… Une relation qualifiée d'étrange mais dont on ne faisait pas un très grand cas, jugeant simplement décevant que les hommes engagés là-dedans ne feront jamais d'enfant et laisseront leur lignée s'éteindre. C'était là, la seule honte. Une honte partagée par les couples d'homme et de femme, qui n'avaient pas descendance. Des branches mortes, qui ne porteront jamais de fruits.

- Essaye, au moins… C'est le minimum, de nous raconter plus en détails ce qui est réellement arrivé. Tu ne peux pas… Tu ne peux juste laisser les choses ainsi.

Ning voulait demander ce que ça allait bien pouvoir changer, dorénavant, de raconter ce qui s'était produit. Il hésita encore, alors que son frère attendait toujours auprès de lui. Les yeux rivés vers l'autel de fortune, vers la statuette représentant la Déesse protectrice des âmes. Il s'écoula encore de longues minutes, dans l'obscurité de la chambre, avant qu'enfin, il ne se décide à ouvrir la bouche et raconter à son aîné ces dernières années. Lui parler de Haji, de leur histoire, de l'Empire… De la guerre, des rêves de son conjoint et des siens. De la rébellion, de la maladie. Des enfants. De Sae. Un récit assez décousu, où il dû parfois revenir en arrière pour se faire comprendre. Un récit souvent interrompu par des larmes. Certains souvenirs étaient parmi les plus beaux, à chérir, d'autres n'évoquaient que la mort et la maladie. Le but de son compagnon, qu'il avait adopté mais jamais atteint… Cependant, les mentalités s'étaient en partie réveillées. C'était à cette idée qu'il s'accrochait… Il se répétait qu'une part des habitants de l'Empire ne se laisseront plus manipuler aussi facilement et se battront pour conserver leurs justes droits. Il ne cessait de se dire qu'ils n'avaient pas fait tout ça pour rien.

Yong lui avoua, à demi-mots, qu'il avait un peu de mal à comprendre mais qu'il visualisait le problème, globalement. Bien sûr, quoi de plus évident ? Avec une histoire déroulée de manière si chaotique, peu riche en détails… Sans compter les parts de l'affaire que Ning ne comprenait pas lui-même. Il songeait que Haji était décédé sans connaître non plus toutes les ficelles tissées et resserrées autour d'eux. Avec ça, il ignorait dans quelle mesure le pouvoir était repris par les Gardiens, comment le petit Jin allait s'en sortir, avec la princesse du Nord, si même tous les deux étaient encore en vie. La population allait-elle poursuivre la lutte ? De quelle façon ? La peste poursuivra-t-elle ses ravages jusqu'à faire chuter la totalité des habitants ? Cette dernière était bien la pire ennemie, bien plus dangereuse que toutes les forces de l'Empire. Elle ne cessera pas si aisément sa dévastation.

- Et maintenant ? soupira son frère. Que comptes-tu faire ?
- Je vais élever les enfants. Ils seront en sécurité, ici.
- Tu penses qu'ils ne voudront pas retourner dans l'Empire un jour ?
- Je ne sais pas...

Si leur grand frère était toujours en vie, ils voudraient sans doute retourner dans leur pays natal. Pour sa part, Ning ne comptait plus y aller. Du moins, pas avant longtemps. Il en avait trop vu, il lui fallait du temps pour se remettre de ce qui s'était passé. Pour faire son deuil, avant tout. Il sursauta presque lorsque son frère le prit tout à coup dans ses bras et le serra contre lui. Ning se laissa aller contre lui, les yeux fermés, trop secs désormais pour déjà relâcher de nouvelles armes. L'épuisement le tenait durement et il n'était pas capable de réfléchir plus avant à l'avenir. Les deux petits étaient en vie, lui aussi, c'était tout ce qui comptait pour le moment. L'avenir était une tout autre affaire.

ÉPILOGUE

De lourds et profonds sons de gong résonnaient à travers toute la cité impériale, alors que les processions défilaient lentement dans les rues. Prières, chants religieux et appels à la clémence du ciel s'ajoutent à la clameur envahissant la ville. Jin contemplait tout cela depuis l'un des plus hauts balcons du Palais, au sein d'une aile ayant en bonne partie réchappé à l'incendie et où il devait désormais vivre, en compagnie de Lasya. Elle se trouvait à ses côtés, suivant tout comme lui la procession qu'ils apercevaient au loin. La population en appelait au Seigneur Seykyou avant que l'épidémie de peste cesse de frapper l'Empire. Les Gardiens, à la manœuvre, exhortaient les habitants à prier, à se prosterner devant la colère divine et implorer le pardon. Devant le Palais lui-même, des bûchers géants avaient été dressés. Les personnes coupables d'actes de rébellion et de soutien au plus grand des hérétiques, à savoir Haji, avaient été brûlés à l'aube. L'odeur affreuse de chair brûlée s'était répandue partout, portée par les vents. Jin entendait encore les hurlements terribles des suppliciés. Tous avaient-ils réellement participé à la révolte contre les Gardiens ? Qui pourrait l'affirmer... La moindre personne osant se dresser contre eux ou remettre en cause le pouvoir de la religion était arrêtée et emmenée à la mort, sans aucun procès.

Ils savaient tous les deux que ce n'était que le début. Toute personne osant se rebeller sera aussitôt condamnée à mort. Ils ne pouvaient rien y faire... Ils ne pouvaient rien y faire ? Lasya se rapprocha un peu, glissant sa main dans la sienne et la serrant fermement. Il échangea un long regard avec elle, sentant que les mêmes pensées l'agitaient. En reposant les yeux sur les bûchers noircis, il sentit une colère nouvelle monter peu à peu en lui. Une haine, même, nourrie par leur état d'impuissance et les horreurs auxquelles ils avaient assistées. C'était ce sentiment qui lui était le plus insupportable, à bien y réfléchir. Il en avait assez de n'être qu'un... Comment le dire... Un simple pion. C'était de cette façon que Lasya formulait, deux jours plus tôt, la lassitude la rongeant, lorsqu'elle songeait à sa propre existence. Jin ne réalisait encore qu'à peine la colère grandissante l'habitant, il n'osait qu'à peine la laisser s'exprimer. Il repensa tout à coup à son père, sur ce qu'il savait de lui et de la vie menée. Des débuts en ne disposant de rien, avant qu'il ne puisse... Et qu'il fasse... Il inspira doucement, en s'efforçant de se reprendre. Pourrait-il, à son tour, arriver à mieux ?

Un mouvement léger attira son attention, du coin de l'œil. Le petit garçon fantomatique de cendres était assis sur le balcon et le regardait, avec ce sourire caractéristique. Jin lui rendit son regard, longuement, le visage fermé. Peut-être pouvait-il... Il devait essayer. Il ne pourra supporter de demeurer les bras croisés et ne plus rien tenter, durant le restant de son existence. Même si cette existence devra se révéler courte. Son père avait lutté... Sa mère également... Ils avaient tous les deux combattu pour leur propre cause. Il ne croyait pas que son père soit encore en vie... Il serait revenu défier les Gardiens, s'il l'était. Ils devaient agir comme eux deux. Tirant un peu la main de Lasya, il lui dit de venir avec lui, à l'intérieur, dans un coin tranquille où ils devront s'assurer d'être seuls. Ils devaient parler. De leur avenir, de leurs désirs, de leurs projets, juste entre eux deux. Alors qu'ils disparaissaient à l'intérieur, le garçon de cendres resta sur le balcon, un sourire éternel sur le visage. Invisible pour qui que ce soit d'autre. Les deux enfants se blottissent au chaud, l'un contre l'autre, à l'abri des oreilles indiscrètes. Préparant, seulement entre eux, ce qu'ils devront accomplir.

Il s'écoula bien des heures avant que Jin ne revienne sur le balcon. Le soir était tombé, apportant avec lui la fraîcheur coutumière. Son petit ami de cendres se tenait toujours là, assis sur la balustrade, à demi tourné vers les bûchers. Des Gardiens apportaient du bois, pour de nouvelles mises à mort. Traînant des victimes apeurées, qui hurlaient à plein poumons. Jin vint s'asseoir à côté de lui, les yeux rivés sur les condamnés, la gorge serrée en écoutant leurs hurlements. Une contemplation brusquement interrompue lorsque le seigneur Cai entra dans les appartements et vint le rejoindre sur le balcon. Le jeune garçon ne réprima que de justesse l'impulsion de sauter dans le vide pour lui échapper.

- Il est temps pour toi de débuter une nouvelle formation, sourit-il à la manière d'un serpent. Nous avons très à cœur que tu sois apte à remplir ton devoir.

Un brusque frisson de peur secoua Jin. Le maître des Gardiens ne lui laissa pas le temps de réfléchir et l'attrapa par le bras, violemment, pour l'emmener avec lui. Son petit fantôme personnel de cendres le suivit, sans perdre un seul instant. La lourde porte se referma sur eux deux et les cris de Jin, laissant enfermée Lasya. face à la perspective d'une nouvelle ère et de bien des efforts, avant de reprendre un semblant de contrôle sur sa vie.

À PROPOS DE L'AUTEURE

Ludivine est née en Loire-Atlantique, en 1992. Passionnée de lecture et d'écriture depuis le plus jeune âge, elle commence par un cursus littéraire au lycée, pour enchaîner sur la communication et la rédaction web. Doctrine brûlante est son premier roman.

CONTACTER L'AUTEURE

plumeludivine@gmail.com

https://ecritureplume.fr